1ª edição - Março de 2023

Coordenação editorial
Ronaldo A. Sperdutti

Preparação de originais
Marcelo Cezar

Capa
Juliana Mollinari

Imagem Capa
Shutterstock

Projeto gráfico e diagramação
Juliana Mollinari

Revisão
Maria Clara Telles

Assistente editorial
Ana Maria Rael Gambarini

Impressão
Gráfica Plenaprint

Av. Porto Ferreira, 1031 | Parque Iracema
CEP 15809-020 | Catanduva-SP
17 3531.4444

www.**lumeneditorial**.com.br
www.**boanova**.net

atendimento@lumeneditorial.com.br
boanova@boanova.net

Dados Internacionais de Catalogação na Publicação (CIP)
(Câmara Brasileira do Livro, SP, Brasil)

```
Leonel (Espírito)
    Greta / romance pelo espírito Leonel ; psicografia
de Mônica de Castro. -- 1. ed. -- Catanduva, SP :
Lúmen Editorial, 2023.

    ISBN 978-65-5792-068-8

    1. Espiritismo 2. Psicografia 3. Romance espírita
I. Castro, Mônica de. II. Título.

23-146008                                    CDD-133.93
```

Índices para catálogo sistemático:

1. Romance espírita psicografado   133.93

Henrique Ribeiro Soares - Bibliotecário - CRB-8/9314

Impresso no Brasil – Printed in Brazil
01-03-23-3.000

Mônica de Castro

ROMANCE PELO ESPÍRITO **LEONEL**

GRETA

LÚMEN
EDITORIAL

CAPÍTULO 1

A madrugada corria alta quando Felícia despertou, sentindo as gotas do suor frio que desciam pelo seu rosto. Olhou ao redor apreensiva, como que temendo alguma visão aterradora, e virou o rosto para o outro lado. O marido continuava adormecido, dando mostras de nada haver percebido sobre a agitação da esposa.

Com profundo suspiro, Felícia se levantou. Tivera um pesadelo medonho, algo sobre uma criança despencando num poço. Uma estranha sensação a sufocava, como se algo ou alguém a estivesse alertando de que o filho corria perigo. Assustada, correu ao seu quarto e abriu a porta. O menino dormia um sono profundo e tranquilo, e ela se aproximou. Sentou-se a seu lado na cama de meia grade e permaneceu estudando o seu rosto. Tiago era um menino muito bonito, com seus cabelos castanhos claros e seus olhinhos negros. Pousou-lhe um beijo suave na testa e se levantou para sair. Da porta, ainda deu uma última olhada para sua caminha, certificando-se de que ele estava bem.

Apesar do estranho pressentimento de há pouco, Felícia encostou a porta do quarto do filho e voltou para a cama, tentando se convencer de que tudo não passara de um sonho idiota. Olhou para o relógio na mesinha: faltavam quinze minutos para as quatro. Em breve, teria que se levantar e começar a trabalhar. Era o dia do quinto aniversário de Tiago, e ela iria lhe preparar uma bonita festa. Pensando na alegria do filho ao ver a festa, acabou adormecendo novamente, já esquecida do misterioso sonho.

Na manhã de sábado, Artur acordou assim que Felícia colocou os pés para fora da cama e cumprimentou-a com jovialidade:

— Bom dia, querida. Dormiu bem?

— Muito bem — respondeu ela, beijando-o de leve nos lábios. — E você?

— Hum, hum...

— Preciso me apressar. Ainda há muito o que fazer. Tenho que telefonar para a moça do bolo, ver se os salgadinhos e o cachorro-quente já estão prontos... Ah! E também preciso enrolar os docinhos, encher as bolas...

Artur deu um sorriso maroto e puxou-a com ternura, dando-lhe um beijo suave na bochecha.

— Você é terrível, Felícia. Não deixa escapar nenhum detalhe.

— É claro que não.

Ouviram passos apressados no corredor, e a porta se abriu rapidamente. Tiago entrou, lindo em sua jardineirinha azul, seguido da babá, que vinha se desculpando:

— Desculpe-me, dona Felícia, mas Tiago é impossível. Antes que pudesse segurá-lo, saiu correndo e abriu a porta.

— Não se preocupe, Lurdinha — tranquilizou Felícia, segurando o menino no colo. — E você, hein, meu rapazinho? Parabéns!

Felícia abraçou o menino e beijou-o várias vezes, e Tiago deixou-se ficar, embevecido com os carinhos maternos.

— Muitas felicidades, meu filho — acrescentou Artur, beijando-o também.

O menino atirou-se em seu colo, e Artur sentou-se com ele na cama.

— Pode deixá-lo conosco — falou Felícia para Lurdinha. — Depois o levaremos.

Com um aceno de cabeça, a babá pediu licença e saiu. Lurdinha trabalhava para os Fontes desde que Tiago nascera e se sentia feliz e segura com o emprego. Eles eram patrões maravilhosos, e ela se afeiçoara muito ao menino. Além disso, havia o Hélio. Hélio era motorista da família, e ela estava apaixonada. Andando pelo corredor, resolveu ir ao seu encontro. Rapidamente, bateria à porta de seu quarto e dar-lhe-ia um beijo apressado, para então retornar e aguardar que Felícia lhe levasse Tiago. Era aniversário do menino, e havia muito o que fazer.

Hélio, porém, não se encontrava, e Lurdinha não pôde esconder a decepção. Aonde é que teria ido? Voltou para casa rapidamente e foi sentar-se na cozinha.

— O que há com você, menina? — indagou Hermínia, empregada de muitos anos.

— Nada que lhe interesse — respondeu Lurdinha de má vontade.

— Credo, que falta de educação é essa? Que bicho foi que mordeu você, hein?

Já arrependida, Lurdinha levantou-se da cadeira e foi abraçar a outra.

— Perdoe-me, Hermínia. É que estou um pouco nervosa.

— É por causa do Hélio, não é?

— Do Hélio? — disfarçou. — Não, não... Ora, Hermínia, mas que bobagem...

— Será mesmo bobagem, menina? É só o Hélio sair que você fica aí, chorosa pelos cantos.

— Não é nada disso.

— Quantas vezes vou ter que lhe dizer que o Hélio não serve para você?

— Pare com isso, Hermínia. Não é o que está pensando.

— Não. É muito mais. Então você não percebe que ele está usando você? O Hélio é um sem-vergonha, isso sim.

— Hermínia! Não fale assim dele.

— Falo sim. Conheço o Hélio melhor do que você. Não pode ver um rabo de saia que fica logo caído.

— Não é verdade!

— Só não vê quem não quer.

— O Hélio gosta de mim.

— Gosta. Mas gosta da filha do açougueiro também, e da irmã do padeiro, e da empregada do vizinho...

— Pare, Hermínia! Você está enganada. O Hélio gosta é de mim. Ele disse...

— Disse? Bem, acredita quem quer, não é mesmo?

A conversa foi interrompida pela chegada de Felícia, que mandou servir o café da manhã, e Tiago nem esperou para se alimentar, ansioso que estava para abrir os presentes. Hermínia estava terminando de colocar a mesa quando Artur perguntou:

— Você viu o Jonas?

— Está lá na piscina.

Jonas era o jardineiro e era quem cuidava da piscina e de toda a parte externa da casa. A família Fontes era extremamente rica. Artur era sócio majoritário de uma construtora e possuía vários imóveis espalhados pela cidade inteira. Felícia também provinha de uma família de posses, e o casal levava uma vida tranquila e sem preocupações financeiras.

Ao perceber que Artur queria falar com Jonas e que Jonas estava lá fora, Lurdinha viu uma ótima oportunidade para sair novamente e tentar encontrar Hélio.

— Quer que vá chamá-lo, doutor Artur? — ofereceu-se.

— Diga-lhe apenas que não se esqueça de trancar o portão da piscina. Haverá muitas crianças na festa hoje, e não queremos acidentes.

— Sim, senhor.

Lurdinha foi correndo dar o recado. Jonas estava limpando a piscina quando ela se aproximou, mas não havia nem sinal de Hélio. Onde é que ele havia se metido?

— Bom dia, Lurdinha — cumprimentou ele.

— Bom dia, Jonas. O doutor Artur disse para você não se esquecer de trancar o portão quando terminar. Por causa das crianças.

— Diga a ele que vou ter que trocar esse cadeado. Está enferrujado e não presta mais.

Ela balançou a cabeça e esticou o pescoço, na tentativa de ver se Hélio estava por ali. Como não o viu, soltou um muxoxo e voltou para casa contrariada, a fim de dar o recado ao patrão.

— Artur — falou Felícia preocupada —, dê logo dinheiro ao Jonas para comprar o cadeado. Sabe que não gosto daquela piscina aberta.

— Não se preocupe. Farei isso logo após o café.

— Enquanto isso, Lurdinha, não desgrude os olhos de Tiago.

— Pode deixar, dona Felícia. Não o deixarei sozinho um minuto sequer.

Terminado o desjejum, Artur foi buscar o dinheiro e saiu para falar pessoalmente com Jonas. Havia ainda mais algumas coisas que queria que ele comprasse. Enquanto isso, Felícia e Hermínia punham mãos à obra para enrolar os docinhos, e Lurdinha saiu com Tiago para o quintal. Ele ganhara dos pais um enorme aeromodelo e queria experimentá-lo no jardim. Com propulsão elástica, o avião se lançava no ar e planava durante vários minutos, o que deixou Tiago encantado. Lurdinha ajudava-o a colocar o avião em movimento, e o menino corria para buscá-lo onde caísse.

Assim ia transcorrendo a manhã. Tiago não se cansava de brincar com o aeromodelo, e Lurdinha o acompanhava, enquanto Felícia e Hermínia continuavam com os preparativos para a festa. Jonas havia saído às pressas para fazer compras antes que as lojas fechassem, e ela e o menino permaneciam sozinhos no jardim. O avião, por vezes, planava até perto da piscina, e era Lurdinha quem ia buscá-lo, alertando Tiago de que não deveria se aproximar.

Foi num desses momentos que viu Hélio. Ele vinha trôpego e com ar cansado, e deu um sorriso irônico quando a avistou.

— Olá, Lurdinha. Brincando de aviãozinho?

— Onde esteve? — tornou ela, com ar furioso.

— Doutor Artur me deu a noite de folga. Fui visitar uns amigos.

— Dormiu lá?

— Dormi. Por quê?

— Você é um cínico, Hélio. Aposto como esteve com alguma vagabunda.

Hélio soltou uma gargalhada debochada e olhou para ela com ar de cobiça. Havia mesmo passado a noite em casa de um amigo, após uma longa rodada de pôquer, e estava frustrado porque não conseguira conquistar a irmã do rapaz.

— Venha cá — disse ele, tentando segurá-la pela mão.

— Não...

— Lurdinha! — era a voz de Tiago. — Não vai mais brincar?

Desvencilhando-se do rapaz, Lurdinha voltou para onde Tiago estava, parado com o aeromodelo nas mãos, sentindo às suas costas o olhar febril de Hélio. Ajoelhou-se ao lado do menino e pôs-se a prender o elástico nas engrenagens do avião, preparando-o para novo voo. Ajeitou o brinquedo na mão de Tiago e ajudou-o a soltá-lo, e o avião disparou no ar, voando em direção ao portão da frente. A um olhar da criança, Lurdinha aquiesceu, e ele saiu correndo para buscar o avião no local onde havia pousado. Com os olhos pregados no menino, mas a atenção presa em Hélio, Lurdinha ficou vendo-o se afastar.

O motorista também observava. Assim que Tiago chegou mais perto do portão da frente, acercou-se de Lurdinha e segurou-a pela cintura, aproximando bem a boca da sua.

— Sabia que você fica linda zangada? — gracejou.

Ela se soltou com brusquidão e encarou-o com olhar frio, disparando em tom irônico:

— Por que não vai elogiar seus amigos de pôquer?

— Porque eles não têm o seu corpo...

Rapidamente, Hélio envolveu-a num abraço sedutor e deu-lhe um beijo apaixonado, que ela correspondeu contrariada. Depois que ele a soltou, fitando-a com ar sensual, ela ajeitou o uniforme e correu ao encontro de Tiago, que vinha vindo com o aeromodelo na mão.

— Vamos jogar de novo? — indagou eufórico, sem prestar muita atenção ao motorista.

— É claro, querido.

Enquanto Lurdinha ajeitava novamente o elástico, notou os olhares lúbricos que Hélio lhe lançava. Aos pouquinhos, foi sentindo que um rubor ia subindo pelas suas faces, e seu corpo todo se arrepiou ao pensar no beijo que ele lhe dera. Terminou de ajeitar o elástico e levantou o avião, pronta para soltá-lo novamente. Antes de soltar, alisou os cabelos de Tiago com uma das mãos e falou com voz doce:

— Olhe, querido, a Lurdinha vai ter que ir ali um instantinho, mas volta logo. Por que não joga sozinho uma vez?

— Aonde você vai? — tornou com voz amuada, sem perceber a presença de Hélio, agora semioculto dentro da garagem.

— Vou ao banheiro da garagem — Tiago não respondeu.

— Mas cuidado, não vá chegar perto da piscina.

— Está bem — respondeu contrariado.

— Promete que não vai chegar perto da piscina? Sua mãe vai ficar zangada.

— Prometo — finalizou de má vontade.

Ela ajudou o menino a disparar o aeromodelo e correu para dentro da garagem, atirando-se nos braços de Hélio sem pensar em mais nada. Não tencionava se demorar. Seriam apenas um beijo e algumas carícias, e ela logo voltaria para junto da criança. Mas não foi isso o que aconteceu. Hélio a foi dominando de uma tal maneira, que ela não conseguiu lhe opor nenhuma resistência. Sentiu que ele a acariciava e a deitava no chão, entre os dois automóveis dos patrões, e ela acabou se esquecendo de todo o resto. Com o corpo e os pensamentos voltados para ele, entregou-se ao amor, deixando de lado a preocupação com Tiago.

Sequer havia esperado para ver onde o aeromodelo iria cair. O aviãozinho planou lindamente por alguns minutos, até que pousou de leve sobre a água azul e cristalina da piscina. Tiago teve um sobressalto. Lurdinha lhe dissera para não se aproximar da piscina, sua mãe podia não gostar, e ele não estava disposto a levar uma bronca. Ficou parado onde estava, torcendo para que Lurdinha chegasse logo, louco de vontade de retomar a brincadeira. Só que Lurdinha estava demorando. Sabia que tinha que esperar, mas, pensando bem, que mal faria em dar apenas uma olhadinha? Assim, quando Lurdinha voltasse do banheiro, ele poderia lhe dizer com certeza onde é que o avião havia caído.

E depois, não entendia por que não podia se aproximar sozinho da piscina. Pois quando o pai estava, os dois não caíam juntos na água, e ele se divertia a valer em seu colo? Aquilo era coisa da mãe. Sua mãe não gostava da piscina, tinha pavor de água. Por isso, vivia implicando, ralhando com o pai todas as vezes em que o levava para a água. Na certa, não havia nenhum mal em chegar mais perto sozinho. Tinha certeza de que nada aconteceria.

A passos vagarosos, seguiu para a piscina, olhando de um lado a outro, para ver se alguém estava olhando. Não havia ninguém por perto. A mãe estava ocupada na cozinha, e o pai deveria estar lendo seu jornal. Devagar, foi se aproximando, até que alcançou a cerca que isolava a piscina do resto do jardim. Encostou o rosto na grade e espiou, os olhinhos brilhando de ansiedade. Flutuando na água translúcida, o aviãozinho se virava para um lado e para o outro, empurrado pela brisa suave da manhã.

A todo instante, Tiago voltava o rosto para a porta da garagem, na esperança de que Lurdinha viesse voltando do banheiro, mas nada. Por que é que estava demorando tanto? Será que tivera uma dor de barriga? Enquanto isso, o avião ia rodopiando em todas as direções, e Tiago, do lado de fora, ia seguindo o seu deslizar pela água. Foi caminhando pela grama, acompanhando a grade que ladeava a piscina, olhos grudados no brinquedo. Até que suas mãos alcançaram o portão, que cedeu alguns centímetros, com um rangido de ferrugem. Tiago parou assustado. O portão estava aberto! Será que faria mal entrar e esperar Lurdinha do lado de dentro? Não, não faria. Ela já devia estar mesmo chegando, e ele só queria ficar mais perto de seu avião.

Sentou-se na borda da piscina e ficou acompanhando o bailado do aviãozinho na água, sempre empurrado pelo vento. Ele ia de um lado a outro e, cada vez que se aproximava, Tiago sentia o coração disparar. Será que dava para pegá-lo? Mas o avião, como que escutando os seus pensamentos, mudava de direção e seguia para o lado oposto, deixando o menino em crescente expectativa.

Por que é que Lurdinha demorava tanto? Daquele jeito, o aviãozinho ia acabar se estragando. E se afundasse? Aí é que estaria tudo perdido. A toda hora, olhava para a porta, ansioso por ver Lurdinha chegando, mas Lurdinha, longe de perceber o que estava acontecendo, esquecera-se de tudo nos braços de Hélio.

Até que o aviãozinho se aproximou novamente. E chegou tão perto que Tiago sentiu que poderia tocá-lo com os dedos. Num impulso, pôs-se de joelhos e esticou um dos bracinhos, tentando puxá-lo com as pontas dos dedinhos, que roçaram uma das asas. O avião tombou para o lado, e a asa afundou na água, fazendo com que o menino, instintivamente, afundasse a mão em busca do brinquedo. Tudo foi muito rápido. Em fração de segundos, o corpo todo de Tiago acompanhou sua mãozinha, e ele afundou na água com rapidez vertiginosa.

Dali a quinze minutos, Lurdinha e Hélio haviam acabado de se amar. Ela alisou o uniforme e ajeitou o cabelo, pondo-se de pé rapidamente. Deu uma olhada para fora, procurando por Tiago, mas o menino não estava em nenhum lugar visível. Na certa, cansara-se de esperar e fora para dentro. Dona Felícia ficaria furiosa, mas ela daria a desculpa de que passara mal e tivera que usar o banheiro da garagem.

Despediu-se de Hélio com um beijo e voltou para casa satisfeita. Entrou na cozinha, onde Felícia e Hermínia enrolavam brigadeiros e cajuzinhos, e Felícia foi logo perguntando:

— Cadê o Tiago?

— Não está aqui? — revidou com espanto. — Não entrou?

Na mesma hora, o coração de mãe de Felícia se apertou e, em seu íntimo, sabia que o inevitável havia acontecido. Largou a massa dos docinhos, esfregou as mãos no avental e correu para fora, gritando desvairada:

— Tiago! Tiago! É a mamãe! Responda, meu filho, onde está?

Coração aos pulos, correu para a piscina, com Lurdinha e Hermínia mais atrás. Mesmo de longe, podia avistar uma mancha azul flutuando na água translúcida, e foi com assombro que percebeu tratar-se da jardineira que Tiago estava usando. Não tinha mais dúvidas. Era mesmo o seu filho que estava ali, boiando de bruços na água, o aviãozinho, parcialmente submerso, batendo de leve em seu corpo. Felícia não conseguiu gritar. Na mesma hora, sentiu uma vertigem e tudo ficou nublado à sua frente. Sentiu o corpo tombar inerte e perdeu a noção da realidade. Desmaiou.

⁕⁓⁕

Quando voltou a si, Felícia estava deitada em sua cama e notou que o marido se encontrava parado perto da janela, tendo ao lado um homem que, a princípio, não reconheceu.

Aos poucos, porém, foi conseguindo fixar a vista e percebeu que era um médico. Seu pai. Ergueu-se na cama e encarou os dois, balbuciando confusa:

— Pai...? Artur...?

Os dois se voltaram ao mesmo tempo e tinham lágrimas nos olhos. Felícia ficou vendo-os se aproximar, tentando concatenar as ideias e se lembrar do que havia acontecido.

— Ah! Felícia! — chorou Artur desolado. — Que desgraça!

— Desgraça?! — repetiu ela atônita. — Mas o quê...?

Foi então que se lembrou. Vendo o retrato do filho na mesinha de cabeceira, todo o horror da cena de há pouco voltou à sua mente, e ela pôs-se a gritar, tentando levantar-se da cama e sair.

— Meu filho! Quero meu filho! Onde está Tiago! Tragam-no! Quero meu filho!

Felícia parecia ter redobrado as forças e quase jogou Artur ao chão. O pai, imediatamente, aplicou-lhe um sedativo no braço, e ela foi amolecendo aos pouquinhos, até que tornou a adormecer.

— É melhor que durma — aconselhou Antônio. — O choque foi demais para ela.

Sem dizer nada, Artur tomou o braço do sogro e foi com ele para fora. Precisava tomar as providências para o funeral. A festa de aniversário havia sido cancelada, e muitos convidados desavisados voltavam para casa petrificados pelo choque.

— Como está ela? — indagou Ondina, mãe de Felícia.

— Nada bem — respondeu Antônio. — Acho melhor você ir ficar com ela.

Depois que Ondina foi para o quarto de Felícia, Antônio puxou Artur para o quarto de Tiago, onde o corpo do menino fora colocado sobre a cama, coberto por um lençol.

— Sei que é difícil — falou Antônio com compreensão. — Se quiser, posso fazer tudo sozinho. Apesar de estar sofrendo muito com a perda do meu neto, já estou acostumado com a morte.

— Não, Antônio — objetou Artur decidido. — Tiago é meu filho...

Desatou a chorar desconsolado, e Antônio abraçou-o cheio de compreensão.

— Não tenha vergonha de chorar, Artur.

— Sou homem, deveria ser o primeiro a me manter forte para dar apoio a minha mulher.

— Todo homem é um ser humano e, no seu caso em especial, é também pai. Não sinta vergonha de sentir dor. Apenas sinta.

— Ah! Antônio... — foi só o que conseguiu dizer.

Antônio levou Artur de volta para a sala e deixou-o aos cuidados de Hermínia, voltando sozinho para o quarto do menino. Examinou o seu corpo e trocou sua roupa, ajeitando-o novamente na cama, no exato instante em que a polícia chegava para as investigações de praxe.

A pedido de Artur, o promotor encarregado do caso mandou arquivar o inquérito, e a morte de Tiago foi tida como acidental. Embora o corpo tivesse que ser levado à perícia, logo foi liberado, e o funeral transcorreu cingido por uma aura de tristeza e lamentação. Havia muitas pessoas presentes, parentes e amigos, chocados com o ocorrido, além de vários repórteres. Apenas Felícia não comparecera. Por ordens médicas, fora obrigada a guardar o leito, proibida de sair enquanto não se recuperasse do choque.

Depois do funeral, Artur mandou chamar Lurdinha ao seu gabinete. Ela entrou com os olhos inchados de tanto chorar e se aproximou timidamente.

— Mandou me chamar, doutor Artur? — indagou com voz sumida.

— Mandei sim. Sente-se, Lurdinha, e vamos conversar — Ela se sentou numa cadeira de frente para ele e ficou esperando, de olhos baixos, sem coragem para encará-lo. — Muito bem, Lurdinha. Agora é entre nós. Quero saber o que foi que aconteceu realmente.

— Eu fui ao banheiro...

— É mentira! Sei o que você e o Hélio estavam fazendo.

— O senhor sabe?

— Ele me contou. Estava apavorado e contou tudo. Você estava tendo relações com ele enquanto meu filho se afogava!

— Oh! Doutor Artur.

Lurdinha ocultou o rosto entre as mãos e desatou a chorar convulsivamente, enquanto Artur prosseguia:

— Você poderia ser presa, Lurdinha. Sabe disso, não sabe?

— Por favor, doutor Artur, foi um acidente. Também estou sofrendo.

— Não tanto quanto eu. Não tanto quanto Felícia ou qualquer outro da família.

Entre soluços, Lurdinha tentou protestar:

— O senhor está sendo injusto. Eu gostava muito de Tiago.

— Gostava tanto que o deixou sozinho na beira da piscina para se deitar com seu amante!

— Por que está sendo tão cruel? Não tive culpa...

— Culpa, você teve sim. O próprio promotor público me disse que iria indiciá-la por crime culposo. Sabe o que é isso? — Ela meneou a cabeça. — Você poderia ser condenada à prisão por ter sido negligente em seus deveres e, com isso, haver causado a morte de meu filho.

— Prisão? — Os olhos de Lurdinha se ofuscaram, e ela quase desfaleceu. — Não faça uma coisa dessas comigo, doutor Artur. Por favor, eu lhe imploro. Sei que fui irresponsável, mas eu jamais desejei isso.

— Sei que não. Mas isso não altera o fato de que realmente aconteceu.

— Por favor, faço qualquer coisa. O que o senhor quiser. Mas não deixe que me prendam.

— Na verdade, Lurdinha, não pretendo fazer isso. A sua prisão não nos traria mesmo Tiago de volta, e os inconvenientes de um processo criminal seriam por demais dolorosos para minha mulher — Ele fungou e prosseguiu: — No entanto, não posso mais mantê-los ao meu serviço. Nem a você, nem ao Hélio. Já o despedi e, quanto a você, estou despedindo-a também. E sem qualquer gratificação ou referência. Será mesmo melhor que nunca mais volte a trabalhar como babá.

CAPÍTULO 2

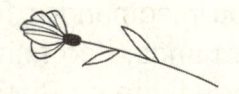

Vencida e humilhada, Lurdinha foi aprontar suas coisas para partir. Hermínia estava compadecida, mas não podia fazer nada. No fundo, sabia que Artur tinha razão. Lurdinha fora negligente e irresponsável, e era querer muito que ela continuasse prestando serviços naquela casa.

— Sei que isso não adianta agora — comentou Hermínia, vendo-a fazer a mala —, mas eu cansei de avisá-la sobre o Hélio, não foi?

Lurdinha lançou-lhe um olhar angustiado e não disse nada. Aprontou sua trouxa, guardou o dinheiro dos dias trabalhados que Artur lhe dera e foi embora sem nenhuma gratificação ou referência. O que tinha na bolsa era uma quantia irrisória e não daria para nada. O que poderia fazer? Pensou em voltar para Bom Jesus, no Piauí, sua cidade natal, mas não tinha dinheiro nem para a passagem. Arranjar outro emprego, seria praticamente impossível. Que outra família lhe confiaria a guarda do filho depois de uma infelicidade daquelas? Que referências anteriores tinha para apresentar? Aquele fora seu primeiro emprego no Rio de Janeiro e, provavelmente, o último.

Sem ter para onde ir, Lurdinha foi caminhando pelo Aterro do Flamengo, em direção ao centro da cidade. Lá, pensaria no que fazer. Mas a distância era longa, e ela não conseguiu seguir até o fim. Exausta, sentou-se na grama e pôs-se a chorar. O que poderia fazer? Nem Hélio a queria mais. Ele fora despedido e sumira no mundo, nem queria saber o que iria acontecer a ela.

Desesperada, ficou imaginando o futuro que a aguardava. Estava com vinte e um anos, não tinha marido, nem filhos, nem lar. Sua família, distante no Piauí, dera graças a Deus quando ela, aos dezesseis anos, resolvera partir para o Rio de Janeiro, o que significava uma boca a menos para alimentar. Lurdinha chorava desolada, apenas acompanhada pelo marulho das ondas que batiam fraquinhas na amurada do Aterro. E se ela se matasse? Pensando bem, até que seria uma boa ideia. Não tinha mais ninguém mesmo, ninguém que pudesse sentir a sua falta.

Levantou-se hesitante e aproximou-se da amurada, fitando o mar com ansiedade. Achou-o muito sereno para arrastar alguém para o fundo e pensou que não seria uma boa ideia. Talvez fosse melhor pular de uma ponte ou viaduto. Seria morte certa e ela não correria o risco de se salvar. Mas onde é que acharia uma ponte? No centro da cidade talvez tivesse algumas, mas ela estava tão cansada...

Desanimada, voltou para o lugar onde havia deixado sua pouca bagagem e deitou-se na grama, recostando a cabeça na mala. Em segundos, adormeceu. Quando acordou, o sol já estava se pondo, e ela ouviu vozes vindas de algum lugar mais além. Olhou espantada. Dois homens vinham caminhando em sua direção, conversando animadamente. Ao vê-la ali sentada, agarrada à mala, com medo de que a roubassem, os dois puseram-se a rir.

— O que há, garota? — perguntou um deles. — Está com medo de nós?

— Não somos ladrões não, moça — falou o outro.

— E você? — continuou o primeiro. — O que está fazendo aí?

Ela não respondia. Estava tão apavorada que perdera a fala. Um dos rapazes se adiantou e estendeu a mão para ela, apresentando-se com um sorriso galante:

— Eu sou o Diniz. João Diniz. E este aqui é o meu amigo Valente. E você, como se chama?

— Lurdinha... — respondeu com uma vozinha fraca.

— O que faz aí, Lurdinha? — tornou Valente, olhando para a mala que ela abraçava. — Está perdida?

— Não...

— Chegou de viagem agora? De onde é que veio?

— De Bom Jesus... Piauí...

— Ah! Veio de longe, hein? — falou Diniz. — Veio tentar a sorte?

Ela apenas assentiu, e Valente considerou:

— Talvez esteja procurando emprego.

A palavra emprego tirou Lurdinha de seu torpor, e ela indagou esperançosa:

— Vocês sabem de alguma coisa?

— Pode ser... — respondeu Diniz reticente.

— Por favor, faço qualquer coisa.

— Qualquer coisa? — retorquiu Diniz novamente.

— Qualquer coisa. Posso cuidar de crianças, sei lavar, cozinhar...

— Não, esses serviços não nos interessam — gracejou Valente. — Já somos homens crescidos. E não precisamos de empregada.

— Mas você talvez tenha algo que nos interesse — continuou Diniz.

— É? — atalhou desconfiada, com medo de que quisessem roubá-la ou violentá-la.

— Não se preocupe — prosseguiu Diniz, percebendo o seu temor. — Já disse que não somos ladrões e, muito menos, estupradores.

— O que querem de mim então?

Diniz e Valente se entreolharam, e o primeiro esclareceu:

— Bom, Lurdinha, vou ser muito franco com você. Eu e o Valente aqui somos homens de negócios.

— Que tipo de negócio?

— Nós temos... hum... bem... um estabelecimento comercial, sabe? Coisa fina, de primeira.

— O que é que vocês vendem?

Valente soltou uma risada e respondeu com ironia:

— Prazer. É isso. Nós vendemos prazer.

— Temos um... bem... o que se costuma chamar por aí de... inferninho — revelou Diniz com um risinho abafado. — Somos sócios numa casa de tolerância.

— Oh! — Lurdinha levou a mão à boca e pensou em fugir, mas Valente a segurou pelo braço.

— Não precisa ter medo de nós — disse em tom sério. — Somos homens de bem. Podemos ser cafetões — riu —, mas não maltratamos nem prejudicamos ninguém.

— É verdade, Lurdinha — concordou Diniz. — Esse é apenas um negócio como outro qualquer. Mas nossas garotas são muito felizes. Até hoje, nenhuma delas reclamou de nada.

— Pode perguntar a elas — acrescentou Valente. — Não batemos nem exploramos, ao contrário de muitos outros por aí. Nós sabemos que há cafetões que espancam as meninas e não deixam nem um tostão para elas. Mas nós não fazemos isso, não é Diniz?

— É claro que não. Somos justos. Dividimos os lucros honestamente: setenta por cento para nós, trinta para as moças. Afinal, somos nós que temos as maiores despesas. A casa funciona com um bar e uma pista de dança, e nós fornecemos ainda os quartos. Tudo isso demanda dinheiro, não é mesmo?

Lurdinha estava assombrada. Nunca antes conhecera gente daquela espécie. Já ia protestar, dizendo que ela não era desse tipo, mas a voz de Valente a interrompeu:

— E nossos clientes são todos gente fina. Não admitimos homens violentos ou mal-educados.

— Ouçam — cortou ela, com profunda indignação. — Não sei o que estão pretendendo comigo, mas posso lhes adiantar que não sou desse tipo.

— Ah! Não? — objetou Diniz. — É o que todas dizem, sabia? E até acreditam que não sejam. Chegam aqui cheias de esperanças, crentes que vão arranjar um bom emprego ou um casamento rico e subir na vida. Mas a realidade é bem outra, e elas ficam largadas por aí, sem ter para onde ir. Assim como você. E sabe o que acontece? Mais cedo ou mais tarde, a fome as empurra para nós. E elas não se arrependem. São bem tratadas, recebem comida e um lugar para dormir, além de uma profissão razoavelmente lucrativa.

— Já disse que não sou assim — insistiu Lurdinha zangada.

— Deixe-a — replicou Valente. — Ela ainda vai acabar nos dando razão.

— Quando isso acontecer — prosseguiu Diniz, estendendo-lhe um cartãozinho. — Não se acanhe em nos procurar. Você é bem bonitinha e será bem-vinda em nossa casa.

Lurdinha não respondeu. Ainda assim, apanhou o cartão que Diniz lhe oferecia e guardou-o na bolsa. Ergueu a maleta do chão e encarou os dois, que a fitavam como se a estivessem estudando.

— Vocês estão enganados — falou hesitante. — Arranjarei um emprego decente, vocês vão ver.

— Estaremos torcendo por você, Lurdinha — asseverou Valente. — Mas, se isso não acontecer, venha nos procurar. Garanto que não irá se arrepender.

Ela sorriu meio sem jeito e foi passando por entre os dois, novamente caminhando em direção ao centro da cidade.

— Para onde é que vai? — quis saber Diniz.

Ela deu de ombros e respondeu vacilante:

— Por aí...

Voltou-lhe as costas e retomou a caminhada. Nem sabia o que iria fazer no centro da cidade. Procurar uma ponte ou viaduto e se jogar. Ainda era melhor do que virar prostituta. Mas será que era mesmo?

A figura assustada e ingênua de Lurdinha não saía da cabeça de Diniz. Ela era uma moça muito bonita, mas havia algo nela que o impressionara. Não saberia dizer se fora seu corpo ou seus olhos, mas o fato é que ela não saía de seus pensamentos.

— O que é que você tem? — perguntou Valente, vendo o amigo alheio e pensativo.

— Eu? — retrucou Diniz, tentando disfarçar. — Nada. Estava distraído.

— O que é isso, Diniz? Vai querer me enganar? Eu conheço você há muitos anos e sei quando algo o está preocupando. O que foi que houve?

— Nada, já disse. Eu estou bem.

— Você está diferente. É por causa daquela moça?

— Que moça?

— Não se faça de tonto. Sabe muito bem de quem estou falando.

— Ah! Da Lurdinha, você quer dizer? — Valente assentiu. — Eu, hein? Por que é que estaria preocupado com ela?

— Não sei. Mas depois que a encontramos, você ficou esquisito. Voltou para casa silencioso, subiu sem dizer nada. E agora está aí, com essa cara de apaixonado.

— Apaixonado, eu!? Você ficou maluco?

— Quem ficou maluco foi você. Está apaixonado por uma garota que nem conhece.

— Mas de onde foi que você tirou essa ideia? Só vimos a tal de Lurdinha uma vez. Provavelmente, nunca mais a veremos. Por que é que eu iria me apaixonar por alguém assim?

— Não sei. Diga você.

— Ouça, Valente, agradeço a preocupação, mas já disse que não tenho nada. Eu mal conheço Lurdinha, não posso estar apaixonado. Em breve, ela vai arranjar um emprego e nunca mais ouviremos falar dela.

— Eu não teria tanta certeza.

— Por quê? Como é que pode saber?

— Por causa disto.

Valente abriu um jornal diante de Diniz, onde se via na primeira página a fotografia do pequeno Tiago juntamente com seus pais. Ao lado, um resumo de toda a tragédia.

— O que isso tem a ver com Lurdinha?

Valente desdobrou o jornal e estendeu-o bem diante dos olhos do outro, apontando para uma grande coluna.

— Leia.

Embora sem nada entender, Diniz começou a ler. A matéria se referia a Tiago Fontes, filho de um construtor milionário, que havia se afogado no dia de seu quinto aniversário. A babá encarregada de sua vigilância se divertia com o motorista na garagem e, quando voltou, encontrou o menino morto na piscina. Ao lado, o nome da babá, Maria de Lurdes Pacheco, e uma foto de Lurdinha com o menino no colo.

Diniz abaixou o jornal e encarou Valente com uma indagação no olhar.

— Ainda não entendeu? — Ele meneou a cabeça. — Nossa Lurdinha é a mesma Maria de Lurdes Pacheco. Não reconhece a foto?

Diniz estudou bem a foto no jornal e concordou:

— Tem razão. É ela mesma. Ela estava um pouco abatida quando a encontramos, mas é a mesma moça.

— Pois é. Imagino que ela deva ter sido despedida. Que pai não despediria a mulher responsável pela morte de seu único filho?

— E daí?

— Será que você não pensa, Diniz? E daí, que ela não vai mais arranjar emprego em lugar nenhum. Ninguém vai querer contratar uma babá assassina.

— Nossa, Valente, que coisa dramática!

— É como os jornais a estão chamando. Com essa tragédia nas costas, ninguém mais vai lhe dar emprego. Nem de babá, nem de qualquer outra coisa.

— Você está querendo dizer que ela ainda vai acabar nos procurando?

— É o que imagino. Quando perceber que não vai mais arranjar emprego em lugar nenhum, vai nos procurar.

Os olhos de Diniz brilharam imperceptivelmente, e um sorriso aflorou em seus lábios.

— Por onde será que ela anda? — indagou com ar sonhador.

❦

Lurdinha, a essa altura, já havia chegado ao centro da cidade e ficou perambulando pelas ruas, sem ter para onde ir. Pensou em ir em busca de um viaduto, mas estava exausta da caminhada e procurou um banco onde pudesse descansar. Sentou-se num banco de praça e começou a chorar. Estava desolada, sem rumo, sem esperanças. A noite já ia fechada, e ela não tinha para onde ir. Se ao menos pudesse arranjar um quarto de hotel ou uma pensão... Abriu a bolsa e apanhou o dinheiro. Era pouco, não daria para pagar o pernoite em nenhuma pensãozinha barata. Resolveu ajeitar-se por ali mesmo. Fez a mala de travesseiro, esticou o corpo no banco e adormeceu.

Acordou com os primeiros pios dos passarinhos e sentou-se no banco, imaginando o que deveria fazer. Estava com fome, precisava comer. Ajeitou-se da melhor forma possível e olhou ao redor. Como ainda era muito cedo, todas as lojas estavam fechadas, e ela teve que esperar até cerca de oito horas, quando o comércio começou a abrir as portas. Escolheu um café com aparência singela e entrou. Foi direto para o banheiro, lavou-se como pôde e trocou de roupa. Em seguida, sentou-se ao balcão e pediu uma média de café com leite e pão com manteiga.

Enquanto ia comendo, ficou prestando atenção às pessoas que passavam apressadas pela rua. Desde que chegara do Piauí, aquela era a segunda vez que ia ao centro da cidade, e ela se sentiu perdida. Do outro lado do balcão, o atendente ia arrumando uns salgadinhos na vitrine, à espera dos fregueses de sempre. Lurdinha terminou de comer, pagou o homem e foi embora.

Do lado de fora, sentiu-se aturdida. As ruas começavam a fervilhar com os trabalhadores, advogados, empresários e até alguns ambulantes. As pessoas iam e vinham apressadas, os homens de terno, segurando na mão valises importantes. Lurdinha sentiu-se pequenininha naquele universo de negócios. Todos lhe pareciam muito formais e austeros, e ela começou a se sentir inquieta.

Precisava fazer alguma coisa. Resolveu sair à procura de emprego. Como babá, não poderia mais trabalhar. Mas ela havia tirado sua carteira de trabalho assim que chegara ao Rio de Janeiro e pensou se não poderia arranjar alguma coisa numa loja. Nunca trabalhara como vendedora, mas não deveria ser difícil. Foi caminhando e olhando as vitrines, até que um cartaz prendeu sua atenção: Vendedoras — admitem-se. Era uma loja de sapatos, e ela resolveu entrar.

— Pois não? — indagou uma senhora, olhando-a com ar desconfiado.

— Bom dia, senhora. Vim pelo anúncio.

— Ah! Quer o emprego? — Lurdinha assentiu. — Venha comigo.

Lurdinha foi seguindo-a até o escritório da loja, onde um senhor gordo e de óculos analisava umas faturas.

— Seu Samuel — falou, chamando sua atenção. — Essa mocinha veio por causa do anúncio.

Samuel olhou Lurdinha por cima dos óculos e assentiu, e a senhora deixou-os a sós.

— Muito bem — falou Samuel. — Quer o emprego?

— Foi para isso que vim — respondeu Lurdinha timidamente.

— Sente-se, por favor — ela obedeceu, e ele prosseguiu. — Como é o seu nome?

— Maria de Lurdes.

— Já trabalhou em alguma loja antes? Tem experiência?

— Bem, não. Mas posso aprender.

— Hum... sei. E qual foi o seu último emprego?

Ela hesitou.

— Eu era babá.

— Entendo... Tem carteira de Trabalho? — ela assentiu. — Posso ver?

Lurdinha apanhou a carteira na bolsa e estendeu-a para Samuel, que a abriu e começou a ler.

— Hum... vazia. Sempre trabalhou de doméstica? — ela assentiu novamente. — Tem referências? Onde trabalhou por último?

Lurdinha sentiu vontade de sair correndo dali e estendeu a mão para a frente, pedindo que Samuel lhe devolvesse o documento.

— Pode deixar, seu Samuel. Quero ir embora.

Ele já ia devolvendo a carteira quando se lembrou de onde conhecia o seu rosto. Vira-o alguns dias antes, numa foto estampada no jornal, numa matéria sobre uma tragédia terrível. Artur Fontes era um milionário, cujo filho se afogara na piscina de casa, largado ali pela babá, que fazia sexo com o motorista, escondidinha na garagem. E aquela Maria de Lurdes não seria a tal babá?

— Espere um instante — retrucou ele. — Você não é a mesma Maria de Lurdes que assassinou aquele garotinho, é?

Ela corou e revidou magoada:

— Não assassinei ninguém!

— Então é você mesma! Ora, mocinha, francamente. Vir até aqui assim, como se fosse uma pessoa normal!

— Eu sou uma pessoa normal!

— Você é uma vagabunda. E uma criminosa!

— Não sou. Não matei ninguém.

— Mas é como se tivesse matado. Abandonou o pobre garotinho sozinho perto de uma piscina funda. O que espe-rava? — ele atirou a carteira em sua direção e repreendeu com zanga: — Não devia andar solta por aí. Onde já se viu, aparecer em minha loja para pedir emprego? Uma assassina! Ponha-se daqui para fora!

Lurdinha apanhou a carteira, agarrou a mala e saiu correndo da loja. Nunca se sentira tão humilhada em toda a sua vida e pensou que morreria de vergonha. Atravessou a porta feito uma bala e ganhou a rua, chorando desconsolada. Procurou um banco e sentou-se, pensando no que fazer. Não podia deixar que aquele episódio lhe tirasse o ânimo. Aquele Samuel era um idiota, e ela não permitiria que ele a fizesse desistir. Havia outras lojas, e alguém, fatalmente, acabaria por lhe dar emprego. Da próxima vez, não falaria que fora babá nem apresentaria a carteira de trabalho.

Mas as coisas não correram tão bem como Lurdinha esperava. Em todas as lojas em que entrava, a resposta era a mesma: sem referências, não poderiam empregá-la. Mesmo que nunca tivesse trabalhado, ela não tinha nenhum endereço fixo nem carteira de trabalho, e a desculpa de que a havia perdido e de que estava tirando uma nova não satisfez ninguém. Em outras lojas, era reconhecida, e as pessoas a despachavam horrorizadas, acusando-a de babá assassina.

Essa situação perdurou por três dias, ao fim dos quais, Lurdinha já não tinha mais dinheiro para comer. Dormia em bancos de praça e, pela manhã, entrava em um bar e se lavava, embora precariamente. Mas ao final do terceiro dia, sem dinheiro e sem esperanças, deixou de se preocupar com a aparência ou a higiene e também desistiu de procurar emprego. Não adiantava nada mesmo...

Passou então a esmolar. Algumas pessoas atiravam-lhe moedas, outras a xingavam, outras, simplesmente, a ignoravam. Sua mala, com o descuido e o desânimo, acabou sendo roubada, assim como a bolsa, onde ela guardara o cartão com o endereço da casa de Diniz e Valente. Lurdinha acabou por se entregar completamente à mendicância e já não tinha mais esperanças de, um dia, recuperar a dignidade perdida.

CAPÍTULO 3

O estado de Felícia piorava a cada dia. Embora já conseguisse se levantar da cama, perdera o viço e a vontade de viver. Não fora pelos cuidados da mãe, teria se matado. Mas a mãe era incansável e vivia a lembrar-lhe as consequências do suicídio.

A casa tornou-se insuportável. Olhar para aquela piscina causava imensa depressão em Felícia, e Ondina acabou sugerindo que se mudassem. Imediatamente, Artur concordou que seria uma boa ideia. Mudar-se-iam para outra, sem piscina, bem distante da cidade e até do mar. Já que Felícia não gostava de água, melhor seria levá-la para o meio do mato.

Mudaram-se para uma bonita mansão no Alto da Boa Vista, cercada de árvores e pela montanha, não sem que antes Artur desse ordens para que aterrassem a piscina. Em seu lugar, Ondina plantou um bonito jardim, tentando fazer com que Felícia se interessasse em cuidar das flores. Mas Felícia não se interessava por mais nada. Nem por flores, nem pela casa nova, nem pelo marido, nem por ninguém. Só o que lhe importava era a dor que sentia pela perda do filhinho amado.

— Felícia — chamou Ondina —, por que não vem me ajudar?

— Hum...? — fez a filha, olhos cerrados, recostada na espreguiçadeira do jardim. — O que foi que disse, mamãe?

— Por que não vem me ajudar com as flores? Você sempre gostou de flores.

— Não tenho vontade.

— Ora, vamos, Felícia, procure se esforçar.

— Por quê?

— Você precisa sair desse abatimento. Tem que reagir. Tem que tentar superar a morte de Tiago.

— Não diga isso! Nunca vou me esquecer do meu filho.

— Não disse para você se esquecer. Disse para superar.

— É a mesma coisa.

Ondina suspirou desalentada. Não adiantava discutir com Felícia. Ela se mostrava irredutível e não queria cooperar.

— Artur já deve estar chegando — falou Ondina, para mudar de assunto.

Felícia não disse nada. Desde a morte de Tiago, perdera todo o interesse em Artur. Por mais que ele dissesse que poderiam ter outros filhos, ela não se alegrava. Ter outros filhos, para ela, significava uma traição a seu Tiago, e Artur era um ingrato em pensar que ela poderia dedicar a outro o amor que havia reservado apenas para ele.

Cerca de vinte minutos depois, Artur apareceu. Desde a morte do filho, voltava mais cedo para casa, para fazer companhia a Felícia. Entrou com ar abatido e foi direto para o jardim.

— Boa tarde — cumprimentou, beijando a esposa nos lábios.

— Ah! Artur, boa tarde — respondeu Ondina sorridente. — Que bom que chegou.

Ela terminou de plantar umas sementes e se levantou, passando para o lado de dentro. Era sempre assim. Ondina chegava cedo todas as manhãs, para fazer companhia à Felícia, enquanto Artur ia trabalhar. Ficava o dia todo, até ele voltar, no final da tarde, quando então ia para casa. Ela deu um beijo nas faces de Artur e foi tomar banho. Ele esperou até que ela se afastasse e aproximou-se de Felícia. Puxou outra espreguiçadeira e sentou-se a seu lado, segurando sua mão com ternura.

— Felícia... — balbuciou — ... sinto tanto a sua falta...

Ela puxou a mão apressadamente e respondeu com voz fria:

— Pois não devia. Você me vê todos os dias.

— Não é a isso que me refiro.

Carinhosamente, Artur tentou beijá-la, mas Felícia se levantou de um salto e exclamou indignada:

— Seu insensível! Como pode pensar em sexo quando o sangue de nosso filho ainda está quente na sepultura?

Voltou-lhe as costas com fúria e partiu para o quarto, aos prantos. Não sentia mais nada por Artur. Fazer sexo com ele seria uma obrigação por demais penosa, e ela não estava disposta a se sacrificar ainda mais. O filho não merecia aquilo. Tiago morrera, e ela seria um monstro se pensasse em voltar a ser feliz novamente. Já que ele estava morto, era sua obrigação cultuar a sua memória e sofrer até o fim de seus dias. Era isso o que ele esperaria dela.

Quando Ondina voltou do banho, pronta para sair, estranhou a ausência de Felícia e o ar abatido de Artur.

— O que foi que houve? — perguntou preocupada.

— Nada que já não conheçamos — respondeu desanimado. — Felícia se recusa a levar uma vida normal.

— Isso vai passar, Artur. Não se preocupe. Ela ainda está muito chocada, mas vai superar.

— Mas já faz seis meses!

— Seis meses é muito pouco tempo para o coração de mãe.

— E o meu coração de pai, não conta? Acham que também não estou sofrendo? Que também não o amava? Só que me enterrar junto com Tiago não vai resolver nada. Não vai trazê-lo de volta nem vai nos fazer felizes.

— Sei disso. Sei que você também sofre muito, mas você é mais forte do que Felícia. Você tem o seu emprego, as suas ocupações. Ela não tem nada.

— Porque não quer. Comprei-lhe uma casa nova, com um imenso jardim. Mas ela não liga. Não se interessa pelas flores, e se não fosse a senhora, não sei o que seria da casa ou dos jardins. Estaria tudo jogado por aí.

— Acho que Felícia precisa de outro tipo de distração.

— O quê, por exemplo?

— Ficar em casa não resolve nada. Ela fica ociosa e só pensa bobagens. Mas se tivesse uma ocupação útil...

— Quer dizer, trabalhar?

— E por que não? Felícia é professora, podia dar aulas, se quisesse.

— A senhora sabe que não me importo que Felícia trabalhe. Mas ela não vai querer.

— Quem sabe não poderei convencê-la? O centro espírita que frequento mantém uma escola que atende crianças carentes. Felícia poderia dar aulas lá.

— A senhora acha que pode dar certo? — questionou em dúvida.

— Não sei. Mas podemos tentar. Se não der certo, trago-a de volta para casa. Mas se der, Felícia só terá a lucrar.

— Hum... Onde fica esse centro espírita?

— No Méier. Posso passar aqui para buscá-la de carro todos os dias.

— Está bem, dona Ondina. Acho que não teremos nada a perder. Talvez Felícia se interesse pelas crianças e pare de se sentir a pessoa mais infeliz do mundo. Vai ser bom para ela ver que não é a única que tem problemas e sofre.

— Ótimo, Artur. Vou agora mesmo falar com ela.

Ao entrar no quarto, Ondina encontrou Felícia agarrada ao retrato do filho, olhos inchados de tanto chorar.

— Felícia — chamou baixinho. — Posso falar com você?

— O que é?

Embora Ondina não aprovasse que a filha vivesse agarrada ao retrato de Tiago, não fez nenhum comentário. Sentou-se a seu lado na cama e perguntou com serenidade:

— Não gostaria de trabalhar no centro espírita comigo?

— Fazendo o quê?

— Dando aulas para as crianças carentes.

— Crianças? Nem pensar.

— Por quê? Você sempre gostou de crianças.

Ela abaixou os olhos, confusa, e retrucou com uma pontada de raiva na voz:

— Não posso suportar ver outras crianças saudáveis e felizes quando o meu filho se encontra sozinho naquela sepultura fria e úmida. Não posso deixar de pensar por que teve que ser o meu filho a morrer, e não o filho da vizinha ou da empregada...

Calou-se, a voz embargada pelo pranto, ao mesmo tempo em que Ondina levava a mão à boca, surpresa e aflita com os pensamentos da filha.

— Felícia — censurou —, não devia falar assim. Só porque seu filho morreu não é motivo para invejar aqueles que ainda continuam vivos.

— Sei que é horrível, mãe, mas não posso evitar. Você não sabe como eu desejei que fosse o filho de outra naquela piscina, e não o meu. Como eu queria que outra criança tivesse morrido no lugar de Tiago! Qualquer uma, menos Tiago!

Desatou a chorar descontrolada, e Ondina estreitou-a de encontro ao peito. Felícia devia estar louca para pensar uma coisa daquelas, mas não lhe cabia reprimir ou julgar. Enquanto ela se debulhava, Ondina ia alisando seus cabelos e ia orando, pedindo-lhe paz e serenidade. Aos pouquinhos, ela foi se acalmando, e quando, finalmente, parou de chorar, Ondina tornou com voz amorosa:

— Não pense mais nisso, minha filha. Pense somente no seu futuro. Você e Artur ainda são jovens, e a vida se encarregará de lhes trazer o melhor.

— Gostaria de pensar assim...

— Por que não aceita a proposta que lhe fiz? Por que não vai dar aulas para as criancinhas pobres? Verá como pode ser gratificante o contato com as crianças.

— Não acredito. Só se fosse Tiago.

— Minha filha, isso já está virando uma obsessão. Você devia ir mais ao centro e se esclarecer.

— Centro... Boa ideia, mamãe. Podemos ir ao centro e evocar a alma de Tiago. Poderei falar com ele, saber como está passando...

— Pare com isso, Felícia! Não haja feito louca.

— Ora, mãe, você mesma vive dizendo que nós somos espíritos eternos, que a alma não morre. Então, por que não posso falar com a alma de Tiago?

— Você não sabe o que diz. Talvez isso não seja permitido no momento.

— Então não quero ir. Só aceito ir ao centro espírita se for para falar com Tiago. Para qualquer outra coisa, muito obrigada. Não quero.

— Por que não pensa mais um pouco? Talvez mude de ideia.

— Não vou mudar de ideia.

— É sua última palavra?

— Sim.

— Que pena. Você poderia se surpreender...

— Chega, mamãe! Chega dessa tolice. No dia em que você conseguir trazer Tiago para falar comigo, aí então irei ao centro. Antes disso, nem pensar.

Não havia mais o que dizer. Felícia estava decidida, e Ondina não conseguia convencê-la. Nem Artur conseguiria. Não podia obrigá-la a ir ao centro ou qualquer outro lugar. Se Felícia se recusava a aceitar ajuda, não havia nada que pudesse fazer. Só lhe restava respeitar a sua vontade e orar.

⁂

Artur chegou à empresa com ar cansado, cumprimentou a secretária e foi trancar-se em seu escritório. Fazia já algum tempo que não conseguia se concentrar no trabalho e, não fosse pelo amigo Norberto, teria cometido erros gravíssimos, com sérios prejuízos para os negócios. Ele estava sentado a sua mesa, rosto afundado nas mãos, pensando em Felícia, quando bateram de leve à porta, e Norberto entrou.

— Bom dia, Artur — cumprimentou em tom amistoso. — Como estamos hoje, hein?

— Ah! Norberto, você nem imagina o que estou passando. Passados seis meses da morte de Tiago, Felícia não quer reagir. Não sei mais o que fazer.

— Já experimentou procurar ajuda psiquiátrica?

— Felícia não vai concordar.

— Você já tentou?

— Ainda não. Mas eu a conheço. Vai soltar os cachorros em cima de mim e me chamar de egoísta, de insensível e sabe-se lá do que mais. Dona Ondina sugeriu que ela arranjasse uma ocupação e ofereceu-lhe uma vaga de professora.

— E...?

— Nada. Felícia simplesmente recusou — fez uma pausa e prosseguiu: — Faria qualquer coisa para que Felícia voltasse a ser o que era antes.

— Por que não tira umas férias e faz uma viagem?

— Viagem? Até que não seria má ideia.

— Leve-a a um lugar romântico. Paris, talvez.

— Paris é longe. Não sei se poderei me ausentar tanto tempo assim.

— Pode sim. Deixe tudo aqui por minha conta.

Na volta para casa, Artur ia pensando. Quem sabe Norberto não tivesse razão e uma viagem ajudasse Felícia a superar a morte do filho? Ele não tinha certeza, mas precisava tentar. Não aguentava mais aquela situação, e qualquer coisa era melhor do que o desprezo e a irritação de Felícia.

Estacionou o automóvel na garagem e entrou pelos fundos, passando direto pelo jardim. Nem Felícia, nem Ondina estavam ali, e ele foi para a sala. Ondina estava sentada numa cadeira de balanço, tricotando um suéter, e não percebeu quando ele entrou.

— Dona Ondina — chamou.

Ela abaixou o tricô e fitou-o por cima dos óculos, dizendo com voz bondosa:

— Felícia está no quarto, descansando.

Ele se aproximou e sentou-se junto a ela, olhando-a como a pedir sua aprovação.

— Sabe, dona Ondina, estive pensando se não seria uma boa ideia levar Felícia a Paris...

— Paris? — retrucou ela entusiasmada. — Ela sempre gostou de Paris. Penso que seria uma ótima ideia.

— Acha que ela concordará?

— É claro que sim. Que mulher não gosta de ir a Paris? Se eu fosse você, ia lá em cima agora mesmo falar com ela.

Ele sorriu agradecido e levantou-se apressado, subindo as escadas em direção ao quarto. Felícia estava deitada na cama, olhos semicerrados, segurando de encontro ao peito o retrato do filho. Artur franziu o cenho, mas procurou não prestar atenção àquele fato. Várias vezes já dissera a Felícia que não fazia nada bem ficar agarrada ao retrato de Tiago, mas não tinha jeito. Vira e mexe, lá estava ela abraçada à foto do menino.

— Felícia — chamou baixinho, acariciando seus cabelos.

Ela abriu os olhos e contraiu os lábios, virando-se para o outro lado.

— O que quer? — indagou de má vontade. — Eu estava descansando.

— Quero falar com você.

— Não temos mais o que falar.

— Como pode dizer isso? Somos marido e mulher. Sempre teremos algo a dizer.

— Pois eu não tenho. E se você tem, diga logo e deixe-me terminar o meu descanso.

Artur não conseguia esconder a contrariedade. Felícia não tinha motivo nenhum para tratá-lo daquele jeito.

Parecia até que fora ele o responsável pela morte do filho. Num impulso, externou sua indignação:

— Por que está falando comigo desse jeito? Parece que me acusa de algo. Não sou culpado pela morte de Tiago.

Ela se virou para ele bruscamente e, olhos chispando de ódio, disparou:

— É sim. Você e todo mundo. Se não tivesse mandado Jonas à rua com uma lista imensa de coisas para comprar, ele teria voltado logo com aquele maldito cadeado e trancado o portão da piscina, e Tiago jamais teria entrado lá.

Ele abriu a boca, abismado. Será que Felícia vinha alimentando aquele sentimento desde a morte do filho?

— Felícia — tornou com voz trêmula —, isso é um disparate e uma injustiça. Como é que eu poderia prever que uma coisa daquela iria acontecer? E depois, tinha a Lurdinha. Pensei que ela estivesse tomando conta dele.

— Lurdinha é uma assassina! Devia estar presa.

— Pare com isso, Felícia. Prender Lurdinha não ia adiantar nada. E depois, creio que sua consciência deve estar sendo o seu pior castigo.

— Ainda a defende!

— Não a estou defendendo. Estou apenas tentando ser razoável.

— Dispenso a sua razoabilidade. Você é um insensível e não amava Tiago tanto quanto eu. Por isso não se importa.

Por pouco Artur não se levantou e saiu batendo a porta. Felícia já estava indo longe demais. Parecia mesmo estar ficando louca. Ela estava sofrendo, mas o seu sofrimento não lhe dava o direito de agredi-lo daquela maneira. Afinal, ele estava sofrendo também. Mesmo assim, conseguiu se conter. Se ele se descontrolasse feito ela, aí é que estaria tudo perdido mesmo. Ela estava em total desequilíbrio, mas ele não podia entrar no seu jogo.

— Felícia — continuou, tentando imprimir à voz um tom mais pacífico —, não vim aqui para brigar com você...

— Ainda bem.

— Vim aqui porque a amo... porque quero fazer-lhe um convite.

— Que convite? Não me sinto com ânimo para ir a lugar nenhum.

— Pensei que talvez pudéssemos fazer uma viagem a Paris e...

Ela nem o deixou concluir. Deu um salto da cama e pôs-se de pé diante dele, quase esfregando o retrato de Tiago em seu nariz.

— Como é que pode pensar em viajar numa situação dessas? — esbravejou. — Pensa que sou alguma egoísta feito você? Que vou ficar por aí me divertindo sem o meu filho? Nem pensar! Meu lugar é aqui, ao lado dele.

— Ele está morto!

— Não está. Minha mãe não diz que a alma é eterna? Pois então? A alma de Tiago ainda está aqui, e eu não vou abandoná-la.

— Você enlouqueceu. Mesmo que a alma sobreviva ao corpo, Tiago não iria permanecer preso a esse mundo. Na certa, ia para um lugar melhor, onde não tivesse que ficar exposto às crises de loucura da mãe!

Felícia não suportou. Num impulso, estalou-lhe uma bofetada no rosto, com tanta força, que o retrato de Tiago escapuliu de sua mão e se estatelou no chão. Ao ver o porta--retratos partido, Felícia se ajoelhou e começou a recolher os cacos do vidro, choramingando desvairada:

— Ah! Tiago. Tiaguinho... perdoe-me. A culpa foi de seu pai. Foi ele... foi ele...

Cada vez mais estupefato, Artur ficou vendo a mulher ajoelhada no chão, falando com o retrato partido do filho, como se ele estivesse realmente ali. Aquilo já era demais. Felícia estava ultrapassando todos os limites. Precisava tomar uma decisão. Não pensava em interná-la, mas chamaria um psiquiatra a sua casa para vê-la. O sogro poderia arranjar alguém confiável.

Em silêncio, Artur foi saindo devagarzinho, deixando-a a sós com sua loucura. Fechou a porta cuidadosamente e desceu para a sala, onde Ondina andava de um lado para o outro, esfregando as mãos nervosamente.

— Artur! — exclamou, logo que ele apareceu. — O que foi que houve? Ouvi gritos, barulho de vidro se quebrando.

— Dona Ondina — respondeu ele desalentado —, Felícia enlouqueceu.

Contou-lhe tudo o que havia acontecido, desde quando chegara e a vira dormindo abraçada à fotografia do filho, até a bofetada e o desespero ante o retrato partido.

— Meu Deus! — fez Ondina abismada. — Felícia está muito doente.

— É o que também acho. Mas não posso ficar inerte vendo minha mulher enlouquecer. Preciso fazer alguma coisa.

— O quê?

— Vou pedir a Antônio que me indique um psiquiatra. Alguém de sua inteira confiança.

— Acha que isso é necessário?

— Não sei, dona Ondina. Não sei mais o que pensar. Mas se Felícia não aceita trabalhar, não quer viajar e ainda me acusa de ser o responsável pela morte de Tiago, então algo de muito errado está acontecendo com ela. Algo que talvez só um psiquiatra possa compreender e elucidar.

— Talvez você tenha razão. Se ela se recusa a receber ajuda espiritual, não vejo outra saída. — Foi até a mesinha e retirou o fone do gancho, discando o número do consultório do marido. — Vou telefonar para o Antônio.

Depois que Artur falou com Antônio, anotando o nome e o número do psiquiatra, Ondina foi para casa. Artur tomou coragem e subiu novamente para o quarto. Felícia estava mesmo muito doente, e ele não deveria deixá-la sozinha. Quando abriu a porta, uma surpresa. Felícia havia ingerido um vidro de pílulas para dormir e jazia de bruços na cama, a mão estendida para fora, na direção do retrato partido do filho, caído no chão.

Mais que depressa, Artur a ergueu no colo e correu para fora, chamando por Hermínia, que veio correndo e o ajudou a acomodar Felícia no banco traseiro.

— Felícia — chorava Artur —, não faça isso comigo, Felícia. Não vá embora. Por favor, não me deixe você também.

Mas Felícia não respondia. A respiração fraca dava sinais de que ainda vivia, mas a vida parecia por demais frágil para sustentar-se naquele corpo sem ajuda. Durante todo o trajeto até o hospital, Artur permaneceu chamando o seu nome, sem que ela desse mostras de que o estivesse ouvindo. Na emergência, ela foi logo atendida, e os médicos de plantão conseguiram fazer-lhe uma lavagem estomacal, e o remédio foi expelido a tempo.

Vendo-a pálida sobre a cama do hospital, Artur desatou num pranto sentido. Não entendia por que é que aquelas coisas estavam acontecendo em sua vida. Era um homem bom e honesto, não prejudicava nem enganava ninguém. Apesar de rico, era humilde e generoso, e gostava de ajudar quem precisasse. Por que então aquelas coisas aconteciam com ele? Por que perdera o filhinho querido e, pouco depois, quase ficara sem a esposa também? Por mais que pensasse, Artur não conseguia compreender.

CAPÍTULO 4

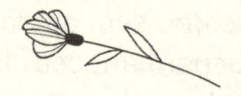

Felícia sentiu que mergulhava num túnel sem luz e sem fim, descendo cada vez mais para o fundo. Tudo ao seu redor era escuro e abafado, e pareceu-lhe haver despencado dentro de uma espécie de poço. Lá no fundo, avistou algo semelhante a um rodamoinho e pensou que fosse se afogar. Já bem próxima, fechou os olhos e prendeu a respiração, certa de que afundaria naquela água escura e viscosa. Teve a nítida sensação do corpo em queda livre e aguardou, temerosa, o choque com a água.

Mas o choque não veio. Ao invés disso, sentiu como se mãos poderosas a puxassem para cima, afastando-a daquele rodamoinho medonho. De olhos ainda cerrados, sentiu que fazia o caminho de volta e que o túnel, à medida que subia, ia se tornando mais claro e menos abafado, até que percebeu que estava do lado de fora. Sentiu uma contração no estômago e tossiu diversas vezes, e um jato quente jorrou de sua boca. Inspirou profunda e desesperadamente, lutando para levar o ar para dentro de seus pulmões, até que sentiu um alívio e pôde respirar normalmente. Abriu os olhos por alguns segundos e avistou várias pessoas de branco ao seu redor. Fechou-os novamente e mergulhou em sono profundo.

Quando tornou a abri-los, estava em um lugar diferente, pisando a grama verde e úmida de majestoso jardim. Várias pessoas andavam de um lado para outro, conversando animadamente, enquanto outras, sentadas no chão, entoavam canções doces e suaves. Felícia sentiu-se extasiada. Teria morrido e estaria no céu?

— Não, Felícia, você não morreu.

Ela levou um susto ao ouvir essa voz e só então reparou que havia alguém a seu lado. Era uma mulher idosa, de aparência bondosa, que lhe estendeu a mão num gesto sereno e amistoso.

— Quem é você? — perguntou ela, confusa e receosa.

— Meu nome é Tereza. Fui encarregada de recebê-la e acompanhá-la em sua breve visita.

— Visita? Mas onde estou?

— Você está em uma colônia espiritual dedicada aos espíritos que desencarnaram ainda em tenra idade...

— Espíritos? Mas você disse que eu não estou morta.

— E não está. Seu corpo, neste exato momento, repousa sobre uma cama de hospital lá embaixo, na cidade material do Rio de Janeiro. Graças a Deus, conseguimos evitar que o suicídio se concretizasse. Mas seu espírito foi trazido aqui para alguns esclarecimentos.

— Não estou entendendo nada.

— Em breve vai entender. Por favor, acompanhe-me.

Ela apontou em uma direção, e Felícia pôs-se a caminhar ao seu lado.

— Você disse que aqui há espíritos que desencarnaram em tenra idade — tornou ela, a mente em torvelinho.

— Sim.

— Será que meu filho, por acaso, não se encontra por aqui?

Tereza parou, impressionada com a rapidez de Felícia. Haviam alcançado um prédio de apenas dois andares, todo pintado de branco, com janelas em suave tom de azul-claro.

— Antes de lhe dar qualquer informação — respondeu Tereza com ar bondoso —, preciso esclarecê-la sobre alguns aspectos.

— Que aspectos?

— Desde que seu filho desencarnou, você vem apresentando uma reação pouco saudável para você e para ele. O seu desespero, o seu apego, a sua relutância em aceitar têm trazido vários transtornos a ambos.

— Como assim? Pensei que meu filho gostasse de saber que a mãe não o abandonou.

— Não é bem assim. Ninguém abandonou ninguém. Tiago cumpriu o tempo dele na Terra, mas você ainda tem muito a realizar. Só que você se recusa a compreender e aceitar as suas próprias escolhas.

— Jamais teria escolhido perder um filho com apenas cinco anos.

— Tiago escolheu desencarnar desse jeito, e você se comprometeu a recebê-lo como filho e dar-lhe amor durante seus cinco anos de existência.

— E não foi o que fiz?

— Em parte, não. Você se apegou a Tiago de uma tal forma que, ao invés de amá-lo, passou a sufocá-lo.

— Isso é um disparate!

— Será que é mesmo? Que bem você pensa que faz a ele cultuando a sua imagem como se ele ainda estivesse encarnado? Acha que ele se sente bem com o seu desespero? Que gosta da forma como você trata o seu marido, o homem que aceitou recebê-lo como filho?

— Você não tem o direito de me repreender.

— Não tenho mesmo. E nem foi minha intenção repreendê-la. Trouxe-a até aqui porque você e Tiago merecem ajuda. Estou apenas tentando esclarecê-la para que você e ele deixem de sofrer.

— Tiago sofre? Mas como, se está morto?

— Ele não está morto. Deixou a matéria, mas continua com todos os seus sentimentos.

— Ele sente a dor e a angústia do afogamento?

— Não é a esse tipo de sentimento que me refiro. O afogamento foi necessário, e Tiago vai aos poucos se libertando daquela sensação desagradável. Mas sofre vendo o seu sofrimento.

— Como isso é possível?

— Ele a ama imensamente e se sente preso a você por causa do seu desespero. Quer crescer na espiritualidade, mas sente-se ligado a você e fica indeciso. Por isso, seu corpo fluídico permanece exatamente como quando desencarnou. Com a aparência de um menino de cinco anos.

Ao ouvir isso, o coração de Felícia se enterneceu. Lembrou dos olhinhos negros do filho, de seu cabelinho castanho claro, de seu corpinho macio e rechonchudo, e começou a chorar.

— Por favor, Tereza, se ele está aqui, deixe-me vê-lo.

— Ainda não.

— Mas por quê?

— Você foi trazida aqui para ajudá-lo, não para atormentá-lo.

— Eu jamais faria isso. Sou a mãe dele. Amo-o mais do que a minha própria vida.

— Aí é que está o erro. Deve amá-lo como filho. Sua vida, deve amar de outra forma.

— Não entendo o que quer dizer.

— Cada coisa no seu lugar, Felícia. Se você recebe uma vida para viver, é de se presumir que a amará em primeiro lugar, porque, enquanto não aprender a amar a si mesma, jamais poderá amar mais alguém.

— Como pode dizer uma coisa dessas? Duvida do meu amor por Tiago?

— O seu amor por Tiago é ainda muito apegado e possessivo para ser o ideal. Quando você se desapegar dele e perceber que pode amá-lo, esteja ele onde estiver, sem precisar vê-lo ou senti-lo, vai começar a entender o que quero dizer.

— Diz isso porque, provavelmente, nunca foi mãe.

Tereza fitou-a comovida e retrucou com olhos úmidos:

— Engana-se, Felícia. Fui mãe sim, e é exatamente por ter sido mãe e aprendido a amar que me sinto no direito de lhe dizer essas coisas.

— Não poderei vê-lo, então? — tornou Felícia, mal prestando atenção às palavras e à emoção de Tereza.

— Eu não disse isso. Mas para vê-lo, tem que me prometer que vai se controlar.

— Como assim?

— Não vai se agarrar a ele nem dar sinais de desespero. Abrace-o, beije-o, chore. Mas não se desespere. Se ele perceber o seu desespero, vai se entristecer e não vai conseguir crescer.

— Como assim, crescer?

— Tiago precisa retomar a forma adulta que possuía antes de encarnar. Mas não consegue, pois a sua angústia, o fato de você estar sempre chamando-o impedem-no de crescer. Por isso a trouxemos aqui. Para que você o ajude a se libertar e retomar a forma adulta.

— Por que ele tem que fazer isso?

— Para que não se torne escravo de sua condição infantil. Ele está limitado, e a limitação não é própria dos espíritos. Ele pode manter a forma de criança, quando e enquanto quiser, desde que escolha essa situação. Mas não é conveniente que fique preso a ela por uma incapacidade mental. E, nesse momento, ainda que quisesse, não poderia retomar a forma adulta — Ela recomeçou a chorar, e Tereza prosseguiu: — Então? Quer ajudar?

— O que devo fazer?

— Dê-lhe amor, não desespero.

— Está bem.

— Devo adverti-la, contudo, de que se você não conseguir se controlar, serei obrigada a retirá-la, para que não piore ainda mais a sua situação. Tiago, hoje, só consegue se lembrar desses cinco anos que viveu encarnado. Seu raciocínio é fantástico para uma criança, porque ele pensa com sua mente milenar de espírito vivido e eterno, embora não se dê conta disso.

— Ele sabe que morreu?

— Que desencarnou. Sabe.

— E o que pensa disso?

— Embora um pouco confuso, consegue entender, porque achou bem parecido com o céu de Papai do Céu de que sua avó lhe falava — ante o seu olhar de espanto, ela esclareceu: — Vê como é importante tratar a morte com naturalidade, desde a infância? Se Tiago nunca tivesse ouvido falar em Papai do Céu, em céu, em anjinhos, estaria hoje profundamente transtornado. Por isso, criamos esse lugar, especialmente para crianças pequenas. Quando elas chegam, são informadas de que Papai do Céu as chamou e que agora vai cuidar delas. Recebem tratamento especial e muito carinho, até que estejam prontas para compreender que são espíritos eternos e vividos, e não crianças que experimentaram, pela primeira vez, a vida terrena.

— E Tiago...

— Tiago chegou aqui assim. Foi esclarecido sobre seu desencarne e aceitou. Mas apagou da memória suas encarnações anteriores e as escolhas que fez — tornaram a parar diante de uma porta, e Tereza perguntou confiante: — Está pronta?

Ela aquiesceu, o coração aos pulos, quase saltando do peito. Tereza pousou a mão na maçaneta e abriu a porta vagarosamente, e Felícia viu-se diante de uma sala toda decorada com bichinhos, carrinhos, bonecas, como de um jardim de infância. Várias crianças, entre quatro e sete anos, brincavam em companhia de moças jovens e alegres. Tereza tomou a dianteira, e Felícia foi seguindo-a, até que saíram por outra porta, que dava para imenso jardim ensolarado e fresco.

Tiago estava parado de costas para elas, segurando nas mãos um aeromodelo igualzinho ao que tinha quando desencarnou. Aquela visão chocou Felícia, que sentiu uma leve tonteira e foi amparada por Tereza.

— Não se deixe impressionar. Tiago adora aviõezinhos. Lembre-se de que foi por um deles que desencarnou.

— Tomei horror a aeromodelos.

— Mas ele não. Quando desencarnou, chegou aqui segurando esse nas mãos. É seu brinquedo preferido e, por favor, procure não colocar peso onde não tem. Não precisamos de um trauma agora.

Felícia aquiesceu e deu dois passos à frente, parando bem atrás de Tiago. A moça que o auxiliava com o avião sorriu e apontou para ela, e Tiago se voltou na mesma hora.

— Mãe! — exclamou com genuína felicidade, atirando-se em seus braços.

Ela pensou que fosse desmaiar. Abraçou o filho e pôs-se a chorar, não sabia se de tristeza, por não poder mais tê-lo a seu lado, ou se de alegria por estar estreitando-o novamente. Durante alguns minutos, permaneceram ali abraçados, sem que ninguém dissesse ou fizesse qualquer movimento para separá-los. A emoção do momento era grande, e até Tereza enxugou discretas lágrimas de seus olhos.

Só depois de muito tempo foi que se separaram, e Felícia observou com alegria:

— Meu rapazinho... como você está bonito e corado. Vejo que o estão tratando muito bem aqui.

— É verdade, mãe. A gente não come carne como lá em casa, mas eles me dão uma comida tão gostosa! E até frutas e doces.

— Que bom, querido.

— Quanta saudade, mamãe! — desabafou, abraçando-a novamente.

Felícia teve que se esforçar ao máximo para não cair num pranto sentido e desesperado. Lembrava-se das palavras de

Tereza e não queria decepcioná-la. Além disso, tinha medo de que ela a levasse embora e não permitisse mais que voltasse.

— Bem — interrompeu Tereza suavemente —, vou deixá-los sozinhos um pouco. Devem ter muito o que conversar. Qualquer coisa, Natália está aqui e pode ajudar.

Natália era a moça que cuidava de Tiago. Ela sorriu para Tereza, despedindo-se dela, e se levantou, falando para Felícia.

— Fique à vontade. Se precisar, é só me chamar.

Depois que Natália e Tereza se foram, Felícia deu a mão a Tiago e levou-o para o parquinho, onde havia vários brinquedos cuidadosamente dispostos em fila. Ajeitou-o no balanço e empurrou, e o menino ria gostosamente. Depois, foi sentar-se com ele à sombra de uma árvore para conversarem. Felícia ficou espantada com o grau de inteligência e maturidade do filho, mas não fez nenhuma observação. Tereza já a havia esclarecido sobre aquilo, e ela conversou com ele durante muito tempo.

Conforme havia prometido, não demonstrou nem uma pontinha de desespero, e a entrevista com o filho acabou sendo um sucesso. Tudo saíra conforme o planejado, e Tereza estava esperançosa. Em pouco tempo, Tiago readquiriria o domínio sobre seu corpo fluídico e poderia optar por moldá-lo com a forma que desejasse.

A muito custo, Felícia conseguiu largá-lo. Quando Tereza veio buscá-la, dizendo que já era hora de voltar, ela quis protestar, mas desistiu. O olhar de Tereza lhe dizia que não podia ficar. Depois de uma longa despedida, Felícia saiu com Tereza, e esta ia lhe dizendo:

— Não pense que não sei em que está pensando.

— Sabe?

— Sim. Você tentou se matar e está se lamentando por não haver conseguido. Pensa que, se tivesse morrido, estaria aqui com seu filho?

— Não estaria?

— Não. Teria caído naquele rodamoinho que você viu e seria muito difícil para nós tirá-la de lá — Ela abaixou os olhos, acabrunhada, e Tereza continuou: — Se quer mesmo ajudar seu filho, não pense mais em cometer suicídio. Você vai se complicar e nada poderá fazer por ele.

— Como é que sabe de tudo isso?

— Fui eu quem ajudou a evitar que você morresse.

— Obrigada — murmurou envergonhada.

— Não precisa agradecer. E agora venha. Vou levá-la de volta ao corpo. Quando acordar, você terá apenas uma vaga lembrança do que aconteceu e pensará que sonhou. Mas procure se lembrar de tudo o que lhe disse. Tente melhorar o humor e pare de se agarrar ao retrato de Tiago. Esqueça as ideias de suicídio e procure se entender com seu marido. Ele é um bom homem e tem sofrido muito com tudo isso.

Chegaram ao orbe. Tereza ajudou Felícia a voltar para o corpo, elevou sentida oração e voltou para o astral. Havia cumprido a primeira parte de sua missão e estava feliz, certa de que Felícia começara a compreender.

CAPÍTULO 5

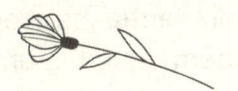

Com a proximidade do Natal, as lojas do centro da cidade fervilhavam de compradores, pessoas animadas e felizes com as compras e as festividades. Nesse clima de alegria, Lurdinha vagava pelas ruas, implorando a misericórdia daqueles que gastavam seus tostões na compra de presentes maravilhosos. Alguns lhe atiravam moedas, outros passavam apressados, outros ainda murmuravam uma praga qualquer, amaldiçoando o governo e a polícia, que não tomavam nenhuma atitude contra aquela gentalha nojenta. O que não era bem verdade. Quantas e quantas vezes, Lurdinha não tivera que correr, misturando-se à multidão, para fugir dos guardas que ameaçavam levá-la para a prisão?

Há muito Lurdinha perdera as esperanças de voltar a levar uma vida decente. Depois de tanto ser escorraçada e humilhada, desistiu de procurar emprego. Acostumou-se à vida de pedinte e perdeu o ânimo para lutar, entregando-se à vadiagem e à mendicância. Fazia mais de um ano que Tiago morrera, e embora a história já houvesse caído no esquecimento, ela acabara se entregando ao conformismo e foi se acostumando a uma situação que passara a ver como irremediável.

Naquele dia, o movimento não estava sendo dos melhores. Havia guardas por todos os lados, e era difícil passar sem ser percebida. Fazia um calor sufocante, e o céu dava mostras de chuva. Ainda assim, Lurdinha vagueava para lá e para cá, à espera de que alguma alma mais caridosa se apiedasse dela e lhe atirasse alguns níqueis. Ainda não havia comido nada.

Enquanto isso, Diniz sentia-se irrequieto em casa. O movimento no Natal também diminuía um pouco, e as meninas ficavam por ali, sem ter muito o que fazer. Algumas decoravam a árvore, pendurando bolas e enfeites, enquanto outras espalhavam festões pelas janelas e escadas. Naquela manhã, haviam sorteado o amigo oculto, o que já era uma tradição, e ele tirara uma das garotas, de nome Soraia. Diniz chegou a desconfiar de uma pequena marmelada, pois Soraia vivia dizendo que o amava. Mas desde que ele vira Lurdinha, sentada na grama do Aterro, nunca mais conseguira pensar em outra mulher. Dormia com Soraia de vez em quando, mas não a amava. Nem sabia mesmo se amava Lurdinha, mas o fato era que, havia mais de um ano, não conseguia parar de pensar nela.

Resolveu sair e fazer umas compras. Precisava de roupas novas para as festas e compraria também o presente da amiga oculta. Já na garagem, ouviu um trovão espocar à distância e olhou para o céu. Ia chover. Pensou em desistir, mas estava aborrecido dentro de casa, e ir à rua talvez lhe trouxesse alguma distração.

Entrou no automóvel, deu partida e saiu para a rua. Quando chegou ao centro da cidade, o movimento era enorme, e ele teve grande dificuldade em encontrar uma vaga para estacionar. Depois de muito custo, conseguiu uma e saiu distraído, olhando as vitrines coloridas e iluminadas. Entrou em várias lojas, comprou roupas esportes e o presente para Soraia: um conjunto de bijuteria dourada, muito bonito, composto de brincos, colar e pulseiras.

Quando estava voltando para tomar o automóvel, carregado de sacolas, uma movimentação estranha chamou sua atenção. Movido pela curiosidade, Diniz se aproximou. Havia uma aglomeração de pessoas paradas em frente a uma loja de artigos femininos, e uma senhora gorda e bem-vestida gritava com uma moça caída no chão:

— Foi ela sim! Tirou-me o pacote da bolsa e quis fugir.

— A senhora tem certeza? — indagou um guarda, doido para colocar as mãos na moça e levá-la embora.

— Só pode ter sido ela. Ficou acompanhando-me dentro da loja e esperou que eu saísse só para me roubar.

— É mentira! — gritou a moça, erguendo o rosto, cheia de raiva. — Pode me revistar se quiser, seu guarda. Não roubei nada.

— Aposto como passou o embrulho para algum comparsa.

— Mas que comparsa? Eu não fiz nada.

Diniz estava abismado. Enquanto a discussão prosseguia, ficou parado, sem saber o que fazer. Ao ver o rosto da moça, levou um choque. Seria aquela a mesma Lurdinha que conhecera um ano atrás e por quem havia perdido noites a fio de sono? Era o que parecia. Ela estava mais magra, suja, os cabelos desgrenhados e a pele viscosa, mas parecia a mesma pessoa. Como podia ser? Quando a conhecera, Lurdinha era uma mulher muito bonita, mas agora estava feia e sem graça, toda maltrapilha e cheirando mal. Enquanto permanecia preso à sua indignação, a voz da mulher continuava esganiçada:

— Exijo que a prenda, seu guarda! Ela é uma ladra, e lugar de ladra é na cadeia!

— Ah! Isso é que não! — berrou Lurdinha, tentando fugir.

O guarda, porém, foi mais rápido e segurou-a pelo braço, afirmando cheio de autoridade:

— Não vai a lugar nenhum, mocinha. Daqui, vamos direto para a delegacia.

— Não! Não! — gritava Lurdinha, lutando para se soltar.

No meio da balbúrdia geral, Diniz acabou acordando de seu torpor e reparou num pequeno embrulho caído no meio da multidão. Era uma caixinha verde, amarrada com um enorme laço de fita vermelho, já meio amassado e roto. Na mesma hora, apanhou desajeitadamente o pacote e deu um passo à frente, exclamando com euforia:

— Um momento! Um momento! — foi caminhando apressado por entre as pessoas, todo atrapalhado com as sacolas, exibindo na mão o embrulhinho amassado. — Por acaso não é isso o que procura, madame?

Estendeu para a mulher a caixinha verde, e ela abriu a boca numa exclamação muda.

— É esse o seu pacote, senhora? — indagou o guarda, já cheio daquela confusão.

Diniz olhava de soslaio para Lurdinha, que o havia reconhecido e se encolhia toda, envergonhada por estar diante dele naquela situação vexatória. A mulher, meio sem jeito, apanhou o embrulho das mãos de Diniz e o examinou por uns instantes. Em seguida, abriu-o e olhou o seu conteúdo. Efetivamente, era a meia de seda que comprara. Meio sem graça, começou a balbuciar envergonhada:

— Bem... qualquer um pode se enganar, não é mesmo?

— É muito fácil se enganar com a vida dos outros, não acha? — rebateu Diniz em tom mordaz. — Afinal, não era a senhora que ia para a cadeia, era?

A mulher abaixou os olhos, coberta de rubor, e não disse nada. Jogou o embrulho dentro de uma das bolsas, deu um sorriso amarelo para o guarda e virou as costas, sumindo no meio da rua, sem nem uma palavra de agradecimento a Diniz.

Diniz fitava Lurdinha com ansiedade, mas o guarda saiu puxando-a, falando de má vontade:

— Vamos embora, mocinha. Vai passar o resto do dia no xilindró.

— Não... — soluçou Lurdinha, apavorada.

— Espere um instante, seu guarda — interrompeu Diniz incisivo. — Já não ficou esclarecido que não foi ela quem roubou aquela senhora?

— Isso não exclui o fato de que ela está mendigando, e é meu dever tirá-la das ruas.

— Mendigando? O que é isso, seu guarda? Eu conheço a moça. Pode soltá-la.

— O senhor a conhece? — rebateu o guarda, incrédulo.

— Conheço. Ela trabalha para mim... em minha casa... não é, Lurdinha? — Ela não conseguia dizer nada. — Não é, Lurdinha?

— É... é sim... — respondeu, entre atônita e esperançosa.

— Se ela trabalha em sua casa — redarguiu o guarda —, como é que está por aí, vagando maltrapilha desse jeito?

Diniz não sabia o que dizer. Lançou para o policial um olhar de súplica, e ele acabou se convencendo. Ou melhor, desistindo de prender Lurdinha. Não valia a pena mesmo. Soltou o braço dela e empurrou-a na direção de Diniz, finalizando com ar de autoridade:

— Pode levá-la, se quiser. E você, mocinha, nunca mais apareça por aqui, ou serei obrigado a prendê-la.

Com um olhar de agradecimento, Diniz saiu puxando-a pela mão, ainda atrapalhado com as sacolas.

— Pode me ajudar? — pediu, à falta de coisa melhor para dizer.

Ela aquiesceu e apanhou umas bolsas de sua mão, e Diniz foi conduzindo-a até o automóvel. Depois de ajeitarem tudo no banco de trás, ele abriu a porta para ela, e Lurdinha entrou, sentando-se acabrunhada. Diniz ligou o carro e foi direto para casa, sem que trocassem uma única palavra durante todo o caminho. Lurdinha estava com medo e envergonhada, e Diniz, confuso demais para falar. Temia ofendê-la com qualquer coisa que dissesse e achou melhor esperar até que ela estivesse novamente apresentável, para então conversarem.

Assim que ele abriu o portão da garagem, Valente veio vindo em sua direção, acompanhado de Eunice, uma espécie de gerente, que tomava conta das garotas e cuidava para que nada lhes faltasse. Quando viram que Diniz não estava sozinho, os dois se assustaram, e Valente correu ao seu encontro, espantando-se com aquela maltrapilha que o amigo havia levado para casa.

— O que é isso, Diniz? — foi logo perguntando, com voz de recriminação.

— Não a reconhece? — tornou o outro, levantando o rosto de Lurdinha, que estava à beira das lágrimas.

Valente fitou o seu rosto por alguns minutos, puxando pela memória para se lembrar de onde é que a conhecia. O semblante lhe era familiar, mas ele não conseguia se lembrar. Não havia ninguém que conhecesse que se encontrasse naquela situação ultrajante.

— Não sabe mesmo quem é? — insistiu Diniz.

— Não — tornou Valente, pouco convicto. — Acho que não a conheço.

— É a Lurdinha.

— Que Lurdinha?

— Não se lembra? — Ele meneou a cabeça. — A Lurdinha, que conhecemos no ano passado, lá no Aterro do Flamengo. Aquela, do caso Fontes.

Só então Valente se lembrou. Mas como estava mudada! Se Diniz não lhe dissesse, ele jamais a teria reconhecido.

— Mas o que foi que houve com você? — indagou curioso.

Lurdinha não respondeu. Havia sofrido tanta humilhação que tinha medo até de abrir a boca.

— Eu a encontrei no centro da cidade — esclareceu Diniz. — Não sei bem o que houve com ela, mas acho que dá para imaginar, não é mesmo?

Ela não aguentou. Escondeu o rosto entre as mãos e desatou a chorar convulsivamente, causando imensa piedade em Eunice.

— Por que não a deixam comigo? — sugeriu ela de forma amistosa. — Cuidarei dela com carinho, e depois, ela mesma lhes contará o que aconteceu.

Era uma boa ideia. Lurdinha estava suja e cheirando mal, e um banho lhe faria muito bem. Eunice levou-a para seu próprio quarto e preparou-lhe um banho morninho e gostoso, que Lurdinha apreciou como ninguém. À exceção dos chafarizes em que precariamente se lavava de vez em quando, fazia mais de um ano que não se banhava. Ela demorou quase uma hora no banho e, quando saiu, a pele limpa e lustrosa, os cabelos cheirosos e macios, sentiu-se uma mulher renovada. Eunice já a aguardava, com uma bermuda e uma blusa na mão.

— Acho que servem em você — falou, estendo-lhe as roupas. — Estão um pouco velhas, porque eram de quando eu era mais nova e mais magrinha. Mas devem ser do seu tamanho. Ah! E tem mais uma coisa — foi para a gaveta e apanhou um saquinho, abrindo-o com os dentes. — São calcinhas novas. Pode vestir sem susto.

Com um olhar agradecido, Lurdinha apanhou as roupas e se vestiu. Penteou os cabelos e olhou-se no espelho. Era gente de novo.

— Obrigada... — murmurou em lágrimas.

Eunice sorriu de volta, já à beira das lágrimas também, e chamou-a com a mão:

— Agora venha comigo. Deve estar faminta.

Desceram juntas as escadas e foram para a cozinha. Eunice preparou-lhe um prato caprichado, com galinha assada, arroz, feijão, batatas cozidas e salada. Serviu-lhe um suco de manga e sentou-se a seu lado, para esperar que terminasse de comer. Lurdinha devorou a refeição. Já nem se lembrava mais de quanto tempo fazia desde a última vez em que comera comida de verdade. Achou o suco delicioso, e Eunice ainda lhe ofereceu um pudim de sobremesa. Era demais! Quando ela terminou, limpou os lábios no guardanapo e fitou Eunice com olhos úmidos.

— Não sei como posso lhe agradecer. A senhora foi tão boa...

— Senhora está no céu. E não precisa me agradecer, não. Agradeça ao Diniz, que foi quem a tirou da rua. E agora, se já se sente melhor, vou levá-la até ele.

Lurdinha aquiesceu e saiu atrás de Eunice. Diniz estava no salão principal, em companhia de Valente e de algumas moças. Ao vê-la, limpa e alimentada, Diniz sentiu imensa alegria. Correu em sua direção e tomou-lhe as mãos, acrescentando cheio de admiração:

— Você está linda!

— Obrigada — respondeu ela timidamente.

As moças acorreram curiosas. Todas queriam ouvir a história de Lurdinha, ainda mais depois que Valente lhes contara que ela estivera envolvida no afogamento do filho de um milionário, no ano passado.

— Sente-se aqui, Lurdinha — chamou Valente, puxando-a pela mão —, e conte-nos tudo.

Ela sentou-se acanhada, fitando as moças com um certo temor.

— Se não quiser falar, não precisa — retorquiu Diniz. — Não está obrigada.

— Não tem problema — tornou Lurdinha. — Falar vai ser bom para me ajudar a esquecer.

Durante horas, Lurdinha permaneceu contando suas aventuras e desventuras desde o dia em que saíra da casa dos Fontes. Contou como fora dura a vida de mendiga e até que quisera procurar Diniz e Valente, mas o cartão que eles lhe deram havia sido roubado juntamente com suas coisas. Ela estava só no mundo, sem dinheiro e sem documentos, e sentia-se agradecida por ter sido acolhida por Diniz.

O rapaz a fitava embevecido. A cada palavra sua, seu coração disparava. Diniz estava certo de que a amava e faria dela uma verdadeira rainha. Todos gostaram de Lurdinha. Menos Soraia. Ao perceber o interesse de Diniz por ela, Soraia encheu-se de ciúme. Gostava de Diniz e o conhecia havia muito mais tempo, e não era justo que aquela mendiga recém-chegada o roubasse dela. Tanto que não iria permitir. Diniz seria dela e de mais ninguém.

Em pouco tempo, Lurdinha integrou-se ao ambiente. A casa de Diniz e Valente se chamava A Esfinge de Ouro e fora decorada no estilo egípcio, com pirâmides e hieróglifos para todos os lados. Normalmente, as meninas se vestiam a caráter para receber os clientes, fazendo jus ao nome do estabelecimento. Para todos os efeitos, tratava-se de uma boate reservada, onde só uns poucos privilegiados eram admitidos, inclusive alguns delegados e policiais. Era graças a isso que podiam funcionar sem problemas ou complicações legais.

Apesar da rápida amizade que travara com a maioria das moças, Lurdinha não se sentia ainda à vontade para iniciar-se naquela vida. Gostava de todas, principalmente de Eunice, mas não simpatizara muito com Soraia. Embora ainda não soubesse de sua paixão por Diniz, Soraia lhe parecera particularmente antipática e grosseira, e vivia atirando-lhe piadinhas de mau gosto.

Diniz não a forçou a nada. Nem Valente. Deram-lhe um quarto no segundo andar, perto do de Eunice, e ficaram à espera de que se resolvesse. Mas Lurdinha não se decidia. Ficava perambulando pelo meio do salão, ajudando a servir as mesas, ou então ia para a cozinha lavar a louça. Aquilo era um desperdício. Não raros eram os olhares de cobiça que se lançavam sobre ela, e a própria Eunice vivia aconselhando-a a se resolver. Com aquele rosto e aquele corpo, em breve faria um bom dinheiro e poderia até largar aquela vida, se quisesse.

— Você nunca quis partir? — indagou Lurdinha, enquanto lavava uns copos de uísque.

— Para onde é que eu iria? — tornou a outra, com olhar perdido. — Já estou com quase quarenta anos. O que acha que poderia fazer da vida?

— Não sei. Trabalhar, talvez.

— Isso é uma ilusão. Não sei fazer nada além de sexo — Deu um risinho abafado e continuou: — Além do mais, com a minha idade, quem é que me daria emprego?

Lurdinha enfiou a mão na água e esfregou o copo com vigor, acrescentando com curiosidade:

— Está aqui há muito tempo?

— Fui a primeira. Diniz e Valente eram apenas uns rapazinhos sonhadores quando iniciaram o negócio. Juntaram dinheiro e compraram essa casa. Eles estavam com vinte e um e vinte e dois anos, respectivamente, e eu, com vinte e seis. Isso foi há doze anos. De lá para cá, muita coisa aconteceu, e sou muito grata pelo que fizeram por mim.

— E o que fizeram por você?

— Enfrentaram meu marido, que quase me matou de pancada no meio da rua.

— Meu Deus!

— Valente se atracou com ele e o pôs para correr. Foi engraçado. O Zé, que sempre havia sido um homem forte e corajoso, derrotado por um rapazola feito o Valente.

— Foi por isso que ele ganhou esse apelido?

— Foi sim. Ele foi mesmo muito corajoso.

Podia-se perceber um profundo ar de admiração na voz de Eunice quando falava de Valente, e Lurdinha ficou imaginando se eles seriam amantes. Apesar de curiosa, não se atreveu a perguntar nada, com medo de ofender a amiga.

— E seu marido nunca mais voltou? — continuou Lurdinha.

— Quem nunca mais voltou fui eu. Sumi de casa naquele dia, e o Zé nunca mais ouviu falar de mim. Depois soube que ele havia se amasiado com uma sirigaita lá da vila onde morávamos. Acho até que me agradeceu por ter sumido.

— Quer dizer que você ainda continua casada?

— Bem, casada mesmo, de verdade, nunca fui não. Apenas morávamos juntos, o que é praticamente a mesma coisa, não é?

Continuaram a conversar animadamente, e Lurdinha deduziu que Eunice nunca fora embora por amor a Valente. Pelo que ela dizia, já juntara dinheiro suficiente para se aposentar, mas não queria deixar A Esfinge. Ou melhor, não queria deixar Valente.

— E você? — ponderou Eunice. — Quando é que vai resolver começar a carreira?

— Chama isso de carreira?

— Chamo. É uma profissão como outra qualquer.

— Gostaria de pensar como você. Mas não consigo. Desculpe-me, Eunice, mas vocês são prostitutas. Isso não é profissão.

— Pode não ser no sentido legal. Mas a verdade é que nós trabalhamos muito. E recebemos por isso. Então, essa é a nossa profissão. E vai ser a sua um dia.

Lurdinha fitou Eunice com tristeza e respondeu cheia de dedos:

— Olhe, não quero ofendê-la, mas não pretendo virar prostituta, não.

— Não? E o que pretende fazer? Até quando vai ficar aqui, aceitando a caridade do Diniz?

— Não sei. Não havia pensado nisso. Acha que ele pode me mandar embora?

— Pelo que eu conheço do Diniz, ele jamais faria isso. Vai esperar até você se tocar e tomar uma decisão. A não ser que... — calou-se, já arrependida de haver começado a falar.

— A não ser que o quê?

— Nada, nada...

— Não, Eunice, você ia falar alguma coisa. O que era?

Eunice chegou o rosto mais para perto de Lurdinha, olhou ao redor, para se certificar de que não havia ninguém escutando, e falou a meia-voz:

— A não ser que você aceite o Diniz...

— Como assim?

— Ainda não percebeu, meu bem? — Ela meneou a cabeça.

— Diniz está apaixonado por você.

— Apaixonado? Não, Eunice, Diniz é apenas um bom sujeito. Tem um coração de ouro. Mas não está apaixonado por mim. Nem pode estar. Ele mal me conhece e me tirou da rua.

— E quem foi que disse que é preciso mais do que isso? O pouco que a viu já foi o suficiente para balançar o seu coração. E quer saber do que mais?

— O quê?

— Ele gosta de você desde que a viu pela primeira vez, no ano passado.

— Mas isso é impossível!

— Não é, não. Ele ficou muito impressionado com você e, durante um bom tempo, não falava em outra coisa. Não queria saber de mais ninguém. Nem da Soraia, que vive dando em cima dele.

— A Soraia?

— É. Cuidado com ela. Está morrendo de ciúmes de você por causa do Diniz.

— Pois ela não tem com o que se preocupar. Gosto de Diniz como amigo e lhe sou muito grata por tudo que me fez. Mas não estou apaixonada por ele e não poderia aceitá-lo só por gratidão.

— Você ama outro!

— Não, não amo. Um dia, pensei que amasse o Hélio. Mas ele me entregou ao patrão e sumiu no mundo, deixando-me sozinha, sem nem ao menos se preocupar se eu poderia sobreviver. Não, Eunice, não amo ninguém.

— Se é assim, por que não pensa no que lhe disse? Diniz é um bom rapaz. E muito atencioso.

— Sinto muito se a decepciono. Como disse, gosto de Diniz e lhe serei eternamente grata pelo que me fez, assim como você é grata a Valente. Mas sinto que jamais poderei amá-lo.

Eunice deu de ombros e objetou:

— Não acredito em você. Diz isso porque está ferida e com medo. Mas, depois que tudo passar, vai me dar razão.

Diniz e Valente são as melhores pessoas que conheci em toda a minha vida. E Valente... — calou-se novamente, secando uma discreta lágrima que se insinuava pelo canto do olho.

— O que tem Valente?

— Nada não. Infelizmente, minha cara, as coisas nem sempre são como desejamos que fossem.

— O que quer dizer?

Antes que Eunice pudesse responder, a porta da cozinha se abriu, e um garçom entrou com uma bandeja na mão.

— Lurdinha — falou com pressa, enquanto depositava a bandeja cheia de copos sujos sobre a mesa. — O patrão está chamando.

— Quem? Diniz?

— Pediu para você ir até o salão agora mesmo. Quer falar com você.

Ela enxugou as mãos no pano de prato, tirou o avental e saiu para o salão. Diniz estava sentado a uma mesa, e ela viu quando um homem se aproximou, sentando-se junto a ele. Hesitou. Se se tratasse de algum cliente importante, talvez fosse melhor não se apressar. Mas Eunice, que saíra atrás dela, cochichou em seu ouvido:

— Pode ir. É apenas um cliente habitual. Vamos, vá.

Com um sorriso meio sem graça, Lurdinha se aproximou. O homem que estava sentado com o rapaz fixou-a por instantes com o olhar, e Diniz virou-se abruptamente.

— Mandou me chamar? — indagou ela com voz hesitante.

— Ah! Lurdinha, mandei sim. Gostaria de falar com você.

— Não me apresenta à boneca? — a voz do homem se fez ouvir, para desagrado de Diniz.

— Claro — respondeu ele, de má vontade. — Lurdinha, esse é o doutor Mauro Fonseca da Silva, um antigo cliente. — Mauro, esta é Lurdinha.

— Muito prazer, senhorita — falou ele em tom desagradável, enquanto se levantava e beijava sua mão.

— O prazer é todo meu, seu Mauro.

— Doutor Mauro. Sou advogado, não sabia?

Ela meneou a cabeça e retrucou com visível mal-estar:

— Bem, Diniz, vejo que está ocupado. Depois conversaremos.

— Não — objetou ele, levantando-se e segurando a sua mão. — O doutor Mauro vai me dar licença um instante, não é doutor?

A forma como Diniz acentuou aquele doutor não agradou Mauro em nada. Sentiu um tom de ironia em sua voz e pensou em protestar, mas a chegada de Soraia o impediu. Do canto em que estava, Soraia não perdia um movimento sequer de Diniz e Lurdinha. Notara o interesse do doutor Mauro por ela e vira o quanto aquilo desagradara Diniz.

— Ora, ora — cortou ela, passando os dedos pelo pescoço de Mauro —, se não é o nosso mais ilustre advogado quem nos honra com a sua presença. Como vai, doutor Mauro?

Aquilo agradou o homem. Gostava de ser tratado por doutor, embora não fosse um advogado dos mais famosos ou competentes. Diniz agradeceu com um sorriso, certo de que Soraia fora ali para salvá-los daquela situação, e saiu puxando Lurdinha pela mão. Soraia sentou-se bem pertinho de Mauro e começou a sussurrar coisas em seu ouvido, fazendo com que o advogado soltasse risinhos carregados de desejo e lubricidade. Pouco depois, os dois subiam abraçados as escadas, e Diniz teve certeza de que estavam indo para o quarto.

— Ufa! — suspirou. — Graças a Deus! Se não fosse Soraia, não sei como nos livraríamos dele.

— Que homem mais desagradável. Esnobe e almofadinha.

— Mauro é tudo isso e um pouco mais. Mas é um bom cliente, e não podemos dispensar os bons clientes, não é mesmo?

Lurdinha deu um sorriso acanhado, que encantou Diniz. A cada dia, sentia-se mais e mais atraído por ela. Fazia já um mês que ela estava ali, e ele ainda não se declarara. Mas agora era chegado o momento. Seu coração não podia esperar mais, e ele precisava compartilhar com ela o sentimento que o consumia.

— Lurdinha... — começou com voz dulcíssima, apertando suas mãos carinhosamente — mandei chamá-la porque já não posso mais esconder o que sinto por você.

— Diniz, por favor...

— Não, deixe-me terminar. Estou apaixonado por você. Sinto que a amo de verdade.

— Você não pode estar falando sério.

— Nunca falei tão sério em toda a minha vida. Desde que a conheci, não consigo parar de pensar em você.

— Não, você está enganado. Não pode sentir isso por mim.

— Mas eu sinto. Não posso evitar. Amo-a como jamais amei alguém em toda a minha vida.

Movido pela paixão, Diniz estreitou-a nos braços e buscou a sua boca, mas Lurdinha desvencilhou-se dele e saiu correndo escada acima. Queria morrer! Não amava Diniz, não amava ninguém. Mas como poderia continuar vivendo ali, às suas custas, sem lhe dar nada em troca? Pensou em fugir, ganhar a rua novamente, mas o medo de voltar a ser mendiga a paralisou. Por que Diniz fizera aquilo? Eunice estava certa... Eunice! Devia saber de tudo. Não fora por outro motivo que a alertara. Ela sabia que Diniz iria se declarar e estava tentando defender os interesses do amigo. Mas ela não o amava. Podia até querer, mas não conseguia amá-lo. E, se se entregasse, acabaria presa a ele apenas por um dever de gratidão, sem meios de sair de um relacionamento desagradável. Não. Decididamente, Lurdinha precisava fazer alguma coisa. Ou se mudaria dali, ou pagaria pelo seu sustento. E ela já sabia como. Só lhe faltava coragem.

CAPÍTULO 6

A manhã ia alta quando Lurdinha ouviu batidas na porta. Escondeu a cabeça debaixo do travesseiro, tentando não escutar, mas as batidas prosseguiam insistentes.

— O que é? — berrou finalmente.

A porta se entreabriu, e ela viu a cara de Eunice se insinuar pela pequena fresta.

— Está tudo bem? — perguntou ela, com visível preocupação.

— Está. Por que não estaria?

Apesar do mau humor de Lurdinha, Eunice entrou e fechou a porta, sentando-se a seu lado na cama.

— Por que está tão zangada?

— Não estou zangada.

— Se essa é a sua cara de bom humor, nem quero ver quando estiver aborrecida.

Lurdinha suspirou desanimada e começou a chorar, escondendo o rosto entre os joelhos dobrados.

— Ah! Eunice, desculpe-me. Você tinha razão. Diniz está mesmo apaixonado.

— Ele se declarou, não foi?

— Você sabia. Sabia que ele ia falar comigo ontem.

— Sabia, sim. Só quis preveni-la.

— Ah! Meu Deus, e agora?

— Calma aí, Lurdinha. Afinal, isso não é assim tão terrível.

— Como não? Estou vivendo às custas dele, não estou?

— Que eu saiba, ele não está lhe cobrando nada.

— E Valente?

— Nem Valente. Os dois são muito amigos. Um jamais cobraria nada do outro.

— Mas eu me cobro. Não me sinto bem comendo e bebendo às custas dos dois.

— Isso é um problema seu. Ninguém está falando nada.

— Será que não? E as outras moças? Não se sentem desprestigiadas, tendo que trabalhar duramente, enquanto eu fico por aí de beleza, feito uma dondoca?

— Você ajuda lavando a louça e dando uma mãozinha aos garçons.

— Isso não é suficiente. Nós duas sabemos que não sou necessária. Faço isso só para não ficar à toa, mas há empregados que já cuidam dessas coisas.

— O que pretende então, Lurdinha?

— Ainda não resolvi. Mas estou pensando. Até o final dessa semana, decido a minha vida. Ou faço o que todas vocês fazem, ou vou embora daqui.

Eunice soltou profundo suspiro. Deu um tapinha suave no joelho de Lurdinha e finalizou:

— Você é quem sabe. Mas agora, vamos descer. Todo mundo já tomou café, só falta você. Não quer que o Diniz fique preocupado, quer?

Ela não queria. A última coisa que desejava no mundo era preocupar Diniz. Levantou-se da cama e foi para o banheiro, falando da porta:

— Pode ir, que já vou.

Com um aceno, Eunice aquiesceu. Meia hora depois, Lurdinha apareceu na cozinha. Efetivamente, todos já haviam feito o desjejum, e não havia ninguém por lá. Como o cozinheiro só chegava mais para o final da tarde, as moças se revezavam no preparo do café da manhã, que era servido na própria cozinha, para não bagunçar ou sujar o salão. Em cima da mesa, apenas a sua xícara, e um bule de café fumegava no fogão.

— Fiz para você — falou Eunice, entrando na cozinha. — O outro já estava velho.

— Obrigada, Eunice. Você é um anjo.

— Quem me dera...

Em silêncio, Lurdinha tomou o café. Não estava com fome e não quis comer nada. Eunice precisava sair e se despediu. Tinha umas compras de última hora para fazer antes do Natal. Como Lurdinha chegara depois do sorteio, não iria participar do amigo oculto e não tinha que se preocupar em comprar presentes com dinheiro que nem tinha.

Enquanto ela tomava o seu café distraidamente, nem percebeu que Soraia havia dado uma parada perto da cozinha e espiara para dentro. Certificando-se de que Lurdinha estava ocupada e que não iria atrapalhá-la, seguiu direto para o quarto de Diniz. Ele não estava. Estava no escritório, em companhia de Valente, conferindo algumas notas. Ela bateu discretamente e aguardou. Poucos segundos depois, Diniz veio atender.

— O que foi, Soraia? — indagou contrariado.

— Precisava falar com você — olhou para Valente e corrigiu: — Com vocês.

Era ótimo que Valente estivesse ali. Assim, Diniz não poderia dizer que ela estava tentando seduzi-lo ou fazer intriga para conquistá-lo. Estava ali com uma missão e pretendia se desincumbir dela fielmente.

— Bem — começou com voz melíflua —, é sobre o doutor Mauro.

— O que tem ele? — interessou-se Valente, que também não simpatizava muito com o advogado, mas que só o tolerava por causa das enormes quantias que ele gastava ali.

— Ele está interessado em uma certa moça.

Diniz ergueu as sobrancelhas e pensou em expulsá-la dali. Pelo que acontecera na véspera, podia deduzir que *a certa* moça só podia ser Lurdinha. Mas Valente, que não estava a par daqueles acontecimentos, tornou com interesse:

— Que moça? Pensei que você tivesse cuidado dele ontem.

— Pois é. Eu cuidei. E ele até que gostou muito. Mas não é a mim que ele quer.

— Não? — continuava Valente, sem nada perceber. — E quem é? Por acaso é garota fixa de outro? Porque se for, vai ser um problema...

— Não, não. Ela não tem ninguém.

— Se não tem ninguém, então está tudo bem. É só ele se aproximar da moça e levá-la para o quarto.

— Acontece que essa moça não está disponível.

Só então foi que Valente compreendeu. Notou o ar de contrariedade de Diniz, que não dissera nada, e entendeu tudo.

— Não vá me dizer que ele está interessado na Lurdinha! — tornou abismado.

— Nessa mesma. Ele ficou encantado e está disposto a pagar um bom preço por ela.

Valente olhou para Diniz pelo canto do olho e respondeu secamente:

— Pois diga-lhe que Lurdinha não está mesmo disponível. Ela não faz parte da casa.

— Pois não acha que já está na hora de ela fazer alguma coisa? Por quanto tempo mais ela vai ficar por aí, comendo do bom e do melhor, vivendo às nossas custas?

— Quem foi que disse que ela vive às suas custas? — rebateu Diniz com zanga. — Quem paga tudo aqui somos eu e o Diniz. Se alguém deve reclamar, esse alguém é ele. Mais ninguém.

— Isso não é justo, Diniz — argumentou Soraia. — Todas nós damos um duro danado para manter esse lugar. É graças a nós que vocês sustentam essa casa, graças ao nosso esforço. Por que é que Lurdinha não pode colaborar como todo mundo?

Diniz não respondeu. Ela podia até estar certa, mas não seria ele que lhe daria razão. E depois, não queria que Lurdinha se envolvesse com ninguém. Esperava que ela o aceitasse e não pretendia vê-la na cama de nenhum outro homem.

— Acho que Soraia tem razão — concordou Valente com cautela. — Lurdinha é bem-vinda aqui, mas não é justo com as demais garotas que ela fique sem fazer nada, enquanto as outras se matam de trabalhar.

— Ela não é melhor do que ninguém! — instigou Soraia. — Foi empregada doméstica antes de se tornar mendiga. E, ainda por cima, estava numa boa com o tal motorista e nem viu a criança se afogar. É uma irresponsável! Por que essa proteção?

— Lurdinha é diferente — defendeu Diniz. — Não foi feita para essa vida.

— E quem é que foi? Acha que alguma de nós está aqui porque quer? Não que não lhes sejamos gratas por nos deixar sobreviver. Mas toda moça sonha em se casar, ter filhos, levar uma vida decente. Ninguém cai nessa vida por prazer.

— Eu sei... Mas Lurdinha não está preparada.

— E quando é que vai estar? Quando ficar velha? Não tão velha quanto nós que, fatalmente, envelheceremos muitos anos antes do que ela!

— Soraia, você está exagerando. Não faz nem um mês que Lurdinha está aqui.

— E daí? Mas está comendo, bebendo, se vestindo. Tem até um quarto só para ela! E quem é que paga por tudo isso? Somos nós. As trouxas, que são obrigadas a se deitar com qualquer porco nojento para bancar o luxo da donzela!

— Pare com isso, Soraia! — vociferou Diniz. — Não vou permitir que fale de Lurdinha desse jeito.

— Se você quer dormir com ela, é problema seu. Mas não venha nos obrigar a nos sacrificarmos para que ela possa ser exclusividade sua. Se está tão interessado nela, case-se com ela! Senão, coloque-a para trabalhar como todas nós.

Antes que Diniz pudesse responder, Valente se adiantou e tentou ponderar:

— Muito bem, Soraia. Vamos parar com isso. Já deu o seu recado. Agora pode ir. Deixe esse problema por nossa conta, que resolveremos tudo.

Muito a contragosto, Soraia saiu do escritório, batendo a porta e esbravejando. Aquela Lurdinha ia ver só uma coisa. Achava-se muito boa, muito honesta, mas não era melhor do que ninguém. Estava fazendo gênero só para conseguir atrair o tolo do Diniz. E ele, cada vez mais embasbacado por ela, nem percebia o seu joguinho de sedução.

A passos largos, Soraia saiu em busca de Lurdinha. Ela já havia terminado de tomar o café e estava lavando roupas no tanque, no quintal atrás da casa. Furiosa, Soraia partiu para lá. Lurdinha estava de costas, esfregando uma blusa, e nem a viu se aproximar. Soraia colocou a mão em seu ombro e bruscamente a virou. A peça de roupa caiu no chão, espalhando água e sabão para todo lado, e Lurdinha levou um tremendo susto.

— Soraia... — balbuciou — mas o quê...?

— Sua cretina, vadia, nojenta! Se pensa que vai conseguir tirar Diniz de mim com essa sua carinha de anjo, está muito enganada! Ele é meu, e você vai para o lugar que merece!

Nem esperou resposta. Soltou-a e virou-lhe as costas abruptamente, deixando Lurdinha aturdida, tentando entender o que estava acontecendo. Eunice a alertara sobre Soraia. Será que a moça soubera que Diniz se declarara? Por isso estava tão zangada? Mas ela não queria nada com Diniz. Pensou em dizer-lhe isso, mas desistiu. Soraia era vulgar e atrevida. Que ficasse pensando que ela estava interessada em Diniz. Isso a colocaria em seu lugar. Lurdinha deu de ombros e apanhou a blusa do chão, esfregando-a novamente, tentando se esquecer das palavras ásperas de Soraia.

Enquanto isso, no escritório, Diniz e Valente conversavam.

— Meu amigo — dizia Valente —, sabe que nunca faria nada que o contrariasse, não é mesmo? Mas acho que Soraia tem razão. Lurdinha não pode ter todos esses privilégios. Nenhuma moça fica sem trabalhar. Por que só Lurdinha é que pode?

— Mas Valente, você sabe o quanto gosto dela. Não poderia entregá-la de bandeja a outro homem.

— Acontece que Lurdinha não está interessada em você. Ou está?

— Não... Ontem, eu me declarei, mas ela me rejeitou.

— Viu só? E você ainda fica aí, defendendo-a.

— O que há com você, Valente? Por acaso não gosta mais dela? Até Soraia entrar aqui com essas ideias, você nunca reclamou.

— Eu sei. E não quero que pense que vou criar um caso por causa disso. Nem que vou ficar perseguindo Lurdinha. Ela é problema seu, e não me importo de colaborar no seu sustento. Mas as meninas têm razão de se queixarem.

— Que eu saiba, a única que está se queixando é a Soraia. E nós dois sabemos bem por quê.

— Concordo que ela se aproveitou para tentar tirar Lurdinha do caminho. Mas, tirando esse fato, ela está certa. As meninas não têm obrigação de sustentá-la.

— O que quer que eu faça, Valente? Que a obrigue a se vestir de egípcia e a atire nos braços do primeiro que aparecer? Ou nos braços daquele idiota do Mauro?

Valente suspirou desanimado e retorquiu:

— Mauro é um bom cliente...

— Não posso acreditar no que estou ouvindo! Você quer que eu a entregue a ele? Que a force a se deitar com ele?

— Não é isso. Não quero forçá-la a nada. Mas creio que já está na hora de termos uma conversa com ela e a esclarecermos sobre algumas coisas.

— Não posso fazer isso.

— Então deixe que Eunice faça. As duas se deram bem, e ela vai ouvir os conselhos de Eunice. Não tem para onde ir, vai acabar concordando.

— Isso não é certo. Forçá-la a se prostituir desse jeito é covardia. Ela não tem opção.

— Ouça, Diniz, não quero me desentender com você. Longe de mim desgostá-lo. Mas você há de convir que é preciso ter cautela. Já imaginou se as meninas resolverem cruzar os braços e parar de trabalhar? O que será de nós? Vamos à falência.

— As meninas não vão fazer isso. Gostam de Lurdinha e não vão pressioná-la.

— Não até Soraia começar a influenciá-las. Quanto tempo acha que levará até que elas se convençam de que Soraia tem razão? Pense nisso.

Embora não quisesse admitir, Diniz sabia que Valente estava com a razão. E Soraia também. Por mais que não lhe agradasse a ideia de ver Lurdinha envolvida naquela vida sórdida, não poderia protegê-la por muito tempo. Mais cedo ou mais tarde, as circunstâncias a impeliriam a isso. Lurdinha não tinha dinheiro nem tinha para onde ir. Ele, por sua vez, juntara o suficiente para comprar um apartamento e bem poderia levá-la para viver com ele. Mas ela estava decidida a não ir nem aceitar o amor que ele lhe oferecia.

CAPÍTULO 7

A primeira coisa que Felícia viu quando abriu os olhos foi Artur sentado numa poltrona ao lado de sua cama, semiadormecido, um rosário pousado no chão. A princípio, Felícia não entendeu bem do que se tratava. Artur nunca fora um homem religioso nem costumava frequentar igrejas. Só depois foi que compreendeu que ele estivera rezando por ela.

Não ficara muito tempo inconsciente. Apenas algumas horas. Felícia olhou-se com estranheza, dando-se conta de que não havia morrido. Lembrava-se dos comprimidos para dormir que o pai lhe receitara e de que havia ingerido o vidro inteiro. Lembrava-se da sonolência, da sensação de esmorecimento, de estar prestes a cruzar o limiar da vida e da morte. Mas lembrava-se também de que algo estranho acontecera. Mãos a puxaram e enfiaram um tubo pela sua garganta, e ela havia vomitado. Lembrava-se disso também. E lembrava-se do sonho com Tiago.

Tiago... Por uma razão desconhecida, Felícia sentia-se reconfortada com aquele sonho, como se o tivesse encontrado realmente. Teria sido mesmo isso o que acontecera? A mãe lhe dizia que tais encontros eram viáveis, mas não acreditava integralmente nessa possibilidade. Tudo o que sabia sobre isso era o que lera nos livros espíritas que a mãe costumava lhe dar. Mas, de experiência própria, não poderia atestar a veracidade dessas informações. Ou será que podia?

Não importava muito. Para ela, o sonho tivera um efeito fortalecedor, como se houvesse lhe injetado boas doses de ânimo. Sentiu-se renovada e mais confiante, certa de que o filho estava em boas mãos. Não se lembrava direito do que se tratava o sonho, mas sabia que Tiago estava bem assistido e cuidado. Parecia-lhe haver visitado uma espécie de creche, onde havia várias crianças e Tiago entre elas.

Olhou para o relógio na parede. Onze horas. Seria da noite ou da manhã? Pela escuridão que vinha da janela, Felícia achou que era de noite. Cerrou os olhos por instantes e, quando tornou a abri-los, fixou-os novamente em Artur. Ela estava sendo muito dura com ele. A culpa não fora sua, e ele não merecia ser tratado daquela maneira. Mas o que poderia fazer se não o amava do jeito que pensara? Se amava muito mais ao filho do que a ele e se só o filho importava em sua vida? Fosse lá em que vida ele estivesse.

Ainda assim, compadeceu-se de seu estado. Ele estava pálido, abatido, mais magro. Dava sinais de sofrimento. Será que se sentia culpado? Na verdade, não tivera culpa nenhuma. Se ela ao menos não tivesse deixado o filho com Lurdinha para fazer aqueles doces... Tivera um pressentimento, mas não lhe dera importância. Por que não se importara? Por que não dera crédito àquela sensação de desgraça?

Por outro lado, confiava em Lurdinha. A culpada fora Lurdinha. Cabia a ela a guarda e a proteção do menino, e ninguém poderia prever que ela fosse abandoná-lo para ficar de sem-vergonhice com o Hélio. Era só para isso que servia o sexo. Para embotar o raciocínio e os sentimentos. Fora por causa do sexo que Lurdinha largara seu filho, porque o sexo lhe tirara a razão e a fizera agir feito um animal. Odiava o sexo! Era sujo, primitivo, pernicioso...

Felícia sentiu a raiva crescer dentro do peito. Não poderia dizer que ela e Lurdinha eram propriamente inimigas, mas a última pessoa no mundo com quem gostaria de topar era com Lurdinha.

Com um suspiro de desalento, Felícia virou-se para onde o marido estava e chamou baixinho:

— Artur...

Ele despertou sobressaltado e correu para a sua cama, balbuciando entre lágrimas:

— Ah! Felícia... você está viva... Como sofri, pensando que a havia perdido...

Abraçou-se a ela em desespero, e Felícia sentiu uma estranha emoção. Mas logo repeliu o sentimento e afastou-o gentilmente.

— Perdoe-me — foi só o que conseguiu dizer.

— Não tenho nada que perdoar. A culpa foi minha. Não devia tê-la deixado sozinha naquele estado.

— Foi loucura minha, Artur. Não vou fazer mais isso.

— Não vai? Você promete?

— Prometo. Preciso ficar viva por causa de Tiago.

— Felícia...

— Não, Artur, sei do que estou falando. De alguma forma, acho que sou necessária ao lado dele. Mas, se me matar, na certa irei parar no umbral e não poderei mais vê-lo.

— Umbral?

— É. O astral inferior, onde ficam os espíritos que não conseguem se libertar dos sentimentos difíceis, como ódio, inveja, culpa.

— Não entendo nada disso, Felícia. Mas fico feliz por você estar aqui, e não nesse umbral de que fala. Seu lugar é ao meu lado. Você é minha mulher e é toda a minha família. Além de você, sabe que não tenho mais ninguém no mundo.

— Eu sei...

— Por isso, por favor, não me deixe. Não fuja da vida assim desse jeito. Eu preciso de você. Nós temos uma vida juntos, todo um futuro nos aguarda.

— Futuro?

— Ainda somos jovens, Felícia. Muita coisa boa pode nos acontecer.

— Menos ter outros filhos.

Artur engoliu em seco. Era exatamente naquilo que estava pensando, mas ainda não era hora de tocar naquele assunto. Felícia estava muito traumatizada e insistia na ideia de não ter mais filhos.

— Você é quem sabe, querida — retrucou ele, em tom de tristeza. — Não quero forçá-la a nada.

— Fico feliz.

Dali a dois dias, Felícia saiu do hospital e voltou para casa, em companhia dos pais e do marido. Ondina estava deveras preocupada e não queria mais deixar a filha sozinha. Não iria descuidar dela nem mais um minuto. Só a deixaria quando Artur chegasse e estivesse plantado ao seu lado. Até ao banheiro iria acompanhá-la. Não queria dar-lhe a chance de tentar novamente aquela besteira.

⁂

A vida quase retomou a normalidade. Felícia já não tinha mais aquelas crises nem vivia agarrada ao retrato de Tiago, mas ainda se recusava a fazer amor com Artur novamente. A só proximidade do marido lhe causava estranha aversão, e ela ia sentindo uma angústia tão profunda, que logo ele desistiu de procurá-la. Afora isso, ela o tratava muito bem. Voltou a cuidar da casa e interessou-se pelo jardim. Mas não aceitava trabalhar fora. Não podia nem de longe imaginar-se tendo contato com outras crianças, e ser professora estava fora de cogitação. A mãe respeitou-a e não insistiu no assunto. Evitava falar no centro, mas rezava em silêncio, para que a filha abrisse os olhos e conseguisse enxergar o mar de desilusões em que estava se afundando.

A indiferença de Felícia ia desgostando Artur. Homem jovem, no vigor dos seus trinta e poucos anos, não se conformava com a frieza da esposa. Ainda assim, relutava em traí-la. Apesar de tudo, amava-a profundamente e, enquanto pudesse, evitaria envolver-se com outras mulheres. Ele sabia que isso, mais cedo ou mais tarde, acabaria acontecendo porque, por mais que a amasse, havia nele certas necessidades das quais não podia prescindir. Artur sentia falta de sexo como qualquer homem normal de sua idade e vivia sonhando com o dia em que Felícia o aceitaria de volta em seus braços.

Apenas seu amigo Norberto sabia desse detalhe importante do casamento de Artur. Nem Ondina, nem Antônio, aos quais Artur considerava como verdadeiros pais, sabiam dessa dificuldade de Felícia. Ela, tampouco, lhes dissera nada, e os sogros julgavam que as coisas iam melhorando a cada dia e já alimentavam, secretamente, esperanças de tornarem a ser avós em breves.

— Coitados — disse Artur a Norberto. — Pensam que Felícia e eu mantemos relações. Se soubessem...

— Como é que você aguenta, Artur? Se fosse eu, já teria ido buscar na rua o que não poderia ter em casa.

— Diz isso porque é solteiro, não tem compromisso com ninguém.

— Tenho sim. Caso não saiba, estou namorando.

— Está? E quem é, posso saber?

— Seu nome é Catarina. É uma jovem linda, ainda está na faculdade. Só que, como todas as moças de família, não me dá a menor chance. Intimidades, só depois do casamento.

— Mas é sério, esse namoro?

— É sim. Estou até pensando em me casar.

— Não me diga...

— Enquanto isso, vou me virando como posso.

— Como assim?

— Descobri um lugar sensacional. Chama-se A Esfinge de Ouro.

— Esfinge de Ouro? Mas o que é isso?

— É um bordel.

— Bordel? Ora, Norberto, francamente. Você anda frequentando bordéis?

— E daí? O que tem de mais? É um lugar distinto.

— Imagino...

— Sério, Artur. Você precisa ver. É tudo muito limpo, muito arrumadinho. E as garotas, então, são sensacionais! Sempre se apresentam vestidas de egípcias. Ou quase isso — piscou um olho para o outro e continuou — Por que não vai comigo até lá um dia desses? Aposto como ia gostar.

— Eu!? Nem pensar.

— Deixe de bobagens, Artur. Você bem que está precisando. Há quanto tempo não faz amor com Felícia?

— Nem sei, meu amigo. Acho que desde que Tiago morreu.

— Pois então? Venha comigo. Só para se divertir. Nada como um sexo sem compromisso para levantar o ânimo. Não seria bom deitar-se com uma mulher novamente?

A ideia até que era tentadora. Todos os sentidos de Artur lhe diziam que ele precisava desesperadamente de sexo, mas ele ainda tentava relutar:

— Não quero trair minha mulher.

— Trair? Mas quem falou em traição? Aquelas moças são prostitutas, Artur. Ninguém trai com prostitutas. Elas só fazem sexo. É para isso que são pagas. E muito bem pagas. A Esfinge é um lugar elegante e frequentado por gente da alta sociedade.

— Mais um motivo. Imagine se encontro algum conhecido lá.

— E daí? O que ele poderia dizer? Que o viu fazendo exatamente a mesma coisa que ele? Ora, Artur, não seja ingênuo. Quem frequenta esses lugares não sai por aí comentando. Muito menos delatando seus companheiros.

— Não, Norberto. Agradeço a oferta, mas não estou interessado. Ao menos por enquanto e, por favor, não insista.

— Está bem. Não está mais aqui quem falou. Mas, quando quiser, me avise. Levo-o lá um dia e garanto que não vai se arrepender.

Com um gesto de cabeça, Artur deu por encerrada aquela conversa e mudou de assunto:

— Por que não vai jantar lá em casa com sua namorada? Talvez faça bem a Felícia conhecer gente nova.

— Tudo bem. Catarina é uma moça alegre e aposto que vai divertir Felícia com o seu bom humor.

— Que tal nesse sábado? Se não tiverem nada que fazer... e se você não estiver em viagem pelo Egito.

Norberto soltou uma gargalhada e aquiesceu com alegria:

— Não, Artur, nesse sábado estamos livres. E eu não troco minha Catarina por nenhuma prostituta. Só vou ao bordel quando não podemos nos ver.

— Aceita então? Neste sábado, às oito?

— Às oito em ponto, estaremos lá.

Mesmo depois que os dois se separaram, Artur ficou pensando nas palavras do amigo. Não queria trair a esposa, mas já estava chegando ao seu limite. Quanto tempo um homem poderia aguentar sem sexo? Ele até que já estava suportando demais. Havia mais de um ano não fazia amor, e seu corpo se ressentia dessa ausência. Ainda assim, não queria ceder. Precisava ser forte e confiar em que Felícia o procuraria novamente. Um dia, isso teria que acontecer. Mas, enquanto esse dia não chegasse, o que faria para conter o desejo? Se é que o desejo podia ser contido.

Artur tentou não pensar mais naquilo, mas a imagem das moças vestidas de egípcias não lhe saía da cabeça. Devia ser demais! E depois, Norberto estava com a razão. Elas eram prostitutas, e dormir com uma prostituta não podia ser propriamente considerado um relacionamento. Era apenas uma questão de sobrevivência masculina, e não uma traição. Mas até que ponto envolver-se com uma prostituta não seria uma traição? Desde que não se apaixonassem, estaria tudo bem. Artur pensou que jamais poderia se apaixonar por uma prostituta em sua vida. Nem por uma prostituta, nem por ninguém.

O relógio mal havia começado a dar as oito badaladas quando a campainha da porta da frente soou com estridência. A empregada foi atender e introduziu Norberto e Catarina na sala de estar dos Fontes. Artur já estava à sua espera, mas Felícia ainda não havia descido. Não ficara nada satisfeita com aqueles convidados inesperados para o jantar, mas não disse nada. Queria que Artur se sentisse feliz e, se a única maneira de satisfazê-lo, sem ter que se deitar com ele, era recebendo seus amigos, então era isso o que faria.

— Norberto! — exclamou Artur, apertando-lhe a mão com vigor. — Seja bem-vindo.

— Obrigado, Artur — puxou a moça pela mão e apresentou: — E esta é Catarina, de quem já lhe falei.

— Muito prazer, Catarina — E falando para o amigo: — Você está de parabéns, Norberto. Catarina é mesmo uma moça muito bonita.

— Obrigada — tornou ela, com um sorriso encantador.

— Mas venham, sentem-se — depois que o casal se acomodou, ele se virou para a criada e pediu: — Por favor, Hermínia, veja o que nossos convidados querem beber.

Norberto aceitou um uísque, e Catarina pediu um refrigerante. Durante cerca de meia hora, permaneceram conversando, até que Felícia resolveu descer e juntar-se a eles. Veio com ar de cansaço, vestida em trajes simplórios, sem qualquer maquiagem ou ornamentação, mal conseguindo disfarçar a contrariedade que aquele jantar lhe causava. Não fosse por Artur, Norberto teria apanhado Catarina e ido embora. Mas Artur era seu amigo e estava passando por uma situação difícil. Cabia-lhe ajudá-lo naquele momento turbulento.

— Como está, Norberto? — cumprimentou ela friamente, sorrindo para Catarina e apresentando-se com indiferença. — Muito prazer. Sou Felícia, esposa, de Artur.

— O prazer é todo meu, Felícia. Chamo-me Catarina e sou namorada de Norberto.

— Ah! Artur me falou.

Depois disso, foi para um canto da sala e sentou-se, apanhando uma revista e folheando-a ao acaso. Norberto e Catarina trocaram um olhar discreto, e Artur pensou que fosse morrer de vergonha. Ela podia ao menos fingir que era gentil.

— É muito bonita a sua casa — elogiou Catarina.

— Obrigada — disse Felícia laconicamente.

— Foi você quem a decorou? — insistiu Catarina, tentando fazê-la interessar-se pela conversa.

— Não. Já compramos assim.

— Que sorte vocês tiveram! Comprar uma casa lindamente decorada! E não ter mais nenhum trabalho!

— É verdade...

Artur e Norberto se entreolhavam esperançosos, enquanto Catarina prosseguia:

— E o jardim? É você quem cuida dele pessoalmente?

— Nosso jardim é um sonho — interrompeu Artur. — Felícia e dona Ondina trabalharam muito bem nele.

— Ora, Artur, está exagerando. Foi minha mãe quem fez quase tudo.

— Mas aposto como você teve excelentes ideias — acrescentou Catarina. — Você tem cara de quem entende bem de jardinagem.

— Modéstia à parte, sou boa com as flores sim. Andei meio descuidada, mas depois resolvi me interessar novamente. As plantas parecem gostar de mim e dos meus cuidados.

— Mas que maravilha! Gostaria de ser assim. Mas as plantas parecem me odiar. Tudo o que planto morre.

— O que lhe falta é paciência. Deve ter cuidado com as plantas, tratá-las com carinho e respeitá-las como semelhantes. Podem não ser iguais a você, mas também são seres vivos.

— Valoriza a vida, Felícia?

— É claro. Tudo que respira merece o nosso respeito.

— Também penso assim. Por isso é que digo que, enquanto temos a nossa vida, não devemos permitir que nada nem ninguém nos faça desistir dela. Devemos nos respeitar em primeiro lugar, respeitar a nossa vida, para então respeitarmos a dos outros.

Os três a fitaram atônitos, e Artur ainda pensou que Felícia fosse se aborrecer, mas ela permaneceu alguns minutos pensando. Em seguida, virou-se para Catarina e observou:

— Muitas vezes, a vida nos prega peças sem graça e de mau gosto, e parece que é ela quem não quer nos respeitar.

— Não concordo — rebateu Catarina. — Somos nós que, muitas vezes, tentamos ludibriar a vida, e ela nos responde com situações que nos colocam diante de nossos próprios valores, para que nos convençamos de que, enganando a vida, estamos apenas enganando a nós mesmos.

Norberto, mais do que os demais, estava perplexo e tentou intervir:

— Catarina, meu bem, não acha que está indo longe demais?

— Longe demais? Por quê? Desde quando a sinceridade se embrenha por caminhos longos e confusos?

— Pare com isso, Catarina. Está aborrecendo Felícia.

— Absolutamente! — protestou a outra. — Catarina é uma moça bastante inteligente.

Agora foi a vez de Artur olhá-la embasbacado. Não sabia por que Felícia simpatizara com Catarina, mas o fato era que a moça conseguira prender sua atenção, o que já era algo bastante significativo.

O jantar terminou de forma agradável, e Catarina saiu em companhia de Norberto, com promessas de que voltaria logo que possível. Felícia havia gostado realmente dela, e Artur sentiu-se imensamente grato e aliviado. O estado da esposa o preocupava e, embora ela tivesse melhorado desde que tentara suicídio, ainda tinha um comportamento estranho. Não chegara a chamar o psiquiatra, porque a melhora de Felícia o fez refletir sobre a conveniência de obrigá-la a dividir seus problemas com um homem estranho e distante.

⧸∽⧹

Na segunda-feira seguinte, Artur chegou ao escritório com o rosto radiante de felicidade, e Norberto foi logo perguntando:

— O que foi que aconteceu? Por que essa cara? Não vá me dizer que você e Felícia...

— Não, Norberto, quem me dera. Não se trata disso. Mas depois da visita de vocês, ela está bem melhor. Anda até pensando em convidar Catarina para irem juntas às compras.

O outro fez uma careta de decepção e revidou desanimado:

— Ai, Artur, pensei que vocês tivessem se acertado.

— Será que você não percebe? Isso já é um bom começo. Mais um pouco, e Felícia vai estar me amando novamente. Você vai ver.

Sem dizer nada, Norberto abaixou os olhos para os papéis que havia sobre a sua mesa. Não acreditava muito no que Artur lhe dizia e achava que ele estava se iludindo. O outro, porém, não lhe deu muita atenção e foi para sua sala. Sentia-se mais animado para trabalhar. Em breve, teria sua mulher de volta. Por inteiro.

Ao final do expediente, Norberto foi bater à porta da sala de Artur.

— Pode entrar — disse ele com voz animada. Norberto entrou cautelosamente e foi se sentar diante da mesa de Artur, que continuava tomando algumas notas. — O que foi? Está se sentindo bem?

— Muito bem. Tão bem que resolvi dar uma voltinha. Catarina me deixou louco nesse fim de semana, com aquela mania tola de sexo só depois do casamento. Preciso de uma garota, urgente!

— Vai ao tal bordel?

— À Esfinge de Ouro. Vou sim. E você? Por que não vai comigo? Já que ainda não resolveu o seu problema...

Com um riso largo, Artur soltou a caneta e fitou o amigo.

— Você não desiste mesmo, não é?

— Jamais desistirei dos amigos.

— Pois eu lhe agradeço. Felícia está me esperando para o jantar.

— É só você telefonar e dizer que vai se atrasar um pouquinho.

— Muito obrigado, Norberto, mas não estou interessado nisso. Sou um homem casado, já disse.

Norberto deu de ombros e finalizou:

— Muito bem. Você é quem sabe. Quanto a mim, também já me decidi. Estou partindo neste exato momento.

Deu um pulo da cadeira e foi embora, acenando para o outro da porta. Artur terminou o que estava fazendo e guardou alguns documentos na pasta, para ler em casa. No caminho, ia pensando na sorte de Norberto. Era um homem solteiro e tinha a desculpa de que a namorada não queria se entregar antes do casamento. Mas, e ele? Apesar de casado, não podia dizer que tinha mulher, porque a sua não queria mais ser a mulher dele.

Balançou a cabeça vigorosamente, como a afastar esses pensamentos, e entrou com o carro na garagem. Felícia estava na sala em companhia da mãe quando ele entrou e ofereceu-lhe o rosto, que ele beijou suavemente. Por pouco não a tomou nos braços e a levou para a cama, mas a presença de Ondina refreou o seu ímpeto. Já não estava aguentando mais. Até quando teria que suportar estar casado com uma mulher jovem e linda sem poder tocá-la? Por mais que ele se esforçasse, sabia que seu tempo estava terminando. Se Felícia não se resolvesse a fazer amor com ele novamente, acabaria aceitando o convite de Norberto. Por pouco não o fizera naquele dia. Muito pouco mesmo.

CAPÍTULO 8

A decisão de Lurdinha, finalmente, estava tomada. Não podia mais viver ali sem fazer jus ao seu sustento. As outras moças já começavam a olhá-la atravessado, e Soraia quase não falava com ela e, quando o fazia, era para rugir algum desaforo entredentes. Resoluta, foi procurar Eunice.

— Já tomei minha decisão — falou convicta. — Quero me tornar uma de vocês.

— Está falando sério, Lurdinha? Diniz não vai ficar triste?

— Diniz não é nada meu, além de meu amigo. Não tem por que se opor.

— Mas ele gosta de você. Até se declarou.

— Só que eu não gosto dele. Se ele não me quiser como prostituta, vou-me embora daqui. Não posso mais continuar desse jeito. As meninas me olham de viés, e Soraia vive me aborrecendo. E eu sou obrigada a engolir tudo, porque elas trabalham, e eu, não. Não quero mais isso. Quero falar de igual para igual com todo mundo.

— Está bem, Lurdinha. Você é quem sabe. Quando é que vai falar com Diniz?

— Agora mesmo. Quis apenas falar com você primeiro porque é minha amiga e quero que me ajude. Nunca fiz isso na vida e estou insegura.

— Bom, virgem você não é mais. Então, não há com o que se preocupar. É só fazer o que já sabe.

Lurdinha abaixou os olhos, coberta de rubor. Podia não ser mais virgem, mas sempre fora uma moça direita e discreta. Só que aquela notícia de jornal, dando conta de seu romance com Hélio, acabou expondo-a vergonhosamente, como se ela fosse uma vadia. Mas ninguém se lembrou de dizer que, na época, pensava estar apaixonada por ele. Tão apaixonada que se tornou cega ao mundo ao redor. Tampouco contaram de seu sofrimento, de sua dor, do peso da culpa que a atormentava dia a dia e no qual evitava até pensar.

Ainda assim, não protestou. Eunice a estava ajudando da melhor forma possível, e agora não era mais hora para bancar a tola inocente. Estava prestes a ingressar na prostituição, e não havia lugar para ingenuidades nesse ramo. Saiu do quarto de Eunice e foi direto para o escritório, onde Diniz e Valente costumavam trabalhar durante a tarde. Bateu de leve e entrou.

— O que há, Lurdinha? — perguntou Diniz, correndo para ela, cheio de esperanças.

— Gostaria de falar com você.

Na mesma hora, Valente se levantou e saiu, cumprimentando-a com um sorriso. Ela esperou até que ele fechasse a porta e se sentou numa poltrona, de frente para Diniz.

— Muito bem — incentivou ele. — Do que se trata?

Diniz pensou que Lurdinha resolvera aceitar a sua proposta e que estivesse ali para lhe dizer que correspondia ao seu amor. Mas Lurdinha, longe de considerar o que ele lhe propusera, só pensava na melhor maneira de lhe dar aquela notícia.

— Diniz — começou acanhada —, vim aqui para lhe dizer que tomei uma resolução.

— Sim? — fez ele embasbacado, certo de que ela iria se declarar também. — E que resolução é essa?

— Bem, pensei muito a respeito de tudo o que vem me acontecendo e cheguei à conclusão de que o melhor para mim é... bem... ficar por aqui e...

— Mas que maravilha! Vai aceitar o meu amor e a minha proteção?

— Não. Vou aceitar um emprego em sua casa. De prostituta. Como todas as outras.

Ele quedou abismado e perplexo.

— Emprego de prostituta? Por acaso você enlouqueceu? Você não foi feita para isso.

— Também pensava assim. Mas hoje, vejo que estava enganada. Você mesmo, há cerca de um ano, me disse a mesma coisa. Que eu acabaria caindo nessa vida de qualquer jeito.

— Eu estava enganado. Naquela época, eu não a conhecia. Mas hoje, depois que me envolvi com você, não posso mais concordar com isso.

— Você não tem motivos para não concordar.

— Eu a amo...

— Já disse que esse amor é impossível. Gosto de você como amigo, mas não o amo.

— Por quê? O que foi que eu fiz?

— Não fez nada além de me ajudar.

— Pois então? Isso não conta?

— Conta. Mas não é o suficiente. Não quero ficar presa a um homem que não amo só por gratidão. Eu não seria feliz e não o faria feliz também.

— Lurdinha, pense bem...

— Já pensei e já me decidi. Gostaria que você me apoiasse.

— Não posso fazer uma coisa dessas!

— Se não pode, então serei obrigada a ir embora.

— Ir embora? Para onde? Você não tem ninguém.

— Vivi um ano nas ruas e posso muito bem viver outros tantos. Há sempre uma alma caridosa disposta a matar a nossa fome.

— Lurdinha, que disparate! Eu jamais permitiria que você voltasse a mendigar.

— Pois então, deixe-me ficar e trabalhar como todas as outras. Quero pagar pelo meu sustento... do mesmo jeito como todas as moças pagam.

— Essa é a única maneira de ter você perto de mim?

— É.

Embora contrariado, Diniz não teve como recusar. Lurdinha era uma moça muito bonita e já havia vários interessados, principalmente o doutor Mauro, que oferecera um bom preço para ter a primeira noite com ela. Com um suspiro de desgosto, ele acabou por anuir:

— Está certo, Lurdinha. Você é quem sabe de sua vida. Se é isso o que quer, não me oporei. De hoje em diante, você passa a ser uma das meninas da casa.

— Obrigada. Hoje mesmo estrearei no salão.

Sem dizer mais nada, Lurdinha saiu e voltou ao quarto de Eunice. Ainda era cedo, e ela teria bastante tempo para se aprontar e receber as primeiras dicas da amiga.

— Muito bem — falou Eunice, examinando-a com olhar crítico. — Para começar, vamos dar um jeito nesse cabelo. Não se preocupe. Antes de largar meu marido, eu era cabeleireira. E sou eu quem corta o cabelo de todas as meninas daqui. Deixe tudo por minha conta.

Durante toda a tarde, Lurdinha permaneceu aos cuidados de Eunice. Cortou os cabelos à Romeu e pintou-os de louro. Vestiu uma das roupas de egípcia de Eunice, vermelha e dourada. Calçou um salto excessivamente alto e maquiou-se com um certo exagero. Quando se olhou no espelho, quase não se reconheceu. Parecia outra pessoa, de tão mudada que estava. Mas gostara do resultado. Eunice trabalhara bem, e ela achou que havia ficado muito bonita.

— Eunice, você é fantástica! Está perfeito!

— Obrigada, querida. E agora, vejamos... — colocou o dedo nos lábios como se estivesse pensando. — Hum... que nome daremos a você, hein?

— Nome? Como assim? Meu nome é Maria de Lurdes, Lurdinha...

— Não, não. Lurdinha é muito comportado. Parece coisa de estudante de colégio de freira. Precisamos de algo mais chamativo, de mais personalidade, que cause impacto.

— É? O quê?

— Hum... deixe ver... gosto de pensar nas atrizes famosas. Tem a Rita, a Doris... mas não, já estão batidos. Marilyn? Não. É americano demais. E Marlene?

— Que tal Greta?

— Greta? Excelente! De hoje em diante, você será Greta.

⁂

Mais tarde, Lurdinha, ou melhor, Greta, fez sua entrada triunfal no salão da Esfinge. Quem a apresentou foi Valente, uma vez que Diniz dispensou a honra. Não seria ele que introduziria sua amada naquela vida.

Greta causou um certo alvoroço. Era realmente muito bonita e, vestida e maquiada daquele jeito, chamara a atenção mais do que nunca. Os homens chegaram a disputá-la, mas ela acabou mesmo indo com Mauro. Entrar naquela vida significava aceitar tudo o que era imposto e não manifestar nenhuma preferência. E não haveria concessões. Se Lurdinha queria ser Greta, seria tratada como todas as outras meninas.

É claro que aquela escolha não agradou Greta em nada. Não simpatizara com Mauro desde a primeira vez em que o vira, mas ela não tinha escolha. Aceitara ser prostituta porque quisera, ninguém a forçara. Não poderia começar reclamando dos clientes ou exigindo tratamento especial. Teve que engolir o nojo que aquele homem lhe causava e subiu com ele para seu quarto, agora decorado para receber os homens com quem dormiria.

Dentre os atônitos admiradores de Greta, estava Norberto. Sempre que podia, subia com a mesma moça, Bete, e embora Greta lhe chamasse a atenção, não estava disposto a gastar o seu precioso dinheiro naquela disputa. Norberto vira Lurdinha poucas vezes e nem de longe sonhava que ambas pudessem ser a mesma pessoa. Lurdinha havia caído no esquecimento e, para todos os efeitos, quem estava ali era Greta. Apenas Greta.

Somente Diniz não parecia satisfeito. Sentou-se num banco ao balcão e pediu uísque, pouco se importando com a postura que precisava manter como dono do estabelecimento. Estava arrasado. Ficava imaginando Lurdinha nos braços daquele porco do Mauro e sentiu vontade de arrombar a porta de seu quarto e arrancá-la dali à força. Mas não fez nada disso. De que adiantaria? Que direito ele tinha de fazer aquilo? Lurdinha, ou melhor, Greta, já deixara bem claro que não o amava e não estava interessada nele. Por que então deveria ficar se humilhando, arrastando-se aos pés da mulher que o desprezava?

— Chateado, Diniz? — era Soraia, que chegara com ar de triunfo.

— Não me amole, Soraia.

— Não precisa descontar a sua raiva em mim. Mas se você quiser, posso dar-lhe um consolo.

Riu, passando a mão pelas suas coxas, e Diniz segurou-a pelo punho.

— Não faça isso — censurou. — Você não me interessa.

— Agora, não é? Antes dessa Lurdinha aparecer, eu bem que servia.

— É diferente.

— É sim. Bastante diferente. Você me usou enquanto pôde, mas agora não me quer mais, porque só pensa em Lurdinha. Mas Lurdinha não existe mais. Quem existe agora é Greta, e ela não liga a mínima para você.

Diniz fitou-a com uma careta de nojo. Em silêncio, apanhou o copo e a garrafa e passou por Soraia com ar de desdém. Foi para o quarto e trancou a porta, atirando-se na cama com a garrafa na mão. Jogou o copo contra a parede e bebeu do gargalo, de um só gole. Desatou a chorar, descontrolado, imaginando o corpo de Lurdinha sob o corpo de Mauro, e sentiu náuseas. Correu para o banheiro e vomitou. Voltou para o quarto e apanhou a garrafa de uísque, virando-a de cabeça para baixo, mas ela estava vazia e não pingou nem uma gota. Pensou em descer novamente para apanhar outra, mas a lembrança de Lurdinha não lhe saía da cabeça, e ele desabou na cama num pranto convulso e amargurado. Será que conseguiria viver?

CAPÍTULO 9

Naquela noite, Felícia foi se deitar com os pensamentos, mais do que nunca, voltados para o filho. Fazia exatamente dois anos que ele havia morrido, e aquele seria o seu sétimo aniversário. Como chorou! A lembrança do filho a assaltou o dia inteiro, e ela via e revia a cena em que o encontrara de bruços na água parada da piscina. Artur, como no ano anterior, não havia ido trabalhar, preferindo ficar em casa para dar-lhe apoio, e ele e Ondina faziam o possível e o impossível para distrair Felícia. Apesar de estar um pouco mais calma do que no ano anterior, caiu em profunda depressão e quase não falava com ninguém.

Foi com alívio que Artur viu se aproximar a hora de dormir. Passara um dia tenso e nervoso, com medo até de abrir a boca e causar uma crise de choro em Felícia. Recolheram-se por volta das dez da noite, e Felícia, após resmungar um boa-noite quase inaudível, virou-se para o lado e logo adormeceu. Assim que fechou os olhos, viu o espírito bondoso de Tereza ao seu lado, chamando-a com a mão. Seria a primeira vez que passaria o aniversário do filho a seu lado, no astral.

Tiago estava em pé na ampla sala da creche espiritual em que vivia, cercado de vários amiguinhos e balões coloridos, tendo ao centro um bolo enorme, todo confeitado de estre-linhas azuis. Quando Felícia entrou, o menino correu e se jo-gou em seus braços, exclamando cheio de admiração:

— Veja, mamãe! Deus mandou para mim!

Já não se referia mais a Deus como Papai do Céu, jul-gando-se agora mais rapazinho para usar aquelas nomen-claturas tão infantis. Em um ano, desde que Felícia começou a visitá-lo no mundo invisível, havia crescido sensivelmente, e Tereza lhe dissera que logo ele estaria retomando a forma adulta, sem a necessidade de passar por cada ano com a idade que teria na terra.

Ela abraçou o menino e respondeu com ternura:

— Está muito lindo, Tiago. Que festa bonita!

Ele fez um beicinho como se fosse chorar, e Natália interveio:

— Tiago está um pouco triste, porque se lembra do dia em que desencarnou.

— Foi no dia da minha festa...

Os olhos de Felícia encheram-se de lágrimas, e ela es-treitou o menino novamente.

— Não pense mais nisso, meu amor — tornou com voz doce. — Mamãe não está aqui com você?

Ele assentiu com a cabeça e logo estava sorrindo nova-mente, puxado que fora por uma menina, para brincarem de cabra-cega. Natália pediu licença e foi acompanhá-los, e Felícia ficou sozinha, vendo o filho brincar e imaginando como teria sido bom se aquelas brincadeiras estivessem sendo rea-lizadas no jardim de sua casa, e não no mundo espiritual.

— Não deve alimentar esses pensamentos — obser-vou Tereza, que conseguira captar suas ondas mentais. — Quanto mais você pensa assim, mais contribui para que Tiago se mantenha preso à forma infantil.

— Ah! Tereza, me perdoe, mas não consigo evitar. Gosto de visitá-lo aqui e sou muito grata a você por me dar essa oportunidade. Mas não posso dizer que não preferia que ele estivesse vivo, em nossa casa.

Calou-se, a voz embargada, e Tereza tomou as suas mãos, acariciando-as com bondade.

— Compreendo o seu sofrimento, porque não é fácil para nenhuma mãe perder o filho, ainda mais em tenra idade. Nós estabelecemos que os filhos devem sobreviver aos pais, mas isso é apenas uma meia-verdade. Pela lei natural da vida, o que é velho deve partir primeiro e ceder a oportunidade aos jovens. Esse é o curso natural das coisas, porque o que nasce primeiro assume a responsabilidade pelo que veio depois. Depois de sua partida, os frutos que deixou sobrevivem, para que possam dar novos frutos e depois partir também. E esses novos frutos darão outros, que darão outros, e outros, e assim a vida vai transcorrendo. Mas vezes há em que os espíritos resolvem fazer diferente. Resolvem inverter a ordem natural das coisas por uma necessidade extrema de evolução, seja deles próprios, seja dos pais, seja de todos. Quem desencarna em tenra idade busca um aprendizado próprio e dos próprios pais que, normalmente, devem aprender o que é verdadeiramente amar.

— Acha que não amo meu filho?

— Não disse isso e nem de longe poderia insinuar tal coisa. Sei que o seu amor por Tiago é real, mas ainda está bem longe do verdadeiro amor.

— Como assim, Tereza? Não estou entendendo.

— Sabe, Felícia, você nutre um sentimento pelo seu filho um tanto quanto adoecido...

— O quê? — explodiu ela, dando um salto da cadeira. — Como se atreve? Tiago é a pessoa no mundo que mais amo. Mais até do que a mim mesma. Diante dele, nada nem ninguém tem importância. Se pudesse, trocaria de lugar com ele sem titubear. Amo-o desesperadamente, mais do que qualquer mãe já amou seu filho. Como pode dizer que isso é adoecido?

— É exatamente por isso que é adoecido. É natural que a mãe ame seu filho mais do que qualquer outra criatura no mundo, porque esse é o pressuposto primário e verdadeiro da maternidade. Durante a infância, os sentimentos se misturam muito, porque, ao amor materno, alia-se também o instinto de proteção. Mas isso não significa que você deva amar seu filho mais do que a si própria. Querer trocar de lugar com ele, dar a vida por ele, isso se chama renúncia, desde que não seja motivado pelo desespero. A renúncia pressupõe serenidade, que é própria dos espíritos em paz com a sua consciência, daqueles que agem movidos pelo desinteresse. Quando, porém, se abre mão de algo atendendo à angústia e ao desesperado, isso não é renúncia, é apego. Se você tivesse dado a vida por Tiago, estaria hoje na mesma situação, só que de outro lado, lamentando o fato de não poder mais estar junto dele na carne. E iria assediá-lo constantemente, transmitindo-lhe o seu sofrimento e o seu desespero, impedindo-o de viver. E isso, Felícia, não é, propriamente, amor.

— Não estou entendendo o que quer dizer, Tereza. Amar os filhos acima de tudo é o normal da vida.

— Você não está conseguindo ver a diferença entre amor e apego. O amor tudo compreende, inclusive a realidade da separação. No apego, jamais se aceita a separação, porque o espírito acha que só pode ser feliz se estiver grudado no ser amado. Para ele, tudo o que importa é estar junto de quem ele diz que ama. Não percebe, enfim, que o contato físico não é essencial ao verdadeiro amor.

— Mas eu sou mãe... Renunciaria a qualquer coisa por amor.

— É claro que a mãe renuncia a muitas coisas na vida em função de seus filhos, porque isso está de acordo com a responsabilidade que ela assumiu de criar, de educar e de amar. Mas isso não significa que ela tenha que se anular em função de seus filhos. A mulher que se anula pelos filhos não pode viver plenamente, porque ninguém vem ao mundo para ser exclusivamente mãe, ou exclusivamente esposa, ou exclusivamente profissional. Pode-se até assumir um papel precípuo, dependendo das necessidades de cada um. Mas há que se separar as coisas, dividindo tempo e atenções, para que a prioridade dos filhos não acarrete a insatisfação da mulher. Priorizá-los não significa abrir mão de todo o resto, mas saber quando é o momento de colocá-los em primeiro lugar e quando é hora de ensiná-los a ceder e a compreender que a mãe também tem as suas necessidades, e essas necessidades precisam ser supridas, muitas vezes, sem o seu concurso.

— Mas eu amo Tiago mais do que a mim mesma. Não posso evitar.

— Quando a mulher coloca o filho acima até de si mesma, deixa de viver a sua vida e passa a viver a vida dele, tornando-se possessiva, controladora, ciumenta, dominadora. E sempre exige que o filho corresponda a todas as suas expectativas, que faça aquilo que ela quer, que aja conforme ela própria agiria. Mas, normalmente, não é isso o que acontece, porque os filhos são individualidades próprias e, quando vão saindo da primeira infância, começam a tomar consciência de si mesmos e percebem que o mundo não está resumido a sua mãe. Daí vêm as brigas, porque eles querem viver a própria vida, fazer suas escolhas, determinar o seu destino. E a mãe se sente traída, acusa o filho de ingrato, porque fez tudo por ele, e ele não soube reconhecer. Mas, na verdade, a mãe fez tudo por ela própria, porque fez as escolhas levando em conta os seus desejos, os seus valores e os seus sentimentos. Em outras palavras, ela age por conta própria direcionando a vida alheia e acha que o filho está obrigado a seguir os seus passos só porque ela acredita que aquilo é o melhor. Mas é o melhor para ela, não para ele.

— Você está sendo muito dura. Não sou desse jeito.

— Será que não? Veja o seu estado depois que ele partiu. Veja o quanto ainda está apegada, o quanto chora e chama por ele, mesmo após dois anos de sua morte.

— O que você esperava? Sou mãe, eu o amava. Pensa que é fácil perder um filho?

— É claro que não. Mas lembre-se de que ninguém morre aos cinco anos por acidente e ninguém é mãe, nessas circunstâncias, por acaso.

— O que quer dizer?

— Quero dizer que, para tudo na vida, há uma causa anterior.

— Já entendi. Você quer dizer que Tiago morreu afogado porque afogou alguém no passado. É isso?

— Não exatamente. Se as coisas fossem assim como você está falando, estaríamos diante de um castigo ou uma vingança. E não é isso que leva os espíritos a evoluir.

— Mas o que é então?

— É claro que Tiago pode ter se envolvido em uma situação de afogamento, causando a morte de outro em circunstâncias semelhantes. Assim como você, Artur e todos os envolvidos nesse drama tiveram uma participação nesse episódio anterior. Não é à toa que reencarnaram juntos para viverem conjuntamente essa tragédia, como vocês mesmos chamam. Mas isso não ocorreu para que vocês, principalmente Tiago, recebessem o troco pelo que fizeram. Em absoluto! Isso ocorreu porque vocês, todos vocês, acreditaram que essa seria a única forma de compreender uma experiência anterior.

— Quer dizer que todos escolhemos sofrer?

— Exatamente. Porque estavam obrigados? Porque a lei de causa e efeito atuou sobre vocês de forma impiedosa e avassaladora? Não. Porque a lei de causa e efeito colocou à disposição de vocês diversos mecanismos dos quais poderiam se utilizar para compreender suas atitudes anteriores. Não foi um toma lá, dá cá, como se costuma dizer por aí. Foi a forma que vocês encontraram de entender e valorizar certos princípios. Quando eu me coloco no lugar do outro, tenho mais condições de compreender aquilo por que ele está passando e posso avaliar a ação de quem lhe fez algum mal. Você não sabe o que é sentir fome, sabe?

— Não.

— Pois é. Por mais que você se apiede de quem está nessa situação, nunca vai poder dizer que sabe o que essa pessoa está passando, porque só compreende quem experiencia. No mais, pode-se fazer uma ideia do sofrimento alheio.

Felícia desviou o rosto de Tereza e fitou Tiago, que corria com as outras crianças pelo meio da sala.

— Por que está me dizendo tudo isso? — indagou, sem tirar os olhos do filho.

— Para que você, em primeiro lugar, saiba que ninguém passa por um sofrimento à toa. Em segundo lugar, para que você avalie o seu sentimento por Tiago e conclua se o que sente não está mais para posse e apego do que para amor verdadeiro.

Ela tornou a fixar-lhe o rosto, e seu olhar dava mostras de que estava começando a refletir.

— Talvez você tenha razão, Tereza — falou pausadamente. — Talvez eu tenha um excessivo amor por Tiago e não esteja querendo entender. Mas é que eu não queria perdê-lo.

— Saber perder é uma virtude, porque quando pensamos que perdemos algo, na verdade, estamos ganhando outra coisa. Você perde um filho e ganha uma experiência muito útil para o seu próprio crescimento. O problema é que você estacionou, não quer mais crescer, pois acha que a vida perdeu a importância porque Tiago não está mais no mundo corpóreo. Então, só consegue enxergar a perda, mas não alcança o outro lado, que é o da oportunidade de crescer. E mesmo quando eu lhe falo essas coisas, você se pergunta onde é que está a importância desse aprendizado quando o mais importante era ter seu filho ao seu lado.

— Você acha que eu não aprendi nada!

— Preste atenção em sua vida e verá que, até esse momento, não aprendeu mesmo. Seu marido compreendeu melhor do que você e está levando a vida dele como deve ser. O filho morreu, mas ele está vivo. Continua amando-o, mas sabe que Tiago cumpriu a sua tarefa, enquanto ele ainda tem outras a realizar. Mas você não. Simplesmente recusa-se a crescer.

— Não é bem assim... sofro por meu filho.

— Sofre? Pois eu digo que está sendo egoísta.

— Como pode dizer uma coisa dessas?

— Você já se perguntou se ele está sofrendo também?

— É claro que ele está sofrendo.

— Olhe para ele, Felícia, e responda você mesma. Acha que ele sofre?

Felícia acompanhou o menino com os olhos. Tiago fugia de outra criança que, com os olhos vendados, tentava segurá-lo. Ele corria e dava gargalhadas, feliz da vida com a brincadeira.

— É diferente — argumentou. — Tiago está tentando se habituar ao novo mundo em que vive.

— Exatamente. E é o que você não consegue entender. Ele está se acostumando à vida espiritual, sente a sua falta, mas não sofre. E sabe por quê? Porque compreende o seu processo de amadurecimento. Sabe que venceu mais uma etapa em sua jornada evolutiva. Mas você não. Fica se lamentando porque ele se foi, porque você está sofrendo, porque aconteceu o pior em sua vida. Mas em momento algum se questionou se o que aconteceu foi também o pior na vida dele.

— Você está sendo muito dura, Tereza.

— Não estou não. Se falo essas coisas é porque me preocupo com você e quero que você se liberte dessa prisão em que se colocou. Aprenda a amar seu filho, mas não se apegue tanto a ele. Tiago precisa crescer, e o seu apego está dificultando esse crescimento.

— Eu sei...

— Bom — finalizou ela em tom bondoso, dando-lhe um tapinha no joelho —, por hoje chega. É o aniversário do seu filho. Vá ficar com ele. Mas lembre-se do que lhe falei.

Com um sorriso sem graça, Felícia se afastou e foi para onde Tiago estava. Ele agora jogava bola com outras crianças, e ela entrou na brincadeira, jogando com eles. Depois, foram cantar parabéns e cortar o bolo, e Felícia quase desabou em prantos. Mas a lembrança das palavras de Tereza a susteve, e ela conseguiu se controlar, esforçando-se ao máximo para não passar sentimentos de tristeza para o menino. Já bastavam suas próprias lembranças, que deveriam ser bem mais dolorosas do que as dela.

A cada visita que Felícia fazia a Tiago, seus pensamentos iam se abrindo, e ela via as coisas com mais discernimento. Não queria que o filho sofresse, e se era importante que ele retomasse a forma adulta, ela faria tudo o que estivesse ao seu alcance para ajudá-lo. E era muito grata a Tereza por poder participar de seu crescimento.

CAPÍTULO 10

Como passara a ser costume, Norberto e Catarina jantavam em casa de Artur, e ambos notavam a melhora no comportamento de Felícia. Depois do jantar, os quatro resolveram se sentar para uma partida de buraco, jogando as mulheres contra os homens. A partida terminou com vitória das moças, e Catarina pediu desculpas por ter que partir cedo, mas no dia seguinte faria uma pequena viagem a Petrópolis, para visitar os avós.

— Vovô faz noventa anos — esclareceu ela. — Toda a família vai estar presente.

— Mas que beleza! — elogiou Felícia. — E vão voltar amanhã mesmo?

— Voltaremos à noite.

— Norberto não vai? — indagou Artur.

— Eu bem que gostaria, mas não posso. Tenho que aprontar uns relatórios para segunda-feira. Vou trabalhar o dia inteiro.

— Que pena.

— Mas não faz mal — consolou Catarina. — Oportunidades não vão faltar para ele conhecer o resto da família. Não é, meu bem?

Norberto sorriu e a abraçou, partindo com ela de automóvel. Em casa, Artur e Felícia se preparavam para dormir. Enquanto ela se trocava, Artur ficou admirando-a. Era uma mulher muito bonita, jovem, extremamente jovem. Felícia estava com vinte e seis anos, e era uma pena que tivesse resolvido enterrar sua juventude naquele mar de lamentações.

Sentada em frente à penteadeira, ela escovava os cabelos castanhos e sedosos. Vestia uma camisola bege de renda, que deixava à mostra sua silhueta bem torneada. Aquela visão foi enchendo Artur de desejo. Fazia tanto tempo que não se amavam! Como é que uma mulher linda e jovem feito Felícia podia prescindir de sexo? Ele não compreendia. Ele próprio já não aguentava mais. Dois anos era muito tempo. Durante todo aquele período, conseguira se manter fiel, esperando por Felícia. Sempre a respeitara e nunca tentara nada. Mas ela agora parecia mudada.

À meia-luz, Artur levantou-se da cama onde estivera recostado, fingindo ler uma revista de negócios. Aproximou-se cautelosamente de Felícia e parou atrás dela, fitando o seu rosto pelo espelho. Ela percebeu a sua aproximação e olhou discretamente para a imagem refletida do marido. Ele deu um sorriso sedutor e tocou os seus ombros com delicadeza. No mesmo instante, todo o corpo de Felícia se retesou, e ela começou a sentir uma certa angústia com aquele toque.

Mas Artur, longe de perceber a repulsa da mulher, só pensava em levá-la para a cama. Gentilmente, deixou cair as alças da camisola e beijou-a no ombro, ao mesmo tempo em que a virava para ele e tentava fazê-la levantar. Meio que aturdida, Felícia se levantou, pensando em como poderia escapar. Ele começou a beijá-la no rosto e pelo pescoço, até que buscou os seus lábios, ávido por um beijo. Colou a boca na sua, e Felícia começou a corresponder, desesperada e com medo. Aquilo não a estava agradando nada. Sentir o hálito quente de Artur lhe causou imenso desconforto, e o contato de suas mãos sobre o seu corpo exasperou-a de uma tal forma que ela, não conseguindo mais suportar, empurrou-o furiosamente e deu-lhe uma bofetada no rosto, correndo para a porta do quarto aos berros:

— Fique longe de mim, Artur! Não se atreva a me tocar novamente! Nunca mais!

— Mas Felícia, você é minha mulher. Faz tempo que não nos amamos. Não acha que já está na hora de acabar com essa bobagem?

— Jamais! Jamais permitirei que você encoste em mim dessa maneira!

Aturdido, ele tentou se aproximar, estendendo as mãos para ela e argumentando com torpor:

— Pare com isso, Felícia. Sou seu marido e a amo.

— Você me dá nojo!

Ele estacou abismado. Nojo? Como é que sua mulher podia sentir nojo do homem que a amava e a respeitava mais do que tudo?

— Não diga isso, Felícia.

— Você é repulsivo, Artur. Asqueroso, nojento!

— Você não sabe o que diz! Não é verdade.

— É verdade sim! Você me enoja. Sua presença me enoja, seu toque me enoja, suas palavras me enojam!

— Felícia...!

Ela nem lhe deu tempo de terminar. Saiu correndo porta afora, em direção ao quarto de hóspedes. Entrou e trancou a porta, atirando-se na cama e chorando copiosamente. Do lado de fora, Artur batia e gritava desesperado:

— Felícia! Abra, Felícia, vamos conversar.

— Vá embora, Artur. Não quero falar com você. Vá embora!

Sentindo o peso da humilhação, Artur afastou-se da porta e foi para seu próprio quarto. Durante o resto da noite, não conseguiu pregar olho. Só pensava nas palavras de Felícia, dizendo que sentia nojo dele. Aquilo foi enchendo-o de raiva e depois de mágoa. Como é que sua mulher podia dizer uma coisa daquelas? Era um homem direito, íntegro, jamais dormira com outra mulher depois que se casara. Com que direito Felícia o tratava daquele jeito, como se ele fosse um porco abjeto?

Às sete horas da manhã, Felícia entrou novamente em seu quarto. Artur sentiu a sua presença, mas fingiu dormir. Ela se aproximou vagarosamente, e ele sentiu a cama afundar quando ela se sentou.

— Artur — chamou ela baixinho. Ele abriu os olhos lentamente e encarou-a com angústia, sem dizer nada. — Vim lhe dizer, Artur. De hoje em diante, não durmo mais nesse quarto. Estou transferindo as minhas coisas para o quarto de hóspedes.

— Não precisa se incomodar — revidou ele com raiva, dando um salto da cama. — Pode ficar com o seu quarto. Deixe que eu me mudo.

Abriu a porta do armário com violência e começou a tirar suas roupas, jogando tudo em cima da cama. Abraçou o montinho que se fizera e saiu a passos trôpegos pelo corredor, tropeçando nas mangas de camisas e pernas de calças que caíam da trouxa de roupas. Escancarou a porta do quarto de hóspedes com o pé e entrou, atirando tudo sobre uma poltrona. Em seguida, botou a cara para fora e berrou:

— Hermínia! Hermínia!

Ninguém atendeu. Domingo era dia de folga, e Hermínia não estava em casa.

— Mas que inferno! — blasfemou, atirando furiosamente a porta contra o umbral.

A porta bateu com estrondo, e Felícia estremeceu no outro quarto. Durante o resto do dia, nenhum dos dois ousou sair. Felícia passou o dia trancada, não desceu nem para comer, e Artur teve que se virar sozinho. Não estava com ânimo para ir a um restaurante e fez um sanduíche. Voltou para cima, passando pela porta de seus próprios aposentos, e seguiu direto para o quarto de hóspedes.

Ondina telefonou mais tarde, mas Felícia não quis atender, e Artur disse que ela estava bem, mas estava dormindo. Gostava muito da sogra, mas não se sentia à vontade para revelar-lhe aquele problema.

À medida que o tempo ia passando, Artur ia se enchendo de uma indignação cada vez maior. Felícia era sua esposa, não podia tratá-lo daquela maneira. Lá pelas sete da noite, ouviu ruído de fechadura se abrindo e deduziu que Felícia havia deixado o quarto. Na verdade, ela sentiu fome e resolveu ir à cozinha preparar alguma coisa. Com o ouvido colado na porta, Artur escutava. Ouviu passos no corredor e não aguentou mais. Escancarou a porta novamente e correu para fora, alcançando-a já na beira da escada. Ela o olhou assustada. Havia tanta raiva em seu olhar que ela sentiu medo de que ele fosse matá-la. Mas Artur não fez nada disso.

Com gestos rápidos, puxou Felícia pelo braço e saiu arrastando-a para o quarto, enquanto ela se debatia e tentava se soltar.

— Artur! Solte-me! O que pensa que está fazendo? Solte-me, seu bruto!

Sem dizer nada, Artur atirou-a na cama e deitou-se sobre ela, beijando-a e rasgando-lhe a camisola. Ela começou a chorar e a se debater, tentando arranhar o seu rosto.

— Você é minha mulher, Felícia! — gritava ele, fora de si. — Minha mulher!

— Largue-me, Artur, seu monstro! Animal! — Mas Artur não largava e estava prestes a possuí-la, quando ela começou a implorar entre soluços: — Pelo amor de Deus, Artur, solte-me! Eu lhe suplico! Não me faça mais mal do que já fez.

O tom de desespero e súplica na voz de Felícia fez com que Artur voltasse a si de sua loucura e a soltasse. Arrependido, saiu de cima dela e jogou-se na cama a seu lado, chorando angustiado.

— Felícia... — balbuciou aos prantos — perdoe-me. Perdoe-me, Felícia, perdoe-me. Eu perdi a cabeça...

Com o peito arfante, Felícia se levantou e caminhou vagarosamente para a porta. Parou e apontou o dedo para fora, ordenando laconicamente:

— Saia!

Artur saiu. Estava tão arrependido, tão envergonhado de si mesmo que não teve nem coragem de contestar. Como é que fora perder a cabeça daquele jeito? Depois daquilo, podia perder as esperanças de reconquistar Felícia um dia. Na certa, ela nunca mais o aceitaria. Mas que diabos! Era homem, também tinha seus brios. Ser rejeitado pela própria esposa, do jeito como ele o fora, era uma prova dura demais para qualquer homem suportar. Fora ferido em sua masculinidade, em seu orgulho de marido e homem. Ele perdera a cabeça, era certo. Mas Felícia também ultrapassara todos os limites. Dizer que tinha nojo dele, chamá-lo de repulsivo e asqueroso, era demais. Ele também já estava em seu limite.

Voltou para seu quarto e vestiu-se rapidamente. Apanhou a chave do carro e saiu. Precisava respirar um pouco, estava se sentindo sufocado. Mas aonde é que iria? Deu partida no motor e ganhou a rua. Sabia aonde é que deveria ir.

Artur quase não pegou mais Norberto em casa. Ele também estava terminando de se arrumar quando ouviu a campainha tocar. Como morava sozinho, largou o que estava fazendo e foi atender.

— Artur! — exclamou surpreso. — O que está fazendo aqui?

O amigo entrou e parou no meio da sala, passando a mão pelos cabelos.

— Você vai sair? — indagou, dando mostras de visível embaraço.

— Vou... por quê? O que foi que aconteceu?

— A que horas vai buscar Catarina?

— Não vou sair com Catarina. Ela me ligou ainda agora. Disse que chegou cansada de Petrópolis e vai dormir cedo. Vou sair sozinho.

— Posso saber aonde vai?

Norberto fitou-o desconfiado. Pelo seu estado, estava na cara que algo muito sério devia ter acontecido.

— Você e Felícia brigaram? — Artur não respondeu, mas seu olhar dizia tudo. — O que foi que houve, meu amigo? Conte-me o que aconteceu.

Em poucas palavras, Artur contou o que havia acontecido, e Norberto mostrou-se profundamente consternado.

— Estou arrasado, Norberto. Como fui fazer uma coisa dessas com minha própria mulher?

— Eu, no seu lugar, não me culparia tanto. Felícia também abusou. Onde já se viu uma mulher nova feito ela rejeitar o marido assim desse jeito? E você também é jovem, está no vigor da idade. Não pode viver nessa abstinência.

— Mas eu quase a estuprei...

— Ora, Artur, francamente! Estuprar sua mulher? Bem, vá lá que você não deveria tê-la pegado à força. Mas estuprar é um termo forte demais, não acha?

— Eu estava desesperado, Norberto. Fiquei vendo-a vestida daquele jeito, o corpo todo aparecendo por debaixo das rendas da camisola. Não pude me conter.

— Você é homem. É natural que se sinta excitado diante de uma mulher bonita. Ainda mais da sua mulher.

— Depois, passei a noite praticamente em claro, o corpo ardendo de desejo, louco para estar com ela. E quando a vi parada no alto da escada, ainda com a mesma camisola, não pude me controlar. Eu precisava desesperadamente de seu corpo... mas ela começou a chorar e a implorar que a soltasse. Senti-me vil, covarde...

Desatou a chorar e a soluçar, e Norberto correu a preparar-lhe uma bebida. Serviu-lhe uma boa dose de uísque e esperou até que ele bebesse e se acalmasse, para só então falar:

— Ouça, Artur, não quero que pense que estou me aproveitando desse seu desespero para tirar você do bom caminho.

Mas eu estava me aprontando para ir à Esfinge de Ouro. Por que não vai comigo e se diverte um pouco?

— Não posso... — sussurrou o outro. — Não posso trair minha mulher.

— Sua mulher não liga a mínima para você. E você precisa de sexo. Viu o que quase aconteceu hoje. Da próxima vez, pode ser que você não consiga se controlar. Quer machucar sua esposa?

— Não! Jamais machucaria Felícia.

— Pois então, trate de viver a sua vida. Uma escapadela, nessas circunstâncias, não é nenhum pecado. E depois, é como lhe falei. As moças são boazinhas, mas são profissionais. Você não corre o risco de se envolver numa relação amorosa extraconjugal. Prostitutas não contam quando a esposa resolve se fechar para o marido.

Artur olhou-o em dúvida.

— Tem certeza?

— Absoluta. Eu mesmo não me sinto nem um pouco constrangido. Adoro Catarina, mas se ela não quer fazer amor antes do casamento, não há nada que eu possa fazer. Ficar por aí fazendo abstinência, com todo o corpo desejando uma mulher, é estupidez.

Artur levou o copo aos lábios e sorveu com vontade um gole do uísque. Estalou a língua e apoiou o copo sobre a mesinha, enquanto considerava o convite de Norberto. Ao final de alguns minutos, falou ainda indeciso:

— Creio que você tem razão. Nada disso teria acontecido se eu não estivesse tão desesperado por sexo. E depois, não é justo. Sou um homem jovem e viril. Não escolhi ser padre ou celibatário, e Felícia não tem o direito de me impor essa abstinência. Ainda mais me chamando de repulsivo.

— Vai me acompanhar, então?

— Vou.

Cerca de quarenta minutos depois, Artur e Norberto adentravam o salão da Esfinge de Ouro. Artur achou o lugar muito bonito e agradável, bem diferente da ideia que fazia de um prostíbulo. Foram conduzidos para uma mesa mais afastada da pista de dança, onde alguns casais dançavam agarradinhos e se acariciavam, e Artur sentiu que começava a se excitar. Dois anos sem mulher era muita coisa, e ele ansiava pelo momento de estar a sós com uma das moças, embora não se sentisse muito à vontade naquele ambiente.

Sentada ao balcão, Greta bebia um cálice de licor e viu quando eles entraram. Imediatamente reconheceu seu ex-patrão. Ele ganhara uns poucos cabelos brancos e parecia cansado, mas, fora isso, era o mesmo. Viu quando Bete saiu de onde estava para recebê-los e interrompeu a moça com as mãos.

— Aquele lá é seu amigo, não é? — perguntou, apontando para Norberto.

— É sim. Vem aqui já faz algum tempo.

— Você conhece o outro que está com ele?

Bete fixou o olhar em Artur e respondeu convicta:

— Não. Nunca o vi por aqui antes. Por quê? Está interessada?

— Digamos que sim.

Greta saiu puxando Bete para a mesa onde eles estavam sentados.

— Olá — cumprimentou Bete com ar sedutor, sentando-se ao lado de Norberto. — Que bom que você veio.

Norberto deu-lhe um beijo na boca, para espanto de Artur, desacostumado daquelas liberalidades, e sentou a moça em seu colo.

— Conhece Greta? — prosseguiu, apontando para a outra.

— De vista — respondeu Norberto, já imaginando que Greta estivesse ali por causa de Artur.

Artur, por sua vez, nem ousava levantar os olhos para encará-la. Estava profundamente constrangido naquele meio e se sentia pouco à vontade diante daquelas moças.

— Por que não se senta conosco e nos faz companhia, Greta? — convidou Norberto, indicando-lhe a cadeira ao lado do amigo.

Na mesma hora, ela se sentou e encarou Artur, que evitava encará-la. Estava confuso e envergonhado, sem saber o que fazer, e começou a se arrepender de ter aceitado aquele convite. Não era aquele tipo de homem e não estava acostumado a se deitar com prostitutas. Mesmo quando era rapazinho, nunca fora a um lugar daquele. O pai lhe indicara uma mulher mais velha, vivida e experiente, que trabalhava por conta própria.

— Por que não vamos dançar? — sugeriu Bete, piscando o olho para Norberto.

— Ótima ideia — Ele se levantou com a moça e disse para o amigo: — Não se preocupe comigo, Artur. Fique à vontade e divirta-se.

O coração de Artur parecia que ia explodir, de tão disparado estava. Teve vontade de esmurrar Norberto, que o deixara sozinho com aquela moça, mas permaneceu calado. Sentiu quando ela chegou o corpo mais para perto do seu, e suas narinas foram invadidas pelo suave perfume que ela usava. Aquilo o excitou, e ele levantou os olhos para ela. Greta estava com o rosto bem perto do seu, os lábios entreabertos num sorriso sedutor, e ele teve um choque quando a viu.

— Você!? — espantou-se.

— Meu nome é Greta — falou ela, ignorando a sua indignação.

— Greta? Mentira. Sei quem você é. Você é a Lurdinha... trabalhou para mim um tempo. Não se lembra?

Greta foi acometida de estranha emoção. Nunca antes olhara para o doutor Artur de um jeito que não fosse reverencial, mas, naquele momento, sentindo a sua fragilidade, começou a demonstrar um interesse acima do normal. É claro que o reconhecia, assim como ele também a reconhecera. Por isso, não adiantava mentir e fingir que ele estava enganado. Não tinha nem motivos para fazer isso. Ao contrário, seria até bom que ele soubesse onde é que a sua intolerância a havia atirado.

Com os olhos brilhando de uma desconhecida emoção, fez a sua revelação:

— Lurdinha faz parte do passado. Hoje sou Greta, e aquela moça tola e ingênua que você um dia conheceu já não existe mais.

— Mas então é você mesma! Quem diria. Lurdinha aqui, num lugar feito esse.

— O que esperava que eu fizesse?

— Pensei que tivesse partido com o Hélio.

— Nunca mais ouvi falar nele.

— E como foi que veio parar aqui?

— A vida foi dura para mim, doutor Artur. Passei por muitas necessidades, mas, graças à bondade de Diniz e de Valente, hoje estou bem.

— Quem são esses?

— Os donos desse lugar. São excelentes rapazes.

Embora encantado com a figura de Greta, Artur sentiu medo de aproximar-se dela. Devia odiá-la por ter sido responsável pela morte de seu filho, mas o fato é que não a odiava. Depois de alguns anos, não conseguia mais sentir raiva de ninguém. Para ele, a morte de Tiago fora uma fatalidade, e alimentar o ódio por Lurdinha ou Hélio não lhe trazia nenhum conforto. E depois, Lurdinha parecia haver tido a sua quota de sofrimento, e não era justo que tivesse que viver para sempre com aquela mácula.

— Você está muito bonita, Lurdinha... — elogiou, enchendo-se de rubor.

— Greta. Por favor, chame-me apenas de Greta.

— Está bem... Greta.

Os dois estavam fascinados um pelo outro e, durante muito tempo, ficaram conversando sobre a vida, Artur querendo saber de tudo o que lhe havia acontecido. Greta contava as dificuldades por que passara e notou que ele se emocionava. Não demorou muito para que a conversa se direcionasse para o campo amoroso e, de repente, Artur se viu abrindo seu coração e contando tudo a ela. Greta ouviu em silêncio. Quando ele terminou, ela aproximou o rosto do seu e pousou-lhe um beijo suave nos lábios, e Artur não conseguiu mais se conter. Abraçou-a com volúpia e beijou-a com ardor. Em poucos instantes, já estavam em seu quarto, se amando.

O encontro dos dois não passou despercebido a Diniz. Embora ele soubesse que Greta era uma profissional, achou estranho o modo como ela recebeu aquele desconhecido. Quando os dois passaram por ele, subindo as escadas em direção aos quartos, Diniz percebeu uma emoção diferente vinda dos olhos de Greta. Será que estaria se apaixonando por aquele homem? Pela familiaridade com que o tratava, talvez já o conhecesse antes. Diniz não se lembrava das feições do milionário Artur Fontes, veiculadas em todos os jornais da época do acidente e, por isso, nem lhe passou pela cabeça que pudesse ser o antigo patrão de Greta.

Só o que sabia foi que sentiu ciúmes.

❧

No caminho de volta para a casa de Norberto, Artur ia pensando no que havia feito. Pela primeira vez em oito anos, traíra sua esposa. Mas já não estava aguentando mais. Durante dois anos ainda conseguira se conter, mas o desejo reprimido foi aumentando, aumentando, até que Greta deu vazão a seus instintos. Greta... Pensando nela, sentiu que o coração disparava. Ela havia se transformado numa mulher sensual e ardente, muito diferente da tímida Lurdinha que trabalhara para ele durante cinco anos.

Como era insólita aquela situação! Agora sentia-se atraído pela mulher que, ainda que indiretamente, fora responsável pela morte de seu filho. Se Felícia soubesse, era bem capaz de pedir o desquite. Tomar-se-ia de ódio por ele e nunca mais tornaria a lhe dirigir a palavra novamente. Como será que ele se sentiria se Felícia o deixasse? Sentiu uma sombra passar sobre o seu coração. Por mais que se sentisse atraído e encantado com Greta, amava mesmo era sua esposa. Estava magoado com Felícia por causa das barbaridades que ela dissera, pela humilhação que o fizera sentir. Felícia atingira-o duramente em sua hombridade e seu orgulho, e ele considerava difícil uma reconciliação depois disso. Ainda assim, não queria perdê-la. No fundo, ainda que secretamente, alimentava esperanças de um dia voltarem a se entender e, quem sabe, ter outros filhos.

Greta havia passado maus pedaços na vida. Pelo que ela dissera, até mendigar, mendigou. E tudo por causa da forma como a despedira, das declarações que dera no jornal. Quando tomara aquela atitude extrema, nem chegou a pensar no que poderia lhe acontecer. Não se preocupou com as consequências de seus atos nem com a dificuldade que ela encontraria de arranjar um novo emprego. Sentiu uma pontada de remorso. Não era um homem cruel nem vingativo, e despedira Lurdinha por uma questão de bom senso e justiça. Pensou que ela nunca mais voltaria a arranjar um emprego de babá, mas jamais lhe passou pela cabeça que ela pudesse não arranjar mais emprego nenhum.

E Norberto? O amigo parecia adormecido no banco a seu lado. Quando ele e Greta se levantaram para subir, Norberto já havia sumido com Bete, e ele só o viu muito depois.

— Norberto — chamou em voz baixa, para não o assustar.

— Hum...? — fez o amigo, sonolento.

— Está dormindo?

— Mais ou menos.

— Não quer conversar? Saber como foi a minha noite?

Norberto esfregou os olhos e ajeitou-se no banco, acrescentando com um bocejo:

— Desculpe-me, Artur. É que Bete acabou comigo essa noite.

— Você não tem jeito — gracejou o outro.

— Mas diga-me lá. Como é que foi, hein?

— Não podia ter sido melhor. Greta é uma mulher fantástica!

— Viu? Não disse que ia lhe fazer bem? — Notando a expressão de dúvida de Artur, tornou indeciso: — Ou será que não fez?

— Lembra-se da morte de meu filho?

— Credo, Artur, que hora para se lembrar disso.

— É que Greta é a mesma Lurdinha, que foi babá em nossa casa na época em que ele morreu.

Norberto soltou um longo assobio e retrucou:

— Mas como é que pode?

Artur contou ao amigo tudo o que descobrira sobre Greta, ou melhor, Lurdinha, e Norberto ficou deveras espantado com aquela infeliz coincidência.

— Você tem que me prometer uma coisa — pediu Artur, com seriedade.

— O quê?

— Prometa-me que nunca vai deixar Felícia descobrir.

— Ora, Artur, mas que ideia! Acha que eu seria capaz de uma cachorrada dessas?

— Sei que não. Falei só por falar.

Artur deixou Norberto em frente ao edifício em que ele vivia e seguiu para sua casa. A mansão de dois andares estava toda às escuras. Já passava das três da manhã, e ele ficou imaginando se Felícia percebera que ele havia saído. Passou em frente ao seu quarto, mas não havia nenhuma luz por debaixo da porta. Sequer ouviu algum som vindo lá de dentro, e ele presumiu que Felícia estava dormindo. Em silêncio, foi para o seu quarto.

Do lado de dentro, Felícia chorava com o rosto enfiado no travesseiro. Sabia que Norberto havia saído, porque ele fizera um estardalhaço para descer as escadas e tirar o carro da garagem. Não conseguiu dormir até que ele voltasse. Passou a noite olhando o relógio de ponteiros fosforescentes na mesinha de cabeceira, acompanhando o correr da madrugada. Quando finalmente ouviu o barulho do carro entrando na garagem, suspirou aliviada. Ele não a havia deixado! Mas onde será que estivera? Talvez bebendo com Norberto e derramando sobre ele suas mágoas.

Na manhã seguinte, Artur estava de pé às sete horas, como de costume, e desceu para tomar o café. Para sua surpresa, Felícia o estava aguardando, mas não disse uma palavra quando ele chegou. Levantou-se do sofá em que estava sentada e foi para a mesa do desjejum. Sentou-se no lugar de costume e esperou até que Artur se acomodasse também. Em seguida, tocou a sineta e Hermínia veio servir.

Tomaram o café sem trocar uma palavra. Artur olhava para Felícia de soslaio, e ela o observava desconfiada. O clima era tenso e artificial, e ninguém dizia nada. Pouco depois, a campainha soou, e Ondina chegou, como sempre fazia, para fazer companhia à filha até que o genro voltasse do trabalho.

— Bom dia — cumprimentou ela sorridente, beijando os dois nas faces.

Sentou-se do outro lado de Felícia e apanhou uma xícara de café, esperando até que Hermínia a servisse. Só depois que colocou o açúcar e levou a xícara aos lábios foi que percebeu o clima gelado entre os dois.

— Aconteceu alguma coisa? — indagou preocupada.

— Nada — respondeu Artur laconicamente.

— Tem certeza?

— Absoluta.

— Não é o que parece. Os dois estão com cara de enterro.

— Como Artur disse, mamãe — falou Felícia, enxugando os lábios no guardanapo e se levantando —, não aconteceu nada.

Saiu sem pedir licença, o que deixou Ondina espantada.

— Artur, meu filho — continuou, apertando a mão do genro —, o que foi que houve? Vocês brigaram?

— Brigamos... — respondeu vagamente.

— Mas por quê?

— Pergunte a sua filha, dona Ondina. Ela poderá lhe dizer os motivos melhor do que eu. E agora, com licença. Preciso ir trabalhar.

Depois que ele saiu, Ondina partiu atrás de Felícia. Ela já estava no jardim, recostada em uma espreguiçadeira, lendo uma revista de modas. Ondina aproximou-se cautelosamente e recostou-se na espreguiçadeira ao lado.

— Não quer fazer compras? — indagou de forma displicente.

— Não, mamãe. Não estou precisando de nada.

— Que tal irmos à praia?

— Acho que vai chover.

— E ao cinema?

— Não há nenhum filme interessante em cartaz.

Era óbvio que Felícia estava tentando se esquivar, ou melhor, não demonstrava nenhuma vontade de conversar ainda. Ondina achou melhor não insistir e apanhou outra revista, limitando-se a lhe fazer companhia.

CAPÍTULO 11

O salão da Esfinge de Ouro estava vazio àquela hora. As moças, ou ainda estavam dormindo, ou haviam saído, muitas para ir à praia, no Flamengo. Naquele dia, Eunice estava presente, arrumando copos e taças na prateleira do bar.

— Olá, Eunice — era a voz de Soraia, que vinha descendo para o café. — O que está fazendo aí sozinha?

— Estou arrumando as prateleiras. Ou será que não deu para perceber?

Pouco depois, Greta veio descendo também e foi juntar-se às duas.

— Bom dia — cumprimentou bem-humorada. — Já tomaram café?

— Por que essa alegria toda? — atacou Soraia em tom mordaz.

— Não é da sua conta, meu bem — rebateu Greta com ironia. — E você, Eunice? Já tomou o café?

— Já sim, querida.

— Não gostaria de ir comigo à cidade? Quero comprar um rádio para mim.

— Um rádio? — indignou-se Soraia. — Com que dinheiro? Não vá me dizer que já ficou rica, de ontem para hoje.

— Pare de me aborrecer, Soraia — retorquiu Greta. — Você não tem nada com a minha vida. E depois, estou falando com Eunice, não com você.

— Está certo, está certo. Vou-me embora. Você não é mesmo uma companhia muito agradável.

Só quando a porta da cozinha se fechou foi que Eunice tornou a perguntar:

— Também estou curiosa, Greta. De onde foi que surgiu o dinheiro?

— Sabe o homem com quem subi ontem?

— Aquele que veio com o amigo da Bete?

— Esse mesmo. É milionário e me deu um extra.

Exibiu o maço de notas para Eunice, que o apanhou espantada:

— Minha nossa! — exclamou, contando o dinheiro.

— Então? Não quer ir comigo comprar o rádio?

— É pra já. Vou subir e me vestir.

— Ótimo. É só o tempo de eu tomar café.

Separaram-se. Eunice foi se aprontar, e Greta dirigiu-se para a cozinha. Sentou-se longe de Soraia e serviu-se.

— Quer dizer que ficou rica, é? — começou a outra, em tom de provocação.

— Não interessa.

— Aposto como foi o ricaço de ontem. O tal de... como é mesmo o nome dele?

— Não interessa.

— Quanto foi que ele lhe deu?

— Não interessa.

— Você é muito pouco imaginativa. Não sabe falar outra coisa, não?

Greta fez-lhe uma careta, e Soraia quase a esbofeteou. Mas a entrada de Eunice conteve a sua mão.

— Então? — falou Eunice, sorrindo. — Vamos?

Rapidamente, Greta engoliu o café, lavou sua louça e saiu de braços dados com Eunice. Soraia sufocou uma pontinha de inveja. Por que é que nunca tinha essa sorte? Os homens com quem se deitava não costumavam ser assim tão generosos. Apesar de Greta não haver confessado que fora o homem da noite anterior quem lhe dera o dinheiro, só podia ser. Onde mais ela teria arranjado tanto dinheiro assim?

A porta da cozinha se abriu novamente, mas dessa vez foi Diniz que entrou, ainda sonolento, esfregando os olhos.

— Bom dia, Soraia — cumprimentou ele sem muita animação, puxando uma cadeira e se sentando.

— Como vai, Diniz? Dormiu bem? — Ele assentiu. — Pois não é o que parece.

— Já vai começar, Soraia? Por que não me deixa em paz?

— Acho que você passou a noite em claro, imaginando sua queridinha nua, nos braços de outro.

— O quê? — indignou-se.

— É isso mesmo o que você ouviu. Não sei por que fica por aí, se lamentando por causa de Greta, quando ela não liga a mínima para você.

— Greta agora está trabalhando.

— E como está trabalhando! Em pouco tempo, juntou dinheiro até para comprar um rádio!

Ele a fitou desconfiado:

— Que história é essa?

— Você não sabia? Greta saiu com Eunice para comprar um rádio novo. E estava com um bolo assim de dinheiro — fez com os dedos um sinal, demonstrando a espessura do maço de notas.

— Como é que você sabe disso?

Ela deu de ombros. Espiara tudo pela porta da cozinha, sem que Greta ou Eunice percebessem.

— Você é um tolo, Diniz. Fica por aí, suspirando pelos cantos, enquanto ela se farta com o dinheiro de outro.

— E daí? É o trabalho dela. Que bom que está ganhando bem.

— Acho que há algo nesse sujeito além de dinheiro.

— Que sujeito?

— Ora, o de ontem. Não vá me dizer que não viu, porque sei que viu. Todo mundo reparou. Até o doutor Mauro, que ficou furioso por perder a amada.

— Greta não é exclusividade de Mauro.

— Ele não pensa assim.

— Pois ele não pagou por nenhuma exclusividade. E você não devia ficar bisbilhotando a vida de Greta. Trate de cuidar da própria vida. Aliás, noto que você não tem se saído muito bem ultimamente. Passa as noites sentada no bar, bebendo. Quase ninguém mais a procura. Posso saber por quê?

— E eu é que sei?

— Pois eu sei. Os clientes têm reclamado do seu mau humor. E eles não querem mulheres mal-humoradas. Já basta o que têm que aturar em casa ou no trabalho. Quando chegam aqui, esperam encontrar uma lady, e não uma grosseirona que só sabe reclamar e dar foras.

— Não sei de nada disso... ninguém nunca se queixou.

— Nunca se queixaram com você. Mas eu e Valente temos escutado muitas reclamações a seu respeito.

— Por que não me disseram nada?

— Estou dizendo agora. E vou lhe dar um conselho, Soraia. Abra bem os olhos. Se você começar a nos dar prejuízo, vai para o olho da rua.

— Você não teria coragem.

— Quer experimentar?

Ela abaixou os olhos e começou a chorar de mansinho. Quando falou, foi com profunda humildade e tristeza:

— É porque o amo, Diniz. Qualquer outro homem me irrita.

— Você não está aqui para me amar. Está aqui para fazer sexo. Só isso. Deixe o amor para as donzelas e as moças de família.

Naquele momento, Soraia sentiu imensa raiva de Diniz. Ela estava ali, abrindo o seu coração, confessando que o amava, e ele a tratava feito lixo. Só porque era prostituta, não queria dizer que ele a pudesse destratar daquele jeito. Contudo, não teve coragem de contestar o que ele dizia. A raiva foi dando lugar à mágoa, e ela se levantou da mesa com os olhos rasos d'água, correndo porta afora.

— Venha lavar sua xícara! — berrou Diniz, mas ela já não o escutava.

Foi, ele mesmo, lavar a sua xícara e a de Soraia. Sabia que havia sido muito duro com ela e duvidava mesmo que a pusesse na rua. Ele e Valente eram dois corações moles e não tinham coragem de abandonar ninguém. Mas Soraia precisava de um corretivo. Ela estava abusando, gritando e ofendendo os clientes, e aquilo não era nada bom para os negócios. A Esfinge tinha a reputação de ser uma casa chique e sofisticada, e aquele comportamento de Soraia não condizia nada com o prestígio de que gozavam. Além de tudo, ela estava apaixonada por ele. Mas ele não gostava dela e nunca lhe escondera isso. Desde que conhecera Greta, não pensava em mais ninguém. Só ela lhe importava. Só ela e mais ninguém.

❧

Na noite de quarta-feira, Artur estava em casa vendo televisão, sozinho. Ondina já havia voltado para casa, e Felícia se recolhera ao quarto logo após o jantar. O programa não lhe despertava o menor interesse, embora ele continuasse olhando para a tela, sem nada entender. Pensava em Greta. Ela era uma mulher sensacional, muito diferente de Felícia. Desde que se casaram, Felícia se mostrara extremamente tímida, cheia de pudor, e fora difícil até mesmo convencê-la a permitir que visse o seu corpo nu. Durante muito tempo, fizeram sexo sob os lençóis, com a luz apagada, e só depois que Tiago nasceu foi que ele conseguiu fazer com que ela se mostrasse despida. Mesmo assim, continuara a fazer amor com ele de maneira quase fria, cheia de medos e tabus, e qualquer carícia mais ousada lhe parecia desrespeitosa.

Com Greta, tudo era muito diferente. Ela não tinha limites ou preconceitos, e dera-lhe um prazer nunca antes experimentado. Apesar de ela e Felícia serem praticamente da mesma idade, a esposa se comportava feito uma menina assustada, ao passo que Greta esbanjava sensualidade e experiência. Efetivamente, fazer sexo com Greta era muito mais prazeroso do que com Felícia. Mesmo assim, pensou, seu coração estava preso ao da mulher. Ainda que Felícia fosse muito contida e envergonhada, era a ela que ele amava. Gostava de Greta na cama, mas a dona de seu coração ainda era Felícia.

Estava magoado. Felícia o atingira duramente em sua honra e em sua virilidade, e ele não estava disposto a se humilhar diante dela. Tinha sua dignidade e, por mais que a amasse, não achava que devia se sujeitar a todas as suas extravagâncias, muito menos permitir que ela o ofendesse daquele jeito. Separar-se estava fora de cogitação. Ele a amava e não queria se desquitar. Preferia viver ao lado dela, ainda que em quartos separados, feito dois estranhos. Mas Felícia era uma mulher perturbada e precisava dele. Ainda que não soubesse ou não admitisse, precisava dele mais do que tudo. E ele não iria abandoná-la.

Mas era homem e não estava obrigado a curvar-se àquela abstinência forçada. Precisava de sexo e gostava dele. E, se Felícia teimava em descumprir um dos deveres básicos do casamento, também ele não se sentia mais preso ao dever de fidelidade. Até que ela o aceitasse de volta, continuaria a se encontrar com Greta.

Se Felícia descobrisse que ele estava de caso com a mulher que ela ainda acusava pela morte do filho, seria um verdadeiro desastre. Seu casamento estaria estragado de vez, porque Felícia passaria a acusá-lo também. Num primeiro momento, chegou a considerar essa hipótese. Mas sabia que, no fundo, no fundo, Lurdinha, ou Greta, não fora culpada pela morte do menino. Por mais que ela houvesse se descuidado em sua vigilância, tinha certeza de que ela jamais desejara que aquilo acontecesse e sabia o quanto havia sofrido também.

E tudo por culpa dele. Porque a expusera em todos os jornais, fazendo-a passar por leviana e assassina, e deixara de lhe dar referências para um novo emprego. Ela acabara nas ruas, obrigada a mendigar para sobreviver. Aquilo era muito triste e humilhante. Ainda assim, Greta não demonstrava raiva ou mágoa e parecia haver gostado dele.

Pensando na moça, seu corpo encheu-se de desejo, e ele foi apanhar o telefone. Discou o número da casa de Norberto, e o rapaz atendeu.

— Alô? Norberto? Está tudo bem?

— Ah! Artur — respondeu a voz do outro lado da linha. — Tudo bem. E você?

— Vou bem. Escute, por acaso você vai sair hoje?

— Sair? Por quê?

— Gostaria de saber...

Norberto percebeu que Artur estava se referindo à Esfinge e, por estar em casa, talvez não estivesse podendo falar abertamente.

— Sinto muito, Artur, mas hoje não vou poder sair com você. Prometi à Catarina que a ajudaria num trabalho para a faculdade.

— Entendo... Bem, até amanhã então.

— Até amanhã.

Desligou e voltou para sua poltrona. Na televisão, um soldado caía do cavalo, atingido pela flecha de um índio americano. Desligou o aparelho e ficou sentado no escuro, pensando. Cerca de dez minutos depois, resolveu sair. Vestia um robe de chambre verde musgo e correu ao quarto para se trocar. Pouco depois, saiu em roupa esporte. Ao passar pela porta do quarto de Felícia, deu uma meia parada e desceu as escadas.

Em seu quarto, Felícia lia um romance de Érico Veríssimo e ouviu o ruído do motor do automóvel. Apagou a luz do abajur e foi para a janela, ocultando-se atrás das cortinas. Em poucos segundos, o carro passou na lateral e ganhou a rua. Desanimada, Felícia voltou para a cama e recostou-se novamente, apanhando o livro com um suspiro. Não conseguiu mais se concentrar na leitura. Seus pensamentos estavam presos ao marido, imaginando aonde é que ele fora àquelas horas.

⚜

O movimento na Esfinge de Ouro já estava grande, e Artur entrou, procurando Greta com o olhar. Ela estava sentada a uma mesa, ouvindo com ar enfadonho a conversa de um homem de bigodes. Ele passou por ela e foi sentar-se duas mesas além. Greta o viu passar, e um sorriso lhe aflorou aos olhos. Acompanhou-o com o olhar, até que ele se sentou, e ela continuou sorrindo para ele. Artur devolveu o sorriso e ficou admirando-a.

Greta precisava se desvencilhar de Mauro. Esperou até que ele desse uma pausa na conversa, para beber um gole de cerveja, e pediu licença. Levantou-se e afastou-se apressada em direção à mesa a que Artur estava sentado. O advogado não gostou nada daquilo. Pousou o copo na mesa com estrondo, estalou a língua e encarou Artur, que já estava com a atenção presa em Greta.

— Olá — disse ela, entreabrindo os lábios com um sorriso sedutor.

— Olá. Não a estou atrapalhando?

— Não! Você é sempre bem-vindo.

Ele acariciou as suas mãos e confessou baixinho:

— Vim porque senti a sua falta.

Greta já ia responder alguma coisa, mas a chegada inesperada de Mauro a fez calar.

— Com licença — interrompeu ele, com voz tonitruante, chamando a atenção dos que estavam às mesas mais próximas.

— A dama está comigo.

Meio espantado, Artur encarou o interlocutor e retrucou polidamente:

— Perdão, amigo, mas ela está comigo agora.

— Não sou seu amigo e já disse que ela está é comigo.

Agarrou o pulso de Greta e deu-lhe um puxão com força, e a moça quase caiu da cadeira.

— Ai! — queixou-se ela. — Seu grosso.

Na mesma hora, Artur se levantou e colocou a mão sobre o braço de Mauro, contestando educada, porém veementemente:

— Não vou permitir que destrate uma mulher na minha frente. Por favor, solte-a.

Mauro foi rápido demais. Largou o pulso de Greta e desferiu violento soco no queixo de Artur, que cambaleou e caiu por cima das mesas, enquanto Greta gritava assustada. Artur sentiu gosto de sangue na boca e levantou-se aturdido, mas Mauro não lhe deu chance de se recuperar e desferiu-lhe novo golpe. Novamente, Artur foi ao chão, e Greta correu para ele, mas ele se levantou rapidamente, já mais prevenido, a tempo de evitar o terceiro golpe. Dessa vez, conseguiu revidar. Acertou-lhe vários socos no queixo, e Mauro desabou pesadamente sobre as mesas do outro lado. Levantou-se completamente atordoado e tentou enquadrar Artur, mas a sua visão se recusava a entrar em foco. O adversário estava parado diante dele, punhos levantados, em posição de defesa. Ainda assim, Mauro avançou novamente, e Artur acertou-lhe novo murro, que quase o deixou inconsciente.

Vendo-o caído no chão, olhos semicerrados, Artur se aproximou. Estendeu a mão para ele, num gesto amistoso, e acrescentou com voz tranquila:

— Vamos parar por aqui.

Aquilo enfureceu Mauro de uma tal maneira, que ele pensou que fosse explodir. Sem apanhar a mão de Artur, conseguiu se levantar, ajudado por Soraia e outras moças, e encostou-se numa das mesas que ainda estavam de pé.

Tateou-a, e suas mãos esbarraram em uma garrafa de cerveja. Mais que depressa, ele fechou os dedos ao seu redor, bateu a garrafa com força na mesa, quebrando-a ao meio, e partiu para cima do outro, ameaçando-o com as pontas de vidro.

Todos prenderam a respiração, e Mauro dançava na frente de Artur, apontando-lhe a garrafa quebrada. O outro, ainda com os punhos levantados, aguardava o ataque, mas Mauro não se decidia. Limitava-se a apontar-lhe a garrafa e a sorrir maliciosamente. Foi quando alguém apareceu. Era Valente, seguido por dois seguranças. Valente interpôs-se entre os dois, esticou a mão para Mauro e falou com voz incisiva:

— Muito bem, Mauro, já chega. Dê-me essa garrafa — O advogado não se mexia. — Dê-me essa garrafa, já disse, ou serei obrigado a chamar a polícia.

Mauro olhou para Valente e os seguranças do bordel, parados mais atrás, fitando-o com ar ameaçador. Não estava disposto a se envolver com a polícia naquelas circunstâncias. O que diriam os clientes se soubessem que seu advogado havia sido preso por brigar num bordel? Ele sabia que Valente não hesitaria em chamar a patrulha, porque conhecia muitos policiais, e até o delegado frequentava A Esfinge. Apesar de contrariado, recolocou a garrafa sobre a mesa, cuspiu aos pés de Artur e rodou nos calcanhares, ganhando a rua.

— O senhor está bem? — indagou Eunice, aproximando-se de Artur.

— Leve o cavalheiro para cima, Eunice — ordenou Valente. — E cuide de seus ferimentos.

— É pra já.

Eunice e Greta foram conduzindo Artur em direção às escadas, mas Valente tornou a falar:

— Você não, Greta. Precisamos conversar.

Com um olhar de desânimo, Greta parou e ficou olhando Eunice se afastar com Artur. Quando eles começaram a subir as escadas, virou-se e foi seguindo Valente até o escritório.

Diniz, parado mais atrás, não tomara partido na briga e, depois que eles se retiraram, ordenou com uma certa angústia:

— Limpem essa bagunça — E, erguendo a voz para o salão, incentivou: — Vamos lá, minha gente! A festa ainda não acabou. Beto, uma rodada de bebida para todo mundo. Por conta da casa!

Beto, o barman, tratou logo de obedecer às ordens do patrão e pôs-se a preparar doses simples de uísque para todos os clientes. Diniz esperou para ver se as coisas se acomodavam e, certificando-se de que tudo estava bem, foi para o escritório, onde Valente e Greta o estavam aguardando.

— Muito bem — disse ele, escancarando a porta e entrando apressado. — Será que posso saber o que foi que aconteceu?

— Feche a porta, Diniz — pediu Valente, não desejando que ninguém mais participasse daquela conversa.

Diniz empurrou a porta com o pé e se aproximou de Greta, que os encarava com ar de espanto.

— Não tive culpa de nada — foi logo se desculpando. — Eu disse ao Valente que foi o doutor Mauro quem começou tudo. Foi ele quem bateu em Artur primeiro.

— Mas isso porque você o deixou falando sozinho e foi atender o tal de Artur, não foi? — contrapôs Diniz, com um tremor de raiva e despeito.

— Bem... — balbuciou ela — ... ele chegou... é meu cliente, não está muito acostumado... só quis ajudar...

— Quantas vezes temos que lhe dizer que não se deixa um cliente para ir atender outro? — berrou Diniz, transtornado.

— É que Artur... Artur... ele é meu amigo...

— Ah...! Ele é seu preferido, não é? Pois vou lhe dar um aviso, Greta! As preferências aqui, somos nós que fazemos e de acordo com as nossas conveniências. Quem paga mais, entende?

— Que eu saiba, Artur pagou-os muito bem quando esteve aqui da última vez.

— Não interessa! Você estava com Mauro e não podia tê-lo largado para ir se sentar com Artur! Quem chega primeiro, escolhe a moça. É assim que funciona. Se esse tal de Artur quer exclusividade com você, tem que pagar por isso. E muito caro!

— Diniz... — sussurrou ela — eu gosto do Artur...

— Você é uma prostituta! — vociferou, rosto colado no seu. — Não tem que gostar de ninguém!

Greta começou a chorar, e Valente achou que já era hora de intervir. Diniz estava mesmo indo longe demais. Não precisava ofender ou assustar a menina.

— O que deu em você, Diniz? — objetou sério. — Por que está gritando com ela?

— Ela... ela... — gaguejou, só agora se dando conta de que a estava maltratando — ... ela... desobedeceu às normas da casa.

— Isso nós já sabemos. Mas você está exagerando. Nós a trouxemos aqui para esclarecer o incidente, não para você assustá-la.

Com os olhos rasos d'água, coberto pelo remorso e o arrependimento, Diniz soltou os braços ao longo do corpo e murmurou sentido:

— Tem razão... Desculpe-me.

Foi sentar-se a um canto, disposto a não mais intervir, e Valente tomou a dianteira. Sentou-se junto a Greta e fê-la contar tudo o que havia acontecido.

— Você não devia mesmo ter deixado o doutor Mauro para atender Artur — censurou Valente. — Ainda mais quem! Todos nós conhecemos o temperamento de Mauro.

— Esse Mauro é nojento! Não gosto dele. Ele nos trata como rameiras. Sei que é isso o que somos, mas também temos dignidade. Ninguém gosta de ser ofendido.

Disse isso e olhou para Diniz pelo canto do olho, mas ele não esboçou qualquer reação.

— Bem, Greta, por hoje passa. Mas da próxima vez, teremos que descontar o prejuízo do seu salário.

— Está bem — suspirou, levantando-se para sair. — É só isso?

— É. Pode ir.

— Obrigada, Valente — falou de forma carinhosa. — Você é um homem de verdade.

Deu meia-volta e foi embora. Depois que a porta se fechou novamente, Valente foi para onde Diniz estava. Puxou uma cadeira e sentou-se de frente para ele, encarando-o com ar de compaixão.

— Você precisa esquecer a Greta. Ela não gosta de você.

Diniz fuzilou-o com o olhar e revidou com desdém:

— Ela deve ser muito boa para mim, não é?

— Não sei. Eu não disse isso. Mas parece que ela gostou do tal de Artur.

— Mas Valente, você não vê o absurdo disso? Greta é uma prostituta, e o homem é um ricaço qualquer. Aliás, a fisionomia dele não me é estranha. Nunca antes o vi por aqui, mas sei que o conheço de algum lugar.

— Talvez você o conheça dos jornais. É o milionário Artur Fontes.

— O quê? Artur Fontes? Aquele Artur Fontes?

— Esse mesmo. O homem que colocou Greta na rua por causa da morte do filho.

— Meu Deus! E como é que ela foi se apaixonar justo por ele?

— Não sei. Coisas da vida...

— E ele? O que quer com ela? Será que vai aprontar alguma?

— Não é o que parece. Pelo visto, o homem já esqueceu o incidente.

— Ah, deve ter esquecido mesmo. Greta é muito boa nessas coisas. Sabe, melhor do que ninguém, virar a cabeça de um homem. Aposto como ele nem pensa mais no filho.

— E daí, Diniz? Não estou entendendo você. Ou melhor, entendo muito bem. Você está é com ciúmes.

— E se estiver? Tem algum problema?

— Problema, propriamente, não. Mas você não tem o direito de sair por aí ofendendo a moça.

— Mas ela é uma prostituta!

— Eu sei, você sabe e ela também. Todo mundo sabe, até o tal de Artur. Não precisava lembrá-la disso.

— Não quis ofendê-la.

— Mas ofendeu. O que você queria, Diniz? Ela tem sentimentos.

— Eu também...

Notando a angústia no olhar de Diniz, Valente mudou o tom de voz e aconselhou:

— Procure esquecê-la, Diniz. Ela não gosta de você, não adianta.

— Não estou bem certo — levantou-se decidido e finalizou: — Ainda vou fazê-la gostar de mim. Você vai ver.

Deu as costas ao amigo, bateu a porta e saiu.

∽≈≪≈∾

No andar de cima, Artur era cuidado por Eunice, que fez vários curativos em seu rosto e nas costas. Já estava terminando quando a porta do quarto se abriu e Greta entrou preocupada.

— Artur! — exclamou, correndo para ele e segurando suas mãos. — Você está bem?

Ele deu um sorriso encantador e respondeu com jovialidade:

— Estou ótimo. Sua amiga fez um excelente trabalho!

Eunice corou levemente, terminou de fazer os curativos e apanhou todo o material.

— Bem — falou, examinando seu rosto com olhar crítico —, acho que está bom. O senhor já está pronto para outra.

— Deus me livre! E por favor, não me chame de senhor. Meu nome é Artur.

— Muito bem, Artur. Pode ir, se quiser.

Greta puxou-o pela mão e saiu arrastando-o para seu quarto, atirando-o na cama logo que entraram. Amaram-se com calma e serenidade, porque o corpo de Artur estava todo dolorido.

— Difícil vai ser explicar isso a minha esposa — disse, mais para si do que para Greta.

— O que vai dizer? — redarguiu ela, tentando ocultar uma pontinha de ciúme.

— Ainda não sei. O que você sugere?

— Dizer que entrou numa briga num bordel está fora de cogitação, não está? — gracejou.

— Nem quero imaginar o que Felícia iria dizer! Era bem capaz de me expulsar de casa e nunca mais falar comigo.

— Você ama sua esposa? — indagou com aparente displicência.

— Amo. É uma pena que ela tenha se fechado para o mundo.

— Dona Felícia não devia tratá-lo desse jeito. Ela está sendo cruel e injusta com você. Devia ter vergonha.

— Não fale assim de Felícia, por favor — repreendeu ele com uma certa irritação. — Você não sabe de nada a seu respeito.

O rosto de Greta encheu-se de rubor, e ela revidou magoada:

— O que sou para você, Artur? Apenas uma prostituta?

— Não é isso o que você é? Uma prostituta?

— Você também vai me ofender?

— Não estou ofendendo. Mas eu vim aqui em busca de sexo, e foi o que você me deu.

— É só por isso que vem, então? Pelo sexo?

— E por que mais? Tenho uma esposa e um lar. Tenho um bom emprego, tenho amigos. Só o que me falta é sexo.

— Não gosta de mim?

— É claro que gosto — falou com veemência, e ela deduziu que ele estava sendo sincero. — E tenho muito respeito por você, acredite. Mas você é uma mulher da vida, foi você quem escolheu viver assim. Felícia é uma moça honesta.

— Por que tem que ser tão sincero?

— Perdoe-me se a magoei — desculpou-se, abraçando-a com ternura. — Mas foi você que começou.

— Eu sei. É que estava curiosa.

— Pois não devia mais tocar nesse assunto. Felícia não tem nada a ver com a nossa relação, e prefiro que seja assim. Deixe-a quieta em casa e vamos aproveitar enquanto estamos juntos.

Calou-a com um beijo e chamou-a novamente para o amor. Greta se entregou a ele com uma certa angústia. Percebia o quanto estava apaixonada, mas entendia que ele amava mesmo era a esposa. Quando o dia já estava quase raiando, foi embora. Não podia ir para casa daquele jeito e resolveu tentar o apartamento de Norberto. Estacionou o automóvel em frente ao seu prédio e tomou o elevador. Apertou a campainha e esperou até que ele atendesse.

— Artur! — exclamou entre bocejos. — O que está fazendo aqui a essa hora?

— Será que posso entrar?

— É claro — Norberto chegou para o lado, e Artur passou para dentro, só então reparando nos cortes em seu rosto. — Artur! O que foi que aconteceu?

Sentado no sofá, Artur narrou-lhe o episódio ocorrido na Esfinge, para espanto do amigo.

— Você tem que me ajudar, Norberto. Não posso chegar em casa desse jeito.

— Não pode mesmo. Felícia vai ter um ataque.

— O que é que vou fazer?

O outro pensou por alguns minutos, até que declarou:

— Deixe comigo. Já sei o que fazer. O importante é que você não vá para casa hoje.

— Mas Felícia vai ficar preocupada...

— Ela já deve estar dormindo. E depois, do jeito que as coisas vão em sua casa, ela nem deve ter dado pela sua falta.

A ideia de que Felícia não reparara em sua ausência causou-lhe imenso desgosto, e ele tentou protestar:

— Ela já deve estar preocupada.

— Se estiver, melhor. Sinal de que ainda sente alguma coisa por você. Nem que seja só preocupação.

Era verdade. Pensando melhor, aquela seria uma ótima oportunidade para testar os sentimentos de Felícia. Deixá-la preocupada um pouco até que não seria má ideia. Quem sabe não começasse a lhe dar valor e percebesse que o amava?

Enquanto isso, Norberto foi buscar um travesseiro e lençóis, improvisando uma cama para o amigo.

— Espero que não se importe de dormir no sofá.

— É claro que não. Está ótimo, não precisava se incomodar.

Logo bem cedo, os dois se levantaram, e Norberto apanhou o telefone. Ligou para a casa de Artur e pediu para falar com Felícia.

— Alô? Felícia? É o Norberto.

— Ah! Norberto — respondeu Felícia do outro lado da linha. — Artur está com você? Estou tão preocupada! Ele não voltou para casa ontem à noite.

— Pois é, Felícia, ele está aqui comigo.

— Oh! Graças a Deus! Tive medo de que tivesse acontecido alguma coisa.

— Na verdade, aconteceu sim. Artur quase foi assaltado ontem e acabou se ferindo.

— O quê!? Você só pode estar brincando.

Norberto tapou o fone com a mão, para que ela não ouvisse os risinhos que ele tentava abafar.

— Pois é — prosseguiu. — Um sujeito tentou roubar a carteira de Artur, mas você sabe como ele é. Atracou-se com o camarada e o colocou para correr. Mas acabou apanhando um pouco também.

— Meu Deus! Artur não devia ter feito isso.

— Foi o que lhe disse. Mas ele não tem jeito. Pode imaginar o susto que eu levei quando abri a porta e dei de cara com ele, todo ensanguentado?

Riu novamente, e Artur cochichou:

— Não exagere.

— Ele ainda está aí? — continuou Felícia.

— Está dormindo. Por quê? Quer falar com ele?

Ela hesitou alguns segundos, até que respondeu:

— Não. Se está tudo bem, não vejo necessidade de acordá-lo.

— Está certo então. Só liguei para tranquilizá-la. Fique sossegada, que cuidarei bem dele.

Desligaram. Norberto olhou para Artur e caiu na gargalhada.

— Não sei se devia ter feito isso — censurou-se Artur. — Nunca menti para Felícia antes.

— Você nunca antes havia dormido fora de casa. Ainda mais com uma prostituta.

— Mesmo assim... não gosto de mentir.

— Uma mentirinha só não faz mal. E é bom para Felícia lhe dar valor.

Artur não estava bem certo, mas talvez Norberto tivesse razão. Se aquela mentira servisse para despertar o interesse de Felícia por ele novamente, até que teria valido a pena.

Em sua casa, Felícia pousou o fone no gancho com visível apreensão. A mãe, que acompanhara toda a conversa, perguntou aflita:

— O que foi que houve, minha filha?

— Artur quase foi assaltado.

— Não me diga!

Ela contou à mãe exatamente o que Norberto havia lhe dito, e Ondina também ficou alarmada. Quando ele chegou, mais tarde, Felícia correu ao seu encontro, com uma preocupação genuína.

— Artur! Meu Deus! — exclamou assustada, vendo os curativos em seu rosto.

— Você está bem? — tornou Ondina.

— Estou bem. Mas foi um susto danado!

— Quem fez esses curativos em você? — tornou Felícia.

— Foi o Norberto?

— Foi sim.

— Logo se vê. Vamos até lá em cima, que vou trocá-los.

Artur estava encantado. Felícia demonstrava um zelo tocante, e ele sorriu satisfeito, intimamente agradecido a Norberto pela mentira bem colocada. Pensou que, dali em diante, tudo voltaria a ser como antes, mas estava enganado. No dia seguinte, constatando que ele havia melhorado, Felícia retomou sua antiga indiferença, e ele teve mesmo que continuar no quarto de hóspedes. Tudo voltara a ser como antes.

CAPÍTULO 12

Às seis horas em ponto, A Esfinge de Ouro abria suas portas para o público, e os primeiros fregueses começavam a chegar. Naquela noite, Mauro não apareceu, e Artur também não se decidia a ir. Ainda se lembrava do carinho com que Felícia o tratara no outro dia e ficou imaginando se aquilo não seria um sinal de que as coisas estavam melhorando. Mas não. Felícia continuava a mesma de sempre e deixou de se importar com ele depois do incidente. Voltou a ficar taciturna e trancou-se em seu quarto, como de costume.

Sozinho em sua cama, Artur refletia sobre o que deveria fazer. Talvez devesse sair, talvez devesse procurar Norberto, talvez devesse apenas ficar em casa e pensar. Ligou o rádio na mesinha ao lado e apanhou um livro para ler, mas, assim que terminou a primeira página, seus olhos foram pesando, e ele acabou pegando no sono.

As horas iam se passando, e Greta não parava de consultar o relógio, à espera de que Artur aparecesse. Cada vez que a porta se abria, ela virava os olhos ansiosa, mas nada dele vir. Norberto chegou por volta das nove horas, e ela achou que Artur estivesse com ele. Mas Norberto a informara de que Artur não aparecera em sua casa naquela noite nem lhe telefonara.

Greta foi sentar-se num banco ao bar e pediu um martíni. De vez em quando, um freguês se aproximava e entabulava uma conversa, mas ela sempre dava um jeito de dispensá-lo polidamente.

— Acho bom você parar de ficar esperando aquele sujeito e começar a trabalhar — Era Diniz, que chegara por detrás dela e falara com irritação.

— Ninguém ainda me requisitou — justificou ela, evitando olhar para o seu rosto.

— Por que não procura o que fazer?

Greta não disse nada, e Diniz sentou-se no banco a seu lado, fitando-a com um misto de paixão e mágoa. Ela terminou o seu martíni e empurrou o copo para longe.

— Bem — falou, levantando-se para sair. — Acho que vou mesmo procurar o que fazer.

Virou-se abruptamente, mas a mão de Diniz a impediu de prosseguir. Ela se voltou angustiada e fitou o seu rosto pálido.

— Espere um instante — pediu. — Quero falar com você.

— O que é? — redarguiu em tom agressivo.

— É que... gostaria de me desculpar.

— Não precisa.

— Fui grosseiro com você...

— Você disse o que pensa de mim. Não precisa dizer mais nada.

— Mas não é verdade, Greta. Falei por falar.

— Tudo bem.

— Não está aborrecida comigo, está?

— Não... Mas também não quero mais a sua amizade.

— Não diga isso.

— Ouça, Diniz, você tem o direito de pensar de mim o que quiser. Mas eu não sou obrigada a aguentar o seu mau humor.

— Não é mau humor...

— A sua irritação, o seu despeito, a sua raiva, seja lá o que for. Não tenho que aturar isso.

— Eu a amo, Greta — foi mais um sussurro do que uma declaração.

Ela ficou confusa, mas acabou replicando com ar severo:

— Isso não lhe dá o direito de me ofender.

— Sei disso. Por isso é que estou lhe pedindo perdão — Ela ficou parada, ainda hesitante, e ele quase que suplicou:

— Por favor, Greta, entenda. É difícil para mim ver você nos braços de outro homem.

Greta ergueu as sobrancelhas, surpresa, e argumentou:

— Foi você quem me atirou nessa vida.

— Não diga isso. Eu a tirei da rua. Como pode ser tão ingrata?

Uma sombra de arrependimento cobriu o coração de Greta, e ela relaxou a fisionomia. Não queria ser ingrata. Diniz salvara sua vida e ela lhe seria eternamente grata. Mas amá-lo, era outra história.

— Não sou ingrata, Diniz — afirmou com convicção. — E... tem razão. Não há motivos para não aceitar as suas desculpas. Todo mundo tem seus momentos, não é mesmo?

— Quer dizer que me perdoa?

— Perdoo. Sei que falou sem pensar.

— Nunca mais vou falar aquilo, Greta, nunca mais. Eu amo você e...

— Não diga mais isso, Diniz, por favor — cortou ela com uma certa rispidez. — Serei eternamente grata a você pelo que fez por mim, mas não me peça para amá-lo.

— Não estou pedindo isso. Mas não pode me impedir de amar você.

— Tem razão... você tem sempre razão. Eu é que sou egoísta e mesquinha, e você não merece uma moça feito eu.

Antes que Diniz pudesse responder, um cliente se aproximou e tirou Greta para dançar. Ela pensou em recusar, e Diniz quase despachou o homem, mas ambos mudaram de ideia. Ela precisava trabalhar, e ele tinha que cuidar de seu negócio. Com um sorriso forçado, Diniz incentivou-a a ir com o homem, e Greta partiu de braços dados com ele, em direção à pista de dança.

Tocava uma música lenta agora, e o homem apertou-se a Greta, beijando seu pescoço e passando a mão pelas suas costas e nádegas. De onde estava, Diniz observava a cena e virou o rosto com uma careta de nojo. Não conseguia se acostumar a ver outro homem tocando o corpo de Greta.

— Dor de cotovelo, Diniz? — Era Soraia que, da mesa a que estava sentada, também observara o desenrolar da cena.

— Não tem o que fazer não, Soraia? Por que não vai chatear outro?

— Desde quando eu chateio você, hein? Desde que essa Greta apareceu por aqui, não é mesmo? — Ele lançou-lhe um olhar de desdém, e ela prosseguiu: — Antes de Greta aparecer, eu servia, não é? Mas agora, sou uma trouxa de roupa velha que você quer atirar no lixo.

— Pare com isso, Soraia. Não seja dramática.

— Não sei o que você viu em Greta. Moça mais sem graça...

— Deixe-me em paz, Soraia! Não me aborreça. Já tenho problemas demais sem você!

Apanhou o copo de uísque de sobre o balcão e saiu apressado para sua sala nos fundos, onde Valente e Eunice estavam, sentados no sofá, se beijando e acariciando. Ele abriu a porta de chofre, e o casal se assustou.

— Desculpem-me — balbuciou Diniz, envergonhado. — Não sabia que estavam aqui.

— Eunice já estava de saída — esclareceu Valente. — Não é mesmo, Eunice?

Com ar magoado, Eunice balançou a cabeça, passou a mão nos lábios para limpar a mancha de batom e se levantou, ajeitando a roupa amassada. Depois que ela saiu, Valente indagou preocupado:

— O que foi que aconteceu, Diniz? Não vá me dizer que brigou com Greta de novo!

— Ao contrário. Creio mesmo que fizemos as pazes.

— Ainda bem. Não é nada bom para os negócios você ficar sem falar com uma das meninas.

— Valente... gostaria de lhe fazer uma proposta.

— Que proposta?

— Que tal se tirássemos Greta dos salões e a colocássemos de volta na cozinha?

— Ficou maluco? Greta é muito lucrativa.

— Ela não é mulher para isso.

— Acho que está enganado, Diniz. Greta é tão mulher para essa vida como qualquer outra. É até melhor do que muitas.

— Mas eu não quero que ela tenha relações com mais ninguém.

— O que deu em você, Diniz? Será que a paixão por Greta está deixando você de miolo mole, é?

— Valente, por favor, entenda...

— Não entendo nada. Greta trabalha para nós, não é sua namorada. Aliás, ela nem quer ser sua namorada.

— Por enquanto.

— O que está dizendo, homem? Pare de se iludir. Greta não gosta de você.

— Mas vai gostar.

— Acorde, Diniz! Greta está gostando de Artur. Ela não ama você. Sendo assim, não podemos abrir mão dela. Greta está se tornando muito lucrativa. Já há alguns clientes disputando-a. Em breve, poderemos leiloá-la.

O leilão era uma espécie de brincadeira que a casa fazia com os clientes, toda vez que uma das meninas passava a ser muito requisitada. Marcavam uma data e, na noite combinada, colocavam a moça quase nua numa mesa ao centro do salão e a ofereciam aos presentes. Todos davam lances, e aquele que desse o maior lance adquiria o direito de exclusividade com a moça por um mês.

Mas Diniz não estava interessado em que Greta fosse a leilão. Tinha medo de que Artur ficasse com ela, e ele sabia que, se isso acontecesse, suas chances de conquistá-la estariam praticamente perdidas.

— Não faça isso — sibilou baixinho.

— Por que não?

— Greta não vai concordar.

— Quem foi que disse? Todas as garotas concordam. É bom para nós e é bom para elas. A porcentagem delas aumenta bastante, e elas ficam bem satisfeitas.

— Mas Greta é diferente...

— Você insiste nessa bobagem. Greta é igual a todo mundo. E vai concordar. Você vai ver.

— Não vou permitir.

Nesse ponto, Valente acabou perdendo a paciência e deu violento soco na mesa, que causou imenso barulho.

— Quer nos levar à ruína!?

— Não...

— Pois então, pare com essa bobagem. Deixe Greta trabalhar como todo mundo — Vendo o ar derrotado do amigo, tornou em tom mais brando: — Olhe aqui, Diniz. Se eu achasse que você teria a menor chance com Greta, por mínima que fosse, não hesitaria em atendê-lo. Mas ela não ama você. Não o quer de jeito nenhum.

— Como é que você pode ter tanta certeza?

— Quer mesmo saber? — Ele assentiu. — Eunice me contou. A própria Greta contou a ela. E não disse nada que já não tenha dito a você.

— Eunice está enganada. Greta está enganada.

— Não, Diniz. Você é que está enganado!

— Não quero Greta no leilão.

— Sinto muito. Mas quando chegar a hora, ela vai para o leilão sim.

— Você não pode passar por cima de mim. Sou tão dono daqui quanto você.

— Quer desfazer a sociedade?

— Eu não disse isso.

— Pois é o que está parecendo — Diniz não respondeu, e Valente abrandou o tom de voz novamente: — Não quero brigar com você, Diniz. Só Deus sabe o quanto o considero meu amigo. Mas não posso permitir que você nos prejudique. E depois, isso é para o seu bem também. Você precisa esquecer Greta...

Diniz não o deixou concluir. Saiu batendo a porta e subiu direto para o quarto. Não sabia onde Greta estava e não queria saber. Só o que queria era dormir e esquecer que a amava.

CAPÍTULO 13

Assim que Felícia fechou os olhos, viu Tereza parada a seu lado, esperando-a com ar grave.

— Venha comigo — falou incisiva.

— Aconteceu alguma coisa?

— Tiago está chorando muito e reclama a sua presença.

— Oh! Meu Deus!

Em silêncio, Tereza conduziu Felícia até Tiago. O menino estava deitado em seu quarto quando ela entrou. Era a primeira vez que o visitava fora da ala de recreação, e ela sentiu uma pontada no peito ao vê-lo ali, longe da alegria das outras crianças, olhos cerrados, demonstrando profundo sofrimento nas feições ainda infantis. A seu lado, havia uma espécie de televisão, ligada a ele por eletrodos prateados e brilhantes, mas a tela parecia desligada.

Embora curiosa, Felícia não fez perguntas. Aproximou-se vagarosamente e tocou a sua mão. Tiago abriu os olhos lentamente e, ao ver a mãe parada junto a ele, sorrindo com bondade e compreensão, ergueu-se na cama e atirou-se em seus braços, chorando copiosamente.

— Mamãe! Ah, mamãe! O que fui fazer?

Felícia olhou-o confusa. Não entendia o que ele estava dizendo e levantou os olhos para Tereza, que lhe dirigiu um aceno imperceptível. Seguindo a sua orientação, não disse nada e esperou até que Tiago prosseguisse.

— Sou um monstro, mamãe!

— Por que diz isso, meu filho? — perguntou ela, não conseguindo mais se conter. — Você é um menino tão bom...

— Não sou não. Matei aquela menina!

— Mas do que é que você está falando?

— Não se lembra, mãe? Não se lembra do que fizemos? Nós três, juntos?

— Nã... não... — gaguejou ela, tentando entender a que ele se referia.

— Não se lembra daquela criança atirada no poço?

— Que poço?

— O poço de sacrifícios, mãe! Você não se lembra?

Felícia lançou um apelo mudo a Tereza, que não disse nada. Apesar disso, era como se compreendesse o que ela queria dizer e retrucou mais calma:

— Olhe, Tiago, não estou me lembrando não. Por que é que você não me conta?

— Ah! Mãe, é horrível demais...

— Experimente, meu filho. Talvez alivie o seu coraçãozinho.

Tiago olhou para o chão, ainda em dúvida, com medo até de seus pensamentos. Mas a proximidade da mãe e o amor que emanava dela foram lhe dando confiança, e ele, ao invés de falar, projetou na tela diante de si as imagens de sua aflição, e ele e Felícia foram atirados num mundo totalmente estranho.

⛬

A lua se insinuava por um céu negro e tenebroso, deitando na Terra uma claridade esbranquiçada de morte. Tocadas por essa luz mortiça, as folhas das árvores projetavam no chão sombras assustadoras e fantasmagóricas, que tremeluziam freneticamente, açoitadas pelo vento. Acompanhando aquele bailado espectral, um homem andava de um lado para outro, diante de uma espécie de altar que se erguia imponente em meio às ruínas da velha cidade adormecida. Paradas mais abaixo, duas pessoas acompanhavam o macabro ritual, ansiosas pelo momento em que a droga produziria seu efeito maligno.

O homem, em dado momento, soltou as mãos ao longo do corpo e se abaixou sobre o altar, sussurrando coisas ao ouvido da pequena vítima que se encontrava deitada, olhos cerrados, parecendo adormecida. Era uma menina de seus cinco ou seis anos, e parecia também em transe. A menina não respondeu, e o homem se certificou de que a poderosa droga que lhe dera, finalmente, havia produzido o efeito desejado. Em seguida, puxou-a pela mão e fê-la levantar-se, descendo com ela da plataforma e tomando uma pequena trilha adiante. Os outros os seguiram em silêncio, até que chegaram à beira de uma espécie de poço lamacento.

O poço ficava muitos metros abaixo do local onde se encontravam, e todos se puseram ao seu redor, à espera de que o homem fizesse o que deveria fazer. Ele chegou a menina mais para a frente e aproximou-a bem da beira do poço. Parecia hesitar. Durante alguns minutos, permaneceu fitando a água escura. Mas após breve instante de silêncio, colocou ambas as mãos nas costas da criança e empurrou.

A menina desceu em queda vertiginosa e se chocou contra a água lamacenta com um baque curto e abafado. Nesse momento, como que despertando de seu torpor, abriu os olhos e olhou ao redor, só então se dando conta do lugar em que se encontrava. O efeito da droga que a haviam feito ingerir passara subitamente, e ela começou a gritar e a agitar as mãos para o alto, implorando que a salvassem. Mais acima, as pessoas evitavam olhar para ela, e a menina, aos poucos, começou a afundar, tragada por aquele visgo esverdeado e sujo que se grudava em todo o seu corpo, puxando-a cada vez mais para o fundo. Em breve, nada mais restou. A voz da menina foi abafada pelos gorgolejos da água, e apenas um círculo, onde a criança se debatera, restou visível na superfície.

Certificando-se de que ela realmente afundara, os três fizeram o caminho de volta envoltos num silêncio de morte, até que alcançaram novamente as ruínas. Separaram-se, e a mulher permaneceu junto do executor. Depois que o outro se foi, o homem puxou a mulher para si e beijou-a com ardor, e ambos se amaram sobre a terra árida da cidade de pedras.

A imagem se esvaneceu, e Felícia encarou Tiago, coberta de angústia. Vira-se nos olhos daquela mulher, mas não compreendia bem o que havia acontecido. Parecia uma fita de cinema, mas era como se ela fosse personagem daquele filme de terror.

— O que significa isso? — indagou aterrada, agarrando-se ao filho.

Tiago não respondeu e esperou até que Tereza se aproximasse. Com voz pausada e carregada de amorosidade, ela explicou:

— O que você viu, Felícia, foi a última encarnação de vocês. E justamente a ação que ocasionou os tristes acontecimentos que ambos escolheram atravessar.

— Como assim? Que lugar era aquele? E aquelas pessoas? E a criança?

— Calma, minha filha, uma coisa de cada vez. Primeiro, aquele lugar é uma cidade no México, mais precisamente uma cidade em ruínas do antigo povo maia que habitava ali. Aquelas pessoas não eram personagens daquela antiga civilização, mas pessoas que se diziam bem mais civilizadas, embora movidas por um sentimento de exacerbada ganância. E a criança, caso ainda não tenha percebido, era sua ex-babá, Lurdinha...

— O quê!? O que está dizendo? Como poder ser? Lurdinha não é nada nossa. É uma pessoa estranha, e nunca mais ouvimos falar nela. Provavelmente, nunca mais tornaremos a vê-la. Como pode estar ligada a nós dessa maneira?

— Ela está bem mais próxima do que você imagina.

— Está? Onde? O que está tramando?

— Não está tramando nada. Lurdinha sofreu muito com tudo o que aconteceu, mas não pôde evitar o que já estava predeterminado.

— Você está querendo dizer que ela quis se vingar e depois se arrependeu?

— Por Deus, Felícia, eu não disse nada disso! Lurdinha apenas não conseguiu mudar o que havia programado para sua trajetória nessa vida.

Os soluços de Tiago interromperam a conversa, e Felícia abraçou-o com carinho.

— Chi! Não chore, meu filho, já passou. Foi apenas um sonho.

— Foi real, mamãe! Você sabe disso. Você estava lá.

Ela engoliu em seco e levantou os olhos para Tereza, que sorriu complacente.

— Deixemos isso para depois, Tiago — cortou ela, com brandura. — Você precisa descansar.

— Não quero! Não quero que minha mãe vá embora! Estou com medo!

— Você é um menino inteligente e corajoso, e sabe que nada irá lhe acontecer.

— Tenho medo que ela volte — sussurrou bem baixinho.

— Ela não vai mais voltar. Está na Terra agora e não é mais sua inimiga.

Tiago parecia em dúvida, mas conseguiu se acalmar. Em seguida, a porta do quarto se abriu, e Natália entrou com uma bandeja na mão. Ajudou o menino a tomar o caldo quente e revigorante e ajeitou-o na cama. Em poucos segundos, adormeceu, e Tereza fez sinal para que Felícia a acompanhasse. Do lado de fora, ela não conseguiu conter a curiosidade:

— Não estou entendendo, Tereza. Você diz que aquela foi a nossa encarnação passada e que Lurdinha era aquela criança. Pelo visto, fomos Tiago e eu que planejamos a sua morte. Mas por quê?

— Ganância, minha cara. Ambição.

— Não estou entendendo... E quem era a terceira pessoa?

— Não imagina?

Ela pensou por alguns segundos e respondeu convicta:

— Artur.

— Exatamente.

— Mas por quê? O que foi que nos ligou daquela maneira?

— Naquela época, você e Tiago eram amantes cruéis e gananciosos. Lurdinha e Artur eram seus irmãos. Quando Lurdinha nasceu, você já contava vinte anos, e Artur, dezoito. Vocês possuíam o mesmo pai, mas mães diferentes, e é por isso que a diferença de idade entre os três era tão grande. Muito bem. Com o nascimento de Lurdinha, todas as atenções de seu pai se voltaram para a menina, e ele chegou a mencionar que ela seria privilegiada em seu testamento, reduzindo vocês dois a umas poucas propriedades sem muito valor. Muito bem. Seu pai e a mãe de Lurdinha morreram num acidente de trem, e a menina ficou para ser criada pelos irmãos. O resto, você pode imaginar.

— Você quer dizer que nós três matamos a Lurdinha? — Ela assentiu. — Não é possível!

— Vocês planejaram tudo direitinho. Levaram Lurdinha até aquela cidade em ruínas, ministraram-lhe a droga que a deixou semi-inconsciente e depois a atiraram da beira daquele poço, para que se afogasse. Ninguém jamais descobriu a verdade, e o corpo foi encontrado no poço após incansáveis buscas. Vocês prantearam a sua morte com aparente dor, e embora alguns até desconfiassem, ninguém conseguiu juntar provas contra nenhum dos três.

— Que história horrorosa! Jamais poderia matar alguém. Ainda mais uma criança inocente!

— Não se deixe impressionar, Felícia. Lurdinha não era assim tão inocente.

— Como assim? O que ela fez?

— Isso não tem importância agora. No momento oportuno, você ficará sabendo de tudo.

— E o que devo fazer até esse momento chegar?

— Auxiliar seu filho. É uma alma nobre. Demonstrou sincero arrependimento pelo que fez e um forte desejo de mudar. Mas ainda precisa de ajuda para crescer.

Felícia quedou pensativa. Aquela história a deixara profundamente abalada, mas já confiava o suficiente em Tereza para fazer o que ela pedia.

— Você sabe que o que mais quero é ajudar meu filho. Mas depois de hoje, não sei se serei mais capaz.

— Só você é. Tiago a ama profundamente, e só o seu amor poderá libertá-lo da prisão em que ele, deliberadamente, se atirou. Tiago não queria ver o que havia feito, e o seu apego ajudou a mantê-lo alheio ao passado. Enquanto preso à forma infantil, ele não precisaria assumir as consequências do que fez, porque as crianças justificam seus atos com o só fato de serem crianças. Você o queria criança e, para ele, ser criança era a melhor saída.

— O que devo fazer?

— Dar-lhe apoio e ajudá-lo a compreender que já é hora de crescer. Em todos os sentidos. Ser criança não vai lhe trazer a inocência desejada. O espírito não deve ficar atrelado a nenhum tipo de limitação, ainda mais para camuflar um medo real. Tiago está com medo de assumir o que fez e pensa que, sendo criança, não terá responsabilidade alguma. Mas isso não é verdade. Ele está com medo da culpa, mas ninguém o está acusando de nada. Nem mesmo Lurdinha. O que passou ficou lá atrás, e hoje Tiago é uma outra pessoa. Aprendeu com suas atitudes e jamais repetiria aquele gesto nefasto. Mas precisa se libertar de você também e, quanto mais apegada a ele você estiver, mais vai estimulá-lo a viver essa fantasia. Liberte-o, Felícia. Só você pode.

Depois dessa conversa, Felícia partiu de volta para sua casa. Ao despertar, não se lembrou de nada do episódio da noite, apenas que sonhara com Tiago, mas não sabia o quê. Contudo, uma impressão ficara. A sensação de que o amava havia muito tempo e de que continuaria amando-o por muito mais tempo ainda.

Absorta nesses pensamentos, ouviu uma porta bater. Era Artur, que saía para o trabalho. Momentaneamente, esqueceu-se de Tiago e concentrou-se no marido. O que seria deles...?

CAPÍTULO 14

Era dia do aniversário de casamento dos pais de Felícia, e Ondina resolveu dar uma bonita festa em sua mansão. Estavam completando trinta anos de casados, e toda a família estava presente. Até mesmo o irmão de Felícia, que morava em Porto Alegre, viajou especialmente para a ocasião.

Em seu quarto, Felícia terminava de dar os últimos retoques na discreta e sóbria maquiagem. Vestia um vestido simples, marrom escuro, sem muitos ornamentos. Colocou apenas um pequenino brinco de pérolas e um relógio no pulso. Não queria se enfeitar demais para não desrespeitar a memória de Tiago. Depois que terminou de passar batom nos lábios, ajeitou o coque bem preso e se levantou. Ao se voltar, deu de cara com Artur, que a observava em silêncio.

— Você está muito bonita — elogiou.

— Obrigada — disse ela secamente. Apanhou a bolsa em cima da cama e indagou: — Vamos?

Artur chegou para o lado, para lhe dar passagem, e Felícia passou por ele sem lhe prestar muita atenção. Já não brigavam mais, embora quase não se falassem. Caminharam em silêncio até o automóvel, e Artur abriu a porta para que ela entrasse. Ainda sem dizer nada, ela se acomodou no banco da frente e esperou até que ele entrasse também. Logo que ele deu partida no motor, ela virou o rosto e ficou olhando pela janela, dando-lhe a entender que não queria conversar.

Cerca de meia hora depois, entraram na casa de Ondina e Antônio. A festa havia sido organizada à beira da piscina, e Felícia sentiu um calafrio ao se aproximar. Desde a morte de Tiago, nunca mais havia chegado perto de uma piscina novamente.

— Venha, Felícia — estimulou Artur, puxando-a gentilmente pelo braço. — Não precisa ter medo.

— Não tenho. Só não gosto de piscinas.

Escolheram uma mesa mais afastada e se sentaram, e Felícia pediu uma taça de champanhe. Ao fundo, uma orquestra tocava músicas suaves, e Artur convidou:

— Não gostaria de dançar?

— Não — foi a resposta seca e lacônica.

Artur não respondeu e ficou tamborilando na mesa com os dedos, acompanhando o ritmo das canções, e Felícia olhou ao redor. Do outro lado, um grupo de crianças corria à beira da piscina.

— Não deviam deixar crianças sozinhas perto da piscina — comentou com um arrepio.

— Não estão sozinhas. Há várias mães olhando.

— Ainda assim. É perigoso.

Não querendo alimentar aquela discussão, Artur mudou de assunto:

— Olhe lá sua cunhada.

Quando Felícia olhou, viu Anita, sua cunhada, se aproximando, e sorriu contrariada. Não gostava muito de Anita, mas não podia ser mal-educada.

— Olá, Felícia — exclamou ela, com um sorriso. — Há quanto tempo não a vejo. Desde... — calou-se, já arrependida. Ia dizer que não se viam desde o enterro de Tiago.

— Realmente, faz mesmo muito tempo — cortou Felícia sem emoção.

— E você, Artur, como está?

— Muito bem, Anita, e você?

— Não podia estar melhor.

— Meu irmão não está aí? — tornou Felícia, já sentindo uma certa irritação.

— Jorge está lá dentro, ajudando seus pais a recepcionar os convidados.

— Não o vi — acrescentou Felícia, ignorando sua insinuação.

— Vão ficar por muito tempo? — indagou Artur, para desfazer o súbito mal-estar.

— Iremos embora na segunda-feira de manhã.

— Que pena! — ironizou Felícia.

Por mais que se esforçasse, Felícia jamais conseguira gostar de Anita. Ela era falsa, ardilosa e oferecida, e ambas haviam disputado Artur na juventude. Mas Artur se apaixonara por ela, e Anita, despeitada, aceitou casar-se com Jorge. Mudaram-se para Porto Alegre, onde ele recebera irrecusável proposta de emprego, e quase não vinham mais ao Rio.

— Vocês não dançam? — tornou Anita, com ar de malícia.

— Não estou me sentindo bem — justificou Felícia.

— E você, Artur? Também não se sente bem? — Ele deu um sorriso sem graça, e ela prosseguiu: — Não gostaria de dançar comigo?

Por instantes, Artur pensou em recusar. Mas acabou aceitando, não apenas porque já estava enjoado de ficar sentado sem fazer nada, mas para ver se Felícia sentia algum ciúme. Com ar de inocência, perguntou displicente:

— Importa-se, Felícia?

— Em absoluto — mentiu ela, fuzilando o marido com o olhar.

Artur fingiu que não havia percebido nada e deu o braço a Anita, saindo com ela para a pista de dança improvisada. Felícia estava quase espumando de ódio, mas não deixaria transparecer nada a Artur. Jamais lhe daria aquele prazer. Entretanto, de onde estava, acompanhava-os com o olhar.

Artur e Anita bailavam ao som da orquestra, conversando e rindo ao mesmo tempo. De vez em quando, ela afundava o rosto no pescoço de Artur, deixando Felícia louca de raiva.

Disposta a não olhar mais, Felícia virou o rosto para o outro lado, para o lado onde as crianças corriam, e pôs-se a observá-las. Elas brincavam de pique e corriam animadas, algumas se atiravam no chão e rolavam na grama. Por vezes, aproximavam-se tanto da piscina, que Felícia tinha a certeza de que cairiam na água. Mas não caíam. Alertadas pelos pais, as crianças guardavam uma distância segura da borda, e apenas Felícia pensava que elas iriam cair.

Em dado momento, dois meninos começaram a brigar. Era coisa de criança, ela dizia a si mesma, mas não conseguiu desviar o olhar. Eles se engalfinharam rapidamente, até que as mães de ambos se aproximaram, gritando e gesticulando ao mesmo tempo. Os meninos começaram a se aproximar da borda da piscina, e Felícia se sobressaltou. Se continuassem com aquela briga, fatalmente iriam cair. Aquilo foi deixando-a desesperada. Imaginava-os dentro da piscina, a água cobrindo suas cabeças, impedindo-os de respirar. Começou a suar frio, sem desgrudar os olhos dos garotos, que se chutavam e socavam, nem ligando para os apelos e as broncas das mães.

Em sua cabeça, tinha como certo que os dois se afogariam. Não conseguia mais raciocinar, e o fato de as crianças estarem rodeadas de adultos não afastava sua preocupação. Era como se os adultos não existissem e as crianças estivessem sozinhas, caminhando cada vez mais para perto da morte. Já não conseguia ver mais nada. Seus olhos, turvados pelas lágrimas, viam as pessoas e as coisas fora de foco, e ela mordeu os lábios com tanta força, que chegou a sentir um gosto amargo de sangue.

Um dos meninos, aparentemente o mais forte, começou a empurrar o outro, e ele foi dando passos trôpegos para trás. As mães se aproximaram, dispostas a encerrar a questão, e o garoto mais forte, certo de que seria agarrado pela mãe, deu um empurrão no outro com toda força, quando eles já estavam há poucos centímetros da borda. O menino cambaleou por uns instantes, esticou as mãos para a frente, na tentativa de agarrar a camisa do outro, mas este se afastou e as mãos do menino seguraram o vazio. Num átimo, sentiu que o corpo tombava e caiu...

De onde estava, Felícia não pôde mais suportar. Vira o menino cair na piscina e se surpreendera ao constatar que ninguém fizera nada. A mãe do garoto parecia olhar para a água extremamente zangada, mas não se dispunha a salvar o filho, que flutuava dentro da piscina. Será que ela era louca? Felícia não conseguiu se conter. Lembrando-se do corpo do filho boiando na água azul, deu um salto da cadeira e correu, atirando-se na piscina e agarrando o corpo do menino assim que seu próprio corpo atingiu a água.

Aquilo fora loucura. Felícia não sabia nadar, mas o instinto foi mais forte do que ela. Por pouco não afundou, porque, o que ela julgara ser o corpo do menino, nada mais era do que uma pequenina boia esquecida na piscina. Ouvindo o alarido dos presentes, ela balançou a cabeça e olhou para cima. O menino caído estava parado na borda da piscina, seco e bem seguro pela mão da mãe, olhando-a com espanto. As mulheres próximas começaram a gritar e a estender-lhe a mão, e Felícia, agora se dando conta de que se encontrava dentro da água, pôs-se a berrar também, e seus braços foram deslizando da boia, até que ela começou a afundar.

Na mesma hora, sentiu que alguém a agarrava e a puxava para cima, nadando com ela em direção à borda do outro lado, onde havia uma escada. Alguns homens ajudaram Artur a tirá-la da água, e a mãe veio correndo com uma toalha na mão.

— Minha filha! — exclamou angustiada. — O que foi que aconteceu?

— Acho que ela pensou que o Otávio tinha caído na piscina — sugeriu a mãe do garoto que caíra, explicando que Felícia aparecera correndo e gritando: salvem o menino!

— Meu Deus! — tornou Ondina preocupada. — O que deu em você, Felícia? Podia ter se afogado.

— Pensei... pensei... — balbuciava ela, transtornada e aflita — ... pensei que ele tivesse caído na água... ia se afogar... é tão pequenino...

O garoto nem era tão pequeno assim. Devia ter lá os seus nove ou dez anos e até sabia nadar. Angustiada, Felícia olhou ao redor e deparou com dezenas de rostos, que a miravam espantados. Sentiu imensa vergonha. Fizera papel de tola na frente de todo mundo. Pior. Dera uma de louca. O que é que não estariam pensando? Artur, todo molhado a seu lado, fitava-a com ar de compaixão, e Anita a olhava com um misto de pena e sarcasmo.

Felícia sentiu o rosto afogueado, e um rubor quente foi subindo pelas suas faces. Completamente envergonhada e aturdida, tapou o rosto com as mãos e desatou a correr para dentro de casa, subindo as escadas e atirando-se na cama que fora sua quando solteira.

Pouco depois, ouviu batidas na porta, e o pai entrou com sua maleta de médico.

— Oh! Papai! — soluçou ela, agarrando-se ao pescoço de Antônio.

— Está tudo bem, minha filha. Já passou. Agora deixe-me examiná-la. Você está muito nervosa.

Antônio examinou-a com cuidado, mas viu que ela estava bem. Fora o choque, não havia sofrido nenhum dano. A mãe entrou logo em seguida, trazendo roupas secas para ela.

— Acho que esse vestido vai servir — falou. — Deve ficar um pouco largo, mas pelo menos está seco.

O pai se levantou e saiu, deixando-a a sós com a mãe. Felícia se enxugou e trocou o vestido.

— Quero ir para casa — pediu com a voz trêmula de soluços.

Ondina suspirou e tomou as suas mãos, falando com doçura:

— Imagino que queira e não vou me opor. Acho até que vou terminar a festa...

— Não, mamãe, não faça isso. É o aniversário de vocês. Não quero que estraguem a festa por minha causa. E depois, já estou bem.

— Não acha que poderia ficar mais um pouco?

— Não, mãe. Fiz papel de louca, não quero mais me expor. Só o que quero é ir para casa, descansar. Mas não acabe com a festa por causa disso. Está tão bonita...

— Não quer que eu vá com você?

— Em absoluto! É a sua festa. Sua e de papai. Não quero me sentir culpada por haver estragado a noite de vocês.

— Está certo — concordou por fim. — Você é quem sabe. Mas amanhã, logo cedo, irei vê-la.

— Obrigada, mamãe.

— E agora, vou chamar seu marido. Ele está aflito lá fora.

Embora Felícia estivesse zangada com Artur, não disse nada. Não queria que a mãe soubesse que ela sentira ciúmes de Anita. Para todos os efeitos, ela tivera uma alucinação e se jogara na piscina. Apenas isso.

❦

Durante todo o percurso de volta à sua casa, Artur e Felícia não trocaram uma palavra sequer. Ela nem se lembrara de lhe agradecer por haver tirado-a da água. Só o que sabia era que estava aborrecida com ele, zangada pelo fato dele estar dançando todo derretido com Anita.

Quando chegaram, ela subiu para o seu quarto ainda sem dizer palavra. Abriu a porta para entrar, e Artur indagou pressuroso:

— Sente-se bem? Não gostaria de um chá ou outra coisa qualquer?

Felícia teve vontade de gritar com ele, mas respondeu mansamente:

— Não quero nada, obrigada.

Ela fez menção de entrar, mas Artur não queria separar-se dela e insistiu:

— Tem certeza de que está tudo bem? Se quiser, posso lhe fazer companhia esta noite.

Aquilo encheu-a de ódio. Então ele se engraçava com Anita, deixava-a quase se afogar e agora vinha com aquela história de lhe fazer companhia durante a noite? Era só o que lhe faltava.

— Ainda que estivesse morrendo — declarou, a voz fremente de ódio —, preferia antes morrer sozinha a ter que aceitar a sua companhia.

— Felícia, por que tanta agressividade?

— Você não sabe?

— O quê?

— Pois o culpado disso tudo foi você!

— Eu!? Era só o que me faltava. Eu nem estava ao seu lado quando isso aconteceu.

— Por isso mesmo. Estava todo derretido nos braços daquela lambisgoia!

— Então é isso? — tornou Artur, rindo intimamente. — Você está com ciúmes!

— Ciúmes, eu? Não seja ridículo. Não tenho motivos para ter ciúmes de Anita ou de qualquer outra mulher.

— Não? Então por que está tão aborrecida?

— Porque você me deixou sozinha! Sabia que eu tinha medo de piscina e, ainda assim, me deixou sozinha para ficar de sem-vergonhice com a mulher do meu irmão!

— Ei, espere aí, Felícia, vá com calma. Em primeiro lugar, eu perguntei se você se importava...

— O que esperava que eu dissesse? Que sim? Que ficaria chateada porque meu marido me abandonaria para se atirar nos braços de outra mulher?

— Eu não me atirei nos braços de outra mulher. Anita e eu estávamos apenas dançando.

— Bem vi como vocês dançavam... cheios de risinhos e sussurros. E ela ainda deitou a cabeça em seu ombro! Não adianta tentar me enganar, Artur, eu vi!

— Você está vendo demais. Anita e eu só estávamos dançando, e ela não fez nada impróprio ou que pudesse merecer a sua recriminação.

Ele sabia que Felícia estava com a razão. Durante todo o tempo em que dançaram, Anita ficou soprando-lhe piadinhas ao ouvido, fazendo cócegas em sua orelha, soprando seu hálito quente em seu pescoço, provocando-o de todas as maneiras. Mas ele não podia dizer isso à mulher, ou ela ficaria com mais raiva ainda.

— Você agora deu para ficar cínico, é? Quer me dizer que eu não vi o que vi?

— Será que viu mesmo?

— É claro que sim!

— Viu tanto quanto o menino que caiu na piscina, não é mesmo, Felícia?

— Aquilo... aquilo... — balbuciou confusa — ... foi uma impressão. Eu me enganei.

— E não pode ter se enganado também quanto a Anita?

— Não! Eu vi! Você e Anita estavam dançando bem debaixo do meu nariz. Como esperava que eu não visse?

— Da mesma forma que você não viu o menino se afogar. Não acha que está imaginando coisas demais?

— Eu não imaginei! Você me deixou sozinha para aproveitar o desfrute de Anita!

— E daí, Felícia? Eu não fiz isso, mas se tivesse feito, qual seria o problema? Você não me quer mais.

— Anita é minha cunhada! É casada com o meu irmão! Vai trair a mim e ao meu irmão de uma só vez?

— Está preocupada que eu a traia ou ao seu irmão?

— A nós dois!

— Pois não devia. Em primeiro lugar, porque não fiz nada. Em segundo, porque seu irmão é um homem adulto e sabe cuidar de si mesmo. Em terceiro, porque você me rejeitou de vez. Lembra-se, Felícia? Sou nojento, asqueroso, repugnante...

— Pare com isso!

— Mas foi você quem disse! Mudou-se até de quarto...

— Não quero mais falar sobre isso! Vou dormir.

— Ah! É assim, não é? Quando as coisas ficam ruins para você, quer logo pular fora. Por que não fica e termina essa discussão?

— Porque não sou obrigada. Você está me aborrecendo, e eu não tenho que ficar aqui escutando isso. Boa noite!

Bateu a porta na cara dele e trancou-a pelo lado de dentro. Artur teve ganas de esmurrar e chutar a porta, mas conseguiu se conter. Ao invés disso, foi tomar um banho frio e depois foi dormir.

❧❧❧

No dia seguinte, bem cedinho, Ondina e Antônio apareceram para saber como Felícia estava passando. Ela e o marido estavam à mesa do café, e ela os recebeu com fingida naturalidade. Artur tampouco deixou transparecer que alguma coisa havia acontecido. Embora Ondina percebesse que havia algo errado, achou que não era seu direito intervir e não fez perguntas.

— Jorge e Anita já foram? — perguntou Felícia, displicente.

— Partem amanhã, bem cedinho — respondeu o pai.

Ela escondeu um riso de satisfação e não disse nada. O dia transcorreu enfadonho, e os pais de Felícia somente foram embora ao anoitecer. Ela se despediu deles e trancou-se no quarto novamente, recusando-se a falar com o marido. Mas não fazia mal, pensou Artur. Iria divertir-se sozinho.

Arrumou-se com apuro e saiu. Felícia ouviu quando ele tirou o automóvel da garagem e afundou o rosto no travesseiro, chorando baixinho. Algum tempo depois, Artur entrava na Esfinge de Ouro. Correu o local com os olhos, até que encontrou Norberto. Havia antes passado em sua casa, mas ninguém atendera a campainha, e ele presumiu que o amigo deveria estar lá.

— Olá — saudou ele, aproximando-se da mesa a que ele estava sentado com Bete.

— Artur! — exclamou o outro, levantando-se para apertar sua mão. — O que faz aqui?

— Senti saudades...

— Quer se sentar conosco?

Ele tomou a cadeira ao lado e sentou-se, sorrindo para Bete. Pediu uma bebida e ficou olhando ao redor.

— Onde está Greta?

— Por aí — respondeu Bete. — Quer que vá chamá-la para você?

— Se não for incômodo...

Com um sorriso, Bete se levantou e foi atrás de Greta. Por sorte, ela ainda estava sozinha, mas não vira Artur chegar.

— Greta! — chamou Bete, eufórica — Adivinhe quem está aí!

— Artur?

Bete assentiu, e Greta partiu ao encontro dele. Quando o viu, seu coração disparou, e ela se aproximou calmamente, tentando disfarçar o entusiasmo.

— Olá, Greta — falou ele com voz rouca, assim que ela chegou mais perto. — Como está passando?

— Bem... E você?

— Agora que você chegou, estou muito melhor.

Ela sorriu um sorriso encantador e redarguiu:

— Quer dançar?

— Não. Quero amar.

Levantou-se e foi puxando-a pela mão para o quarto. Greta nunca antes o havia visto tão excitado. Ele sempre bebia e dançava antes de subir ao quarto, mas, naquela noite, parecia particularmente excitado.

— O que foi que deu em você? — perguntou ela, alisando seu peito com os dedos finos. — Até parece que não vê mulher há séculos.

— Se não fosse você, não veria mesmo. Felícia se recusa a me aceitar.

Felícia, Felícia! Lá vinha ele com a esposa! Greta não estava nem um pouco disposta a gastar a noite falando de outra mulher e mudou de assunto:

— Sabe que vou a leilão?

— Como é que é?

— Leilão. É uma brincadeira daqui. Vou ser exclusividade do homem que oferecer o maior lance por mim durante um mês.

Aquela ideia não lhe pareceu muito boa, e Artur se sentiu mal. Não lhe agradava nada disputar o corpo de uma mulher como se fosse uma mercadoria em exposição.

— Achei essa brincadeira de muito mau gosto. Você é uma mulher, não uma coisa.

— Ora, Artur, é apenas brincadeira...

— Mas eu não gosto. E você não deveria ser obrigada a participar.

— Mas eu não sou! Só que a percentagem em cima do lance é maior do que o usual, e não posso perder uma oportunidade dessas.

— Ainda assim, não gosto. E não vou estar presente.

— Por que não oferece um lance alto por mim? — sugeriu ela, com uma pontinha de mágoa. — Ou então, por que não paga diretamente pela exclusividade?

— Como assim?

— Se você pagar uma quantia bastante alta, posso ser somente sua. Quer você venha, quer não, não tenho que me deitar com mais ninguém. Você paga para que eu fique à sua disposição e de mais ninguém.

— Não vou fazer isso.

— Por que não? — indignou-se. — Por acaso não gosta de mim?

— Gosto.

— E não queria que eu fosse só sua?

— A ideia até que não é má.

— Então, por que não paga pela exclusividade? Não vá me dizer que não tem dinheiro...

— Não é isso. Mas é que não concordo com esse tipo de coisa. E depois, Greta, não se iluda. Se minha mulher me aceitar de volta, deixarei de vir aqui.

— Você não está falando sério.

— Estou sim. Só venho aqui porque Felícia se recusa a dormir comigo, e eu não posso mais aguentar essa ausência de sexo. Mas, se tudo voltar a ser como antes, o que espero, não terei mais necessidade de vir.

— Isso só pode ser brincadeira.

— É claro que não é. O que esperava, Greta? Que me apaixonasse por você?

Greta fez um beicinho trêmulo e tornou sentida:

— Pensei que ao menos gostasse de mim.

— E gosto, já disse. Mas você é uma prostituta...

— Pronto. Lá vem ofensa de novo. Por que é que todo mundo me ofende só porque sou prostituta? Por acaso não sou mulher também?

— Não estou querendo ofendê-la. Mas vim aqui em busca de sexo, e é sexo que você me oferece. Ou será que estou enganado?

— Não...

— O que não significa que não a respeite ou não goste de você. Gosto de você porque você é uma mulher sensível e educada, e respeito-a porque é um ser humano como outro qualquer, e é de minha índole respeitar todas as pessoas.

— Mas não me ama... — desabafou.

— Não. Amo minha esposa. No dia em que Felícia me quiser novamente, nunca mais voltarei aqui. Entende por que, além do fato de não concordar, não quero nenhuma exclusividade com você?

— Não, não entendo. Eu podia ser só sua, mesmo que por pouco tempo.

— Prefiro não me comprometer.

— Diz isso porque sempre dou um jeito de esperar por você. Mas se você chegar aqui um dia e eu não estiver disponível?

— Paciência...

— Vai escolher outra?

— Não. Vou embora.

Greta deu-se por satisfeita. Embora ele não a amasse, não estava disposto a dormir com mais ninguém além dela. Ao menos, era um sinal de que ela era especial. Podia não ser como Felícia, mas era uma mulher ardente e sabia satisfazê-lo como a esposa jamais soubera. E, no momento, era o quanto lhe bastava.

CAPÍTULO 15

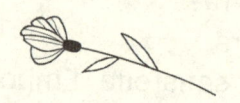

O telefone tocava insistentemente, até que Felícia veio atender. Hermínia tinha ido ao mercado, a mãe havia ido ao médico e Artur estava no trabalho. Enrolada na toalha, Felícia saiu do chuveiro e retirou o fone do gancho, atendendo esbaforida:

— Alô?

— Quem fala? — respondeu a voz do outro lado. — É Felícia?

— É sim. Quem é?

— Oi, Felícia, sou eu, Catarina. Tudo bem?

— Vou bem, e você?

— Estou ótima. Escute, se não estiver ocupada, não gostaria de ir comigo fazer umas compras?

— Compras? Não sei, Catarina, há muito não faço compras.

— Por isso mesmo. Não seria ótimo gastar um pouco de dinheiro, para variar?

— Hum... não estou bem certa. Fazer compras já não me parece tão divertido.

— Isso é porque você nunca saiu comigo. E também conheço um restaurante excelente. Então? Que tal?

Felícia estava indecisa. Fazia muito tempo que não saía sozinha. Nunca mais fizera compras e acostumara-se ao fato de que sua mãe comprava tudo de que necessitasse, inclusive suas roupas.

— Só tem um probleminha — contrapôs, ainda indecisa, tentando arranjar uma desculpa. — Como nunca mais saí sozinha, despedimos o antigo motorista. E eu não sei dirigir.

— Não tem problema. Posso passar em sua casa daqui há uma hora. Está bom para você?

— Está bom — concordou afinal. — Daqui a uma hora, estarei esperando-a.

Desligou e voltou para o banheiro. Terminou de enxugar os cabelos e foi se vestir. Estranhamente, sentiu vontade de se arrumar e foi até o armário. Não tinha mais roupas da moda, o que a deixou um tanto quanto incomodada. Catarina era uma mulher jovem, que se vestia muito bem, e ela não gostaria de ficar para trás. Não queria sair com sua jovem amiga parecendo sua mãe. Afinal, não era assim tão mais velha. Escolheu um vestido azul-claro, prendeu o cabelo e passou uma pintura de leve no rosto, como sempre fazia. Queria ficar discreta, para não vilipendiar a memória do filho, mas, de repente, sentiu que estava mesmo era com vontade de parecer mais sexy e sensual. Horrorizou-se com aquelas ideias e agradeceu a Deus por não ter nada provocante para vestir.

Quando a mãe voltou do médico, Felícia já estava pronta para sair, esperando Catarina na sala. Ondina entrou e a fitou espantada.

— Aonde você vai? — perguntou curiosa.

— Fazer umas compras.

— Sozinha?

— Não. Catarina vai passar aqui para me buscar.

— Felícia, mas isso é ótimo! Você faz muito bem. Há quanto tempo não se diverte, hein?

— Vá com calma, mamãe. Disse que vou apenas fazer umas compras. Minhas roupas já estão ficando fora de moda, e também preciso de maquiagem nova.

— Minha filha, fazer compras, para uma mulher, é diversão mais do que suficiente. Você faz muito bem. Quero que vá e se divirta ao máximo.

— Vai me esperar voltar?

— Se você quiser...

Felícia considerou por uns segundos. Acostumara-se à companhia diária da mãe, ela lhe dava segurança e a tranquilizava. Naquele dia, porém, notou que não fazia tanta questão que ela estivesse presente e afirmou:

— Não... pensando bem, vá para casa. Há quanto tempo, você também, não cuida de sua casa? Tem sempre que deixá-la aos cuidados dos empregados. Creio que lhe fará bem chegar mais cedo um dia, para variar. Papai vai ficar satisfeito.

Ondina sorriu agradecida. Aquilo era um bom sinal. Sinal de que a filha estava se desvencilhando do passado e começando a projetar o futuro. Nisso, ouviram uma buzina do lado de fora, e Felícia falou animada:

— É a Catarina — deu um beijo rápido na mãe e finalizou: — Até logo, mamãe. Depois lhe telefono.

— Até logo, minha filha. E divirta-se!

Com um sorriso no rosto, Felícia saiu. Estava radiante naquele dia e nem se importou com o fato de que, na rua, Catarina chamava mais a atenção dos homens do que ela. Foi como se, subitamente, compreendesse a necessidade de se arrumar e cuidar da aparência, assim como Catarina. Quase cedeu à tentação de se desculpar com a morte do filho, dizendo para si mesma que Catarina era mais bonita porque era solteira e porque nunca perdera um filho em tenra idade, mas sabia, em seu íntimo, que não era nada disso. Esses fatos apenas serviam de desculpa para ela negligenciar a própria vida e não ter que assumir a responsabilidade de si mesma.

Foram a várias lojas no centro da cidade, e Felícia foi enchendo as mãos de sacolas e pacotes. Naquele dia, só pensou em si. Comprou vestidos, saias, blusas, sapatos e bolsas. Em uma loja de artigos femininos, Catarina escolhia uma camisola de seda preta, e Felícia olhava tudo cheia de admiração.

— Que tal? — perguntou Catarina, exibindo a camisola semitransparente. — Acha que vai ficar bem em mim?

— Maravilhosa! — elogiou Felícia. — É para Norberto?

— Para a noite de núpcias.

— Tem ideia de quando será?

— Não sei. Mas vou me formar no final do ano e, em janeiro, poderemos nos casar.

As duas conversavam animadas, e Felícia ajudava Catarina a escolher a lingerie para depois do casamento, quando reparou numa moça mais adiante, escolhendo ligas num balcão do outro lado. Achou-a deveras extravagante e ficou imaginando de onde é que a conhecia. Embora não se lembrasse, achou seu rosto familiar. Mas não conseguia se lembrar onde o vira.

— Alguma coisa errada? — perguntou Catarina, notando que ela se distraíra na conversa.

— Não. Mas aquela moça...

Apontou para a mulher mais além, e Catarina olhou na direção em que seu dedo apontava.

— O que tem? Você a conhece?

— Não sei. Talvez... mas não consigo me lembrar de onde.

— Um pouco extravagante, não acha?

— É verdade. E foi por isso mesmo que fiquei intrigada. De onde é que eu conheceria uma moça daquele tipo?

— Ela me parece... bem... um tipo estranho...

— Parece uma prostituta.

— Foi o que pensei, mas não quis dizer.

— Bem, seja quem for, devo estar enganada. Vai ver sua fisionomia parece com a de alguém que eu conheça. Vamos deixar isso para lá.

Voltaram a concentrar a atenção nas camisolas, até que escutaram uma voz falando bem perto delas. A moça havia deixado as ligas e agora escolhia camisolas também.

— Que tal esse tipo aqui? — disse a vendedora. — É bem provocante.

— Tem razão — concordou a moça, virando o baby-doll de cetim nas mãos. — Tem o meu número?

— Com certeza. E de que cor gostaria?

— Hum... deixe ver... vermelho. Gostaria de um vermelho. É para uma ocasião especial, sabe?

— Muito bem. Aguarde um momento que vou buscar.

A vendedora se afastou, e Catarina reparou no olhar embasbacado de Felícia.

— O que foi que houve, Felícia? Algum problema?

Felícia estava de costas para a moça e não ousava se voltar. Reconhecera-a pela voz. Jamais, enquanto vivesse, se esqueceria da voz da mulher que causara a morte de seu filho. Ainda se lembrava daquela voz, entrando na cozinha à procura de Tiago.

— Essa voz... — sussurrou o mais baixo que pôde. — Eu a conheço. É de Lurdinha...

— Que Lurdinha?

— Psiu! Fale baixo. Lurdinha, a moça que era babá de meu filho quando ele morreu.

Catarina abriu a boca, espantada.

— Tem certeza? Já passou tanto tempo...

— Ainda que se passassem cem anos, jamais me esqueceria de sua voz. Lembro-me do quanto ela chorou e se lamuriou. A fingida...

— Não acha que ela deve ter sofrido de verdade?

— Estava mais interessada em fazer amor com o motorista. Nem se importou com Tiago.

Catarina não respondeu. Conhecia bem aquela história e não acreditava que ninguém sairia isento de uma situação como aquela. Qualquer pessoa se sentiria mal com o ocorrido e carregaria aquela culpa pelo resto da vida. Mas Norberto lhe dissera que quando o assunto era o filho, Felícia se fazia surda à voz da razão, e qualquer coisa que se dissesse para fazê-la superar a tragédia era pura perda de tempo.

— Por isso achei seu rosto familiar — acrescentou num cochicho. — Está mudada, pintou os cabelos e usa essa maquiagem extravagante. Mas é ela mesma.

Catarina ia dizer: e daí? Mas não teve tempo. A vendedora voltou com o objeto pedido e estendeu-o sobre o balcão.

— E então? — indagou ansiosa. — É isso o que quer?

— Isso mesmo! — respondeu Greta com entusiasmo. — Tenho certeza de que Artur vai adorar!

Ao ouvir o nome do marido, Felícia teve um sobressalto, e Catarina achou que ia desmaiar. Se aquele Artur de quem ela estava falando fosse o mesmo Artur, chefe de Norberto, nem queria pensar no que Felícia seria capaz de fazer. Fitou a amiga com olhar grave e falou, quase em tom de súplica:

— Venha, Felícia, vamos embora.

Mas Felícia não se movia. Ouvira claramente quando ela falara o nome de Artur e queria se certificar de que era a outro Artur que ela se referia, não ao seu marido. A um olhar seu, Catarina permaneceu parada, certa de que de nada adiantaria insistir para tirá-la dali. As duas fingiram que escolhiam camisolas e aguardaram até que a atendente entregasse o embrulho a Greta.

— E as senhoras? — virou-se para as duas, com um sorriso cortês nas faces. — Já foram atendidas?

— Não queremos nada — finalizou Felícia e saiu arrastando Catarina para fora.

— Aonde é que estamos indo? — indagou ela temerosa.

— Vamos seguir essa vagabunda. Quero ver aonde é que vai.

— Felícia, isso é bobagem. Deixe a moça para lá.

— Mas ela falou o nome de Artur...

— Deve ser coincidência. Quantos Artur você conhece?

— Só o meu marido.

— E daí? Ele não é o único Artur no mundo. E depois, não acha que seu marido ia se envolver logo com essa mulher, acha?

— Não sei de nada. Artur anda meio estranho ultimamente.

— É? Por quê?

— Também gostaria de saber. Parece não se importar mais comigo. Mudou-se para o quarto de hóspedes, sai quase todas as noites e só volta altas horas da madrugada.

Felícia esqueceu-se de contar a Catarina os motivos que levaram Artur a mudar de quarto e a sair todas as noites. No fundo, acreditava-se injustiçada e não conseguia enxergar o sofrimento do marido. Julgava-o incompreensivo e egoísta, e não se dava conta das coisas que ela fizera e lhe dissera. Para Felícia, só o que contava era o seu próprio sofrimento, pois não imaginava que mais alguém no mundo pudesse estar sofrendo também.

Enquanto isso, sem de nada desconfiar, Greta fez sinal para um táxi e entrou. Felícia fez sinal para outro, e as duas entraram atrás.

— Quero que siga aquele táxi ali — ordenou Felícia, apontando para o automóvel em que Greta entrara.

— Isso é sério ou é alguma brincadeira de cinema? — tornou o motorista desconfiado.

— É sério, moço. Siga aquele táxi e não o perca de vista. Por nada desse mundo, não o perca!

Em silêncio, o chofer pôs o carro em movimento e saiu seguindo o táxi de Greta, o que não foi nada difícil. O trânsito estava meio congestionado, e não era possível correr-se muito. Em poucos minutos, o táxi de Greta parou defronte a um casarão, e o outro táxi parou um pouco atrás. As duas viram quando Greta saltou e entrou apressada no casarão e fizeram menção de saltar também.

— As senhoras vão entrar ali? — interveio o motorista, espantado.

— Qual é o problema? — perguntou Catarina.

— Bem, moças, aquele lugar é A Esfinge de Ouro, um cabaré famoso e muito frequentado aqui na cidade. Mas não creio que as senhoras gostariam de entrar ali. Não é do seu nível, entendem?

As duas fitaram-no pelo espelho, boquiabertas, e Felícia repetiu abismada:

— Um cabaré? Lurdinha mora num cabaré?

O motorista pensou em dizer que a tal de Lurdinha devia trabalhar ali, mas guardou silêncio. As moças eram finas e educadas e, provavelmente, nada sabiam daquela espécie de vida ou de gente, e ele não queria chocá-las.

— Vamos embora daqui — falou Catarina, dando uma palmadinha no encosto do banco da frente. — Já vimos o que queríamos vir.

O automóvel rodou novamente, e o motorista indagou sério:

— Para onde, madame?

— De volta ao lugar onde nos apanhou. Deixei meu carro lá.

— Um cabaré! — Felícia ainda estava indignada. — Será que Artur anda frequentando lugares desse tipo?

— Não sei. Mas se eu fosse você, não pensava mais nisso. Provavelmente, era de outro Artur que ela estava falando.

— Aquela Lurdinha é responsável pela morte do meu filho! — exasperou-se Felícia. — Artur não pode estar de caso com ela.

— Também acho. Não creio que Artur a esteja traindo. E se estivesse, não iria fazê-lo justamente com essa mulher.

Por mais que achasse que Catarina tinha razão, Felícia não conseguiu esquecer o episódio. Justo no primeiro dia em que resolvera sair de casa, depois de tantos anos de reclusão, tinha que topar logo com Lurdinha? A razão lhe dizia que Artur jamais poderia se envolver com aquela mulher, mas seu coração dizia justamente o contrário.

⁘

Naquela noite, Felícia observou Artur à hora do jantar. Ele parecia o mesmo de sempre, embora um pouco mais frio e distante. Quando já estavam na sobremesa, ela resolveu comentar:

— Fui fazer compras com Catarina, hoje.

Ele segurou a colher de pudim a caminho da boca e retrucou surpreso:

— Você foi? Não diga! Que ótima notícia você está me dando.

— E sabe quem é que nós vimos?

— Quem?

— A Lurdinha.

Artur quase se engasgou. Podia esperar que ela dissesse o nome de qualquer pessoa, menos de Lurdinha.

— Onde? — retorquiu, tentando não demonstrar o nervosismo que o acometia.

— Numa loja de artigos femininos. Ela estava diferente, e quase não a reconheci a princípio.

— Você falou com ela?

— Eu? Não, imagine. Ainda não me esqueci do que ela aprontou.

Propositalmente, Felícia ocultou o fato de que a ouvira dizer o seu nome, de que a seguira até aquele lugar horroroso, chamado A Esfinge de Ouro, e de que estava seriamente desconfiada de que ele andava se encontrando com ela. Artur, por sua vez, não queria alimentar aquele assunto e procurou dissimular:

— O que você comprou?

— Algumas roupas, sapatos, bolsas. Estava precisando.

— Estava mesmo...

— Está querendo dizer que minhas roupas estavam feias e velhas? Que eu ando desarrumada e me visto de qualquer jeito? Que não me arrumo?

Artur fitou-a espantado. Não dissera nada daquilo, mas ela viera logo se defendendo, naquele tom de mágoa e acusador.

— Querida... — balbuciou — não disse nada disso.

— Mas pensou. Tenho certeza de que foi o que pensou!

— Está enganada. Eu apenas quis dizer que fazia muito tempo que você não renovava o guarda-roupa. Só isso. Não entendo por que a zanga.

— Porque você, de uns tempos para cá, anda muito diferente! Não liga mais para que eu me arrume e sai sozinho...

Calou-se aturdida e arrependida. Não queria deixar transparecerem suas desconfianças. Se ele andava metido com Lurdinha, não lhe daria a chance de mentir. Achou melhor terminar aquela discussão com sua habitual indiferença e se levantou de chofre.

— Boa noite — finalizou, em tom gélido.

Artur ficou vendo-a se afastar, pensando se deveria ou não ir atrás dela. Achou melhor deixá-la e foi para seu quarto. Deitado na cama, ficou pensando. Felícia vira Lurdinha, o que não era nada de mais. Mas não sabia, e nem de longe poderia desconfiar, que ele e Lurdinha, agora Greta, eram amantes. Na realidade, não eram propriamente amantes. Greta era apenas uma prostituta, a quem ele pagava para ter o prazer que Felícia, há anos, lhe negava.

No dia seguinte, logo que chegou ao escritório, foi direto para a sala de Norberto, que também havia acabado de entrar.

— Artur! — exclamou. — Já soube da bomba?

Estava na cara que Catarina havia lhe contado tudo. Apenas lhe omitira os mesmos fatos que Felícia não revelara a Artur. Felícia quase que implorara a Catarina que não dissesse nada a Norberto. Sabia que ele e o marido eram muito amigos e tinha certeza de que Norberto lhe contaria sobre suas desconfianças. Catarina, embora contrariada, acabou prometendo e não disse nada ao noivo.

— Que maçada! — lamentou Artur. — Com tanta gente no mundo, Felícia tinha que encontrar justo a Greta? Foi muito azar.

— Mas você não tem com o que se preocupar. Felícia nem de longe vai desconfiar de que você e Greta são amantes. Catarina me disse que elas nem se falaram. Foi apenas um encontro casual, as duas a viram numa loja, e ela logo foi embora. Só isso.

— Tem certeza? Tive medo de que Felícia estivesse me omitindo algo. Ela estava muito estranha ontem, ao jantar, me agredindo e quase me acusando.

— Acho que você está imaginando coisas. É a sua consciência que o está incomodando. Felícia não tem como saber sobre você e Greta.

— Tem razão... Mas tremo só de pensar que Felícia possa descobrir.

— Só vai descobrir se você quiser.

— É claro que não quero!

— Pois então, o que tem a fazer é continuar a agir normalmente. Não toque mais no nome de Lurdinha e, se ela falar mais alguma coisa, finja surpresa. Como se Lurdinha fosse um assunto morto e enterrado.

Artur aproximou-se da janela e pôs-se a espiar o rebuliço na rua embaixo, imaginando Felícia e Greta cara a cara numa loja repleta de gente. Mas Greta não a vira e não falara com ela. Ou será que a vira? Será que Greta vira Felícia e saíra da loja às pressas, para não chamar a atenção?

CAPÍTULO 16

Mais tarde, naquele mesmo dia, depois que Felícia se recolheu, Artur se aprontou e saiu. Em seu quarto, ela ouviu o barulho de passos e, em seguida, do motor do automóvel, e deduziu que ele ia sair novamente. Afundou o rosto no travesseiro e chorou amargamente, sentindo-se traída e abandonada.

Na Esfinge de Ouro, Greta estava sentada à mesa com outro homem quando ele chegou, e Artur reconheceu a figura de Mauro. O advogado lançou-lhe um olhar de desafio, e Artur foi sentar-se a outra mesa. Greta esperou alguns minutos, depois se levantou e falou baixinho:

— É só um instante. Preciso ir ao banheiro.

Saiu andando por entre as mesas, em direção à mesa a que Artur estava sentado, e sentiu que uma mão a agarrava pelo braço, apertando com força.

— Nem pense em ir atrás dele — murmurou Diniz. — Não quero mais confusão por aqui.

Com um gesto brusco, Greta puxou o braço e encarou o outro com olhar gélido, rebatendo com desdém:

— Não vou atrás de ninguém. Só estava indo ao banheiro. Ou será que não posso?

Diniz não respondeu, mas continuou fitando-a com olhar ameaçador. Greta virou-lhe as costas e continuou caminhando em direção ao banheiro, passando direto pela mesa a que Artur estava sentado. Percebendo o ocorrido, Artur não fez nenhum gesto para detê-la, e Greta seguiu para o banheiro, mas ainda teve tempo de dar-lhe uma piscadela de olho.

Artur já ia se levantando para ir ao banheiro também quando Soraia apareceu. De onde estava, Valente observara a cena e deu ordens para que a moça cuidasse do recém-chegado.

— Vai aonde? — perguntou ela, colando o corpo ao dele sem a menor cerimônia.

Ele se assustou com aquela ousadia e a afastou calmamente.

— Vou ao banheiro...

— Precisa ser agora? Você acabou de chegar — enquanto falava, Soraia ia empurrando-o para baixo, fazendo com que se sentasse novamente. Sentou-se ao lado dele e estalou o dedo, chamando o garçom. — O que gostaria de beber?

— Um uísque, por favor — respondeu aturdido.

O garçom anotou o pedido e saiu, e Soraia começou a acariciar as suas mãos.

— É só isso o que deseja? — retrucou com voz sedutora.

— É...

Nesse instante, Greta vinha voltando do banheiro e, ao ver Soraia, literalmente, dando em cima de Artur, quase partiu para cima dela. Mas o olhar severo de Diniz a fez seguir em frente, e Greta passou reto por eles, fuzilando a outra com o olhar.

— Greta... — chamou Artur, levantando-se indeciso.

Greta estacou a meio e começou a se voltar, mas Diniz a agarrou novamente pelo braço e saiu puxando-a para a mesa de Mauro, ao mesmo tempo em que Valente se aproximava de Artur e ia dizendo:

— Não gostaria de algo especial hoje, senhor? Que tal Soraia? É uma de nossas melhores meninas.

Artur lançou-lhe um olhar de repulsa e respondeu mal-humorado:

— Obrigado, mas não estou interessado.

Começou a se voltar para sair, mas a voz de Valente prosseguia insistente:

— Por que não espera mais um pouco? Tenho certeza de que não irá se arrepender.

Por ser muito educado, Artur se virou novamente para ele, fitou Soraia, que abaixara a cabeça, tentando engolir a raiva por ter sido desprezada de forma tão acintosa.

— Não quero ofender a moça — desculpou-se. — Mas só venho aqui por causa de Greta. Se ela não está disponível, fica para outra vez.

— Não seja assim tão rigoroso. Greta está ocupada hoje. Mas tenho certeza de que Soraia é uma substituta à altura.

— Não duvido. Ela é muito bonita, mas torno a dizer que não estou interessado. Não é nada contra você, moça — acrescentou, dirigindo-se à Soraia. — Mas é que já estou acostumado com Greta.

— É pena — lamentou Valente. — Quem sabe uma outra moça?

— Perdão, mas já disse que só tenho interesse... — Foi quando viu Eunice passar do outro lado e teve uma ideia. — Espere. Que tal aquela ali?

Valente seguiu o seu dedo e viu que ele se referia a Eunice.

— Eunice? — retorquiu incrédulo, porém, esperançoso.

— Essa mesma. Se ela estiver disponível, é com ela que gostaria de estar.

— É pra já — E, virando-se para Soraia, ordenou: — Vá chamar Eunice para mim. Diga-lhe que venha o mais rápido possível.

Sem dizer palavra, Soraia se levantou. Além de ter que aturar o fato de que Diniz só tinha olhos para Greta, ainda vinha aquele Artur e a humilhava daquela forma, como se ela fosse desprezível ou suja. Apesar do ódio, saiu em busca de Eunice, que apareceu sozinha.

— Mandou me chamar, Valente? — indagou, sorrindo para Artur com simpatia.

— Mandei sim. É que o cavalheiro aqui, o senhor...

— Artur.

— O senhor Artur está interessado em você hoje. Você já está com alguém?

— Não. Estou livre.

— Ótimo! — Chegou para o lado, dando-lhe passagem. — Dê ao senhor Artur um tratamento especial.

Embora não houvesse presenciado a cena de agora há pouco, um rápido olhar ao redor esclareceu as mudas indagações de Eunice, e ela imaginou se Artur não a teria escolhido para poder esperar por Greta. Aguardaram até que Valente se afastasse, e ela indagou curiosa:

— O que posso fazer por você?

— Podemos subir agora? Quero falar-lhe em particular.

— Está certo. Venha.

Os olhares de todos se voltaram para ambos, e Valente sorriu satisfeito. Eunice já não era mais nenhuma garotinha, mas ainda era uma mulher bonita e muito eficiente. Em seu canto, Soraia soltava grunhidos de despeito, tentando imaginar o que levaria um homem atraente feito Artur a escolher Eunice, uma velha, em lugar dela, no frescor dos seus vinte e seis anos.

No quarto de Eunice, eles se sentaram na cama, e Artur foi logo falando:

— Preciso que você me ajude, Eunice. Tenho urgência em falar com Greta.

— Hoje vai ser impossível. Ela está com Mauro, e ele não vai largá-la tão cedo.

— Você não pode fazer nada?

— Não. Depois da briga do outro dia, Valente e Diniz estão de olho em vocês.

— Mas não fui eu que comecei!

— Eles sabem. Só que não querem ficar no prejuízo mais uma vez. A casa tem normas, e todos temos que cumpri-las.

Greta não é exclusividade de ninguém, e o primeiro que chega fica com ela.

— Entendo...

Notando o seu desapontamento, Eunice sugeriu:

— Mas posso dar-lhe um recado, se você quiser.

— Quero. Preciso me encontrar com ela o mais rápido possível — Anotou o endereço num pedacinho de papel e estendeu-o a Eunice, acrescentando com euforia: — Ao meio-dia, na hora do almoço.

— Está certo, Artur. Darei o recado.

— Diga-lhe que tome um táxi. E não se preocupe. Reembolsarei a despesa.

Esperaram por mais meia hora, e então Artur saiu. Não queria despertar a atenção e foi embora silenciosamente, como se estivesse satisfeito com o trabalho de Eunice. E estava, embora Greta não concordasse com isso.

✆✆

— Pensei que você fosse minha amiga! — esbravejava Greta, de manhã bem cedo, no quarto de Eunice. — Isso foi uma traição! Uma falseta!

Andava de um lado ao outro no quarto, esfregando as mãos nervosamente. Entrara no quarto feito uma bala e sacudira Eunice energicamente, despertando-a do sono recém-conciliado. Eram sete horas da manhã, e haviam encerrado a noite às cinco e meia. Mal Eunice adormecera e Greta entrara, gritando e gesticulando feito louca.

Ainda sonolenta, esfregando os olhos, Eunice sentou-se na cama e tentou enquadrar Greta em sua visão aturdida. O sono era tanto que a amiga parecia fora de foco, e ela também não conseguia entender muito bem o que Greta dizia. Ela parecia muito zangada, mas Eunice ainda não conseguira concatenar as ideias e se lembrar de tudo o que havia acontecido na noite anterior.

— Isso não se faz! — continuava Greta, completamente transtornada. — Faço de você minha confidente, confio meus maiores segredos a você, e você me trai!

— Greta, não estou entendendo...

— Podia esperar isso de qualquer uma! Se fosse a Soraia, não dizia nada. Mas você! Era minha amiga!

— Eu sou sua amiga.

— Se fosse minha amiga, não teria feito o que fez!

— Fazer o quê?

— Ainda se faz de cínica...! Dorme com Artur e finge que nada aconteceu?

Só então Eunice se lembrou. Aos poucos, as lembranças da noite anterior foram aparecendo, e ela conseguiu entender o motivo da raiva da outra.

— Greta, quer parar um instante e me escutar? Não é nada disso que você está pensando.

— Como não? Pois eu vi!

— Você não viu nada.

— Vi você subindo com Artur. E depois, ele desceu com ar satisfeito. O que foi que você fez com ele, hein?

— Não fiz nada, se quer mesmo saber. Só ficamos conversando. E falando de você.

Ela parou de andar e encarou a amiga, sentando-se na cama com euforia.

— Falando de mim? Como assim?

— É isso mesmo o que você ouviu. Artur e eu falávamos de você.

— Mas eu pensei que...

— Você pensa demais. Não houve nada entre nós.

— Vi você subindo com ele...

— Porque Valente mandou. O que você queria? Que o desobedecesse? Valente é meu amigo, mas também é meu patrão. Tenho que cumprir suas ordens — Greta abaixou os olhos, envergonhada, e Eunice prosseguiu: — E depois, foi Artur quem me escolheu...

— O quê?

— ... me escolheu porque eu sou sua amiga e ele queria mandar-lhe um recado.

— Um recado?

— Disse que precisa falar com você com urgência e pediu que você o encontrasse hoje, ao meio-dia — Apanhou o papel com o endereço na mesinha e entregou-o a Greta. — Disse para tomar um táxi, que ele paga.

— Oh! Eunice...

— Pois é, Greta, não devia ter entrado aqui assim. Ainda mais acusando-me de falsa. Fiquei magoada, ouviu?

— Desculpe-me. É que fiquei com ciúmes.

— Pois não devia. Nessa vida, ciúme é um sentimento que não nos ajuda em nada. Só nos faz sofrer.

— Eu sei. Perdoe-me. Devia ter confiado mais em você. Mas é que estranhei. Artur disse que não queria outra moça além de mim.

— E não quis mesmo. E agora, saia daqui e deixe-me dormir.

— Só se você disser que estou perdoada.

— Está, está perdoada. Não consigo guardar raiva de ninguém mesmo...

De um salto, Greta passou os braços ao redor de seu pescoço e estalou-lhe um beijo na bochecha, afirmando com alegria:

— Obrigada, Eunice. Adoro você, sabia? É minha única amiga.

— Está certo — tornou Eunice, os olhos marejados, não querendo demonstrar sua emoção. — E agora, por favor, será que dá para me deixar voltar a dormir?

Com um novo beijo, Greta se despediu. Voltou correndo ao seu quarto e deitou-se na cama. A ansiedade era tanta que não conseguiria mais dormir e acabou se levantando. Tomou café e, para passar o tempo, começou a arrumar suas gavetas, até que chegou a hora de ela se aprontar. Tomou o táxi, conforme Artur orientara e, ao meio-dia em ponto, encontrou-o no restaurante indicado.

— O que foi que houve? — indagou ela, assustada com o seu ar de preocupação.

Ele esperou até que o garçom os servisse e só então respondeu:

— Você viu Felícia outro dia numa loja?

— O quê?

— Você viu Felícia?

— Felícia? Não... por quê?

— Porque ela a viu.

— Viu? Onde?

— Não sei, numa loja de artigos femininos, há uns dois dias.

— Ah!

— Você se lembra?

— Lembro-me da loja. Há dois dias, fui comprar umas roupas íntimas. Só pode ter sido nesse dia.

— Quer dizer que você não a viu?

— Não, não vi. Por quê? Acha que ela está desconfiada de alguma coisa?

— Não sei ao certo. Ela não falou nada, mas eu fiquei preocupado. Está agindo de forma estranha, como se me acusasse de algo. Mas se você não falou com ela...

Só então Greta se lembrou de que pronunciara o nome de Artur quando estava comprando o baby-doll. Lembrava-se perfeitamente de haver dito à vendedora que Artur iria adorar. Será que fora nessa hora que Felícia a viu e ouviu o que dissera? Pensando bem, ela agora se lembrava de que havia duas moças olhando algumas camisolas a seu lado, mas não as reconhecera. Uma estava de costas, e a outra, ela nunca vira.

— Ela estava sozinha? — tornou acabrunhada.

— Não. Foi com uma amiga. Por quê? Lembra-se de tê-la visto?

Ela se lembrava. Mas temia que Artur a abandonasse se soubesse que a vira e, pior, que dissera o seu nome em voz alta.

— Felícia está muito estranha — prosseguiu em tom de apreensão. — Sabe que eu ando saindo à noite, e fico imaginando o que deve estar pensando...

— Por que não pergunta a ela? — rebateu Greta de má vontade.

Artur puxou-a para ele e deu-lhe um beijo prolongado, que ela correspondeu com ardor.

— Não precisa ficar zangada — falou em tom conciliador. — Só não quero que Felícia descubra nada. Por sua causa, inclusive. Se ela descobrir, sabe que não poderemos mais nos ver.

— Eu sei — concordou, tentando disfarçar o ciúme. — E não quero que ela descubra. Não fiz nada para isso.

— Preste atenção aonde vai. O mundo é um lugar muito pequeno, e não quero que ela tope com você novamente.

Encerrou o assunto com outro beijo ardente, e Greta esqueceu-se de seu ciúme. Depois, despediram-se. Artur deu-lhe dinheiro para pagar o táxi de ida e o de volta e mandou-a embora.

— Quando é que vai me ver de novo? — quis saber ela, entre amuada e ansiosa.

— Não sei. Vou esperar até que Felícia se acalme.

— E quanto tempo vai levar isso?

— Não faço a menor ideia. Mas não posso sair e deixá-la desconfiada.

Deu por encerrado o assunto de vez. Despachou-a e esperou alguns minutos, para só então sair também. Tinha pavor de que alguém os visse e contasse para Felícia. Se a mulher descobrisse e o abandonasse, não sabia o que fazer. Pensou até em deixar Greta, mas já estava muito ligado a ela para prescindir de seu corpo. Por mais que Artur amasse Felícia, não podia viver sem sexo. Era um homem jovem e atraente, e sabia o efeito que produzia nas mulheres. Podia arranjar uma amante de verdade, se quisesse, uma por quem não tivesse que pagar. Ele sabia que havia muitas moças livres que topavam aquela situação. Mas isso equivaleria a riscos. Uma amante começaria a exigir-lhe coisas, que deixasse a mulher e fosse viver com ele, e não era isso o que queria. Queria dormir com outra até que Felícia o quisesse de volta. Aí então poderia terminar tudo com ela e voltar para a esposa.

CAPÍTULO 17

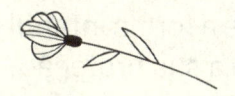

Ao encontrar-se com Tereza naquela noite, Felícia estava de mau humor e cumprimentou-a com uma certa irritação.

— Algo errado? — indagou ela, embora já soubesse do que se tratava.

— Nada — respondeu secamente.

Felícia passou por ela com ar zangado, e Tereza segurou-lhe a mão com ternura, acrescentando com ar bondoso:

— Se desejamos alguma coisa, precisamos ter coragem de assumir e reconhecer que nosso desejo só não se realiza por causa da nossa intolerância, não em razão do descuido alheio.

Ela arregalou os olhos e tornou insegura:

— Não... não sei do que está falando.

Tereza deu de ombros e sorriu benevolente. Apanhou a sua mão e partiu com ela rumo à colônia espiritual em que Tiago se encontrava. Dessa vez, seguiram por um corredor diferente e, ao abrir a porta que Tereza lhe indicava, Felícia teve uma surpresa desconcertante. Sentado a uma mesa, Tiago entretinha-se com a leitura de uma espécie de periódico, cujas páginas estavam repletas de desenhos coloridos e brilhantes. Mas ele estava diferente. Algo em seu semblante havia se transformado, e seu corpo já não guardava mais as formas da infância. Tiago parecia um menino de seus treze ou quatorze anos, e Felícia lançou um olhar de muda interrogação a Tereza, que esclareceu prontamente:

— Ele está crescendo, Felícia. Desde o dia em que teve aquela lembrança da outra vida, começou a crescer. Tiago começa a perceber que a forma infantil já não lhe é mais adequada nem necessária a sua proteção.

— Mas... ele está lendo! Como pode ser isso? Morreu aos cinco anos, não sabia ler. Como aprendeu em tão pouco tempo?

— Ninguém aprende o que já sabe. À medida que foi crescendo, os conhecimentos anteriormente adquiridos foram voltando naturalmente.

— Está um rapazinho... como fui perder isso?

— Você agora o está ajudando ainda mais do que antes.

— Estou?

— Seu problema com Artur tem lhe desviado a atenção do menino, e você está começando a ficar mais desapegada.

— Isso não é verdade! Tiago ainda é a coisa mais importante em minha vida!

— Eu não disse que não. Mas você está mais preocupada com Artur agora, e é assim que tem que ser. Seu amor por Tiago pode ser eterno, mas ele não habita mais o seu mundo, e você precisa prosseguir na sua caminhada terrena. E seu companheiro de jornada, nessa vida, é Artur, não Tiago.

— Não entendo o que quer dizer.

— Entende sim. Apenas finge que não entende. Por que não liberta o sentimento preso em seu coração e assume que ama seu marido e que está sofrendo com essa desconfiança?

Ela abriu a boca espantada e pensou em perguntar-lhe se ela sabia algo sobre a vida de Artur e de Lurdinha, se eles andavam se encontrando e se suas suspeitas eram verdadeiras. Mas Tiago levantou os olhos da leitura, só agora se dando conta de sua presença.

— Mamãe! — exclamou com alegria, correndo ao seu encontro.

Felícia recebeu o abraço que ele lhe dava coberta de emoção. Ele agora parecia um rapazinho, e ela chorou, lamentando a oportunidade perdida de vê-lo crescer naturalmente, de acompanhar o seu desenvolvimento, a saída da infância e a entrada na adolescência.

— Meu filho... — balbuciou ela, afundando o rosto no seu ombro — ... como você está crescido! Já está do meu tamanho!

Era verdade. Tiago, que agora aparentava possuir quatorze anos terrenos, igualava a mãe em altura.

— Senti saudades, mãe — acrescentou, desvencilhando-se de seu abraço e encarando-a com ternura. — Você demorou a vir...

— Perdoe-me, meu filho — apressou-se ela em responder. — Mas é que andei meio adoentada...

Não queria dizer que havia tempos não aparecia porque andava preocupada com Artur, com medo de que ele a estivesse traindo, de que não gostasse mais dela. Não queria que o filho se sentisse preterido nem rejeitado, que pensasse que ela o estivesse esquecendo, que tivesse se tornado egoísta, só pensando nela e no marido. Não queria que Tiago pensasse que ela não se importava mais, que já estava superando a sua morte. Olhou ao redor, em busca do auxílio de Tereza, mas ela havia saído silenciosamente.

— Papai esteve aqui — disse Tiago de repente.

— O quê!? — havia um tom de horror na voz de Felícia que fez Tiago sorrir de compaixão.

— Ele também sente saudades. E Tereza achou que já era hora de ele aparecer.

— Mas seu pai não sente as coisas como eu!

— É lógico que não. Ele compreendeu mais rapidamente e não é tão apegado.

— Ele não o ama feito eu!

— Pode ser. Minha relação com ele é diferente da que tenho com você. Mas ele aprendeu a me amar à sua maneira e está bastante satisfeito consigo mesmo. Você não tem ideia do quanto ele cresceu e aprendeu com tudo isso.

— Seu pai é um egoísta, isso sim.

— Não é verdade. Meu pai e eu tivemos diferenças difíceis no passado, mas ele aceitou me receber como filho para aprender a me amar durante meu curto período de existência. E conseguiu isso melhor do que você.

— O que há com você, Tiago? Então eu passo a minha vida inteira pensando em você, sofro feito uma condenada porque você morreu, abro mão de tudo por sua causa, e você acha que quem sabe amá-lo é o seu pai, que nunca perdeu uma noite sequer de sono pelo filho morto?

— Engana-se, mamãe, como sempre. Meu pai sofreu muito com o meu desenlace. Só que soube separar as coisas. Quem morreu fui eu, não ele. O sofrimento dele não me ajudaria a crescer e não me levaria de volta. Então, para que ficar sofrendo a vida inteira e se enterrar na própria vida? Isso não me ajudaria e não o ajudaria também.

— Você está mudado, Tiago. O que foi que aconteceu com você?

— Eu cresci, mãe. Não apenas meu corpo fluídico cresceu, mas minha mente também. Hoje posso compreender muitas coisas. Inclusive o seu apego.

— Vocês insistem em chamar o meu amor de apego. Isso não está certo.

— O verdadeiro amor não prende, não cobra, não sente culpa... Se isso acontece, é porque o sentimento ainda precisa ser evoluído.

— Por que menospreza o meu amor?

— Não o menosprezo. Ao contrário, valorizo-o muito. Foi você, com o seu amor que me ajudou a olhar para dentro de mim mesmo.

— Se é assim, como é que diz então que o que eu sinto por você é apego? Não dá para entender.

— É que o apego é uma falsa compreensão do que seja amor. Existe um sentimento muito profundo aí, porque se você não tivesse uma semente de amor dentro de você, não estaria tão apegada. Só que você tem que arrumar esse sentimento. Para me amar, não precisa se apegar nem sentir culpa. Quando você compreender que o amor liberta, vai conseguir transformar o que sente. Quando sentimos amor, a sensação que temos é de felicidade, de bem-estar, de serenidade. Mas você sente algo desesperado, avassalador.

— É a saudade...

— A saudade é um ótimo complemento do amor. Mas quando vem aliada ao desespero, cai na mesma teia do apego e com ele se confunde. A saudade deve ser apenas uma lembrança bonita e prazerosa, algo em que nos faz bem pensar. É claro que mexe com o nosso coração e nos faz desejar voltar ao que foi aparentemente perdido. Mas esse sentimento deve ser como uma nuvem, que passa e se desfaz, sem, contudo, deixar de existir. A saudade é o reconhecimento da importância que algo ou alguém teve e ainda tem em nossas vidas. É preciso ter esse reconhecimento, não o desespero da perda.

— Meu filho! — admirou-se Felícia. — Como você me parece mais maduro agora.

— Como disse, mãe, eu cresci. E devo isso, em grande parte, a você. Mas agora chegou a minha hora de ajudá-la também.

— Ajudar-me? Você só me ajudaria voltando para mim.

— Você vai descobrir que há outras coisas importantes em sua vida além de mim. Aliás, descobrir não. Você vai aceitar, porque já sabe que existem.

— Que coisas são essas?

— Meu pai. Sua vida, sua felicidade.

— Seu pai e eu nos tornamos dois estranhos — revidou acabrunhada.

— Não, mãe. Você é que se tornou estranha para ele. Meu pai continua sendo o mesmo homem e ainda a ama muito.

— Mas ele tem uma amante... não tem?

Tiago sorriu e deu-lhe um abraço confortador.

— Por que não pergunta a ele? — sugeriu.

— Ficou louco? Imagine se eu vou me rebaixar a esse ponto. Era só o que me faltava.

— Por que se rebaixar? Isso não a está incomodando?

— Não... isto é, mais ou menos... está. Bom, incomodar-me, incomoda.

— Por quê?

— Ora, porque é uma falta de respeito. Sou mulher dele.

— Mas você não cumpre mais o seu papel de esposa.

Ela fitou-o admirada. Como é que ele sabia daquilo?

— Ele... me dá nojo — justificou.

— Dá nojo? Por quê? Ele é seu marido, foi o pai do seu filho. Por que lhe dá nojo?

— Porque só pensa em sexo. Isso é sujo, aviltante.

Tiago deu um sorriso de compreensão e acrescentou:

— Pois então, não deve reclamar se ele tiver alguma amante.

— Mas como? Ele é meu marido. Isso é uma falta de respeito.

— Papai é homem e a ama muito. É jovem, atraente, simpático, inteligente, elegante. Por que é que deveria aceitar um celibato que não escolheu nem para o qual está preparado? Foi você quem impôs isso a ele, sem nem lhe perguntar se era o que ele queria.

— Vejo que o admira. Só tem elogios para ele.

— Não são apenas elogios. São verdades. Meu pai é um homem muito bonito e bondoso. É generoso com os seus semelhantes e tem uma característica que eu realmente admiro muito. É sincero e verdadeiro em tudo o que faz.

— Mas está mentindo para mim.

— Talvez até esteja, eu não sei. Mas se estiver, aposto como está sofrendo. Mentir não é da sua natureza e, se estiver fazendo isso, deve ser porque se sente impelido pelas circunstâncias.

— Pelo seu jeito, você sabe de alguma coisa. Ele tem uma amante, não tem? Mas você não quer me dizer. Está protegendo-o!

— Não estou protegendo ninguém, a não ser a mim mesmo. Não quero me intrometer na vida de vocês. Isso não me faria bem. E depois, eu não disse nem que sim, nem que não. Disse que não sei.

— E se soubesse, também não me diria.

— Pense como quiser, mãe. Mas pense também nas suas palavras e nos seus sentimentos. Verá que eu tenho razão e que a vida de vocês, só a vocês cabe decidir.

— Você está fazendo isso só para que eu volte a falar com ele. Mas não volto. Seu pai não merece o meu amor.

— Mas você o ama, ainda assim.

— Não amo! Pouco me importa o que ele faça!

— Se é assim, não devia sentir tanto ciúme.

— Não sinto ciúme! Só não gosto de ser desrespeitada.

Tiago suspirou profundamente e abaixou os olhos, entristecido. Não adiantava. Sua mãe ainda estava presa aos sentimentos difíceis do passado e não queria abrir os olhos ou se modificar. Era preciso mais um pouco de tempo para que ela entendesse. Ele bem quisera evitar o seu sofrimento, mas ela não estava disposta a ouvir. Fechara-se em sua verdade, e nada do que ele dissesse, naquele momento, faria com que ela se abrisse e entendesse que toda verdade é relativa e que a única verdade absoluta é que fomos feitos para amar.

CAPÍTULO 18

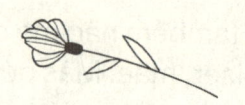

Era sábado à noite, e Felícia havia convidado Catarina e Norberto para o jantar. Desde que Artur se mudara de quarto, nunca mais haviam convidado o casal amigo, mas, quando Felícia viu Lurdinha naquela loja, ficou pensando em alguma coisa para evitar que Artur saísse à noite.

O jantar transcorreu calmamente. Felícia agia com gestos estudados e artificiais, tentando demonstrar uma indiferença que não sentia. Artur, embora impedido de ir à Esfinge, gostou de passar a noite de sábado em casa, em companhia da mulher e dos amigos. Ele sabia que Felícia não estava sendo nada natural, mas, ainda assim, ficou satisfeito com a ocasião.

— Já marcamos a data do casamento — anunciou Catarina. — Vai ser no final de janeiro.

— Que maravilha! — elogiou Felícia. — Parabéns. Vocês merecem.

— Gostaria de convidá-lo para padrinho, Artur — declarou Norberto. — A você e a Felícia, é claro. Vocês aceitam?

— Certamente — concordou Artur. — Não aceitamos, Felícia?

— Sim — aquiesceu ela. — Sinto-me lisonjeada com seu convite, Norberto.

— Que bom que aceitaram — acrescentou Catarina. — Eu queria convidá-la, Felícia, mas Norberto disse que Artur é seu amigo há mais tempo. E como vocês são casados, não ficaria bem separá-los no altar. Artur para padrinho de Norberto, e você para minha madrinha.

— Ele tem razão — apressou-se Artur em dizer. — Felícia é minha esposa e deve ficar ao meu lado. E depois, Catarina, não importa de que lado sejamos padrinhos. Estaremos felizes pelos dois. Não é, Felícia?

— Com certeza.

Embora concordasse com tudo o que diziam, Felícia, no fundo, não queria estar ao lado de Artur no altar. Aquilo lhe traria lembranças dolorosas, que ela talvez não estivesse preparada para enfrentar. Preferia ser madrinha de Catarina e Artur, de Norberto. Mas sabia que o protocolo da sociedade exigia que ambos estivessem do mesmo lado e não queria comentários. Sua vida não interessava a nenhuma fofoca de coluna social. Já bastava o vexame que dera na festa de bodas de seus pais.

Quando Norberto e Catarina se foram, já passava da meia-noite, e Artur não estava mais com ânimo para sair. Esperou até que Felícia ajeitasse tudo na sala e subiu com ela. Acompanhou-a até a porta de seu quarto, os olhos chamejando de esperança, mas ela simplesmente disse um boa-noite sem graça e bateu a porta na cara dele. Desanimado, Artur foi para o quarto, corpo ardendo de desejo, louco para estar junto de Felícia. Pensou em Greta e desejou-a também, para saciar o desejo que sentia da mulher. Mas era tarde e Greta, àquela hora, já deveria estar com outro.

✦

Com ar amuado, Greta ouvia a conversa enfadonha de Mauro.

— Estive pensando, Greta... Acho que vou pagar pela sua exclusividade.

— O quê? — explodiu ela, agora atenta a suas palavras. — Mas você não pode!

— Por que não? Que eu saiba, você não é exclusividade de ninguém. Nem daquele doutorzinho metido a besta.

— Não fale assim de Artur. Ele é uma ótima pessoa e gosta muito de mim.

— Mas não quer pagar para tê-la só para ele, não é mesmo? Será que gosta tanto de você assim?

— Isso não é da sua conta.

— Tem razão. Não é mesmo da minha conta. Mas você é. E eu também gosto muito de você. Só que, ao contrário do tal Artur, estou disposto a tê-la só para mim. Acho que você vale o preço.

— Vou a leilão daqui a alguns dias. Valente e Diniz não vão concordar com a exclusividade nesse momento.

— Acontece que eu posso ser vencedor no leilão, não posso? E depois, emendo direto com a exclusividade, e você vai ser minha enquanto eu quiser.

Greta fez uma careta de nojo e olhou para o outro lado. Artur não aparecera e, àquela altura, era melhor mesmo que não viesse. Não podia desvencilhar-se de Mauro e não queria arranjar confusão. Ele tanto insistiu, que ela foi obrigada a subir com ele para o quarto. Passou por Diniz, que evitava olhá-la, e subiu.

— Greta e Mauro não formam um lindo casal? — provocou Soraia, que se aproximou de Diniz e sentou-se ao lado dele ao balcão.

— Meta-se com a sua vida, Soraia — contestou ele com agressividade.

— Por que insiste nisso? Ela não gosta de você.

— Será que dá para você ir embora? Não estou a fim de perder o meu tempo com a sua conversa irritante.

— Não quer ganhar um pouco de tempo comigo? — atacou ela, acariciando sua mão. — Ou será que já se esqueceu de tudo o que sou capaz?

— Não me aborreça, Soraia.

Apanhou o copo de cima do balcão e foi para o escritório. Depois que ele sumiu de vista, Soraia passou os olhos pelo salão, à procura de Bete, mas ela havia subido com um cliente e ainda não descera. Um homem se aproximou e falou com voz pastosa:

— E aí, boneca? Vamos dançar?

— Ora, não me amole — respondeu ela de má vontade, virando-lhe as costas e partindo para o outro lado.

Por mais que se esforçasse, Soraia não conseguia esconder a raiva que sentia de Greta. Até então, fora capaz de satisfazer todos os caprichos e vontades de Diniz, e ele nunca se queixara. Mas agora, Greta era um empecilho. Não bastava a Diniz saber que ela não o amava. Isso ele já sabia e parecia não se importar. Via-a com outros homens e se roía de ciúmes, mas não conseguia esquecê-la.

Em seu quarto, Greta foi obrigada a suportar Mauro sem reclamar. Ele não era nada gentil e a tratava como se ela fosse uma coisa. Faça isso, faça aquilo, era só o que dizia e a submetia às práticas mais torpes de que ela já ouvira falar. Greta, embora não gostasse daquilo, era obrigada a satisfazer-lhe a vontade, ou Valente ficaria zangado e acabaria por mandá-la embora. Quando aceitara aquela vaga, concordara em submeter-se aos caprichos dos clientes, e a única coisa que não era tolerada era a violência.

Depois que terminaram, Mauro parecia satisfeito e começou a vestir-se rapidamente, para alegria de Greta.

— Vai embora? — indagou, ansiosa por livrar-se dele.

Ele terminou de afivelar o cinto e deu um beliscão em seu queixo, respondendo com ar misterioso:

— Tenho um assunto urgente para resolver.

Deu-lhe um beijo nos lábios e saiu, deixando Greta sozinha com seus pensamentos. Precisava descer novamente e foi para o chuveiro. Mas não tinha a menor vontade de voltar ao salão. Se tivesse que se deitar com mais alguém, achava que iria vomitar. Demorou-se mais do que de costume e, quando desceu, Eunice estava à sua espera no bar.

— Puxa, Greta, como você demorou! — queixou-se ela, sem dar tempo à outra de responder. — Venha depressa. Valente e Diniz querem falar com você.

Apesar da opressão que sentira no peito, Greta partiu atrás de Eunice, sem dizer uma palavra. Sua intuição lhe dizia que algo realmente ruim estava para acontecer, e ela foi caminhando desanimada. Ao chegarem à porta do escritório, Eunice bateu e abriu-a lentamente. A moça entrou, e Eunice, com um sorriso encorajador, fechou a porta e voltou para o salão.

— Venha cá, Greta — chamou Valente.

Ela se aproximou hesitante e sentou-se na cadeira, de frente para ele. Diniz, sentado à outra mesa, permanecia de olhos baixos, fingindo que remexia uns papéis.

— O que foi? — tornou ela insegura. — Aconteceu alguma coisa?

— Mais ou menos — continuou Valente. — Nós a chamamos aqui porque recebemos uma proposta por você.

— Proposta?

— É. O doutor Mauro está interessado em pagar pela sua exclusividade.

— Mas Valente — protestou com veemência —, vou a leilão na próxima semana. Todos já foram avisados. Você não pode suspender o leilão assim, de uma hora para outra.

— Não vou suspender o leilão. Mas, passado o prazo do vencedor, você vai para Mauro. Ele está disposto a pagar.

— Não faça isso, Valente, por favor. Esse Mauro é repulsivo.

— Ainda assim, é um ótimo cliente. Não posso dispensá-lo.

Ela olhou para Diniz, implorando que a ajudasse, mas ele permanecia de olhos baixos, evitando encará-la.

— Diniz... — balbuciou súplice — ... você não diz nada?

Forçado a tomar uma posição, Diniz ergueu os olhos lentamente, e ela percebeu que estavam úmidos.

— O que posso dizer? — retorquiu com desgosto. — Mauro quer pagar, você está livre. Não há por que recusar.

— Mas ele é nojento! — objetou.

— Sinto muito.

— Por favor, Diniz, não permita...

— Não há nada que eu possa fazer! — berrou Diniz, levantando-se e aproximando-se dela com o olhar brilhante. — Foi você quem escolheu essa vida!

— Diniz, por favor, acalme-se — interpôs Valente. — Isso são negócios. Não leve para o lado pessoal.

Ele se calou acabrunhado, e Greta protestou:

— Não posso aceitar isso. Eu odeio o Mauro. Ele é grosso, mal-educado e completamente imoral. Vocês nem imaginam o que ele me obriga a fazer.

— Ele bate em você? — quis saber Valente, preocupado.

— Bem, bater não bate. Mas tem uns gostos esquisitos.

— Se ele não a maltrata, então não temos como negar. Gosto, cada um tem o seu.

— E você é uma prostituta — acrescentou Diniz. — É para isso que é paga. Para satisfazer os gostos esquisitos de pessoas repulsivas e esquisitas e sem moral. Porque prostituta não tem moral!

— Vai começar a me ofender de novo? — rebateu Greta magoada.

— Sente-se, Diniz, e acalme-se — intercedeu Valente. — Você já está passando dos limites.

— Ela é que está passando dos limites. Onde já se viu escolher clientes? Logo quem!? Uma vadia, que se deita até com quem já quis destruí-la!

Greta se levantou ofendida e já ia saindo, mas Valente a deteve com um aceno de mão.

— O que há com você, Diniz? — berrou ele. — Por que não consegue se controlar? Você nunca antes ofendeu ninguém assim.

As palavras de Valente como que o despertaram, e Diniz sentiu imensa vergonha de si mesmo. O amigo tinha razão.

Ele não costumava ofender as meninas. Nem sequer as julgava ordinárias, como dissera. Sempre fora compreensivo e sabia que elas não estavam naquela vida por desejo próprio, mas pela força das circunstâncias. E ele sempre as respeitara e as tratara bem. Por que agora insultava Greta daquela maneira? Logo Greta, que era quem ele amava? Porque Greta não correspondia ao seu amor. Amava outro, e aquilo o enchia de ciúmes e despeito. Mas ele não tinha o direito de tratá-la daquela maneira. Envergonhado, soltou os braços ao longo do corpo e balbuciou sentido:

— Tem razão. Perdoe-me...

Rodou nos calcanhares e saiu batendo a porta, deixando Greta deveras espantada.

— Não ligue para ele — disse Valente. — Está com ciúmes.

— Valente, eu... sinto muito. Não queria que Diniz ficasse assim.

— Ele a ama e ficou muito aborrecido porque você tem dormido com o grande empresário Artur Fontes — Ela fez cara de espanto, mas ele não lhe deu importância. — Sabemos quem ele é, Greta.

Envergonhada, Greta abaixou os olhos e retrucou com timidez:

— Ele é um cliente...

— Não precisa fingir para mim. Não tenho nada com a sua vida. Se ele paga para dormir com você, não tenho do que reclamar. Mas não acha perigoso esse seu envolvimento com ele?

— Por quê?

— Será que ele já se esqueceu do que aconteceu?

— Artur é um homem decente e maravilhoso. Já superou aquele incidente feliz e me perdoou. Hoje estamos nos dando muito bem.

— Compreendo... Bem, voltando ao Mauro, como eu ia lhe dizendo, ele está disposto a pagar pela sua exclusividade. E eu estou muito propenso a aceitar.

— Por favor, Valente, espere mais um pouco. Deixe-me falar com Artur primeiro. Talvez ele esteja interessado em pagar também. E você lhe daria preferência, não daria?

— Não sei, Greta. Mauro pediu primeiro.

— Ah! Valente, por favor, eu lhe suplico. Deixe-me falar com Artur. Se ele aceitar, diga a Mauro que Artur já havia pedido antes.

— Não posso fazer isso. Já me comprometi.

— Você já deu a resposta?

— Não exatamente. Mas dei a entender que a preferência era dele. Não tenho nenhum outro pedido aqui.

— Pense bem no que está fazendo. Sei que sou uma prostituta e que estou aqui para vender o meu corpo, não para namorar. Mas qual seria a vantagem de ficar com um homem a quem odeio e desprezo? Talvez até nem trabalhe direito.

— Olhe, Greta, entendo o que quer dizer, mas não posso lhe dar tratamento diferenciado. Teoricamente, você não tem motivos para não gostar de Mauro. E depois, são os clientes que escolhem as moças, não o contrário. Não posso abrir uma exceção para você, ou todas as garotas viriam bater a minha porta, pedindo esse ou aquele rapaz. E isso não seria justo, seria?

A entrevista foi encerrada sob os protestos de Greta. Dali a uma semana, seria o leilão, e depois, ela estaria presa a Mauro. Não podia permitir isso. Tinha que falar com Artur antes. Por mais que ele não concordasse com aquela história de leilão, não iria gostar nada de perdê-la. Ele mesmo lhe dissera que não pretendia se deitar com nenhuma outra moça. Ela precisava convencê-lo a pagar pela sua exclusividade. Quem sabe, se ele oferecesse mais, Valente não o deixasse ficar com ela? Afinal, aquilo era um negócio, e Mauro teria que entender. E Artur? Será que também entenderia?

Faltavam poucos dias para o leilão, e Artur ainda não havia aparecido. Greta já estava começando a se impacientar e a perder as esperanças. Se Artur demorasse a vir, talvez não tivesse tempo de impedir que Mauro a comprasse. E como é que ela iria conseguir viver ao lado daquele porco?

Somente na quinta-feira foi que Artur apareceu. O leilão seria no sábado, e ela não dispunha de muito tempo para convencê-lo. Por sorte, ele chegou cedo, em companhia de Norberto, que subiu logo com Bete. Sentou-se a uma mesa e esperou, e Greta logo apareceu.

— Olá, Artur — cumprimentou com um sorriso que tentou fazer o mais sedutor possível. — Você está sumido. Pensei que não viesse mais.

— Não estou tão sumido assim. Apenas deixei de vir esse fim de semana.

— Para mim, é uma eternidade — Beijou-o suavemente e convidou num sussurro: — Não quer subir?

Ele enlaçou a sua cintura, e os dois subiram juntos, abraçados. Artur estava ardente naquela noite, e Greta sentia-se feliz em poder proporcionar-lhe tanto prazer, coisa que Felícia não era mais capaz de lhe dar. Depois que terminaram, Artur ficou olhando para o teto, pensando na mulher, sozinha em casa, trancada em seu quarto. Em que estaria pensando? Será que desconfiava dele? Provavelmente sim. Ele saía quase todas as noites, o que era muito significativo para uma mulher.

— Artur — chamou Greta, e ele voltou à realidade. — Onde é que está com a cabeça? Já o chamei três vezes.

— Desculpe-me, Greta. Não ouvi.

— Sabe, Artur — prosseguiu ela, em tom de lamentação —, acho que vamos ter que parar de nos ver.

— Por quê? Você vai embora?

— Não. Mauro vai pagar pela minha exclusividade, e eu só poderei me deitar com ele. Ainda que ele não venha, não poderei ser de mais ninguém.

Artur ficou olhando as sombras no teto, pensando no que ela dissera.

— Quando vai ser isso? — indagou.

— Depois do leilão, que vai acontecer nesse sábado. Você vai estar presente?

— Já disse que não concordo com isso. Você não é mercadoria para ser leiloada. E eu não posso me comprometer com você.

— Ora, Artur, é apenas uma brincadeira. O que é que tem de mais?

— Não gosto, já disse.

— Quer dizer então que não virá?

— Não.

— Essa será a nossa noite de despedida, então. A partir de sábado, nunca mais nos encontraremos. Mauro deixou bem claro a sua intenção de dar o maior lance no leilão também. E depois disso, daqui a um mês, vai pagar pela minha exclusividade. Não nos veremos mais.

— É pena — suspirou ele. — Gosto de você e vou sentir sua falta.

— Por que não experimenta vir? Você pode dar um lance maior por mim.

— Greta, não insista. Quantas vezes vou ter que lhe dizer que não gosto dessa brincadeira?

— E de mim, você não gosta?

— Você sabe que sim.

— Pois então, venha por mim. Por favor, Artur, venha por mim. Gosto de você, não quero ser de Mauro. Mas se você vier e oferecer um lance maior, poderei ser sua. E depois, faça como ele. Pague mais pela minha exclusividade. Tenho certeza de que Valente vai concordar.

Artur se levantou contrariado e começou a se vestir.

— Ouça, Greta, gosto muito de você, mas não estou disposto a gastar tanto dinheiro para tê-la só para mim. Se o tal de Mauro a quer para ele, tudo bem, não há nada que eu possa fazer.

— Não pode estar falando sério!

— Estou sim. Não vou pagar nem um centavo além do que já gasto nesse lugar.

— Por que é tão mesquinho?

— Não sou mesquinho. Mas acho que não vale tudo isso.

— Quem não vale? Eu?

— Não você, propriamente. Mas o que você faz.

Ela começou a chorar, e Artur aproximou-se. Gostava dela e não queria que ela se ofendesse. Mas também não podia assumir nenhum compromisso.

— Você não gosta de mim — queixou-se com voz miúda.

— Gosto. Mas não concordo com nada disso. Vir aqui foi o máximo que pude fazer. E só concordei em vir porque não aguentava mais. Se Felícia me quisesse, não precisaria procurar sexo na rua.

Terminou de se vestir e apanhou a carteira no bolso do paletó. Abriu-a, retirou algumas notas e colocou-as sobre a mesinha.

— O que é isso? — indignou-se.

— Pela nossa despedida. Não quero que pense que sou um pão-duro ou algo parecido. Sou-lhe muito grato pelo que fez, jamais esquecerei.

— Você vai embora? — redarguiu assombrada.

— Creio que não tenho mais nada que fazer aqui, não é mesmo?

Deu-lhe um sorriso sem graça e saiu. Quando a porta se fechou, Greta caiu num pranto desconsolado. Jamais poderia esperar uma reação como aquela. Pensou que ele fosse protestar e colocar milhões de dificuldades. Mas não pensou que ele fosse simplesmente aceitar a situação e fosse embora sem muitas palavras.

Do lado de fora, Artur respirou fundo e desceu as escadas. Não queria ter que se separar de Greta, mas não tinha opção. Não iria pagar por mais nada. Sabia que ela estava apaixonada por ele e não pretendia alimentar suas esperanças.

Se pagasse o que ela lhe pedia, Greta pensaria que ele também se apaixonara e acabaria se apegando ainda mais a ele. Não. Pensando bem, talvez aquilo fosse melhor. Seria uma forma de se separarem pacificamente, sem choros, sem escândalos, sem súplicas. Ele sentiria falta dela, mas acabaria se acostumando. Mesmo que o desejo o consumisse, daria um jeito de não procurar outra mulher. Se conseguira viver dois anos sem sexo, poderia viver outros tantos.

⁓⦿⁓

O leilão no sábado foi um sucesso. Como era de se esperar, Mauro deu o maior lance por Greta, que passou, desde então, a ser exclusividade sua. Mauro já havia pagado pelo lance e pela exclusividade e, após o mês que duraria o prêmio, ela continuaria a ser dele.

Como era de se esperar, Artur não foi no sábado. Norberto apareceu depois das duas da manhã, logo após deixar Catarina em casa. Sabia do leilão e, ao contrário do amigo, achava-o muito divertido e estimulante. Ele mesmo já participara de alguns e ganhara o direito de dormir um mês seguido com Bete. Ainda chegou a tempo de pegar os últimos lances e viu o ar de satisfação de Mauro ao sair vencedor.

Greta, parada sobre uma espécie de pedestal, vestida de vermelho e dourado, numa fantasia que imitava os trajes egípcios, estava deslumbrante. Artur fora um tolo em não comparecer. A menina estava louca por ele, e aquela era uma chance que ele jamais teria desperdiçado. Mas ele também, dali a alguns meses, não viria mais. Depois do casamento, estava disposto a largar aquela vida. Catarina seria só dele, e ele não teria mais necessidade de procurar mulher na rua. Tinha certeza de que ela seria uma esposa ardente e dedicada, e Bete já não lhe teria mais nenhuma utilidade.

Apesar de tudo, Artur sentiu muito a perda de Greta. Depois da quinta-feira, não saiu mais, e Felícia estranhou o fato de ele ter ficado em casa na sexta e no sábado. Não fez perguntas, porém. Não demonstrou nenhuma satisfação, mas, em seu íntimo, regozijava-se, feliz por poder ter o marido em casa novamente.

Somente depois que a televisão exibiu o último programa foi que ele resolveu dormir. Felícia há muito já havia se recolhido, e ele ficou pensando no que estaria acontecendo na Esfinge. Sentiu-se tentado a se levantar e ir até lá dar uma espiada, mas não seria uma boa ideia. Greta poderia pensar que ele aparecera por causa dela, e ele não queria dar-lhe falsas ilusões.

Na segunda-feira pela manhã, chegou cedo ao trabalho e foi direto para sua sala. Norberto chegou cerca de meia hora depois e foi bater à sua porta.

— Bom dia! — cumprimentou em tom jovial, fechando a porta com cuidado.

— Ah! Bom dia, Norberto.

— Chegou cedo hoje, hein?

— Pois é. Muito trabalho, você entende.

Norberto sentou-se no sofá diante dele, pousou os pés em cima da mesinha e comentou ressabiado:

— Greta foi leiloada no sábado.

Artur levantou os olhos para ele e respondeu secamente:

— Eu sei.

— Foi uma pena você não ter ido. Foi realmente divertido. O tal de Mauro quase não conseguiu levá-la para o quarto, de tão bêbado que estava.

— Creio que não perdi nada. Não me agradam essas cenas.

— Por que está tão amargo, Artur? Perdeu Greta porque quis.

— Eu sei. E quero que tudo continue assim. Já estava mesmo na hora de parar de vê-la.

— Será? Não acredito muito nisso.

— Pois pode acreditar. De agora em diante, chega de amantes.

— Diz isso agora. Mas quando o desejo apertar, quero ver como vai se virar.

— Posso me controlar.

— Tomara.

Depois do trabalho, Artur voltava para casa, e Felícia começou a se sentir mais aliviada. Se ele tivera uma amante, já devia ter terminado tudo. Voltara a passar as noites em casa, assistindo à televisão, e Felícia estava certa de que tudo havia voltado ao normal.

Mas, pela cabeça de Artur, passava um mundo de indagações. E se ele sentisse o desejo a consumir-lhe o corpo? E se não conseguisse se conter? E se fosse procurar Felícia? E se ela o recusasse novamente? E se voltasse à Esfinge? E se Greta não pudesse atendê-lo?

Ela não podia. Artur sabia que Greta não poderia dormir com ele nunca mais. Ou pelo menos enquanto Mauro estivesse disposto a pagar pela tal exclusividade. Procurou não pensar mais naquilo e redobrou a dedicação ao trabalho. Enquanto se mantivesse ocupado, não pensaria mais em sexo.

O desejo, porém, ia falando mais alto. Sempre que estava em casa, ficava observando Felícia pelo canto dos olhos. Via-a se mexendo pela casa e ficava admirando sua beleza, imaginando seu corpo por debaixo do vestido. À noite, quando se recolhia, sonhava com ela, com a sua nudez, com as suas carícias. E isso, ao invés de mantê-lo preso em casa, ia alimentando nele a vontade de se deitar com uma mulher novamente. Felícia não o queria, e Greta não podia mais ser dele. O que faria?

Havia acabado de desligar a televisão e se preparava para subir quando viu Felícia passar pelo corredor. Estava linda numa camisola cor-de-rosa, o penhoar aberto deixando à mostra suas pernas bem torneadas. Ia em direção à cozinha, e seu coração descompassou. Num impulso, foi atrás dela. Felícia estava parada em frente à geladeira, enchendo um copo de água, e ele ficou parado na porta, olhando-a embevecido. Quando ela fechou a porta da geladeira, deu de cara com ele e tomou tremendo susto, levando a mão livre ao peito e quase deixando o copo cair ao chão.

— Artur! Que susto você me deu. O que faz aí parado?

Ele não respondeu, e ela colocou o copo em cima da pia nervosamente. Passou ao lado dele, toda retraída, e ele segurou a sua mão.

— Felícia... — sussurrou, tentando puxá-la para si.

Coberta de indignação, ela estalou-lhe uma bofetada no rosto, e Artur a soltou aturdido. Felícia pôs-se a correr escada acima, aos prantos, e foi trancar-se em seu quarto. Não sabia até quando poderia suportar.

Artur pensava a mesma coisa. Até quando suportaria a indiferença da mulher?

CAPÍTULO 19

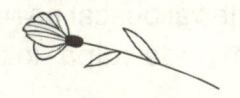

As coisas estavam ficando cada vez piores. Felícia agora tinha certeza de que Artur arranjara uma amante. Mesmo que não fosse Lurdinha, e era provável que não fosse, haveria de ser outra qualquer. O encontro com Lurdinha fora providencial, e o fato de que ela estava envolvida com alguém chamado Artur servira para alertá-la. Assim como outros, o seu marido também se envolvia com vagabundas, e não era justo que ela o perdesse para nenhuma ordinária.

Esperou até que a mãe chegasse e dividiu com ela a sua angústia, omitindo apenas a desconfiança da amante. Contou-lhe sobre suas brigas, sobre sua aversão ao sexo e que estavam dormindo em quartos separados. Ondina escutou tudo sem demonstrar surpresa. Há muito desconfiava de que algo não ia bem no casamento da filha, mas, por respeito, não fez qualquer pergunta ou comentário. Agora, porém, era diferente. Era a própria Felícia quem lhe pedia ajuda, e ela se sentia mais à vontade para aconselhá-la:

— Você tem que tentar reconquistar seu marido.

— Mas como? Não sei o que fazer.

— Espere uma oportunidade. Faça algo para agradá-lo. Algo de que ele goste. Demonstre seu interesse por ele.

— Mas de que jeito?

— Não sei. Só o que sei é que você precisa tentar ou vai acabar perdendo seu marido para outra.

— Será?

— Quanto tempo acha que vai demorar para ele arranjar uma amante? — Felícia virou o rosto, acabrunhada, enquanto a mãe ia falando: — Não se iluda, minha filha. Se a mulher se fecha para o homem, ele vai buscar na rua o que não consegue ter em casa. E ninguém pode culpá-lo por isso.

— Mamãe!

— É isso mesmo. E você não vai querer que isso aconteça com o seu marido, vai?

Já estava acontecendo, mas Felícia não disse nada. Estava disposta a tentar. Reconhecia que talvez ainda amasse o marido, embora não conseguisse demonstrar-lhe isso. A dificuldade de sexo a incomodava. Ela não queria sentir aquelas coisas, mas não podia evitar. Aproximar-se dele era realmente penoso, e ela sentia uma repulsa indescritível ao imaginar-se fazendo amor com ele.

A todo instante, via Lurdinha nos braços de Hélio, enquanto seu filho se afogava na piscina. Não podia decepcioná-lo novamente. Não podia entregar-se ao sexo e negligenciar seus deveres de mãe. Naquele momento, era seu dever dedicar-se à memória de Tiago, e o sexo desviaria sua atenção.

No entanto, precisava fazer alguma coisa. A primeira providência que tomou foi dispensar os cuidados diários da mãe. Daquele dia em diante, queria cuidar de si mesma. Pretendia deixar de ser uma menina e voltar a ser uma mulher. Ondina recebeu a decisão da filha com visível satisfação. Era mesmo hora de ela tornar a ingressar na vida adulta.

Seguindo os conselhos da mãe, Felícia mandou preparar um jantar especial e vestiu-se com apuro para esperar Artur à noite. Por volta das oito horas, ele entrou em casa. Vinha cansado e foi desamarrando o nó da gravata, enquanto subia as escadas em direção ao seu quarto. Não viu Felícia na sala de jantar, sequer olhara naquela direção. Do hall de entrada, subiu direto para o quarto e foi tomar banho.

Ela não se abalou. Permaneceu onde estava e deu ordens para que Hermínia servisse o jantar assim que ouviu os seus passos descendo as escadas. Ele entrou na sala e viu a mulher sentada em uma poltrona, toda arrumada, fitando-o meio sem jeito. Sentiu o coração disparar, mas procurou se conter. Não sabia o que ela estava pretendendo e ainda se lembrava da bofetada que ela lhe dera na outra noite. Sentou-se em outra poltrona e cumprimentou ressabiado:

— Boa noite. Está tudo bem?

— Muito bem — respondeu ela, tentando parecer o mais natural possível. — Está com fome?

— Hum, hum.

— Ótimo. Já mandei Hermínia tirar o jantar — levantou-se e aproximou-se do bar. — Gostaria de um drinque? Um aperitivo?

Ele balançou a cabeça, e ela preparou-lhe uma bebida. Levou o copo até onde ele estava e colocou-o em sua mão com gentileza. Artur estava assombrado. Aquela até parecia a Felícia de outros tempos. Sentiu vontade de tomá-la nos braços e beijá-la com ardor, mas tinha medo de que ela o repelisse e continuou parado onde estava, sem saber como proceder.

— Como foi o seu dia? — prosseguiu ela.

— Bom...

— Muitos negócios importantes?

— Sim...

Antigamente, antes de toda aquela desgraça se abater sobre sua família, Artur sempre discutia os negócios da empresa com Felícia, e ela costumava ser uma esposa participante e ativa, interessada no trabalho do marido. Mas fazia muito tempo que ela não lhe perguntava nada, e ele começou a se sentir inquieto, com medo de que o pior estivesse para acontecer. Será que ela resolvera pedir o desquite?

— O jantar está servido — era a voz de Hermínia, que acabara de colocar a mesa.

Felícia levantou-se com um sorriso, que pareceu artificial a Artur, e convidou-o com a mão. Ainda aturdido, ele se levantou e a seguiu, puxando a cadeira para que ela se sentasse. Sentou-se em frente a ela e notou que ela havia colocado castiçais sobre a mesa. Ainda com aquele sorriso artificial, Felícia pôs-se a servi-lo. Ao lado da mesa, havia uma garrafa de champanhe, que Artur abriu e serviu nas taças de cristal, cuidadosamente arrumadas sobre a mesa. Entregou-lhe uma das taças, e Felícia levantou a sua, num gesto de brinde:

— À felicidade.

— À felicidade — repetiu Artur, cada vez mais atônito.

Beberam e fizeram a refeição em silêncio. Felícia não sabia mais o que dizer. Estava se esforçando ao máximo para parecer gentil e interessada, mas Artur não estava colaborando. Talvez o assombro fosse maior do que a alegria, e ele tivesse ficado paralisado, espantado demais para ter qualquer reação.

Ao final do jantar, Felícia se levantou, sem saber o que fazer. Artur se levantou também, e ambos se dirigiram para a sala de estar. Mas no caminho, sentindo a proximidade da mulher, o coração de Artur deu um salto, e ele não resistiu. Puxou-a delicadamente pela mão e beijou-a mansamente, estreitando-a de encontro a si. Ela correspondeu ao beijo com passividade, lutando contra o ímpeto de empurrá-lo para longe, e ele, pensando que ela o aceitava, beijou-a com mais ardor, sussurrando palavras de amor e paixão em seu ouvido. O desejo era tanto que ele nem conseguiu levá-la para o quarto. Deitou-a ali mesmo, sobre o tapete, e pôs-se a acariciar o seu corpo, inebriado com o seu perfume, louco de vontade de amá-la.

Felícia foi contendo o ímpeto de repeli-lo e tentou sujeitar-se passivamente. Sentia suas mãos sobre seu corpo e achou que ia vomitar. Mas conseguiu se controlar e esforçou-se ao máximo para aguentar o que ele estava fazendo. Recebeu seus beijos com uma repulsa silenciosa e suportou suas carícias com um esforço sobre-humano. Mas aquilo parecia estar acima de suas forças. Quando ele tentou penetrá-la, Felícia não conseguiu mais suportar nem se conter. Empurrou-o para o lado com força e deu um salto do chão, ajeitando o vestido sobre o corpo seminu.

— Canalha! — vociferou, os olhos chispando de ódio.

Saiu correndo escada acima, e Artur ficou onde estava, por demais aturdido para entender ou falar. Alisou os cabelos, tentando desanuviar os pensamentos confusos, e correu atrás dela. Alcançou-a na porta de seu quarto, quando ela tentava batê-la, mas ele a empurrou com violência, e Felícia quase caiu ao chão. Assustada, ela correu para perto da janela, e ele foi atrás, coberto de indignação e revolta. Ela se encostou na parede, choramingando, e ele, dedo em riste, disparou irado:

— Não sei o que deu em você, Felícia, mas não vou mais deixar você me usar dessa maneira! Sou um homem, não um rato, e tenho meus brios e meu orgulho. De hoje em diante, nunca mais vou dirigir a palavra a você! Não tenho mais esposa e, se você quiser o desquite, ficarei feliz em lhe dar!

— Artur...

— E mais uma coisa! Vou levar a minha vida do jeito que eu quiser! E pouco me importa o que você fará da sua!

Saiu furioso, batendo a porta com estrondo. Felícia arriou sobre a cama e desatou a chorar descontrolada. Pusera tudo a perder, ela o sabia. Perdera a chance de se reconciliar com o marido. Tudo estava indo bem até ele beijá-la. Por que tudo sempre tinha que terminar em sexo? Por que não podiam simplesmente viver como dois irmãos? Pensou em dizer-lhe isso, mas a fúria de Artur a impediu, e ela se calou magoada.

Artur, por sua vez, disparou pelo corredor em direção ao seu quarto. Não aguentava mais. Felícia o fizera de idiota e o humilhara pela última vez. Não estava mais disposto a permitir que ela desdenhasse dele daquela forma. Não lhe daria mais nenhuma chance de pisar nele. Entrou no quarto e trocou de roupa apressadamente. Desceu os degraus de par em par e foi apanhar o automóvel. Saiu cantando os pneus, e Felícia, em seu quarto, abafou no travesseiro um soluço de angústia. Perdera-o para sempre.

Correndo feito um louco, Artur rapidamente chegou à porta da Esfinge de Ouro. Estacionou o carro e entrou apressadamente, passando os olhos pelo salão. Greta estava sentada a uma mesa, ao lado de Mauro, e ele desviou o olhar. Sabia que não poderia escolhê-la e foi sentar-se sozinho a outra mesa.

Greta viu quando ele entrou e teve um sobressalto. Mauro também percebeu a sua entrada e apertou o pulso da moça, grunhindo entredentes:

— Nem pense em se levantar daqui. Paguei muito caro por você.

Ela lhe lançou um olhar de desdém e olhou de soslaio para Artur. Na mesma hora, Mauro se levantou e saiu puxando-a pelo braço, conduzindo-a para seu quarto. Embora contrariada, ela teve que o acompanhar, e Artur viu quando eles saíram. Ficou seguindo-os com o olhar, até que ouviu uma voz rouca e açucarada:

— Olá. Quer companhia?

Artur ergueu os olhos para a dona da voz e sorriu. Era Soraia, uma moça que chegara a recusar uma vez, mas que agora percebia o quanto era bonita e sensual. Vestia uma saia bem curtinha e um bustiê de gola arredondada, à moda egípcia. Na cabeça, uma tiara dourada lhe dava um ar de Cleópatra que o encantou.

— Gostaria de me acompanhar? — retrucou ele, em tom galante. A moça se sentou a seu lado, e Artur chamou o garçom.

— O que gostaria de beber?

— Uma cuba-libre seria ótima.

Artur fez o pedido ao garçom e segurou a sua mão, e ela o convidou com voz sensual:

— Vamos dançar?

Ele assentiu e se levantou, conduzindo-a pela mão até a pista de dança. Dançaram por quase uma hora, até que ele a levou de volta para a mesa.

— Você está disponível? — perguntou Artur.

— Estou.

— Está disposta a subir?

— É claro.

Subiram para o quarto de Soraia, e Valente pareceu satisfeito. Já fazia um bom tempo que Soraia andava parada, e choviam reclamações sobre ela. No quarto de Soraia, Artur entregou-se ao amor sem nem se lembrar de Greta. Pensava em Felícia e nos momentos em que a tivera nos braços, cheio de esperanças de que ela o aceitasse de volta. Mas não. Felícia estava apenas brincando com os seus sentimentos, não o amava mais.

Depois que eles terminaram e desceram juntos, Greta já havia terminado com Mauro também e estava sentada ao balcão, em companhia de outras moças. Viu quando eles se aproximaram, Soraia toda enroscada em seu pescoço, e sentiu imensa raiva. Aquilo não estava direito. Soraia se engraçara com ele apenas para afrontá-la.

Ao passarem por ela, Soraia deu um sorriso irônico, mas Artur parou para cumprimentá-la. Gostava de Greta, muito mais do que de Soraia, e só não subira com ela por causa daquele Mauro.

— Olá, Greta. Como está passando?

— Vou bem, Artur. E você? Vejo que se arranjou.

— É... Soraia foi muito gentil.

— Estou vendo. Ainda mais porque você não queria nenhuma outra, não é mesmo?

Ele ficou sem graça e disse para Soraia:

— Será que pode nos dar licença um minuto? Gostaria de falar a sós com Greta.

— Greta é exclusividade de Mauro — rebateu Soraia, com raiva.

— Não quero dormir com ela. Só quero falar-lhe. Ou será que essa exclusividade impede as moças de conversarem com seus amigos?

Espumando, Soraia soltou o braço de Artur, e ele convidou Greta com um sorriso. Ela deu um último gole em sua bebida e foi com ele até uma mesa próxima.

— O que quer? — indagou ela, com visível irritação.

— Não quero que fique chateada comigo.

— Por que deveria? Não sou sua dona.

— Sei que não. Mas achei que lhe devia uma satisfação.

— Você não me deve satisfação nenhuma. Disse que, se eu não estivesse disponível, não escolheria mais ninguém. Mas não foi isso o que aconteceu. Tudo bem. O problema é seu, e eu não tenho nada com isso. Não tenho nem o direito de ficar chateada.

— Por favor, Greta, ainda quero ser seu amigo.

— Para quê? Não sirvo para ser sua amiga. Não sirvo para ser amiga de ninguém. Eu só sirvo para uma coisa mesmo: para fazer sexo.

— Por que está tão amarga? Foi você quem aceitou ser exclusividade daquele idiota.

— Aceitei? Que eu me lembre, implorei a você o mais que pude. Mas você não quis nem considerar a ideia.

— Sei disso. Mas você poderia ter recusado.

— Não poderia não. Não posso me dar ao luxo de perder dinheiro. Não sou milionária nem tenho quem me sustente.

— Está certo, Greta, não quero discutir. Quis apenas lhe dar uma satisfação. Achei que você merecia.

— Muito obrigada pela consideração. Obrigada mesmo. Mas não precisava.

— Não vai ficar zangada?

Greta se remoía por dentro, mas achava que não tinha o direito de lhe cobrar nada. Contudo, o que mais lhe doía era o fato dele ter escolhido justamente Soraia. Por mais que se esforçasse, não conseguia esconder a contrariedade e acabou desabafando:

— Por que foi escolher logo ela? Por quê?

— Como assim?

— Soraia me odeia. Tenho certeza de que só se deitou com você para me provocar.

— Soraia foi muito gentil. Não me pareceu querer provocá-la.

A chegada de Diniz encerrou a discussão. Já era quase de manhã, e estavam se preparando para fechar. Diniz se desculpou polidamente, e Artur foi embora. Gostava de Greta e a preferia a qualquer outra. Mas ela agora pertencia ao tal de Mauro, e ele não estava com a menor disposição de disputá--la com ele. Greta era apenas uma prostituta, assim como Soraia, e tanto fazia dormir com uma ou com outra. Ambas eram ardentes e sensuais, e ele não podia compará-las. A única diferença entre ambas era a sensibilidade de Greta. Uma sensibilidade que Soraia, absolutamente, não possuía.

CAPÍTULO 20

A partir daquele dia, Artur deixou de se preocupar com Felícia. Entrava e saía sem lhe dizer nada além de um bom-dia ou boa-noite, e ela sofria em silêncio com a sua indiferença. Ondina percebia tudo, mas também não dizia nada. Felícia lhe contara o desastre daquele jantar, e ela não sabia mais o que dizer à filha. Tampouco se sentia no direito de interpelar Artur. Ele fora duramente ofendido em sua honra e não era obrigado a aceitar ser tratado daquele jeito. No fundo, tinha razão de se zangar. Era homem e não merecia tanto desprezo e humilhação.

Todas as noites, Artur ia à Esfinge de Ouro. Às vezes dormia com Soraia, outras vezes ficava só bebendo e dançando. Norberto havia finalmente se casado e nunca mais apareceu, e ele passou a frequentar sozinho o bordel. Via Greta todas as vezes e falava com ela depois que Mauro ia embora, mas nunca mais se deitara com ela. Sentia falta dela, de sua conversa descontraída, de seus risos espontâneos. Com Soraia, era tudo muito frio e formal. Ela chegava, tirava a roupa e fazia o que ele gostava. Depois, arrumava-se novamente e descia para o salão. Nada de bate-papo, nada de piadas, nada de ouvir os seus problemas. Soraia só fazia sexo, ao contrário de Greta, que passara mesmo a ser sua amiga.

Soraia exultava com o ar de contrariedade de Greta todas as vezes em que os via juntos. Mesmo que Greta não gostasse de Diniz, fora por causa dela que perdera o seu amor, e ela se satisfazia em vê-la sofrer tanto quanto ela havia sofrido. Não raras eram as vezes em que beijava Artur acintosamente na sua frente, só para provocá-la, e Greta remoía o seu ciúme internamente.

Num sábado, Artur chegou por volta das nove horas, sentou-se à mesa de sempre e esperou até que Soraia aparecesse. Do outro lado, Mauro beijava o pescoço de Greta, e Artur, embora não visse, podia imaginar a careta de nojo que ela devia estar fazendo.

— Oi, Artur — era Soraia, que acabara de se sentar ao seu lado. — Vamos subir?

— Agora não, Soraia. Não estou com vontade.

Ela deu de ombros e pediu uma bebida. No começo, achara interessante seduzir Artur e infernizar a vida de Greta. Mas agora, já não via mais nenhuma graça nele. Estava cansada de suas lamentações e de ouvi-lo falar o quanto amava a esposa. Soraia não tinha o menor interesse naquela conversa enfadonha e não escondia isso. Todas as vezes em que ele começava a falar na tal Felícia, ela fechava os olhos e fingia dormir, até que o tempo dele terminasse e ela pudesse sair.

A outro canto, um homem solitário olhava insistentemente para Soraia, que sorriu para ele. O homem fez sinal para que ela fosse sentar-se com ele, e ela indagou ansiosa:

— Não vai mesmo me querer, Artur? Porque tenho outro freguês me esperando.

— À vontade — falou ele, dando de ombros.

Com um muxoxo, Soraia se levantou e foi sentar-se com o outro homem. Ele estava bêbedo e lhe dizia coisas engraçadas, e ela morria de rir das suas piadas. Depois de uma meia hora, os dois se levantaram e foram para cima, e Artur ficou sozinho. Não havia mais ninguém disponível. Mesmo Bete, que costumava ficar com Norberto, estava dançando com outro homem. Nem Eunice estava por ali. Aborrecido, Artur pagou a conta e saiu.

❧❧❧

No dia seguinte, as moças estavam reunidas na cozinha para o café. Passava do meio-dia, e elas haviam acabado de acordar. Soraia contava uma imensa vantagem, alardeando o fôlego do homem com quem subira na noite anterior. As outras moças riam, e Greta sentiu um certo alívio. Artur já estava perdendo o interesse por ela e terminara a noite sozinho.

Greta terminou de lavar sua xícara e se preparava para sair quando Diniz apareceu. Ele andava magro e triste, quase não sorria mais.

— Aonde vai, Greta? — perguntou.

— Não sei ainda. Acho que vou à praia.

— Vou com você — ofereceu-se Eunice.

— Até logo, Diniz — disse, passando direto por ele.

— Espere — chamou, e ela parou. — Quero falar-lhe.

— Aconteceu alguma coisa?

— Venha ao meu escritório.

Ela podia não querer nada com Diniz, mas ele era o patrão. Seguiu-o em silêncio até o escritório e sentou-se na poltrona que ele lhe indicava.

— Do que se trata? — indagou sem interesse.

— De você, de nós dois.

— Se vai começar com isso de novo, então não tenho nada que fazer aqui.

Foi se levantando para sair, mas ele a deteve com um aceno de mão.

— Espere um pouco — quase suplicou. — Não se vá ainda. Garanto que, se ficar, não vai se arrepender.

Greta tornou a se sentar e revidou de má vontade:

— Fale logo. Estou com pressa.

— Andei pensando, Greta. Você não está nada satisfeita com Mauro, está?

— Você sabe que não.

— Gostaria de se livrar dele, não gostaria?

— É claro — respondeu desconfiada. — Por quê? O que está tramando?

— Tramando? Nada. Mas andei pensando. Sou o chefe aqui e posso arranjar as coisas à minha maneira.

— Como assim?

— Bem, posso dar um jeito de acabar com a exclusividade de Mauro. Sem que ele saiba, é claro.

— E como é que você pretende fazer isso?

— Posso autorizar que você se encontre com Artur depois que Mauro se for. Não é uma boa ideia?

— Valente não iria deixar.

— Ele não precisa saber.

— Soraia iria contar.

— Soraia é apaixonada por mim. Posso dar um jeito para que ela se cale.

— Como?

— Dormindo com ela. Quando ela subir com Artur, você estará em seu quarto, e Soraia irá para o meu. Então? O que me diz?

— Ela não é confiável.

— Deixe Soraia comigo. Saberei calá-la direitinho.

— Posso perguntar por que faria isso?

— Porque amo você.

Ela ficou chocada. Aquilo estava bem longe de ideia que ela fazia de amor.

— E o que lucraria com isso?

— O que lucraria? — ele hesitou. — Você.

— Eu?! — indignou-se. — Mas como?

— Em troca de todo esse trabalho, espero que você venha se deitar comigo de vez em quando. É só o que lhe peço.

— Deitar-me com você? Você está louco!

— Por quê, Greta? Porque sou capaz de qualquer coisa só para ter uns momentos a sós com você? Porque vou enganar meu único amigo, dormir com uma mulher que não amo, empurrar você para outro homem, só para poder senti-la ao menos de vez em quando?

— Você deve estar maluco. Ainda que eu concorde com isso, Soraia vai ficar louca quando souber.

— Ela não precisa saber. Vamos nos encontrar fora daqui. Só nós dois, sem testemunhas.

Greta considerou por alguns minutos. A proposta até que não era assim tão ruim. Dormir com Diniz não deveria ser tão terrível. Ele era um homem bonito e charmoso, e valeria a pena o sacrifício. Só não sabia se podia confiar em Soraia. Por mais que ela amasse Diniz, o que faria se descobrisse que ele a estava usando só para poder dormir com ela? Mas se Diniz dizia que se encontrariam fora dali, talvez desse certo. Depois de certo tempo, replicou:

— É isso o que quer? Dormir comigo uma vez ou outra?

— Sim. É só o que lhe peço.

— Está certo então — concordou com um suspiro. — Faça com que eu consiga me encontrar com Artur, e dormirei com você quando quiser.

Diniz ficou exultante. Despediu-se de Greta e saiu à procura de Soraia. Ela estava no jardim atrás da casa, tomando sol, e ele foi se esticar numa espreguiçadeira perto dela. Inspirou lentamente e fechou os olhos com um suspiro. Deu certo. Na mesma hora, Soraia se interessou. Levantou-se de onde estava e foi ao seu encontro.

— Diniz — chamou baixinho. — O que há? Sente-se bem?

Ele abriu os olhos bem devagar, fingindo surpresa ao vê-la, e rumorejou:

— Não sabia que estava aí.

— O que você tem, Diniz? Por que está tão abatido?

— Sinto-me só, Soraia, terrivelmente só...

Calou-se, esperando a sua reação. Queria fazer o tipo carente e abandonado e esperava contar com a paixão de Soraia por ele.

— Foi você quem escolheu essa solidão — rebateu ela com falsa rispidez. — Escolheu isso ao se apaixonar por Greta.

— Só agora compreendo isso. Sei o quanto fui tolo. Greta não gosta mesmo de mim. Por mais que eu faça, ela nunca irá me amar.

— Agora reconhece, não é? Bem feito. Ninguém mandou dar uma de trouxa.

— Não fale assim, Soraia. Pensei que fosse minha amiga.

— Eu sou... mas você recusou a minha amizade.

— Fui um idiota. Trocar o seu amor por Greta... Devia estar louco quando a rejeitei.

— Que bom que reconhece!

— Hoje compreendo que tudo não passou de uma tola paixão. Penso mesmo que jamais amei Greta. Acho que sempre gostei de você. O que senti por ela foi uma ilusão, só porque a salvei da sarjeta e me senti responsável. Acabei misturando as coisas.

— Só que você me fez sofrer muito, sabia?

— Será que não pode me perdoar?

Ao invés de responder, Soraia se curvou sobre ele e pousou-lhe um beijo apaixonado nos lábios, que ele correspondeu com ardor. Arrebatou-a com volúpia e beijou-a diversas vezes, e acabou subindo com ela para seu quarto. Soraia estava inebriada. Há muito não fazia amor com Diniz. Ele parecia apaixonado e tratou-a com carinho e interesse. Amaram-se com um quase desespero e, ao final, Soraia sentiu-se feliz e realizada.

— Foi bom para você? — ela perguntou.

— Maravilhoso! Você é uma amante e tanto.

Diniz ficou acariciando o seu corpo, e ela mordeu os lábios, de prazer.

— Há algo que gostaria que fizesse por mim — prosseguiu ele, sem parar de acariciá-la.

— Hum...? O que é?

— Você faria?

— O quê?

— Faria ou não faria?

— Faria. Por você, faço qualquer coisa.

— Ótimo. Então, preste atenção. Quando Artur aparecer, quero que o leve para cima somente depois que Mauro se for. Leve-o ao seu quarto e vá para o meu.

— Como é que é? — ela se empertigou toda, indignada. — Para quê?

— Quero que você o deixe para Greta.

— Deixá-lo para Greta? Por que faria isso? Não estou entendendo, Diniz. Greta é exclusividade de Mauro.

— Eu sei. E é por isso que você precisa ajudar. Ninguém pode saber, nem Mauro, muito menos Valente.

— Não entendo. Por que me pede isso? Pensei que estivesse magoado com ela.

— Magoado, propriamente, não. Greta não tem culpa se me apaixonei por ela. Só agora sei o que é um amor não correspondido e sei o quanto ela deve estar sofrendo longe de Artur.

— Isso é problema dela.

— Não entendo por que a bronca. Você não gosta mesmo dele. Ou será que gosta?

— Não é isso. É que não me agrada nada fazer qualquer favor a Greta.

— Pense que estará fazendo um favor a mim. E depois, você só tem a lucrar. Deixa Artur com ela e vem para os meus braços. Será que é tão mau assim?

— Por que o interesse por ela? Deixe que sofra com Mauro. Seria bom para você se vingar. E depois, não precisamos dela para nada. Eu posso muito bem subir e ficar com você, como sempre fizemos.

— Ora, vamos, Soraia, não seja tão dura. Quero apenas ajudá-la. Sabe como é, eu me sinto meio pai de Greta.

— Pai? Era só o que me faltava.

— Pai não é bem o termo. Mas fui eu que a salvei, que a iniciei nessa vida. Não quero que ela pense que estou com raiva.

— É só isso mesmo?

— É sim.

— Não seria mais fácil falar com Valente e ajeitar tudo?

— Como? Mauro ficaria furioso, e nós não queremos mais confusão, queremos? A casa tem um nome a zelar.

Embora não estivesse muito convencida, Soraia acabou aceitando. Só o que queria era estar perto de Diniz, e se aquela era a única forma de conseguir o seu amor, faria como ele lhe pedia. Ficou acertado. Na próxima noite, depois que Mauro fosse embora, colocariam o plano em prática. E tudo daria certo. Greta ficaria com Artur, e Diniz estaria livre de seu feitiço e poderia ser somente dela outra vez.

CAPÍTULO 21

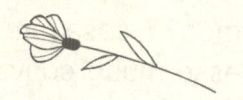

Era dia do aniversário de Artur, mas nenhuma festa fora programada. Felícia, por mais que desejasse, não sabia como desfazer a cena da outra noite. Fora rude com o marido e o humilhara, e ele se aborrecera com razão. Reconhecia que lhe dera motivos para zangar-se e queria remediar o mal, mas não sabia como. Resolveu pedir ajuda à mãe.

Apanhou o telefone e discou o número da casa de Ondina. Pediu para falar com ela e aguardou alguns minutos, até que a mãe atendesse.

— Alô? — disse Ondina do outro lado da linha.

— Mãe? Escute, mãe, será que você e o papai poderiam vir aqui hoje? É o aniversário de Artur...

— Eu sei. Você vai fazer alguma coisa? Já fizeram as pazes?

— Pois é. Esse é o problema. Desde o fracasso daquela noite, Artur mal fala comigo. Mas queria lhe fazer uma surpresa, mostrar que estou arrependida.

— Em que está pensando?

— Que tal uma festinha? Com você e papai aqui, tenho certeza de que ele não terá coragem de me destratar e irá me perdoar.

— Talvez seja uma boa ideia... Está bem. Pode contar conosco.

— Ótimo. Vou telefonar ao Norberto e pedir que venha com Catarina.

Desligou e ligou para a amiga.

— Olá, Catarina.

— Felícia? Tudo bem?

— Tudo bem. Sabe, Catarina, hoje é aniversário de Artur, e estou pensando em lhe preparar uma festa surpresa, só com os amigos mais chegados. Será que você e Norberto podem vir?

— É claro. A que horas?

— Lá pelas oito, oito e meia.

— Estaremos aí.

— Peça a Norberto para não contar nada.

— Não precisa se preocupar. Só o avisarei quando ele voltar do trabalho.

⸺◦⸎◦⸺

Faltavam cinco minutos para as sete quando Norberto entrou em casa e encontrou Catarina toda arrumada, penteando os cabelos, um presente pousado em cima da cama.

— Onde é a festa? — indagou surpreso.

— Na casa de Felícia. Hoje é aniversário de Artur.

— Eu sei. Falei com ele no escritório.

— Felícia ligou, avisando de uma festa surpresa. Pediu que fôssemos para lá. Por isso, comprei um presente e já estou pronta. Por que não toma um banho rápido e se arruma também? Se você correr, chegaremos na hora.

Norberto fitou-a horrorizado. Como poderia lhe dizer que Artur fora direto do escritório para A Esfinge de Ouro? Que pretendia comemorar o seu aniversário nos braços de uma prostituta, certo de que a esposa sequer se lembraria daquela data? Como contar à Catarina que Artur não poderia ir a sua própria festa porque estaria numa festinha muito particular, provavelmente na cama de Soraia ou outra qualquer?

— O que há com você, Norberto? — indignou-se Catarina, vendo que o marido não se mexia. — Não quer ir? Não vai prestigiar o seu maior amigo?

— Não... não é isso. É que estou cansado. Tivemos um dia tão difícil...

Ela soltou a escova sobre a penteadeira e virou-se brus- camente para ele.

— Não acredito no que estou ouvindo! — exclamou abis- mada. — Vai deixar de ir à festa do seu amigo só porque está cansado? Ora, Norberto, francamente!

— Mas Catarina, você não entende...

— Não entendo mesmo — Passou por ele feito uma bala e apanhou o presente de cima da cama, acrescentando de mau humor: — Estou esperando na sala. Você tem quinze minutos.

Em silêncio, Norberto seguiu para o banheiro. Tomaria seu banho, vestir-se-ia e partiria para a casa de Artur sem dizer uma palavra. Pensou em telefonar para A Esfinge e alertá-lo, mas nem sabia o telefone e, se fosse procurá-lo na lista, Catarina ficaria deveras desconfiada. Não. Era me- lhor fazer de conta que não sabia de nada e mostrar surpresa quando o amigo não aparecesse.

Enquanto isso, Artur entrava na Esfinge, e Soraia foi direto ao seu encontro. Deu-lhe um beijo discreto nos lábios, apertou o seu queixo, sentando-se com ele à mesa.

— Vamos subir logo — murmurou ele em seu ouvido.

Soraia levantou as sobrancelhas e protestou:

— Não, não, não. Vamos dançar primeiro. Estou doida de vontade de dançar.

— Mas é meu aniversário...

— É? Ótimo! Vai ganhar um presente especial.

Levantou-se e saiu puxando-o para a pista de dança. Ao passarem por entre as mesas, Artur viu que Greta estava sentada à mesa de sempre, em companhia de Mauro, que lhe dizia obscenidades em tom de confidência. Ele mesmo ria de suas piadas maldosas e passava as mãos pelos seios de Greta, que o fitava com um olhar indefinível, tentando ocultar sua repulsa. Vendo Artur passar, Mauro se levantou abruptamente e puxou Greta. Deu-lhe um beijo provocante na boca e levou-a para cima.

Artur e Soraia dançaram praticamente a noite toda, até que ele resolveu protestar:

— Ouça, Soraia, já dançamos demais. Por que não subimos agora?

— Não. Vamos pedir uma bebida.

Levou-o para a mesa e chamou o garçom, que lhes levou as bebidas desejadas. Ficaram bebendo e conversando, até que Greta desceu com Mauro, depois de quase duas horas. Ela o levou até a porta e se despediu dele, voltando para seu quarto em seguida. Ao passar por Artur, sequer lhe dirigiu o olhar, o que o deixou um pouco irritado. Depois que ela sumiu de vista, Soraia apanhou a sua mão e levantou-se apressada.

— Vamos — chamou e saiu puxando-o.

Artur quase derramou a bebida. Estava levando o copo à boca quando ela o puxou e ergueu-se, ainda segurando-o na mão. Já estava meio zonzo do uísque e reclamou:

— Ei! Vá com calma...

Soraia não lhe deu ouvidos. Saiu puxando-o escada acima, e ele a foi seguindo meio trôpego. Ela parou em frente ao seu quarto e abriu a porta vagarosamente, empurrando-o para dentro com uma certa irritação.

— Feliz aniversário — falou ela, fechando a porta com cuidado e sumindo pelo corredor.

— Você não vem? — indagou perplexo, mas ela já havia partido.

Durante alguns segundos, Artur ficou parado no escuro, olhando para a porta fechada, pensando aonde é que Soraia poderia ter ido. Sentiu um imenso cansaço e virou-se na direção da cama. Não sabia quando é que Soraia voltaria, mas iria esperá-la sentado. Bebera um pouco mais do que o habitual e sentia a cabeça rodar. Foi caminhando no escuro, seguindo a parede, à procura do interruptor. Estava tão tonto que nem se lembrara de que ele ficava ao lado da porta. Passou pela cômoda, tropeçou num banquinho e alcançou a mesinha de cabeceira. Tateou o abajur, tentando acendê-lo, e acabou se ajoelhando no chão, seguindo o fio que o ligava à tomada.

De repente, uma fraca luz alaranjada inundou o ambiente, e ele levantou a cabeça, espantado. Será que Soraia voltara e ele não ouvira a porta se abrir? Mas não era nada disso. O abajur do outro lado estava aceso, e Greta o fitava com um sorriso nos lábios. Estava completamente nua, virada de lado na cama, e falou com voz sedutora:

— Está procurando algo?

— Gre... Greta... — balbuciou aturdido. — O que faz aqui? Onde está Soraia?

— Não está feliz em me ver?

— Não é isso... é que Mauro... não quero confusão...

— Mauro foi embora e não vai nos importunar.

Puxou-o gentilmente para a cama e beijou-o com doçura. Na mesma hora, todos os sentidos de Artur responderam ao seu contato, e sua mente como que desanuviou. Greta era muito diferente de Soraia, tinha sentimento, e ele se deixou envolver pelas suas carícias. Em breve, estavam se amando.

Quando terminaram, Greta beijou-o longamente e perguntou interessada:

— Hoje é seu aniversário? Ouvi Soraia dizer...

— É sim. E que presente maravilhoso você me deu.

Greta sorriu e apertou-se a ele. Estava irremediavelmente apaixonada e sentia-se feliz por estar com ele. Era o único homem que lhe interessava, e ela só lamentava o fato de não poder estar com ele quando bem entendesse.

— Como foi que conseguiu isso? — tornou ele curioso. — Quero dizer, que armação foi essa com a Soraia?

Greta riu e contou-lhe tudo, omitindo apenas a parte em que Diniz lhe exigira que dormisse com ele também. Inverteu a história e não falou que fora ideia dele, mas sim de Soraia. Mentiu, dizendo que Soraia era sua amiga e que resolvera ajudá-la, intercedendo por ela junto a Diniz. Não queria que ele pensasse que ela se deitava com qualquer um. Artur nem se lembrou de que ela, um dia, lhe dissera que Soraia a odiava. Naquele momento, inebriado com o seu amor, não conseguiu pensar em mais nada.

Pouco depois, Soraia voltava para seu quarto, feliz e satisfeita. Tivera uma excelente noite de amor com Diniz e parecia flutuar nas nuvens. Não queria deixá-lo, mas ele a alertou de que, em breve, o movimento na Esfinge acabaria e as meninas subiriam para dormir. Era preciso tirar Greta de seu quarto antes que alguém visse.

Greta despediu-se de Artur e foi para seu próprio quarto, tomando o cuidado de se certificar de que não havia ninguém pelos corredores. Pouco depois, Artur também saía. Deu um dinheiro extra a Soraia, que sorriu satisfeita, e desceu sozinho.

⁜

Quando o relógio bateu a meia-noite, Felícia se convenceu de que Artur não iria aparecer. A mãe e o pai, embora penalizados, pediram licença para se retirar. Estava claro que Artur não viria, e Antônio precisava estar cedo no hospital na manhã seguinte. Apenas Catarina e Norberto permaneceram mais um pouco, mas acabaram indo embora cerca de meia hora depois.

Quando entraram no carro, Catarina perguntou:

— Você sabia que ele não vinha?

— Eu? Como poderia saber?

— Você é amigo dele. Ele não comentou nada? Não disse se pretendia ir a outro lugar?

— Não...

— Está claro que ele foi a algum lugar. Imagino que, no escritório, não tenha ficado.

Norberto não respondeu e deu partida no motor. Quanto menos falasse, menor o risco de delatar o amigo.

Em casa, Felícia pensava a mesma coisa. Onde é que o marido se metera? Chegara a ligar para o escritório, mas não havia mais ninguém lá. Olhou para o bolo confeitado sobre a mesa e desatou a chorar. Pensava que aquela seria a sua oportunidade de se reconciliar com Artur, mas ele demonstrara que não se importava. Mas como se importaria, se nem sabia daquela festa?

Aquilo não excluía o fato de que ele desaparecera. E nem estava com Norberto. Será que alguma coisa acontecera? Ela chegou a aventar essa possibilidade, mas Norberto dissera que, provavelmente, ele fora a algum bar, beber. Se tivesse sofrido algum acidente, eles já teriam sido informados. Mesmo assim, Felícia esperaria até o dia seguinte. Se ele não aparecesse, chamaria a polícia.

Mas por que chamar a polícia se era comum o marido não passar as noites em casa? O que ela diria? Que ele saía todas as noites e só voltava altas horas da madrugada, mas que, naquela noite, ele deveria estar em casa porque era seu aniversário e ela lhe preparara uma festa surpresa? Os policiais, na certa, rir-se-iam dela e a aconselhariam a esperar.

Sem saber o que fazer, acabou sentando-se na sala, diante do bolo, chorando desconsolada. Acabou pegando no sono e, quando o dia já estava quase amanhecendo, ouviu barulho de chaves na fechadura. Abriu os olhos, sonolenta, e empertigou-se no sofá. Em instantes, Artur estava parado diante dela, fitando-a abismado. Passou os olhos ao redor e compreendeu tudo.

— Felícia... — ciciou, aproximando-se dela.

Na mesma hora, Felícia sentiu a raiva crescer em seu coração. Ele estava com uma aparência horrível, todo amassado, cheirando a álcool, com cara de quem havia acabado de chegar da farra.

— Não se aproxime de mim! — esbravejou ela, dando um salto do sofá.

— Felícia, perdoe-me. Eu não sabia...

— É claro que não! Não veio para casa, como deveria vir. E onde é que estava, hein?

— Por aí... fui dar uma volta.

— E você espera mesmo que eu acredite nisso? Dar uma volta... a noite toda?

— Não vi a hora passar...

— Mentira! Aposto como estava na cama de alguma vagabunda!

— Não, Felícia. Não sabia que você havia me preparado uma festa. Se soubesse, teria voltado mais cedo.

— Eu, preparado uma festa? — desdenhou. — Imagine só. Isso foi ideia de minha mãe. Eu jamais faria uma festa para você. Eu bem que não queria, mas ela insistiu... Fez-me telefonar para Norberto também, porque é seu amigo. Ela não sabe quem você é. Mas depois dessa noite, duvido que torne a lhe dirigir a palavra.

— Não diga isso. Não tive culpa.

— Ah! Não, a culpa foi minha, não foi? Fui eu que mandei você me trair!

— Eu não a traí.

— Pensa que sou alguma idiota, Artur? Então você sai todas as noites e só volta de madrugada. Onde espera que eu pense que você esteve? Na igreja?

Ele abaixou os olhos, aturdido, e contestou com voz sumida:

— Você não faz mais amor comigo.

Felícia levantou as sobrancelhas, indignada, e retrucou em tom de ironia:

— E isso é um ótimo motivo para sair e dormir com qualquer vagabunda, não é?

— O que você queria? Que eu me fechasse para o mundo, como você fez?

— Então você confessa! Confessa que esteve mesmo com uma vagabunda!

— Eu não confesso nada. Estou apenas tentando fazer você entender por que eu saio todas as noites — Deu a volta no sofá e aproximou-se dela. — Felícia, por que não esquecemos isso e voltamos a viver como antes? Por que não podemos ser felizes?

Ela se afastou indignada. Por mais que desejasse reconciliar-se com ele, Artur praticamente lhe confessara que a andava traindo. Pouco importava que ela não dormisse mais com ele. Isso não lhe dava o direito de procurar outra mulher. Ele tinha um dever de fidelidade para com ela, e ela não iria perdoá-lo por essa traição.

— Nunca mais poderemos ser felizes — objetou com frieza. — Você é desprezível.

Virou-lhe as costas e saiu apressada. Foi para o quarto e bateu a porta, atirando-se na cama e chorando copiosamente. Desanimado, Artur foi para seu quarto também. Estragara tudo. Mas como é que ele iria adivinhar que Ondina lhe preparara uma festa surpresa? Teria sido verdade o que Felícia dissera? Que aquilo fora ideia da mãe e que ela não concordara?

De qualquer sorte, perdera todas as esperanças de uma reconciliação com a mulher. Felícia ficara deveras zangada e, pior, estava certa de que ele tinha uma amante. O que faria se descobrisse que a amante era Lurdinha, a mesma que ela odiava e culpava pela morte do filho?

Pensou se não seria melhor terminar tudo com Greta, mas chegara a um ponto em que não poderia mais prescindir de suas carícias. Já tivera aquela experiência antes e sabia que não daria certo. Até que ponto poderia suportar ver Felícia andando pela casa, imaginando seu corpo, sem poder tocá-la? Não. Efetivamente, não conseguiria se conter e até seria capaz de cometer uma loucura. Se a tomasse à força, como quase já acontecera, ela nunca mais tornaria a falar com ele. Por isso, seria melhor não fazer nada e deixar as coisas como estavam.

Logo que Felícia adormeceu, Tereza já estava a seu lado, esperando-a para irem ao encontro de Tiago. Felícia recebeu-a sem muita efusão e partiu com ela sem dizer uma palavra. Tiago estava no jardim, lendo um livro, quando ela chegou, e Tereza deixou-os a sós. Felícia surpreendeu-se sobremaneira com a sua aparência. Ele agora parecia um rapaz de seus vinte anos, e ela desatou a chorar novamente.

— Por que está chorando, mãe? — perguntou ele aflito, largando o livro e correndo para ela.

— Você... — gaguejou — ... está tão... mudado.

— Eu cresci, mãe. Consegui me libertar da forma infantil. Não está feliz por mim?

— E deveria?

— Por que não? Queria que eu ficasse na infância para sempre?

— Oh! Tiago! Como gostaria de ter podido acompanhar o seu crescimento. Mas você se tornou homem e eu nem vi! Perdi o melhor de sua vida.

Tiago apanhou as suas mãos e fez com que ela se sentasse. Em seguida, olhando fundo em seus olhos, falou com suavidade:

— Não estou vivo, mãe. Não da maneira como você queria.

Ela o olhou espantada e considerou:

— Mas você cresceu...

— Abandonei a forma infantil. Mas posso voltar a ela, se desejar.

— Pode?

— Sim.

— Mas então, por que não quis ficar criança?

— Porque eu estava preso, e não é bom para o espírito aprisionar-se a nada. Precisamos ser livres para que possamos escolher os nossos caminhos. Se permanecemos atrelados ao que seja, nossa vontade fica limitada, e nós não podemos nos direcionar como quisermos.

Felícia o fitava emocionada. Mesmo diferente, ainda era o seu filho que estava ali, e ela sentiu o quanto o amava. Não conseguindo conter o ímpeto, deu-lhe um beijo suave no rosto e falou sem nem pensar:

— Como eu o amo!

— Sei disso. E foi o seu amor que me ajudou a ver melhor as coisas. Se você não viesse aqui, eu não me sentiria seguro para olhar para dentro de mim mesmo e compreender.

— Você se lembrou...

— Só que há ainda muito mais coisas a serem lembradas.

— O quê, por exemplo?

— Coisas de uma vida anterior àquela em que nós matamos aquela menininha. Coisas que foram geradas por nossos gestos insensatos.

— Não quero saber! — berrou Felícia de repente, tapando os ouvidos com as mãos.

— Se não quer, é porque a sua alma já tem consciência de tudo e sabe o quanto de sofrimento isso lhe causará. Mas não foi para lembrarmos do que aconteceu que Tereza a trouxe aqui.

— Graças a Deus... — desabafou. — E para que foi então?

— Para falarmos sobre meu pai.

— Não quero falar sobre isso — atalhou de má vontade.

— Mas eu quero. Meu pai está sofrendo.

— Por que se importa tanto com ele?

— Porque ele foi meu pai, e eu o amo. Porque sei o quanto ele teve que se enfrentar para me receber como filho. E mais: porque sei o quanto ele também aprendeu a me amar. E seu amor é sincero. Meu pai é um vitorioso!

— Não entendo por que o admira tanto. Ele nem se importa mais com você.

— Está enganada. Já disse que ele vem aqui, de vez em quando.

— Ótimo. Se você o vê, não temos necessidade de tocar no seu nome.

— Por que tanta relutância em falar sobre ele?

— Ainda pergunta? Não sabe o que ele me fez?

— E o que você fez a ele?

— Eu?! Nada.

— Exatamente. Nada. E é por isso que ele está tão infeliz.

— Ele arranjou uma amante.

— E por que ele arranjaria uma amante?

— Porque não presta.

— Isso não é verdade. Meu pai é um dos homens mais íntegros que conheci. E sofre muito com a sua indiferença.

— Pois não parece.

— Você não está sendo sincera. No fundo, sabe o quanto ele sofre. Sabe que o que ele mais quer é se reaproximar de você. Sabe que ele a ama.

— Ele me ama? Não acredito. Se me amasse, não faria o que fez.

— Ele está ferido, e com razão. Você o humilhou demais.

— E daí? Se ele me amasse tanto, não deveria se importar com isso.

— Não confunda as coisas, mãe. Amar alguém não significa se anular por esse alguém. Até porque, devemos nos amar em primeiro lugar.

— Ah! Então agora devemos ser egoístas.

— Isso não é egoísmo. Somos egoístas quando não nos importamos com mais ninguém além de nós mesmos. Mas nos priorizarmos é bastante saudável, porque é só quando temos consciência de nosso valor que podemos valorizar aqueles que convivem conosco.

— E é isso o que seu pai faz?

— Meu pai é um homem digno e a ama muito. Só que tem o seu amor-próprio, como deveria ser. E você não o respeita nem o compreende, embora ele tenha sempre tentado compreendê-la e ajudá-la.

— Está tentando me fazer sentir remorso — tornou acabrunhada.

— Estou apenas tentando fazê-la abrir os olhos. Por que não procura reparar melhor em seu marido? Verá que ele é um homem bom e íntegro. E saberá o quanto ele a ama.

— Não posso... Por mais que queira, não consigo ficar perto dele. Detesto que ele me toque.

— Por quê? Antes, não era assim.

— Não. Mas não posso deixar de pensar que foi por causa do sexo que você morreu. Se Lurdinha e Hélio não estivessem de sem-vergonhice, você ainda estaria comigo.

— E isso é motivo para deixar de fazer amor com o seu marido?

— E isso é motivo para arranjar uma amante?! — berrou.

— Você o ama. Ainda assim, você o ama.

Ela o fitou com emoção e acabou confessando:

— Talvez ame... Não sei definir o que sinto. Pensar que ele possa ter outra mulher e me deixar me dá uma opressão indescritível no peito.

— Então, aproveite esse sentimento. Se você o ama, não precisa de mais nada, além de um pouco de boa vontade. O amor está aí. Aproveite-o. É o que você tem de melhor.

— O que eu tinha de melhor, perdi há alguns anos.

Tiago sabia que ela se referia a ele e rebateu com tranquilidade:

— Não é verdade. O que temos de melhor são os nossos bons sentimentos, porque são conquistas eternas do nosso espírito. O amor é um valor inalienável de nossos corações e jamais será superado por qualquer outra coisa, por mais maravilhosa que seja.

— Pois eu amo apenas você.

— Ama seu marido também. Só que ainda não conseguiu perceber ou definir isso.

— Que seja. Mas o amor que sinto por ele é outro.

— O amor é um só. Apenas se revela de maneiras diversas. Mas, no fundo, é o mesmo sentimento.

— Está certo, Tiago. Não quero discutir com você. Mas não vejo nenhuma utilidade nessa nossa conversa.

— Que pena. Esperava que você pudesse enxergar a verdade.

— Que verdade?

— Sobre todos nós. Mas você se recusa a ver.

— Isso significa que eu devo recordar o passado?

— Se você quiser...

— Não quero! Ao menos agora, não quero! E, se você insistir, vou-me embora e não volto mais aqui.

Era a primeira vez que Felícia colocava a sua vontade acima dos desejos do filho, e Tiago ficou feliz. Mesmo que ela estivesse sendo teimosa e infantil, aquilo era um sinal de que ela estava começando a priorizar o seu desejo. Era o começo para a valorização de si mesma e para o desapego. Por isso, não insistiu mais. Ela estava aprendendo aos pouquinhos e, em breve, estaria pronta para amadurecer. Aí então, saberia toda a verdade e poderia perdoar. A si mesma e a Artur. E, principalmente, a Lurdinha.

CAPÍTULO 22

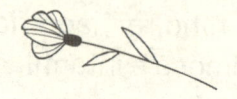

Felícia ouviu ao longe o ribombar de um trovão e abriu os olhos assustada, tentando identificar o lugar em que estava. Aos poucos, foi reconhecendo as paredes de seu quarto, as cortinas, os móveis. Soltou um suspiro de alívio e ergueu-se na cama, acendendo a luz do abajur na mesinha ao lado. Consultou o relógio despertador: três horas da madrugada. Tivera um sonho estranho com Tiago, Artur e, imagine, Lurdinha. Há muito não sabia dela, desde aquele dia em que a encontrara numa loja. Por onde andaria?

O sono foi embora, e Felícia ficou desperta, sentada na cama, à espera de que a chuva caísse. De repente, sentiu-se assustada. Era a primeira vez que sentia medo de trovões. Parecia que havia tido um sonho tenebroso, e Lurdinha estava nele, dizendo-lhe coisas terríveis. Ou seria ela quem lhe dissera coisas terríveis? E que coisas seriam aquelas? Não se lembrava. Mas algo em seu coração o apertou, e ela sentiu um estremecimento. Estava com medo. Nem sabia de quê.

Levantou-se cautelosamente e abriu a porta, espiando pelo corredor às escuras. A passos vagarosos, aproximou-se do quarto de Artur e encostou o ouvido à porta, mas um silêncio aterrador veio lá de dentro. Com um calafrio, voltou-se rapidamente e sufocou no peito o grito de pavor que não chegou a sair. Levou a mão ao peito e, num suspiro mudo, desmaiou.

Com o baque surdo no chão, Artur despertou também. Pensando que alguém havia entrado na casa, abriu a porta do quarto e quase tropeçou no corpo da mulher. Felícia estava caída, lívida e gelada, e Artur ergueu-a no colo, levando-a para a cama. Foi ao banheiro buscar um vidro de amônia e colocou-o sob suas narinas. Felícia inspirou aquele odor forte e revigorante e acordou tossindo. Olhou para o marido e recuou assustada.

— Você! — horrorizou-se. — Quis me matar!

— O que está dizendo, Felícia?

— Não minta para mim, Artur! Você quis me matar. Eu o vi segurando a faca!

— Faca? Mas que faca? Do que é que você está falando?

— Eu o vi, no corredor, com uma faca em punho, avançando para mim de forma ameaçadora.

Ela parecia aterrada, e Artur, confuso.

— Eu?! O que há com você, Felícia? Ficou louca? Eu nem sabia que você estava lá.

— E o que faz aqui então?

— Escutei um barulho e encontrei-a caída no corredor. Você desmaiou.

— Desmaiei? É claro que desmaiei. De pavor!

— Felícia, controle-se e raciocine. Se eu quisesse mesmo matá-la, não acha que já o teria feito?

— Não sei.

— Se é como diz, se eu avancei para você com uma faca, por que não a cravei em seu corpo? Por que iria fazê-la desmaiar para trazê-la para cá? Não vê que isso não faz sentido? Você sonhou. Foi um pesadelo.

— Não foi! Eu estava acordada. Vi você se aproximando. Estava diferente, esquisito, mas era você mesmo. Tenho certeza!

— Pois eu posso jurar que não saí do meu quarto até escutar o barulho do seu corpo caindo no chão.

— Você está mentindo.

— Por que eu faria isso?

— Para assustar-me.

— Não acha isso um absurdo?

— Pode ser... mas que eu o vi, isso eu vi.

— Você sonhou.

— Eu estava acordada!

— E o que estava fazendo no meio do corredor?

— Fui... fui... não sei... acordei assustada e saí.

— Para onde? Para o meu quarto? — Ela assentiu, contrariada. — Você ia me chamar?

— Eu estava com medo... Mas depois, vi o seu olhar de ódio e me apavorei.

— Volto a insistir que foi um sonho. Eu não saí do meu quarto até você desmaiar. Mas fico feliz que tenha ido me chamar.

Ela se remexeu inquieta e pigarreou, acrescentando indecisa:

— Não sei se ia... Talvez não fosse... Acho mesmo que não iria...

Percebendo a sua confusão e a sua fragilidade, Artur se sentiu ainda mais atraído por ela. Felícia estava linda, pálida e assustada, choramingando à meia-luz. Não resistiu. Mais uma vez cedeu lugar ao impulso e tomou-a nos braços, beijando-a avidamente. Na mesma hora, Felícia reagiu. Afastou-o com horror, mas, dessa vez, não ousou bater-lhe. Ao invés disso, levantou-se da cama rapidamente e correu para a janela, falando sem se voltar:

— Vá embora, por favor. Já estou melhor.

A vontade que ele teve foi de correr para ela e estreitá-la novamente, dizendo-lhe o quanto a amava. Mas a frieza com que ela pronunciara aquelas últimas palavras tirou o seu ânimo, e Artur voltou para o seu quarto cabisbaixo.

No dia seguinte, não tocou no assunto. Felícia estava distante como sempre, tratando-o como se ele fosse um estranho. Nem parecia que haviam se beijado na véspera. Depois que terminou o café, Artur partiu para o trabalho. O que havia acontecido com Felícia na noite anterior que a deixara tão assustada? Não sabia. Ela dissera que o vira com uma faca na mão, o que era um absurdo. De qualquer forma, ela fora até o seu quarto, e era isso o que importava. Se não tivesse tido aquele sonho maluco, ou aquela ilusão, teria entrado e o chamado, e eles talvez pudessem ter se entendido.

Com essa esperança, Artur voltou mais cedo para casa naquele dia. Comprou um buquê de rosas vermelhas e uma caixa de bombons e seguiu animado. Quando entrou, ela estava no quarto, e ele foi bater à sua porta, mas Felícia não respondeu. Cedeu à tentação de desistir naquele momento e voltou para a sala, a fim de esperá-la para o jantar.

Felícia desceu à hora de sempre e reparou nas flores e na caixa de bombons, mas não fez qualquer comentário. Foi para a mesa, tocou a sineta e Hermínia apareceu.

— Pode servir o jantar — ordenou, sem emoção.

Artur estava sentido. Ela nem o cumprimentara. Sabia que ela havia visto as flores e que fingira não tê-las visto, o que o desconcertou. Estava claro que ela não estava interessada em entender-se com ele novamente. Ainda assim, havia comprado os presentes e resolveu dá-los. Se ela não os quisesse, que os jogasse fora depois. Meio acabrunhado, apanhou as flores e a caixa de bombons, aproximou-se por detrás dela e exibiu primeiro a mão que segurava o buquê e, cinco segundos depois, com a outra, pousou a caixa de bombons sobre a mesa.

— São para você — anunciou, na voz, uma vibração de esperança.

Com olhar gélido, Felícia fitou as flores e os bombons, mas não se mexeu. Esperou até que Hermínia chegasse com o jantar e só então falou:

— Hermínia, por favor, ponha essas flores numa jarra, sim?

A criada obedeceu sem dizer nada. Apanhou as flores das mãos de Artur e foi para a cozinha, ajeitá-las numa jarra de cristal.

— Não quer comer um bombom? — perguntou Artur, ansioso.

— Caso não tenha percebido — retrucou ela com voz glacial —, ainda não jantamos.

Ele enrubesceu e foi sentar-se em seu lugar. Ela não precisava ser tão rude, e ele permaneceu calado durante o resto do jantar. Mal tocou na comida, esperando que ela lhe dirigisse alguma palavra de agradecimento. Mas Felícia parecia ignorá-lo. Terminou o jantar, comeu a sobremesa, limpou os lábios no guardanapo e levantou-se para se retirar. Artur levantou-se também, e ela falou com indiferença:

— Com licença. Boa noite — virou-lhe as costas friamente, mas passou a mão sobre a mesa e apanhou a caixa de bombons, arrematando sem se virar. — E obrigada pelos presentes.

Aquilo não era o ideal, mas já era um começo. Ela podia não ter demonstrado entusiasmo, mas, pelo menos, não jogara nada fora nem atirara em cima dele. Na certa, não ligaria a mínima para as flores e daria os bombons para Hermínia, mas, pelo menos, não os recusara.

Vendo-a se afastar, Artur sentiu de novo aquele ímpeto de segui-la. Por que é que era tão apaixonado por ela? Felícia desprezava-o, maltratava-o, humilhava-o. Jamais, em toda a sua vida, permitira que alguém o tratasse da forma como ela o fazia. Mas não conseguia reagir. Era como se algo o impelisse para ela. Durante um tempo, pensou se não seria culpa, mas depois teve certeza de que não. O que o ligava a Felícia não era nada além de amor. Por mais que ele lutasse contra aquele sentimento, era como se sentisse uma necessidade de conquistar o seu amor também, como se isso fosse primordial para a sua felicidade. Poderia desquitar-se dela e levar a vida que bem entendesse. Sabia que o que ela estava fazendo era motivo mais do que suficiente para conseguir a separação, mas não era isso o que ele queria. Sentia que, se se separasse dela, estaria perdendo para sempre a oportunidade de reconquistá-la.

Suspirou dolorosamente e levantou-se da cama, saindo para o jardim. Estava uma noite chuvosa, e a friagem úmida lhe fez bem. Foi caminhando pelo gramado e olhou para cima, para a janela do quarto de Felícia, que estava fechada, com as cortinas cerradas. O que será que ela estava fazendo? Em que estaria pensando? Por que deixara de amá-lo subitamente?

Estava parado, os pensamentos longe, quando um movimento no andar de cima atraiu sua atenção. Sentindo-se sufocar, Felícia foi abrir a janela e deu de cara com Artur parado no jardim. Na mesma hora, seu coração disparou, e ela correu de volta para dentro, fechando as cortinas com rispidez. Por que é que a visão de Artur a perturbava tanto, se ela já não o amava mais, se já não o queria mais como homem? Porque ela ainda o amava. Por mais que Felícia lutasse contra si mesma, sabia que ainda o amava, embora não soubesse mais em que ponto de sua vida foi que perdera o ardor e a paixão. Ou será que não os perdera? Já não sabia mais.

CAPÍTULO 23

Ainda que amasse a esposa, Artur sentia-se sozinho e carente, e as noites na Esfinge serviam para aliviá-lo da solidão. Ainda mais agora, que Soraia dera um jeito de levar Greta até ele, sem que ninguém soubesse. Sabia que o que estava fazendo não era certo, mas Greta era a única mulher, além de Felícia, com quem se sentia à vontade na cama.

Ninguém percebera nada. Greta sempre se recolhia depois que Mauro saía e, quando Mauro voltava na noite seguinte, estava disponível para ele. Além disso, na hora em que ele e Soraia subiam, o movimento no salão ainda era intenso, e apenas as meninas que estavam com clientes iam ao segundo andar. Mas Soraia era cuidadosa e não permitia que ninguém os visse.

Até então, Diniz ainda não havia cobrado de Greta o preço que lhe exigira para deixar que ela dormisse com Artur, e ela começou a pensar se ele não havia mudado de ideia. Certa tarde, porém, Greta estava no quarto se vestindo para ir à praia, quando Diniz foi bater à sua porta. Ao vê-lo, já sabia do que se tratava e abaixou os olhos com uma certa tristeza.

— Veio cobrar o que lhe devo?

— Vim — foi só o que disse.

Ela tirou o biquíni e vestiu um vestido jovial, enquanto ele a esperava do lado de fora. Quando ela saiu, Diniz sorriu e tomou-a pelo braço, saindo com ela para o quintal, para apanhar o carro. As meninas já haviam saído, e apenas Eunice a esperava.

— Aonde vai, Greta? — indagou Eunice, correndo atrás deles. — Mudou de ideia?

— Greta e eu temos negócios a tratar — justificou Diniz, certo de que podia contar com a discrição de Eunice.

Eunice fez uma cara de dúvida e deu de ombros. Não sabia nada daquilo e achou estranho, porque Greta não lhe contara de sua combinação com Diniz. Voltou para dentro, e Diniz e Greta saíram de automóvel.

— Aonde vamos? — perguntou ela, após alguns minutos de silêncio.

— A um lugar que conheço.

O lugar era um quartinho alugado num sobrado em frente à linha de trem, e Greta torceu o nariz de insatisfação.

— Não podia ter arranjado coisa melhor?

— Desculpe-me, Greta. Mas não podia me arriscar a sermos vistos perto de casa. Aqui, pelo menos, estaremos seguros e longe de olhares indiscretos.

— É barulhento — reclamou, quando um trem passou.

— Por favor, Greta, não reclame. Pode não ser o ideal, mas, por enquanto, serve.

Coberto de desejo e ansiedade, Diniz aproximou-se dela e tomou-a nos braços, beijando-a com ardor. Ela correspondeu ao beijo, tentando não pensar em Artur, e agiu conforme ele queria. Fez tudo o que ele esperava que ela fizesse e não reclamou de nada. Ao final, Diniz parecia satisfeito. Estalou-lhe um beijo nos lábios e comentou feliz:

— Não sabe o quanto esperei por esse dia — Ela não respondeu. — Queria que estivesse tão feliz quanto eu.

— Diniz, por favor...

— Não importa... Eu a amo tanto!

— Não sei como pode me amar. Não sinto nada por você.

— Não gosta de mim nem um pouquinho?

— Não queria que você sofresse, Diniz. Apesar de tudo, gosto de você, só que como amigo.

— Para mim, já é o suficiente.

Greta pensou por alguns minutos e continuou:

— E Soraia? Ela gosta de você.

— Mas eu não gosto dela.

— Acho que estamos na mesma situação, não é? Gostamos de quem não gosta de nós e dispensamos aqueles que nos amam. Não é engraçado?

— Seria, se não fosse triste.

— É engraçado sim. Soraia, que ama Diniz, que ama Greta, que ama Artur, que ama a esposa, que não ama ninguém.

— Soa mais como melodrama de fotonovela.

— Como foi que descobriu este lugar? — tornou, tentando mudar de assunto.

— Vi o anúncio nos classificados. A proprietária é uma mulher gananciosa e não se importou quando eu lhe disse que precisava do lugar para encontros com minha amante.

Greta não deixou de sorrir. Diniz até que a surpreendera. Não era nem de longe o homem que ela julgava que fosse. Fazia ideia de Diniz como daqueles homens que só esperam da mulher, que vivem cobrando tudo e que não dão nada em troca. Um egoísta, que só pensa em si e não liga a mínima para o sentimento da mulher. Mas Diniz não era nada disso. Era carinhoso e atencioso, e esforçou-se ao máximo para lhe dar prazer. Greta até que gostou, embora sentisse que nunca poderia se apaixonar por ele. Fazer sexo com ele era uma coisa e podia ser prazeroso. Mas amá-lo já era outra história, e ela tinha certeza de que jamais o amaria como ele esperava.

— Será que já não é hora de voltarmos? — indagou, consultando o relógio de pulso. — Já são quase seis horas.

— É uma pena, mas acho que temos mesmo que ir. Só que não podemos ser vistos juntos.

— Mas nós não saímos juntos?

— Porque eu sabia que todas as garotas estavam na praia e Valente estava dormindo. Mas não podemos chegar juntos. Já pensou se Soraia nos vir?

— O que pretende? Vai me deixar aqui?

— É claro que não. Vou colocá-la num táxi e seguirei no meu carro.

— E o que farei se Valente ou uma das garotas perguntar onde estive? Sim, porque elas vão perguntar. Ainda mais se eu começar a sair com frequência.

— Já pensei nisso. Você dirá que uma tia chegou do Piauí.

— Uma tia? Ora, Diniz, mas que disparate! Então não vê que isso não vai convencer ninguém?

— Ao contrário, vai convencer todo mundo. Uma tia não pode saber o tipo de vida que você leva, e você terá que visitá-la em sua casa. Dirá a ela que dorme no serviço e que, por isso, ela não poderá ficar com você. Ninguém tem por que desconfiar.

— Mas essa tia vai surgir assim, do nada?

— Diremos que você se corresponde com a família e que ela lhe mandou uma carta.

— Hum... não sei não.

— Confie em mim, Greta. Ninguém vai desconfiar. Você vai estar lá todas as noites, como sempre, pronta para receber o Mauro. E depois, não vamos sair todos os dias.

— E você?

— Eu? Matriculei-me num curso de inglês.

— Você o quê?

— Bem, foi o que disse a Valente. Que queria estudar inglês.

— Essa é boa. Espere só até ele lhe perguntar alguma coisa.

— Não vai perguntar nada. Valente não está nem um pouco preocupado com isso.

— Se você diz...

— Não se preocupe. Sei o que estou fazendo. E agora, vamos embora. Já está ficando tarde.

Sem discutir, Greta tomou o táxi e deu o endereço da Esfinge ao motorista. Diniz chegou cerca de uma hora depois de Greta, que já estava tomando banho e se arrumando para a noite. Ele cumprimentou a todos com um aceno e subiu correndo também. Valente viu quando ambos chegaram e notou o ar de felicidade de Diniz. Embora desconfiado, não disse nada. Não queria acreditar na sombra de desconfiança que perpassara sua mente. Era honesto em seu negócio e esperava que Diniz também fosse. Se eles haviam assegurado a Mauro que Greta não dormiria com ninguém mais na Esfinge, significava que ela só dormiria com ele e com mais ninguém, incluindo os patrões.

Mais tarde, Mauro foi dos primeiros a chegar. Vinha ávido pelo corpo de Greta e nem esperou que ela pedisse as bebidas ou o levasse para dançar. Subiu com ela imediatamente, para contrariedade de Greta, que não estava com a menor disposição para aquilo. A tarde com Diniz fora cansativa, e aturar as taras de Mauro seria demais. Mas ela não podia recusar ou Valente se zangaria, e ela poderia perder as esperanças de ver Artur novamente.

✦

— Isso já está ficando perigoso — reclamou Artur, após Greta lhe dizer que quase havia sido vista por uma das meninas. — E se Mauro descobrir?

— Espero que isso nunca aconteça. Do jeito que ele é, é até capaz de me matar.

— Deus me livre! Não diga isso nem brincando.

— Mas é a verdade. Ele é muito possessivo e orgulhoso. E não gosta de você. Ainda não o perdoou por aquela briga.

Artur suspirou e virou-se para o lado na cama. Aqueles encontros já estavam ficando mesmo muito complicados, mas ambos haviam chegado a um ponto em que ele não podia mais prescindir do corpo de Greta. Sabia que havia outras moças disponíveis, mas já se acostumara a Greta. Além disso, havia algo nela que o atraía e, não fosse por Felícia, teria tirado-a daquela vida e se casado com ela.

Mas Felícia ainda era a dona de seu coração, e ele não gostaria de separar-se dela. Só que ela não o queria mais, tratava-o como se ele fosse uma espécie de praga ou aberração. Estava se tornando tão distante e fria que já estava ficando praticamente impossível lidar com ela. De repente percebeu que já não sentia mais prazer em voltar para casa e ficava arranjando desculpas para permanecer na rua até tarde. Amava Felícia mais do que qualquer outra, mas chegava um momento na vida de um homem em que tinha que optar pelo amor à uma mulher ou a si mesmo. E ele já estava ficando cansado de ser humilhado e escorraçado por ela.

Com Greta era diferente. Ela era carinhosa e gostava dele de verdade. Além disso, era companheira e amiga, e sabia compreendê-lo e respeitá-lo quando estava triste ou não queria conversar. Por que é então que não ficava com ela? Se ele fosse desquitado, bem se atreveria a pedir-lhe que fosse morar com ele. Desquitado... por que não? Felícia já não o amava mais mesmo, e talvez fosse a hora de pedir-lhe o desquite. Se ela recusasse, se dissesse que ainda o amava, deixaria Greta onde estava e voltaria para a mulher. Mas ele sabia que não era isso o que iria acontecer. Felícia era até capaz de se sentir aliviada.

— Estive pensando... — divagou com ar alheado — ...e se eu a tirasse daqui?

— Como assim?

— Se eu montasse um apartamento para você e a tirasse dessa vida?

— Está falando sério?

— Estou. Andei pensando nisso. Gosto de você e não estou satisfeito em ter que dividi-la com Mauro.

— E Felícia?

— Felícia não me ama mais. Há muito deixou de me amar, se é que me amou um dia.

— Vai deixá-la?

— Vou... isto é, pretendo...

— E se ela não quiser?

Artur a encarou com seriedade. Gostava muito de Greta e era um homem por demais sincero e leal para enganá-la. Olhando fundo em seus olhos, afirmou:

— Se ela não quiser, fico com ela.

— Foi o que imaginei...

— Mas ela não vai querer. Precisa ver como me trata. Como se eu tivesse alguma doença ou algo do gênero. Ela me despreza, e eu não posso mais suportar.

— É só por isso que pretende me tirar daqui?

— Que outro motivo mais poderia haver? Estou infeliz no casamento, gosto de você e não quero mais que Mauro a toque.

Greta fitou-o emocionada. Era a primeira vez que ele demonstrava sinais de afeto. Artur sempre a respeitara e a tratara bem, mas deixara claro que amava a esposa e que voltaria para ela assim que ela estalasse os dedos. Sequer quisera pagar pela sua exclusividade e aceitara dormir com qualquer outra moça. Mas agora, parecia realmente interessado em ficar com ela. Greta sabia que ele não a amava como amava Felícia, mas o fato de lhe propor que fosse viver longe dali já era um bom começo.

— Sei que o que diz é sério. Mas tenho certeza de que Felícia não o deixará partir. Ela pode não amar você, mas não vai querer perder o marido e se tornar uma mulher desquitada.

— Não creio.

— Pois pode acreditar. Ela vai lhe pedir para ficar, e você vai concordar.

Durante alguns minutos, Artur ficou pensando no que ela lhe dissera. Talvez ela tivesse razão e, se Felícia lhe pedisse para ficar, ele não teria coragem de partir. Mas precisava ter certeza. Se Felícia não o amava mais, então ele preferia mesmo o desquite. Era muito duro viver sem amor, sendo desprezado e humilhado todos os dias.

— Veremos... — divagou Artur.

— Quando é que pretende falar com ela?

— Amanhã mesmo. Não vejo por que adiarmos mais isso. À noite, virei para lhe dizer o que ficou resolvido.

— Vou aguardar cheia de ansiedade.

Já era muito tarde, e Artur encerrou a conversa com um beijo. Pouco depois, Soraia voltou ao quarto para buscá-lo, e ele se foi. Greta saiu sorrateiramente e voltou ao seu próprio quarto, atirando-se na cama e pensando no que ele lhe dissera. Aquilo era o que mais desejava na vida. Poderia até se considerar casada com Artur. Ela cozinharia para ele e faria tudo para agradá-lo. O que mais poderia querer?

Enquanto isso, a caminho de casa, Artur ia pensando. Precisava ser forte. Felícia já estava passando dos limites, e ele precisava reagir. Por mais que a amasse, tinha que tomar uma decisão. Não podia mais deixar que a mulher o tratasse feito lixo. Um pedido de desquite poderia até servir para amedrontá-la e fazer com que ela o respeitasse mais. Se isso não acontecesse, era porque ele e Felícia já não tinham mais esperanças juntos. E o desquite seria a melhor solução.

CAPÍTULO 24

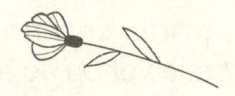

Quando Artur abriu a porta de casa, Hermínia veio correndo ao seu encontro, chorando e gritando desesperada:

— Ai, doutor Artur, que bom que o senhor chegou!

— O que foi que houve, Hermínia?

— É a dona Felícia! Está, há horas, passando mal.

Artur largou a pasta sobre o sofá e correu para o quarto da esposa. Ela estava deitada, olhos cerrados, as mãos apertando o ventre, no rosto uma expressão de sofrimento e dor. Aproximou-se vagarosamente e tocou gentilmente uma de suas mãos.

— Felícia — sussurrou —, que houve?

Ela abriu os olhos e fitou-o com angústia.

— Estou sentindo muita dor — gemeu dolorosamente.

— Onde? Na barriga? — Ela assentiu, e ele olhou para Hermínia, como que lhe pedindo uma explicação.

— São as regras de dona Felícia — adiantou-se, com rubor.

— Como assim? Você está com hemorragia? — Ela assentiu novamente. — Desde quando?

— Há bastante tempo — choramingou.

— Por que nunca me contou?

Felícia limitou-se a dar de ombros.

— Já chamei o doutor Antônio — acrescentou Hermínia, antes que ele pudesse dizer qualquer outra coisa. — Já deve estar chegando.

Ouviram o som da campainha, e Hermínia foi correndo atender. Em poucos minutos, Antônio entrava no quarto de Felícia, seguido por Ondina, que vinha com ar aflito e ansioso. Antônio se aproximou da cama e sentou-se do outro lado. Olhou a filha com ar crítico e indagou preocupado:

— O que você tem, minha filha?

— Dores, papai.

Ela se contorceu na cama, e Antônio pediu a todos que saíssem e que o deixassem examinar a filha. Os três foram para fora, e Hermínia foi para a cozinha preparar um café.

— A senhora sabia disso, dona Ondina? — indagou Artur, interessado.

— Disso o quê?

— Que Felícia anda tendo hemorragias?

— Não, não sabia. Fico até surpresa. Ela nunca me disse nada.

— A mim, também não.

— Que coisa! Felícia anda mesmo muito estranha.

Pouco depois, Antônio abriu a porta para que os outros entrassem. Depois de acomodados, falou para Artur:

— Não é nada grave. Fiz um exame superficial, porque não tenho material para examiná-la mais profundamente. Mas ela está com os ovários inchados e duros. Isso está me parecendo algum cisto.

— Cisto? — tornou Artur, perplexo. — E agora?

— E agora, ela deve fazer um exame minucioso. Talvez precise de uma cirurgia...

— Ah! Não, papai — protestou Felícia veementemente. — Não vou fazer cirurgia nenhuma!

— Isso é com o especialista. Vou recomendar um gineco-logista de minha inteira confiança. Quero que você a leve lá,

Artur, o mais rápido possível. Por ora, dei-lhe uma injeção que vai aliviar a dor.

Somente quando a injeção começou a fazer efeito foi que Felícia se acalmou. Aos poucos, suas mãos foram afrouxando sobre o ventre, e ela adormeceu. Seus pais se retiraram e, embora Ondina insistisse em ficar, Artur não permitiu. Cuidaria de tudo sozinho. Depois, se precisasse de ajuda, mandaria chamá-la.

Esperou até que o dia amanhecesse para telefonar ao médico. Como ainda era muito cedo, ninguém atendeu no consultório. Sentou-se ao lado da esposa e ficou olhando para ela. Apesar da palidez, continuava uma mulher linda, talvez mais linda do que nunca, com aquele ar de fragilidade que o tocava profundamente.

Avisou no escritório que faltaria naquele dia e ficou grudado no telefone, ligando a cada meia hora para ver se alguém no consultório já havia chegado. Só por volta das dez horas foi que uma voz de moça atendeu:

— Consultório médico, bom dia.

— Graças a Deus — suspirou Artur aliviado. — Gostaria de marcar uma consulta com o doutor Genaro.

O doutor Genaro era um médico muito procurado por sua competência, e Artur só conseguiu marcar uma consulta com ele se utilizando do nome do sogro e, assim mesmo, de emergência.

— Muito bem então — finalizou a secretária do médico. — Estaremos a sua espera mais tarde, às sete horas.

— Obrigado.

Assim que desligou, o telefone começou a tocar novamente, e ele atendeu com pressa. Era Ondina, querendo saber notícias da filha. Artur informou-a do médico e agradeceu sua oferta de acompanhá-los ao consultório. Felícia era sua esposa, e aquela era uma ótima oportunidade de reconciliar-se com ela. Queria mostrar-se atencioso e amigo, e esperava que ela se sensibilizasse com a sua dedicação.

No quarto, Felícia ainda dormia. A noite fora exaustiva, e ela só conseguira pegar no sono quase ao amanhecer. Por isso, era melhor deixá-la dormir. Puxou uma poltrona mais para perto da cama e sentou-se. Também estava cansado. Passara a noite em claro, e seus olhos começavam a pesar. Olhou demoradamente para a esposa, inocente e adormecida, e sentiu um imenso remorso pelo que fizera. Como pudera tramar o desquite pelas suas costas? Felícia precisava dele, agora mais do que nunca, e ele jamais a abandonaria numa situação como aquela.

E Greta? Como é que se sentiria quando soubesse o que acontecera? Ficaria extremamente desapontada, mas não havia nada que ele pudesse fazer. Aquele não era o momento mais propício para pedir o desquite. Enquanto Felícia estivesse doente, Artur precisaria dedicar a ela toda a sua atenção e não teria tempo para Greta ou qualquer outra mulher. Achava mesmo que, durante um bom tempo, deixaria de frequentar A Esfinge, até que Felícia melhorasse. Quem sabe não deixaria Greta para sempre? Não seria aquela uma boa oportunidade para se reaproximar da esposa? Não ficaria Felícia tocada pela sua dedicação e não passaria a vê-lo com bons olhos novamente? Era o que esperava.

O doutor Genaro era um senhor maduro e experiente, e conhecia ginecologia como ninguém. Examinou Felícia detidamente e deu o diagnóstico: Felícia estava com os ovários tomados de cistos, e uma cirurgia seria o mais recomendável.

— Não há outro meio, doutor? — questionou Felícia, nada satisfeita com aquele resultado.

— Bem, a senhora pode tentar engravidar...

— Engravidar? Mas como? Por quê?

— Os cistos tendem a diminuir com a gravidez...

— Mas isso é impossível! — protestou veemente. — Não posso engravidar!

— Por que não? A senhora ou seu marido são estéreis?

— Não... não é isso... — balbuciou e olhou de soslaio para Artur, que permanecia de cabeça baixa, as veias saltando do pescoço, como se estivesse remoendo a sua confusão.

— E por que é, então?

— Uma gravidez, a essa altura, não seria perigosa? — interveio Artur.

— Perigosa, não. Poderia trazer alguns transtornos, e dona Felícia teria que tomar certos cuidados. Mas não seria uma gravidez de risco, se é o que o preocupa.

— Bem, então podemos considerar a ideia.

Dissera aquilo somente para tirá-la do embaraço, e Felícia concordou com a cabeça. Não tinha a menor intenção de engravidar novamente, mas também não queria expor a sua vida ao médico. Sentiu-se grata a Artur por tê-la tirado daquela situação embaraçosa e até esboçou um sorriso.

— Enquanto isso — prosseguiu o médico, apanhando o receituário —, vou lhe receitar uns remédios. Não vão curá-la, mas vão auxiliá-la com as dores e a hemorragia.

Terminada a consulta, Felícia seguiu em silêncio no automóvel até chegarem à casa deles. Haviam antes passado na farmácia e comprado os remédios, e ela tomou um comprimido e foi se deitar.

— Sente-se melhor? — perguntou Artur, ajeitando-lhe as cobertas.

— Sim.

— Bem... então, boa noite.

Artur acendeu a luz do abajur na mesinha e encaminhou-se para a porta. Já ia sair quando ela o chamou novamente. Ele se voltou ansioso, e ela falou com voz sumida:

— Obrigada, Artur...

Ele sorriu e, com lágrimas nos olhos, saiu. Deixou a porta entreaberta, para o caso dela o chamar, e foi para o seu quarto. Deitado em sua cama, pensou nos últimos acontecimentos. Justo quando se decidira a pedir o desquite, aquilo acontecia. Greta ficaria desapontada. Mas ele não podia abandonar a esposa num momento daqueles. E depois, aquela enfermidade bem poderia ter vindo a calhar. O médico recomendara uma gravidez e, embora a ideia não agradasse a Felícia, podia ser que ele acabasse convencendo-a, ao menos para evitar a cirurgia.

⤜⤚⥰⥱⤙⤛

A todo instante, Greta consultava o relógio. Mauro partira havia quase duas horas, e nada de Artur aparecer. Àquela hora, ele já costumava estar lá, sentado à mesa de sempre, bebendo. Mas a noite ia avançando, e ele não aparecia. Será que acontecera alguma coisa? Ou teria ele desistido de tudo? Será que pensara melhor e mudara de ideia, e não tivera coragem de encará-la e contar-lhe a verdade?

Soraia também já estava impaciente. Queria ir para os braços de Diniz, mas aquele idiota do Artur não aparecia. A noite anterior fora um desastre, como todas as outras. Soraia não compreendia por que é que Diniz, de uma hora para outra, dera para esquivar-se. Sempre se dizia cansado e ficava deitado na cama, apenas conversando, ou lhe pedia uma massagem nas costas, ou simplesmente dormia e a deixava sem fazer nada. Poucas eram as noites em que se dispunha a amá-la.

Por volta das três horas, Greta se convenceu de que Artur não vinha. Com um suspiro de desapontamento, despediu-se de todos e se recolheu, e Soraia ficou remoendo a sua raiva. Aquilo não era motivo para impedi-la de ir ao quarto de Diniz, mas ele continuava sentado ao bar, bebendo e conversando com Eunice. Quando é que iria subir?

Impaciente, aproximou-se dele e soprou em seu ouvido:

— Já estou subindo. Espero-o em seu quarto.

Não esperou resposta. Saiu rebolando as ancas e foi subindo a escada, dando uma última olhada no salão quase vazio. Entrou no quarto de Diniz, tirou a roupa e deitou-se na cama. Se ele pensava que iria livrar-se dela só porque Artur não viera, estava muito enganado. Quando ele chegou, ela estava lendo uma revista e levantou os olhos para ele, acompanhando os seus movimentos. Diniz tirou a roupa e foi para o banheiro tomar um banho. Demorou-se mais do que o habitual, esperando que Soraia se cansasse e adormecesse, mas, quando voltou, ela estava de olhos bem abertos, à sua espera. Vestiu o pijama, bocejou e deitou-se a seu lado.

Na mesma hora, Soraia largou a revista e deitou-se junto a ele. Começou a acariciá-lo e a beijá-lo, até que ele afastou as suas mãos e protestou sonolento:

— Hoje não, Soraia. Estou cansado.

Ela ficou furiosa. Ergueu o corpo na cama, encarou-o com raiva e vociferou, apontando o dedo para ele:

— O que há com você, Diniz? Ficou broxa, é?

— Não fale assim, Soraia. Sabe que não gosto de vulgaridades.

— Pois então, me diga: o que foi que aconteceu com você? Por que está me repelindo?

— Já disse que estou cansado.

— Mentira! Você está é me evitando. Por quê?

— Não estou evitando você. Apenas não estou com vontade de fazer sexo hoje.

— Por que não?

— Porque estou cansado, já disse.

— Besteira! Das duas, uma: ou você está dormindo com outra, ou está mesmo broxa.

— Pare com isso, Soraia! Está me ofendendo.

— Quer dizer então que está dormindo com mais alguém?

— Deixe de ser boba. Com quem mais iria dormir?

— Não sei... — respondeu desconfiada. — Mas você tem saído muito à tarde.

— Estou estudando inglês.

— Para quê?

— Para aprender. Por quê? Não posso? Só porque sou cafetão, tenho que ser ignorante?

— Ora, vamos, Diniz, pensa que sou alguma idiota? Aposto como você está de caso com alguma mulher casada.

— Não seja ridícula.

— Acha mesmo que sou ridícula? Pois se descubro quem é, você vai ver só uma coisa! Acabo com a sua alegria num instantinho.

Aquela conversa estava ficando deveras perigosa. Ao contrário de Greta, acostumada a fazer sexo várias vezes numa noite, com pessoas diferentes, ele não conseguia manter tanta disposição. Mesmo quando não saía com ela à tarde, como naquele dia, não sentia vontade de dormir com mais ninguém, saciado e satisfeito com o que Greta lhe oferecia.

Mas Soraia estava ficando desconfiada, e a prudência lhe dizia que era melhor não facilitar. Se era sexo o que ela queria, era sexo o que iria lhe dar. Amansou a voz e murmurou baixinho, enquanto a puxava para si:

— Deixe de ser tolinha. Não tenho ninguém, além de você...

Beijou-a com ardor, e ela correspondeu com volúpia. Em breve, estavam se amando, e aquele parecia o Diniz de sempre. Soraia entregou-se com paixão e esqueceu-se da raiva.

❦

Enquanto isso, Greta chorava baixinho em seu quarto. Não se conformava com o fato de Artur não haver aparecido. O que teria acontecido? Depois de muito chorar, acabou adormecendo e, no dia seguinte, aguardou ansiosa a chegada da noite. Como no dia anterior, ele também não aparecera. Apenas Mauro viera, e ela fora obrigada a dormir com ele sem se queixar. Era sábado, dia em que Artur raramente faltava, mas nada dele aparecer.

No domingo, ele também não veio, e Greta começou a desesperar-se. Segunda-feira, e nada. Na terça, era dia do pretenso curso de inglês de Diniz, dia em que ela visitaria também a tia recém-chegada do Piauí.

Diniz saiu primeiro, como sempre. Passou por Soraia, que tomava sol no jardim, e beijou-a nos lábios.

— Até mais tarde, querida — falou ele, tentando parecer natural.

— Até logo — respondeu ela, examinando-o detidamente.

Ele abraçou o caderno e o livro de inglês que comprara ao acaso e foi apanhar o automóvel. Deu partida no motor e seguiu para o pequeno quartinho do sobrado. Meia hora depois, cansada de apanhar sol, Soraia resolveu entrar. Estava passando pelo quarto de Greta quando a porta se abriu, e ela surgiu, com ar abatido e olhos sem vida.

— Nossa, Greta! — espantou-se Soraia. — O que deu em você? Parece um defunto!

— Não estou para brincadeiras hoje, Soraia.

— Vai sair?

— Vou.

— Aonde vai?

— Apesar de não ser da sua conta, vou lhe contar: Vou ver minha tia.

— Ah! Dê lembranças a ela.

Foi só depois que Greta desceu as escadas que Soraia começou a reparar naquela coincidência. De uns tempos para cá, Diniz e Greta estavam ausentes sempre nos mesmos dias da semana. Todas as terças e quintas, Diniz ia para seu curso de inglês, e Greta ia visitar a tia. Não saíam nem voltavam juntos, mas era muito estranho. Seria apenas coincidência mesmo ou eles estavam se encontrando fora dali? Se estivessem, isso significava que Diniz a estivera usando todo aquele tempo. Mas com que objetivo?

No quartinho do sobrado, Diniz aguardava ansiosamente a chegada de Greta. Quando ela entrou, foi logo abraçando-a e deitando-a na cama.

— Ah! Greta, Greta. Passo os dias ansiando pelo seu corpo.

Ela não disse nada. Entregou-se a ele como sempre fizera, mas Diniz reparou que havia algo estranho. Ainda assim, não quis perguntar. Sabia, em seu íntimo, que ela estava triste porque Artur havia sumido, o que não deixava de lhe causar uma certa alegria. Por outro lado, preocupava-o também, porque, se Artur desaparecesse, Greta não veria mais motivos para continuar com aquela farsa e pararia de vê-lo também.

Diniz preferiu fingir que não havia percebido nada, e Greta também nada dissera. Quando terminaram, voltaram para A Esfinge. Primeiro chegou Diniz, de carro, e Greta surgiu uma hora depois. Soraia estava à espera de ambos e viu quando Diniz foi para o quarto, levando nas mãos o material do curso. Pensou em perguntar-lhe o nome do curso, mas ele poderia dizer qualquer um, e ela não saberia se estivesse mentindo. E se pedisse para se matricular também? Podia dizer que estava interessada em estudar inglês, e ele não teria como impedi-la. Com essa ideia, foi procurá-lo.

— Lamento, Soraia — falou ele —, mas o semestre já começou, e você só vai conseguir se matricular para o próximo. Mas não se preocupe. Quando as matrículas reabrirem, eu mesmo farei a sua.

— Sério?

— É claro. Pena que não ficaremos na mesma turma, porque eu estarei um nível na sua frente.

Com isso, Diniz esperava tê-la convencido. É claro que não faria matrícula alguma em curso nenhum, mas ganhara tempo. Até o próximo semestre, pensaria em algo.

Soraia, por sua vez, ficara em dúvida. Ele se dispusera a matriculá-la com tanta facilidade, que era quase impossível que estivesse mentindo. Pelo sim, pelo não, ficaria de olho naqueles dois. Observaria Diniz e Greta e poderia concluir se eles estavam ou não se encontrando.

Quando Greta chegou, Soraia estava no quarto de Diniz e não a viu entrar. Ela foi direto para seu quarto e trancou a porta, atirando-se na cama para chorar. Ouviu batidas leves na porta, mas não quis abrir, até que escutou a voz de Eunice:

— Abra, Greta. Sou eu, Eunice. Quero falar com você.

Com passos arrastados, Greta abriu a porta, e Eunice entrou. Fitou-a com ar preocupado, notando suas olheiras, e indagou aflita:

— O que você tem? Está doente? — Ela meneou a cabeça. — É Artur, não é? É por causa dele e de Soraia?

— Oh! Eunice!

Atirou-se em seus braços e chorou copiosamente. Eunice conduziu-a até a cama e fê-la sentar-se.

— Por que não me conta o que está acontecendo?

— Eunice... — começou, ainda em dúvida. — Se lhe contar, promete não falar nada a ninguém? Nem a Valente?

— Prometo. Você sabe que pode confiar em mim. Vamos, diga, o que está acontecendo? Você e Artur têm se encontrado?

— Como é que você sabe? — espantou-se.

— Logo vi. Saindo todas as tardes, com essa história de tia...

Com os olhos brilhando, Greta engoliu um soluço e contestou:

— Não, Eunice, quando saio à tarde, não é com Artur que vou me encontrar. É com Diniz...

— O quê? Diniz? Mas... pensei que você não gostasse dele... Não estou entendendo nada.

Greta contou a Eunice o trato que fizera com Diniz, o que deixou a amiga deveras preocupada.

— Isso é loucura! — objetou. — Soraia é perigosa. E não é confiável. Imagine se ela descobre uma coisa dessas! E Mauro então? Não quero nem pensar.

— Por favor, Eunice, você prometeu não contar nada a ninguém.

— Não vou contar. Mas não posso deixar de adverti-la. Você está se metendo em algo muito perigoso. Soraia e Mauro são pessoas más.

— Ora, vamos, também não é assim.

— Você sabe que é. Conhece Mauro melhor do que ninguém. Quanto a Soraia, nós duas sabemos o que o ciúme é capaz de provocar. Ela é louca por Diniz. Quando descobrir que está sendo usada, vai ficar furiosa, e sabe-se lá o que é capaz de fazer. Você tem que acabar com isso. Para o bem de todos, acabe com essa loucura.

— Acho que já está acabada. Artur sumiu...

— É, noto que ele não tem vindo. Ainda bem. Vai ser melhor para todo mundo. Agora, só falta terminar tudo com Diniz também. Vá procurá-lo e acabe logo com essa farsa.

Por mais que Eunice tivesse razão, Greta ainda nutria esperanças de que Artur aparecesse. Não sabia o que havia acontecido com ele, mas ele não podia ter mudado de ideia assim, de uma hora para outra. Não. Esperaria mais um pouco. Se ele sumisse de verdade, aí sim, terminaria tudo com Diniz. Uma semana. Era o tempo que esperaria. Aguardaria apenas mais uma semana e, se Artur não aparecesse, terminaria tudo com Diniz e continuaria levando a sua vida como sempre fizera.

CAPÍTULO 25

Alguns dias depois do incidente, Felícia já se encontrava melhor. A hemorragia havia cessado, e as cólicas desapareceram. Sentia o ventre inchado e um pouco dolorido, mas, até a próxima menstruação, não haveria muito com o que se preocupar.

Artur permanecera todas as noites em casa, zelando por ela, o que lhe causara imenso bem-estar. Não aceitara a ajuda de Ondina, alegando que poderia cuidar da esposa sozinho. A própria Felícia apreciava a sua dedicação, embora nada lhe dissesse. Agradava-lhe a companhia do marido a seu lado, durante a noite e, desde que ele não a tocasse, tudo corria bem.

Com isso, Artur deixara de ir à Esfinge. Não dissera nada a Greta e sabia o quanto ela deveria estar preocupada. Mas não podia sair do lado de Felícia e foi deixando Greta para depois. Quando a esposa estivesse recuperada, daria um pulo até lá e explicaria tudo. Terminaria de vez com aquele romance tresloucado e se dedicaria somente à mulher.

Satisfeito, esperou até que Felícia adormecesse e foi para seu quarto. Deitou-se na cama e logo adormeceu também. Semidesligado do corpo, encontrou Felícia a seu lado, junto de Tereza, a quem já conhecia das vezes em que o levara para visitar o filho. Estranhou a presença das duas, porque era a primeira vez que as via juntas. Sabia que Tereza também levava Felícia para falar com Tiago, mas jamais imaginou que um dia os levaria juntos.

— Tereza — indagou Artur —, o que significa isso?

— Não queria que você fosse conosco — adiantou-se Felícia. — Mas Tereza insistiu... Disse que Tiago quer falar com nós dois, juntos.

— Por quê? Aconteceu alguma coisa?

— Isso é entre vocês e ele — esclareceu Tereza. — Não posso adiantar nada.

Em silêncio, partiram ao encontro de Tiago. Pela primeira vez, Felícia e Artur se viam juntos diante do filho, e a reação de ambos foi bastante diferente. Artur abraçou o filho com entusiasmo, como quem reencontra um ente querido que há muito não se vê. Perguntou como estava, elogiou sua aparência e demonstrou alegria com a sua nova forma adulta.

— Pelo visto, vocês se dão muito bem — observou Felícia com azedume. — Não sabia que eram tão íntimos.

— Ele é meu pai — justificou Tiago. — Por que é que não haveria de me dar bem com ele?

— Vejo que aprecia mais a companhia dele do que a minha.

— Felícia, você está com ciúmes! — exclamou Artur, indignado. — Como pode ter ciúmes de seu filho?

— Não estou com ciúmes. Só acho que isso não é justo. Eu passo os dias em casa, quase não saio, pensando nele, enquanto você vive pela rua até altas horas da noite, fazendo não se sabe o quê, com não se sabe quem. E, no entanto, ele parece gostar mais de você do que de mim. É o que mereço por ter sido tão dedicada esses anos todos.

— Mãe — tornou Tiago, com doçura —, não é nada disso. Gosto de você tanto quanto gosto de meu pai. Na verdade, amo profundamente os dois. Só que ele não vem com o desespero que você vem. Papai é um homem íntegro e corajoso, e só você não consegue perceber isso.

— Percebo. Percebo o quanto você o admira.

— Admiro sim. Nunca neguei isso. Admiro a sua coragem, a sua determinação, a sua compreensão da vida e de si mesmo. O que não quer dizer que não ame você também.

— Só que eu não sou nada disso. Sou medrosa, tímida, não entendo nada e fico com raiva porque o perdi. Sinto muito se o estou decepcionando, Tiago, mas começo a pensar se valeu a pena todos aqueles anos que passei pensando em você.

— Tudo na vida vale a pena, mãe. Mesmo que não seja exatamente aquilo que planejamos, conta a nosso favor como experiência. Os anos que você passou fechada em si mesma serviram para amadurecê-la e fazer com que compreendesse a necessidade de amar a si própria.

— E seu pai faz isso, não faz?

— Felícia — intercedeu Artur —, eu a amo. Passei a minha vida inteira esperando por você. Mas você não me quis, e eu tenho outras necessidades que você não quer mais suprir.

— Está se referindo ao sexo? Pois não sou obrigada a fazer o que não quero.

— Não. E é isso o que me entristece. Pensei que pudesse reconquistá-la, esperei que você pudesse voltar a fazer amor comigo por prazer. Nada quero por obrigação. Se me repudia tanto assim, é melhor mesmo que nunca mais me procure. Só que eu não estou ainda pronto para uma vida de abnegação. Não nesse sentido.

— Está querendo me dizer que tem uma amante?

Antes que Artur pudesse responder, Tereza interferiu:

— Não foi para isso que os trouxe aqui. Não é hora de brigarem. A hora é de se unirem para um melhor entendimento e uma vida mais feliz.

Os dois se calaram envergonhados, e Tiago tomou a palavra:

— É imperioso, mãe, que você tenha um novo filho.

— O quê? Você ficou louco? Já disse que não quero mais filhos! Muito menos deitar-me com Artur.

— Mas é preciso. Você está adoecendo.

— Minha doença não tem nada a ver com isso.

— Mas é claro que tem. Sua menstruação está irregular e sofrida. E é através do ciclo menstrual que a mulher passa por um processo de renovação periódica, onde tem a oportunidade de rever e avaliar se está utilizando o seu potencial feminino de forma adequada.

— Não entendo o que quer dizer.

— Seu útero está pronto para acolher e dar continuidade ao fluxo de vida, mas você se esqueceu de ser mulher e se trancou num mundo onde a energia feminina foi deixada de lado. De repente, adotou uma posição masculina de autossuficiência e esqueceu-se de ser cuidadosa, acolhedora, sensível. Por isso, sangra em excesso. A hemorragia vem para lhe mostrar a necessidade de assumir o seu papel de mulher...

— Isso não está certo, Tiago. Tenho plena consciência do meu papel de mulher.

— Tanto não tem, que a hemorragia vem acompanhada de cólicas terríveis. A cólica nada mais é do que uma resposta à resistência que você impõe à renovação que a menstruação traz.

— Mas é porque meus ovários estão cheios de cistos...

— Porque a sua alma reconhece que ser mulher do jeito que você está sendo não é suficiente. Você está pronta para ser mãe, todo o seu corpo anseia por isso, mas você permanece na teimosia e se recusa a utilizar sua energia de criação. Você é capaz de criar e manter a vida, porque é a mulher que gera e cuida da criança. Além disso, não está sendo nada acolhedora consigo mesma, e todo o seu sistema genital vai entrar em colapso se você não modificar a sua postura.

— O que devo fazer?

— Em primeiro lugar, aceite a sua sexualidade. Você é uma mulher saudável e tem todo um potencial de energia sexual reprimida. Fica em casa, na passividade, com essa energia toda pronta para afluir. Mais um pouco, e vai adoecer outras áreas também. Quando conseguir ceder ao desejo sexual, acolha novamente a maternidade. Você está pronta para isso, porque essa é uma das suas funções na Terra.

— Não posso... O único filho que sempre quis foi você.

— Felícia, pense bem — interveio Artur, em tom de súplica. — É o seu próprio filho quem lhe pede. Considere essa possibilidade. Nós ainda podemos ser muito felizes. Somos jovens, e outros filhos completarão a nossa alegria.

— É isso mesmo, mãe. Há tantos espíritos querendo nascer. Tantos espíritos afins a vocês esperando por uma oportunidade, espíritos que deveriam ter sido meus irmãos e que você está impedindo de nascer.

— Eu!? Era só o que me faltava. Agora vou também ser responsável pelas frustrações dos outros?

— Não se trata disso. Mas vocês haviam se comprometido com eles também. Por que não lhes dar essa chance?

— Quem são eles?

— Pessoas afins, de vidas passadas.

— E você? — perguntou Felícia, ansiosa. — Por que não pode ser nosso filho novamente?

— Ainda é muito cedo — suspirou.

— Mas já faz oito anos que você morreu!

— Para mim, é pouco tempo. Preciso de mais alguns anos para me preparar.

— Se não pode ser você o meu filho, não quero mais ninguém.

— Esse seu comportamento me entristece e me faz pensar no proveito de eu reencarnar novamente junto de você. Vejo que não aprendeu nada sobre desapego e amor.

— Não diga isso!

— É verdade. Se você continuar a pensar dessa maneira, eu não poderei reencarnar com você tão cedo. Se o fizer, estarei repetindo um comportamento que quero evitar.

— Como assim? Não entendo o que quer dizer. Eu só faria amá-lo.

— Não. Você se apegaria a mim, agora mais do que nunca. Se eu voltar, você vai esquecer de vez os seus compromissos com meu pai e só vai se dedicar a mim, com medo de me perder novamente. Ao invés de se reconciliar com ele, vai afastá-lo ainda mais de você. E não é disso o que você precisa.

— Preciso de você, de meu filho, a meu lado.

— Você precisa assumir sua condição de esposa, de mulher e de mãe. Quando conseguir isso, verá como as coisas se tornarão mais fáceis. Até seus cistos irão desaparecer.

— Não acredito. Não pode ser tão fácil assim.

— O próprio médico da Terra a aconselhou a engravidar. Não estou certo?

— Está...

— Pois então? O que está esperando? Ficar realmente doente, impossibilitada de engravidar novamente? Desistir de viver e acumular experiências não vividas para uma próxima vida?

— Não sei. Não sei, Tiago, você está me confundindo!

— Por que não mostramos a ela a razão de tudo isso? — sugeriu Artur, aflito com o seu quase desespero.

— Porque ela não quer — esclareceu Tiago.

— Não quero o quê? — tornou Felícia, desconfiada.

— Rever o passado.

— Você já reviu? — dirigiu-se a Artur.

— Já sim. E foi bastante proveitoso. É o que me dá forças para continuar.

— Pois eu não quero! E ninguém pode me obrigar!

Sem que ninguém esperasse, Felícia retornou ao corpo físico e acordou assustada, suando frio. Levantou-se da cama e foi beber água. Em seu quarto, Artur ainda permanecia adormecido, e Tiago terminava de lhe dizer as últimas palavras:

— Não fique triste, pai. Ela está apenas sendo teimosa. Tenho certeza de que está pensando em cada palavra do que lhe dissemos.

Artur sorriu e deu-lhe um beijo na face, acrescentando com uma certa angústia:

— Espero que tenha razão, meu filho. Está ficando difícil suportar.

— Só mais uma coisa, pai.

— O que é?

— Cuidado com Lurdinha. Ela é uma boa pessoa, e você sabe o quanto está envolvida com tudo isso. Acha que deve magoá-la de novo?

Artur apenas balançou a cabeça, entristecido. Sabia muito bem do envolvimento de Lurdinha com todos eles. Mas o que podia fazer se, ao voltar para a carne, não se lembrava de nada do que haviam conversado?

Em silêncio, voltou à Terra. Seu corpo jazia sobre a cama, tranquilamente adormecido, e ele o retomou com cuidado. Estremeceu levemente no sono, abriu os olhos por uns instantes e voltou a dormir.

CAPÍTULO 26

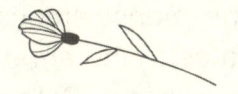

Quando Greta avistou Artur caminhando por entre as mesas, quase saiu de onde estava para ir ao seu encontro, mas o olhar ameaçador de Mauro a fez recuar.

— O que está pretendendo, Greta? — perguntou ele, o cenho franzido.

— Nada... Estou com vontade de ir ao banheiro.

Levantou-se, tentando não parecer ansiosa demais, e sentiu a mão de Mauro apertando a sua.

— Olhe lá o que vai fazer — ameaçou com severidade.

Greta puxou a mão e foi em direção ao banheiro, olhando para Artur pelo canto dos olhos. Ele havia se sentado a uma mesa do outro lado e conversava com Bete. Soraia ainda não o havia visto, e Greta continuou caminhando. Entrou no banheiro e fechou a porta. Foi para o espelho e retirou o batom da bolsinha que levava a tiracolo. Começou a passar batom nos lábios, até que a porta se abriu novamente. Era Eunice.

— Não vai fazer nenhuma besteira, vai? — indagou preocupada.

— Que besteira?

— Não se faça de boba. Vi muito bem o seu olhar para Artur.

— Artur está aí, é?

— Não se faça de tonta, Greta. Vai querer me enganar? Logo a mim?

Era bobagem mesmo. Eunice era sua melhor amiga e não adiantava nada fingir para ela. Greta terminou de passar o batom, guardou-o na bolsa e, encarando a outra, desabafou:

— Não sei se vou aguentar. Há dias Artur não aparece. Vê-lo agora causou-me imensa emoção.

— Não há nada de estranho em estar apaixonada. Mas tem o Mauro. Cuidado com ele. Pelo jeito como olhou para Artur quando você se levantou, não está para brincadeiras.

— Acha que ele percebeu alguma coisa?

— Ele não é cego. Nem burro. Quando Artur entrou, você quase caiu da cadeira. Precisa tomar mais cuidado, senão vai acabar se dando mal.

— Isso vai ser por pouco tempo. Em breve, Artur vai me tirar daqui e vamos viver juntos. Aposto como andou sumido porque estava procurando apartamento para nós...

Eunice suspirou desanimada e afagou o rosto de Greta com carinho.

— Pobre Greta — murmurou. — Logo vai aprender que homens como Artur não se unem a mulheres feito nós. Eles nos usam enquanto precisam e depois nos descartam na pilha do bagaço.

— Não fale assim, Eunice. Você não o conhece. Ele estava falando a verdade quando disse que ia me tirar daqui.

— Pode ser... Mas ele ama mesmo é a esposa. Quando ela estalar os dedos, ele volta correndo para ela.

— Isso não vai acontecer. Felícia não o ama mais, e ele está realmente disposto a se desquitar e ir viver comigo.

— Tenho lá as minhas dúvidas...

— Pois está errada. E vou provar isso

Encerrando o assunto, Greta saiu do banheiro e foi para sua mesa, mas Mauro não estava mais lá. Olhou ao redor, procurando-o, e não o viu. Onde é que estaria? Teria ido ao banheiro? Num segundo, decidiu. Rodou nos calcanhares e partiu apressada para a mesa de Artur, que agora bebia e conversava com Soraia. Acercou-se rapidamente e foi logo falando:

— O que foi que houve? Por onde andou?

Artur nem teve tempo de responder. Por detrás de Greta, Mauro vinha chegando, em companhia de Valente.

— Boa noite — cumprimentou Valente com formalismo. — O senhor está sendo bem servido?

— Claro... — respondeu o outro, surpreso com a chegada repentina dos três.

— E você, Greta? Perdeu o caminho para sua mesa?

Rosto afogueado, Greta não respondeu. Virou as costas e fez o caminho de volta, com Mauro no seu encalço.

— Greta! Espere, Greta!

Ela nem lhe prestava atenção. Estava furiosa, nem sabia com o quê. Mauro estava no seu direito de reclamar, e Valente era o patrão. Era ela quem não estava agindo corretamente. Sentiu quando a mão de Mauro apertou o seu braço, virando-a bruscamente para ele.

— Estou falando com você! — berrou irado.

Com olhar de desdém, Greta puxou o braço e rebateu friamente:

— Sou paga para dormir com você, não para escutar as suas rabugices.

Num ímpeto, Mauro desferiu-lhe uma bofetada no rosto, que a fez cambalear e quase cair sobre uma das mesas.

— Cadela! — rosnou. — Pago caro para você fazer o que eu quiser!

Ia bater-lhe novamente, mas Valente não permitiu.

— Contenha-se, Mauro. Sabe que não tolero violência aqui. Muito menos contra as garotas.

Mauro cerrou o punho e rugiu entredentes:

— Pode deixar, Valente. Não vai se repetir.

Saiu puxando Greta pelo braço e foi levando-a para cima. De onde estava, Artur assistira a tudo, remoendo o desejo de acertar um murro no queixo daquele covarde do Mauro. Mas a prudência o fez recuar. Afinal, ia desistir da ideia de viver com Greta, e não valia a pena comprar uma briga por nada. Ainda assim, falaria com ela.

Esperou até a madrugada, quando só então Mauro se foi. Aguardou uns dez minutos e subiu com Soraia. Greta estava sobre a cama e correu a abraçá-lo assim que ele entrou.

— Graças a Deus! — desabafou, apertando-se a ele. — O que foi que houve? Por onde andou? Pensei que não viesse mais.

— Calma, calma. Uma coisa de cada vez.

Ela o foi empurrando para a cama e sentou-se no colo dele, beijando-o longamente.

— Senti a sua falta. Tive medo de que me deixasse.

— Greta... precisamos conversar.

Ela sentiu, pelo tom de sua voz, que algo não ia bem. Encarou-o com ar grave e rumorejou, agarrada ao seu pescoço:

— Vai me deixar... sei que vai... posso sentir...

— Não se trata disso. Mas não posso mais levar adiante o nosso plano.

— Quer dizer que não vai mais se desquitar?

— Não. Felícia ficou doente, precisa de mim.

— E eu? Também não preciso de você?

Era a primeira vez que Greta se rebelava contra o casamento de Artur. Sempre se mantivera passiva diante daquela situação e jamais lhe cobrara qualquer coisa. Mas a sua promessa criara nela um mundo de expectativas, e ela vivia sonhando com o dia em que o teria só para ela e poderiam viver sem ter que ficar se escondendo.

— Sinto muito — lamentou ele. — Mas Felícia está muito doente. Não posso deixá-la agora.

— Mas e eu? Como é que fico? Não estou doente, mas não posso mais viver sem você.

Ela chorava descontrolada, e Artur a abraçou com ternura.

— Não se preocupe — procurou consolar. — Continuaremos a nos ver.

Em silêncio, Greta abaixou os olhos e chorou de mansinho, e Artur puxou-a para si e beijou-a com ardor. Em seus braços, Greta se esqueceu de tudo. Entregou-se a ele com paixão e procurou não pensar em seu futuro. Se é que tinha um futuro.

⚜️

Mais tarde, ao girar a chave na fechadura, a porta da frente de sua casa se abriu abruptamente, e Artur deu de cara com Felícia, que abrira a porta pelo lado de dentro.

— Felícia! — exclamou espantado. — Aconteceu alguma coisa?

Ela andava de um lado para o outro, esfregando as mãos nervosamente, e respondeu com um certo tremor na voz:

— Tive aquele sonho novamente. Corri aterrada, mas não consegui fugir. E você veio... veio até mim... com aquela faca... aquele olhar insano...

Ela falava aos tropeções, a voz entrecortada pelos soluços, e Artur correu para ela e estreitou-a de encontro ao peito.

— Felícia... — murmurou, a voz carregada de amor.

Começou a alisar seus cabelos com carinho, estreitando-a sem volúpia. Aquilo a agradou. Pela primeira vez em muitos anos, Felícia sentiu prazer, envolvida nos braços de Artur. Havia apenas amor naquele abraço, sem desejo, e Felícia percebeu que se sentia bem e segura ao lado do marido. Com lágrimas nos olhos, afastou-se dele gentilmente e indagou com voz aflita:

— Onde esteve?

Artur sentiu o rubor subir-lhe às faces, e uma imensa confusão tomou conta dele. O que iria lhe dizer?

— Fui dar uma volta... — hesitou — ... caminhar por aí.

— Já é tarde.

— Sei disso. Perdoe-me, querida. Fui andar pela praia e não vi a hora passar.

Pelo seu suspiro, Artur tinha certeza de que ela não acreditara. Mas Felícia também já estava ficando cansada de tudo aquilo e começava a pensar se ele não tinha razão de sair todas as noites. Eles eram casados havia quatorze anos e, havia oito, ela não se deitava com ele. Não seria esperar muito que ele se mantivesse casto até a morte? Que homem aguentaria o que ele vinha aguentando? Qualquer outro, no seu lugar, já teria pedido o desquite. Mas ele não. Apesar de tudo, jamais a abandonara. Seria justo o que ela vinha fazendo com ele?

❧❧❧

Sentados à mesa de um restaurante no centro da cidade, Artur e Norberto conversavam entusiasmados. Haviam fechado um grande contrato para a construção de imenso edifício e comemoravam o sucesso do negócio.

— Esse contrato vai nos render um dinheirão — gabou-se Norberto. — É um projeto e tanto.

— Trabalhamos duro, mas valeu a pena. E tenho certeza de que será um magnífico empreendimento.

— É verdade — Norberto deu um último gole na cerveja e estalou a língua, perguntando em seguida: — Catarina e eu vamos passar o fim de semana em Juiz de Fora. Você e Felícia não gostariam de vir?

— Hum... gostar, eu gostaria. Mas não sei se Felícia vai concordar.

— Você não disse que ela está um pouco mais acessível? — Ele assentiu. — Então? Não custa nada tentar. Se você quiser, posso falar com Catarina. Sabe como as duas se tornaram amigas.

— Tem razão. Mas pode deixar. Eu mesmo falarei com ela quando chegar.

Efetivamente, Felícia andava menos arredia. Conversava com ele com mais afetuosidade e já não sentia repulsa quando ele a beijava no rosto. Mas era o máximo a que conseguia chegar. Qualquer coisa além disso, Felícia repudiava com veemência, e Artur foi se acostumando. Procurou deixar o desejo para Greta e concentrou-se em ser carinhoso com a esposa. Às vezes era difícil, mas o amor que sentia por Felícia superava qualquer obstáculo.

Depois do jantar, foram para a outra sala, e Felícia ligou a televisão. Estava passando um filme que ela queria muito assistir, e Artur sentou-se com ela. Era um romance água com açúcar, mas ele procurou demonstrar interesse. A todo instante, Felícia olhava para o relógio de parede, à espera da hora em que ele se levantaria para sair. O filme terminou, e Artur não saiu de seu lado. Apreciava a sua companhia e só saía quando ela se recolhia cedo ao quarto, deixando-o sozinho com suas frustrações. Felícia desligou o aparelho de TV e bocejou longamente, indagando sonolenta:

— Não vai sair?

— Não... — ele se sentiu pouco à vontade com sua pergunta e rebateu com outra, que vinha guardando desde o início da noite: — Será que você não gostaria de ir passar um fim de semana em Juiz de Fora com Norberto e Catarina? Eles nos convidaram.

Artur ficou esperando que ela lhe desse um fora ou, ao menos, que se apressasse em dizer não, mas ela considerou a ideia, o que não deixou de ser uma agradável surpresa.

— Quando é que eles vão? — indagou interessada.

— Na sexta-feira, depois do almoço. E voltam no domingo à noitinha.

— Sei...

— Então? Que tal? Não gostaria de ir? Seria bom nos afastarmos um pouco dessa agitação do Rio, não acha?

Felícia não achava. Quase não saía, e o lugar onde viviam era um pouco afastado de tudo, no meio da floresta, cercado de árvores e mansões. Não poderia existir, em todo Rio de Janeiro, lugar mais sossegado do que aquele. Ainda assim, não quis descartar o convite e continuou a considerar:

— Será que não está fazendo muito frio por lá?

— Não creio. Estamos na primavera.

— Você sabe que não me dou bem em lugares frios.

— Ora, Felícia, aqui também é bem fresquinho. E você nunca reclamou.

— Em que hotel vão ficar?

— Não sei. Acho que é um hotel-fazenda.

— Tem piscina?

— Também não sei, Felícia. Mas isso não pode ser empecilho. Não estamos obrigados a frequentar a piscina. Se você quiser, nem aparecemos por lá. Vamos passear, andar a cavalo, fazer qualquer coisa que queira.

— Hum... está certo. Creio mesmo que um fim de semana longe daqui vai nos fazer bem.

O coração de Artur quase saltou do peito. Não podia acreditar no que estava ouvindo. Felícia aceitara viajar com ele! Iriam novamente dividir o mesmo quarto. Ser chamados de casal mais uma vez. Era mais do que poderia desejar.

Como ainda era terça-feira, Felícia resolveu que faria umas compras. No dia seguinte, telefonou para Catarina, dando-lhe a notícia e convidando-a para irem às compras. Catarina aceitou de bom grado, e lá foram as duas para o centro da cidade.

— O que vai comprar? — perguntou Catarina, animada.

— Não sei. Acho que um casaco novo. Os meus estão todos gastos.

— Por que não compra uma camisola nova também?

— Para quê?

— Ora, Felícia, aproveite para ter uma segunda lua de mel.

— Deixe de bobagens, Catarina. Já estou muito velha para isso.

— Que nada! Sempre se é jovem para o amor.

Entraram em uma loja de lingeries, a mesma em que haviam visto Lurdinha tempos atrás, e foram direto para a seção de camisolas. Havia coisas lindíssimas ali, e Felícia se encantou com uma, de seda, toda branca, com bordados nas pontas. Parecia mesmo coisa de noiva.

— Que tal esta? — indagou, colocando-a na frente do corpo e exibindo-se para a amiga.

— Linda. Mas uma coisa mais sensual cairia bem — Catarina procurou um pouco mais, até que achou um baby-doll vermelho e bem curtinho. — Acho que esse aqui ficaria melhor.

Aquela peça de roupa íntima causou estranho mal-estar em Felícia. Mais do que nunca, lembrou-se da presença de Lurdinha ali, naquela mesma loja, e sentiu imenso desconforto.

— Não sou uma vagabunda — rugiu baixinho, colocando o baby-doll das mãos de Catarina.

Saiu apressada da loja, e Catarina largou o baby-doll e correu atrás dela.

— O que deu em você, Felícia? O que foi que eu fiz de errado?

— Nada. Você não fez nada de errado. Eu é que não gosto dessas coisas. Parece roupa de mulher ordinária.

— Pois você devia experimentar. Eu mesma compro cada coisa para usar com Norberto... Deixo-o maluquinho!

— Catarina! — horrorizou-se Felícia. — Nunca a ouvi falando desse jeito. Pensei que fosse toda certinha.

— Assim você me ofende, Felícia. É claro que sou certinha. Só que não vejo nada de mais em querer agradar meu marido. E a mim também...

— A você também?

— É claro. Ou pensa que só ele gosta dessas coisas? Eu também sinto prazer, minha amiga, e como!

— Não devia falar assim, Catarina. Não fica bem para uma moça de família.

— Não estou falando nada de mais. Estou conversando com uma amiga íntima. E acho que você também deveria experimentar. Aposto que, se se soltasse um pouco mais, seria mais feliz.

— Como assim?

— Você é muito contida. Dá para se notar até na forma como se veste.

— Artur nunca reclamou.

— Porque ele a ama de verdade. Mais um motivo para querer agradá-lo.

— Vamos mudar de assunto.

Felícia foi caminhando apressada e entrou em uma perfumaria. Não estava gostando nada daquela conversa. Não sabia onde Catarina arranjara aquelas ideias, mas não concordava com nada daquilo. Vestir-se feito uma rameira não era nada engraçado. Artur podia até não gostar. Ou será que gostaria? Afinal, ele saía todas as noites, e ela estava certa de que aquela história de passeios pela praia era papo-furado. Ele devia mesmo era ter uma amante. E será que a outra fazia com ele o que Catarina sugeria? Talvez até fizesse coisa pior. Mas a outra era sua amante, e ela era sua esposa. Não ficava bem igualar-se a qualquer vagabunda só para agradar o marido.

Durante o resto do dia, nem Felícia, nem Catarina voltaram a tocar no assunto. Catarina não queria ser desagradável, e Felícia tinha medo. Temia provocar Artur e depois não aguentar. Se usasse as roupas que a amiga sugeria, Artur pensaria que ela o estava seduzindo, e não era essa, em absoluto, a sua intenção. Aceitara comprar uma camisola nova só para usar no hotel, mas não estava pensando em nada sensual. Aquilo fora ideia de Catarina, que ela não iria acatar. Era bom que Artur soubesse que nada mudara entre eles. Dormiriam no mesmo quarto porque não ficaria bem, sendo casados, dormirem em quartos separados, mas ela não pretendia dividir com ele a mesma cama. Pediria um quarto com duas camas de solteiro, e não uma de casal. Ainda assim, voltou à loja de lingeries e comprou a camisola branca. Também não era motivo para descuidar da aparência. Não queria seduzir Artur. Queria apenas sentir-se bem em uma roupa nova de dormir, que nada tinha de sexy ou provocante, o que manteria Artur afastado.

A sexta-feira pareceu haver levado uma eternidade para chegar. Mas o dia amanheceu ensolarado, e Artur mal conseguia conter a ansiedade. Foi trabalhar de manhã, assim como Norberto, que dali iria buscar Catarina e depois se encontraria com Artur e Felícia em sua casa. Iriam em dois carros, para ficarem mais independentes.

Chegaram a Juiz de Fora ainda com dia claro e aproveitaram para dar uma volta pela fazenda. O lugar era muito bonito e agradável, e os quatro caminharam durante o resto da tarde. Depois, voltaram para o hotel, uma casa antiga em estilo colonial, jantaram e se recolheram.

Para Artur, parecia o paraíso. Felícia o tratava com cordialidade e chegava a ser carinhosa em alguns momentos, o que o enchia de esperança. Por mais que ela insistisse em duas camas de solteiro, ele ainda acreditava que conseguiria envolvê-la e amá-la como antigamente. O ambiente era propício, e ele achava que ela acabaria por corresponder a suas carícias.

Mas não foi isso o que aconteceu. Sozinhos no quarto, Felícia começou a se sentir retraída e assustada. Queria tomar banho, mas tinha medo de que ele fosse atrás dela e a surpreendesse em sua nudez, o que seria pior do que a morte. Completamente aturdida, tentou uma desculpa:

— Sei que já é tarde, Artur, mas estou morrendo de dor de cabeça. Será que o hotel não tem nenhum comprimido para ceder?

— Não sei. Vou ligar para a recepção e perguntar.

Artur pegou o telefone e discou o ramal da recepção. Quando o atendente respondeu, informou-o de que o único comprimido disponível era Saridon, mas Felícia não aceitou.

— Você sabe que não me dou bem com Saridon — desculpou-se. — Prefiro Aspirina.

Artur não sabia. Ela nunca lhe falara nada, mas achou melhor não contestar.

— Quer que vá procurar uma farmácia?

— Você faria isso?

— Se você quiser...

— Quero. É um incômodo, eu sei, mas minha cabeça dói terrivelmente.

— Não se preocupe, querida. Irei num instantinho.

Meio desanimado, Artur apanhou a chave do carro e foi para a recepção, informar-se onde poderia encontrar uma farmácia aberta àquelas horas. Juiz de Fora era uma cidade pequena, e ele foi informado de que não encontraria nada aberto depois das dez horas. Teria que correr, ou todas as farmácias já estariam fechadas. E ele nem conhecia a cidade direito. Pensou em chamar Norberto, mas ele deveria estar entretido com outras coisas, e ele não achava justo tirá-lo dos braços da esposa, onde ele também gostaria de estar.

Quando voltou, já eram quase onze horas, e ele abriu a porta vagarosamente. O quarto estava às escuras, e ele tateou em busca do abajur. Acendeu-o, e a luz bruxuleante invadiu o ambiente. Felícia dormia a sono solto em sua cama, virada para a janela, as costas voltadas para ele, e Artur não pôde ver o seu rosto. Sentiu imenso desgosto. Não sabia se era frustração ou raiva. Estava claro que Felícia o enganara. Dera a desculpa da dor de cabeça só para afastá-lo dali. Queria dormir antes que ele chegasse para evitar um confronto com ele.

Sem saída, pousou o remédio sobre a mesinha e foi tomar banho. Do chuveiro, podia avistar a cama de Felícia e sentiu o desejo crescer dentro dele. Ela estava toda coberta com o lençol, mas ele podia imaginar o seu corpo jovem e arfante sob as cobertas. Abriu a torneira fria ao máximo e enfiou-se todo debaixo do chuveiro, deixando que a água caísse sobre sua cabeça. Só quando sentiu que estava mais calmo foi que desligou o chuveiro e saiu do banho.

Vestiu o pijama vagarosamente e ficou olhando a esposa adormecida. Nem sabia mesmo se ela dormia ou se estava fingindo. Não importava. Felícia arranjara um meio de deixar bem claro que não estava interessada em amá-lo e viajara com outras intenções. Queria apenas descansar e relaxar. Mas nada de amor. Muito menos de sexo.

Felícia passara o tempo todo acordada, fingindo-se adormecida. Só conseguiu pegar no sono quando escutou o ressonar do marido e se certificou de que ele não a incomodaria. Ao amanhecer, foi logo a primeira a se levantar, e quando Artur acordou, ela já estava pronta para sair.

— Bom dia — cumprimentou ela, tentando parecer jovial. — Dormiu bem?

— Dormi — respondeu ele, entre bocejos. — Aonde você vai?

— Ora essa, tomar café. Você não vem?

— Se você me esperar...

— É claro que espero.

Sentou-se em sua cama, de costas para ele, e pôs-se a mexer na frasqueira, fingindo que procurava algo. Em silêncio, Artur se levantou e foi para o banheiro. Já com a escova de dentes na boca, indagou com uma certa malícia:

— E sua dor de cabeça? Passou?

— Pois é... Para você ver. Ontem, doía tanto. Mas hoje, quando acordei, por milagre, ela havia sumido.

— Milagre mesmo... você nem tomou o remédio.

— Desculpe-me, Artur. Sei que você deve ter feito o maior esforço para encontrar uma farmácia aberta, mas demorou tanto que eu acabei pegando no sono. E foi graças a Deus, porque só assim a cabeça parou de doer.

Artur não disse nada. Sabia que tudo não passava de invenção, mas ele não queria se aborrecer com ela. Afinal, não tinha o direito de cobrar-lhe nada. Em momento algum ela lhe prometera dormir com ele. Ao contrário, deixara bem claro que não pretendia se aproximar.

Terminou de se arrumar e foi direto para a porta, indagando com a mão na maçaneta:

— Vamos?

Felícia largou a frasqueira e passou por ele toda encolhida, tomando o cuidado de não encostar nele. Do lado de fora, Catarina vinha chegando com Norberto, um sorriso de felicidade estampado no rosto. Ao menos alguém podia ser feliz, pensou Artur. Se ele também pudesse...

◦◦◦❧◦◦◦

Mais uma vez, Greta havia ido dormir triste e frustrada, logo após se certificar de que Artur não viria novamente. Fazia quase uma semana que não o via e começou a duvidar se ele tornaria a aparecer. Nos últimos tempos, andava esquisito, sempre se desculpando com a doença da mulher. Greta não conseguia entender onde é que estava o problema. Pelo que ele lhe dissera, a doença era nos ovários, e Felícia só sentia os sintomas nas épocas da menstruação, o que não ocorria todos os dias. Além disso, se ela estava se tratando, não havia por que ficar paparicando-a, como se ela fosse alguma inválida ou estivesse à beira da morte.

Com a ausência de Artur, Greta não via motivos para ir ao quarto de Soraia e ia direto para o seu. Ao menos, podia dormir em paz, sem ter que servir mais a nenhum cliente. Mas Soraia não gostava. Se Greta não ia ao seu quarto, Diniz também recusava a sua companhia. Podia até não dizer abertamente, mas ela sabia que ele a estava evitando, sempre cansado, sempre inventando uma desculpa para dormir também. E havia o seu ar de satisfação. Soraia não pôde deixar de reparar a felicidade que ele sentia todas as vezes em que Greta subia sozinha, logo após a saída de Mauro. Estava na cara que Diniz se regozijava com a ausência de Artur, o que irritava Soraia cada vez mais.

Ainda assim, resolveu não deixar de ir ao quarto de Diniz. Certificando-se de que Greta, efetivamente, desistira de esperar por Artur e fora dormir, Soraia rumou para o quarto de Diniz. Bateu à porta uma, duas, três vezes, mas nada dele atender. Achou estranho. Não se lembrava de tê-lo visto no salão durante toda a noite. Onde é que estaria? Colou o ouvido à porta e chamou baixinho:

— Diniz. Você está aí? — Silêncio. — Diniz! Abra, por favor. Sou eu, Soraia.

Como ninguém respondesse, experimentou a fechadura. A porta não estava trancada, e ela entrou vagarosamente. Acendeu a luz e olhou ao redor, mas a cama de Diniz ainda estava feita, o quarto todo arrumado. Deu de ombros e foi se voltando para a porta quando teve uma ideia. Aquela era uma ótima oportunidade para tirar a limpo uma dúvida que tinha. Voltou para o meio do quarto e procurou com os olhos. Tudo parecia estar no lugar, e ela não sabia bem por onde começar a procurar. Dirigiu-se à escrivaninha e vistoriou os escaninhos, mas não havia nada de especial ali. Olhou na mesinha de cabeceira e no armário. Foi abrindo gavetas e revolvendo as prateleiras, até que encontrou o que procurava. Debaixo de uma pilha de lençóis, a pasta cinza em que Diniz guardava o material do curso de inglês. Puxou-a avidamente e soltou os elásticos, retirando o livro e o caderno. Pôs-se a folheá-los. Primeiro o livro, depois o caderno. Nada. Ambos estavam em branco. O livro não possuía uma observação sequer, e toda a parte de exercícios estava em branco. O caderno também. Não havia ali qualquer anotação ou dever de casa. Parecia mesmo que os dois nunca haviam sido abertos.

Olhos chispando de ódio, Soraia tornou a guardar o livro e o caderno embaixo dos lençóis e fechou a porta do armário, bem a tempo de impedir que Diniz a surpreendesse. Nesse exato instante, ele abriu a porta e deu de cara com ela, que conseguira chegar até a cama antes que ele a notasse.

— O que está fazendo aí? — perguntou zangado.

— Esperando você.

Ele passou para o lado de dentro, mas não fechou a porta. Fez sinal para ela e declarou de má vontade:

— Hoje não, Soraia. Estou cansado. Se não se importa, gostaria de ir dormir.

A vontade de Soraia era voar no seu pescoço e chamá-lo de mentiroso e canalha, mas conseguiu se conter. Não podia pôr tudo a perder. Precisava antes se certificar de que o curso era mesmo uma fachada, algo para encobrir uma atitude desonesta. Ele só podia mesmo estar saindo com Greta. Há dias andava desconfiada. E aquele material em branco era prova de que Diniz não estava frequentando nenhum curso de inglês. Aonde é que ia então? Encontrar-se com alguém que não podia ser visto em sua companhia. E esse alguém só podia ser Greta. Isso realmente explicava muitas coisas. Imagine o que Mauro diria se soubesse que a mulher por quem pagara tanto dinheiro para ter exclusividade não era somente dele, mas pertencia também ao patrão. Na certa, ficaria furioso e exigiria o dinheiro de volta. Bem feito! Era isso mesmo o que ele merecia.

Queria que ele soubesse, mas não podia simplesmente chegar junto dele e contar a verdade. Diniz ficaria mal, e Valente, muito zangado. E ela, com certeza, seria posta no olho da rua. Não podia arriscar. Precisava dar um jeito para que Mauro descobrisse tudo sozinho, sem que ela tivesse qualquer participação direta. Mas como iria fazer? Precisava primeiro descobrir onde é que Diniz e Greta se encontravam, partindo do princípio de que se encontravam mesmo. Depois, pensaria no que fazer.

Com um sorriso irônico, levantou-se da cama de Diniz e foi caminhando lentamente, rebolando mais do que o habitual. Passou por ele e alisou o seu rosto, finalizando com voz doce e algo sarcástica:

— Boa noite, meu bem. Espero que tenha bons sonhos.

Diniz ficou abismado. Conhecia Soraia muito bem para saber que ela não era mulher de desistir rapidamente. Era a primeira vez que ela ia embora sem reclamar. Mas ele estava cansado e nada disposto a investigar o porquê daquele comportamento esquisito. Preferia não ligar e fingir que ela era uma moça compreensiva que resolvera atender o seu apelo.

A manhã seguinte chegou coberta de sol e, como era sábado, as meninas todas resolveram sair para ir à praia. Menos Greta. Esperou até que todas saíssem e foi procurar Diniz, que ainda dormia. Bateu de leve e entrou. Sentou-se a seu lado na cama e sacudiu-o lentamente.

— Diniz — chamou baixinho. — Acorde, preciso falar-lhe.

Ele abriu os olhos, atordoado, e bocejou sonolento. Aos poucos foi percebendo que era Greta quem estava ali e ergueu o corpo na cama, espreguiçando-se com vontade.

— O que foi, Greta? Aconteceu alguma coisa?

— Não sei... Ou melhor, sei. É o Artur... ele sumiu.

— Sumiu? Como assim?

— Faz uma semana que não aparece.

— Vai ver, está ocupado.

— Ele nunca esteve tão ocupado que não pudesse me ver.

— E o que você quer que eu faça? Que vá procurá-lo?

— Não. Só vim lhe dizer que nosso trato está desfeito.

— Como é que é? O que está querendo dizer com isso?

— Se Artur não aparece mais, não vejo motivos para continuar me encontrando com você.

— Espere aí, Greta, não foi isso o que combinamos.

— O combinado foi que eu dormiria com você em troca de Artur. Se Artur não vem, não preciso mais dormir com você.

— Não acha que está se precipitando? E se ele tornar a aparecer?

— Então, tornaremos a nos encontrar.

— Você não pode fazer isso. Aluguei o quarto no sobrado, e você não espera que eu o fique pagando sem usá-lo, espera?

— Devolva-o.

— E se precisarmos dele novamente?

— Alugue-o de volta. Ou procure outro.

— Não pode estar falando sério.

— Estou. Artur anda muito estranho. Acho que está começando a se entender com a mulher e não vai mais voltar aqui. Sendo assim, não preciso mais manter essa farsa. Já basta o que sou obrigada a tolerar de Mauro.

— Você está sendo injusta, Greta. Mauro nunca a tratou como eu.

— Isso não faz a menor diferença. No fundo, sou a mesma coisa para todo mundo: uma prostituta, uma mulher com quem se tem sexo fácil. Nada mais.

— Não é verdade. Gosto de você, e você sabe disso. Até me ofereci para tirá-la daqui. Foi você que não quis.

Greta suspirou profundamente e tornou sem ânimo:

— Sabe de uma coisa? No fundo, Eunice é que tem razão. Homens de bem não se associam a mulheres feito nós. Eles apenas nos usam. Só quem nos quer são os vagabundos, os marginais.

— Está me chamando de vagabundo e marginal? Quer dizer que não sou um homem de bem só porque não sou rico e dirijo um prostíbulo? — Ela silenciou, já arrependida do que dissera. — Pois fique sabendo que gosto do que faço. E não sou vagabundo não. Muito menos, marginal. Posso não ter uma profissão das mais dignas, mas nunca enganei nem prejudiquei ninguém. E só recebo aqui as moças que querem trabalhar. Nunca forcei ninguém a nada. São todas livres para partir quando quiserem. Inclusive você.

Ela o atingira em seus brios. No fundo, inconscientemente, estava lhe dando o troco pela forma como se dirigira a ela tempos atrás, quando ela o rejeitara. Mas fora dura demais. Diniz era um bom sujeito e não merecia ser tratado daquela maneira.

— Não fique zangado, Diniz — rebateu ela, com voz melíflua. — Não queria ofender.

— Mas ofendeu.

— Desculpe-me. Não foi minha intenção. Você sempre foi meu amigo, e não posso me queixar de você. Mas é que estou chateada com essa atitude de Artur.

— Você devia esquecê-lo. Artur não a ama e nunca a amará. Como você mesma disse, quer apenas usá-la.

Ela abaixou os olhos e tornou amuada:

— Mas eu gosto dele, Diniz. Não posso evitar.

— E eu gosto de você. Isso não conta?

— Conta... mas não é a mesma coisa.

— Por favor, Greta, não faça isso comigo — implorou, segurando a sua mão e levando-a aos lábios. — Vai me fazer sofrer.

Greta estava aturdida. No fundo, tinha pena de Diniz. Podia imaginar o que ele estava sentindo, porque ela se sentia da mesma forma. Os dois estavam sendo rejeitados por quem amavam, o que era muito doloroso. Só que ela não podia se forçar a um sentimento que não possuía, assim como não pudera forçar Artur a amá-la. Gostava de Diniz, mas não sentia amor por ele e, por mais que gostasse de fazer sexo com ele, aquilo não era o suficiente para mantê-la a seu lado.

— Por favor... — suplicou ele, tirando-a de seus pensamentos.

— Está bem — concordou, meio a contragosto. — Vou esperar mais uma semana. Se Artur não vier, pararemos de nos encontrar. Está bom assim?

— Bom, não está. Mas se é o que você quer...

Ela deu um sorriso sem graça e se levantou, finalizando com displicência:

— Estão todos na praia. Por que não vamos também?

Não era bem isso o que ele pretendia, mas não tinha outro jeito. Nunca pensou que fosse desejar que Artur tornasse a aparecer, mas era isso o que queria naquele momento. Quando ele sumira, ficara contente, achando que poderia ter Greta só para ele. Mauro não contava. Era um grosseirão, e Greta só dormia com ele por obrigação. Greta, contudo, ameaçava deixá-lo, caso Artur não tornasse a aparecer. E era preferível dividi-la com Artur a perdê-la para sempre. Por isso, devolveu-lhe o sorriso e levantou-se também. Iria com ela à praia.

CAPÍTULO 27

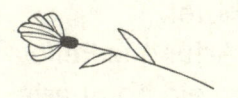

O dia em Juiz de Fora também estava animado. Apesar do distanciamento de Felícia na noite anterior, Artur se sentia feliz vendo o seu entusiasmo nas lojas de artesanato do centro. Ela e Catarina estavam radiantes, comprando artigos de couro, de crochê e de madeira, além de doces em compotas, que Felícia pretendia levar para a mãe. À tarde, visitaram parques e museus e, quando finalmente retornaram ao hotel, estavam cansados e com fome. Haviam feito apenas um lanche frugal, para não perder tempo, e sentiam-se esgotados de tanto caminhar.

— Ufa! — suspirou Catarina, logo após apanharem as chaves na recepção. — Estou exausta!

— Eu também — concordou Felícia. — Só o que quero é um bom banho e uma caminha gostosa.

— Não vão jantar? — protestou Norberto. — Estou morto de fome.

— Também estou — acrescentou Artur. — Vocês não podem estar sem fome. Não comemos nada o dia todo.

— Eu vou descansar um pouco — anunciou Catarina. — Só desço para o jantar depois de tirar uma soneca.

— Excelente ideia! — assentiu Felícia. — Vou tomar um bom banho, descansar um pouco, e nos encontramos depois. Que tal?

— Tem outro jeito? — queixou-se Norberto. — Vocês, mulheres, sempre nos convencem a fazer o que querem.

— Ah! Mas Artur não está obrigado a me acompanhar. Vocês podem ir dar uma volta a cavalo, se preferirem. Ou tomar um drinque no bar do hotel.

Estava claro para Artur que Felícia tentava evitar ao máximo ficar sozinha com ele no quarto. O que pensava? Que ele iria atacá-la feito um lobo? Aquela certeza causou-lhe imenso desgosto, mas ele não queria impor a sua presença. Se ela o queria longe, era longe que ficaria.

— Acho mesmo que vou tomar uma cerveja — declarou Artur. — Não gostaria de me acompanhar, Norberto?

Norberto lançou para Catarina um olhar de interrogação, ao que ela respondeu prontamente:

— Pode ir. Estou mesmo cansada e vou dormir um pouco. Vão e divirtam-se.

Despediram-se. As mulheres foram para seus quartos, enquanto os homens se dirigiam para o bar. Já eram quase seis horas e tinham tempo para um drinque antes do jantar. Sentaram-se a uma mesa e pediram cerveja e alguns petiscos, que foram beliscando, sem sentir a hora passar. Por volta das sete e meia, Norberto considerou:

— Acho que já está na hora de acordar Catarina. Do jeito que é dorminhoca, vai esquecer o jantar.

— Também vou. Vou tomar um banho frio e volto com Felícia.

Encaminharam-se para seus respectivos quartos. Quando Artur abriu a porta do seu, Felícia estava deitada na cama, na mesma posição da noite anterior, o rosto voltado para a janela. Ele não disse nada. Fechou a porta com cuidado e foi direto para o banheiro. Como da outra vez, abriu a torneira fria ao máximo e deixou que a água caísse abundante sobre sua cabeça. Precisava esfriar as ideias. Felícia o estava evitando acintosamente, e ele não sabia o quanto mais poderia suportar. Não queria forçar nada nem brigar com ela. Queria que se entendessem.

Terminou de se vestir e chamou-a gentilmente:

— Felícia...

Ela estava mesmo adormecida e murmurou aturdida:

— Hum... o quê...?

— Não vai levantar? Já está na hora do jantar.

— Que horas são?

— Oito e cinco. Marcamos com Catarina às oito. Estamos atrasados.

Ela afastou as cobertas e se levantou, completamente vestida. Havia se deitado de calças compridas e uma camisa de malha, e Artur virou o rosto, para esconder a contrariedade. Em silêncio, apanhou um vestido no armário e foi para o banheiro, trancando a porta à chave. Cerca de quinze minutos depois, tornou a abrir a porta e saiu, linda num vestido bege, penteada e maquiada. Apanhou a carteira em cima da penteadeira e chamou:

— Vamos?

Ele apenas assentiu. Tirou a chave da fechadura e deu-lhe passagem, trancando a porta por fora. Guardou a chave no bolso e estendeu o braço para ela, que o tomou hesitante, seguindo com ele para o restaurante. Catarina e Norberto também haviam acabado de chegar e escolheram uma mesa num canto mais reservado. Pediram o jantar e comeram, conversando trivialidades. Felícia parecia satisfeita, principalmente com a presença de Catarina, e Artur achou mesmo que a mulher preferia a companhia da amiga à dele.

— Deixe-me tirar uma fotografia de vocês dois — pediu Catarina, tirando a câmera da bolsa. — Para o nosso álbum.

Artur aproveitou o momento e passou o braço pelos ombros de Felícia, que sorriu meio sem graça.

— Dá para juntar um pouco mais? — pediu Catarina. — Quero pegar a decoração dos fundos.

— Está escuro, Catarina — objetou Felícia. — Não vai sair nada.

— Vai sim. Tenho um flash muito bom.

Feliz da vida, Artur puxou Felícia mais para perto e apertou o seu ombro. Seu perfume o inebriava, a maciez de sua pele o entontecia, e ele pensou que fosse beijá-la. Não fez nada disso. Limitou-se a aproveitar ao máximo aquele momento e até se atreveu a acariciar gentilmente o seu ombro. Ela não o repeliu. Ao contrário, pareceu até gostar, o que era um bom sinal.

Tirada a fotografia, Felícia se afastou gentilmente do marido, sob o pretexto de comer a sobremesa. Em seus olhos, percebia-se uma sombra de confusão. A proximidade do marido a agradara sobremaneira, o que a deixou deveras assustada. Aquilo não estava direito. O que Tiago pensaria se soubesse que ela estava se permitindo intimidades com Artur quando ele jamais se juntaria a eles novamente?

Esse pensamento a assustou, e ela se deu conta de que havia muito tempo não pensava no filho. Não era justo. Tiago havia morrido, e ela se divertia com o marido e os amigos. Mas estava tão bom! Que mal poderia haver em se divertir? Não estava fazendo nada de errado. Ou será que estava? Ela estava rindo e até gostou quando Artur a abraçou. Seria isso pecado? O que diria Tiago se soubesse? Ficaria magoado, pensando que ela o havia esquecido completamente? Mas não era verdade. Estava se divertindo, mas continuava a amar o filho como sempre amara. Só não estava mais tão presa a ele. Sentia que se desligava de sua lembrança, o que a estarreceu. Aquilo era uma traição! Tiago não iria gostar.

De repente, a imagem de Tiago surgiu em sua mente, e ela pensou ouvi-lo dizer: quero que seja feliz. Sacudiu a cabeça com veemência, para afastar aquele pensamento, e olhou pela janela. Fazia uma noite clara e fresca, e o céu estrelado convidava ao amor. Mas ela não podia amar. Não enquanto a lembrança de Tiago fosse tão viva dentro dela. Mas, e aquela voz? Será que ouvira mesmo a vozinha de Tiago falando que queria que fosse feliz?

— Felícia — uma voz tirou-a abruptamente de seus devaneios, e ela encarou Artur, espantada. — Onde é que estava, Felícia?

— O quê? Como assim?

— Você parecia no mundo da lua — falou Catarina. — Artur a chamou uma porção de vezes, e você nem escutou.

— Foi mesmo? — virou-se para o marido e prosseguiu aturdida. — O que foi?

— Não gostaria de dar uma volta? Está um luar tão bonito...

— E romântico... — divagou Catarina. — Bom para os enamorados.

— Isso é para quem está em lua de mel — objetou Felícia. — Artur e eu já abrimos mão dessas tolices. Não é, Artur?

— Acha mesmo que são tolices? — continuou Catarina, notando o ar de desagrado de Artur. — Amar nunca é tolice.

— Isso é bom para vocês, que estão casados de pouco. Para nós, romantismo já não tem mais graça.

— Pois devia ter — insistiu a outra. — No dia em que o romantismo terminar entre mim e Norberto, nosso casamento também não terá mais chances de continuar. Serei uma mulher eternamente romântica. Amar, para mim, é uma necessidade de sobrevivência.

Comovido, Norberto beijou a sua mão e acrescentou com emoção:

— Depois dessa, o melhor que tenho a fazer é aproveitar a noite — levantou-se, enlaçou a esposa pela cintura e finalizou: — Até amanhã. E aproveitem a sua também.

Saíram abraçados, como dois namoradinhos, o que encheu os olhos de Artur de lágrimas. Não tinha inveja de ninguém, mas a felicidade do amigo o fazia pensar no porquê de sua própria desventura. Não teria, ele também, direito a ser feliz? Cheio de paixão, voltou-se para Felícia e a encarou fixamente.

— Felícia... — suspirou, afagando a sua mão.

— O que quer? — tornou ela, puxando a mão rapidamente.

— Por que não aproveitamos a noite também?

— Vou aproveitar. Vou dormir.

Levantou-se apressada e nem esperou que ele assinasse a nota. Saiu caminhando rapidamente, mas Artur não se apressou. Tinha a chave do quarto no bolso, e ela só poderia entrar quando ele chegasse. Chamou o garçom e assinou a nota, só então se levantando. Efetivamente, Felícia o esperava na porta do quarto, debruçada sobre o janelão do corredor.

— Pode usar o banheiro primeiro — falou ela com frieza.

— Vou demorar.

Sem responder, Artur apanhou as suas coisas e foi para o banheiro. Por respeito, encostou a porta, para tornar a abri-la momentos depois, de pijama e pronto para dormir. Felícia remexia em sua frasqueira, e ele foi se deitar em sua cama.

— Já acabei — disse ele com uma certa aspereza na voz.

— Pode ir.

Em silêncio, Felícia apanhou a camisola branca e entrou no banheiro, trancando a porta com a chave. Abriu a torneira e foi tomar banho. Isso daria a Artur tempo para pegar no sono. Demorou-se quase uma hora no banheiro. Quando saiu, espiou a cama de Artur, para se certificar de que ele havia dormido. Ao se aproximar, levou um susto. Artur abriu os olhos de repente e fitou-a cheio de emoção.

Ela estava deslumbrante naquela camisola de seda branca, que ele nunca antes havia visto. Era nova, tinha certeza. Não era nada provocante, mas tinha uma aura de sensualidade e mistério que o excitou. Por que é que Felícia comprara uma camisola nova para viajar com ele? E por que se aproximara de sua cama, quando ele já deveria estar dormindo? Será que se arrependera da forma como o tratara e resolvera procurá-lo? Só podia ser isso. Felícia havia se preparado toda só para ele, como uma segunda lua de mel. Há tempos devia estar ansiando por aquilo, mas não sabia como se aproximar. Acostumara-se a desprezá-lo e tinha medo de que ele a repelisse, só para se vingar. Mas ali, sozinhos naquele quarto de hotel, em meio a uma paisagem bucólica e lírica, tudo era favorável. Felícia se deixara envolver pela aura do ambiente e fora tocada pela paixão e o desejo. Era isso. Só podia ser.

Aturdido com seu próprio desejo, Artur não conseguia raciocinar com lógica ou clareza. Para ele, Felícia fazia o que ele gostaria que ela fizesse. Estava ali para tentar seduzi-lo, o que era desnecessário. Ela, sozinha, era toda a sua sedução. Emocionado, deu um salto da cama e puxou-a para si, buscando sua boca com ardor.

Como sempre acontecia naquelas situações, Felícia não reagiu a princípio. Tomada pela surpresa do momento, deixou-se ficar inerte nos braços de Artur. Mas aos poucos, sentindo os seus beijos ardentes, suas carícias ousadas, suas palavras obscenas, foi tomada de indescritível pânico e horror. Ele estava tentando estuprá-la! Não a respeitava. Tentava, a todo custo, fazer com que ela se deitasse com ele. Que horror! Aquilo era animalesco, vil, repulsivo! Não poderia permitir. Jamais permitiria que ele a tocasse novamente.

Imbuída desses sentimentos, deu-lhe violento empurrão, e Artur desabou pesadamente sobre a cama, fitando-a com surpresa e indignação.

— O que foi que houve? — indagou aturdido. — Por que me repele?

— Seu animal! Porco! Nojento! Como se atreve a tocar-me dessa maneira? A soprar-me coisas infames ao ouvido?

— Felícia, não é nada disso...

— Seu cafajeste! Então me atrai para esse lugar ermo só para se aproveitar de minha fragilidade? Covarde! Monstro!

Artur não conseguiu reagir. Não era nada daquilo que ele estava pensando. Não sabia o que era, mas tinha certeza de que Felícia não estava tentando seduzi-lo. Talvez estivesse brincando com ele. Resolvera provocá-lo para depois poder humilhá-lo novamente. Mas por quê? Com que intuito? Já não sabia de mais nada.

Com os olhos rasos d'água, levantou-se derrotado, encarou-a com profundo desgosto e passou por ela feito uma bala, indo em direção ao armário. Apanhou a mala e começou a atirar suas roupas lá dentro.

— O que está fazendo? — gritou histérica.

— Fazendo a mala. Não vê?

— Vai embora?

Rapidamente, terminou de guardar suas coisas, apertou os trincos, fechando-a bem, e levantou os olhos para a mulher, afirmando com desgosto e raiva:

— Vou.

Foi saindo às pressas, deixando Felícia atônita, parada no meio do quarto. Ele bateu a porta atrás de si e foi caminhando decididamente pelo corredor. Nem passou pelo quarto de Norberto para se despedir. Já não aguentava mais. Felícia que o perdoasse, mas estava no limite de suas forças. Nem para casa voltaria. Dali, iria direto para um hotel e ficaria lá até arranjar um apartamento para ele. Não podia mais viver daquela maneira.

∽≈≪≈∽

Como Felícia e Artur não aparecessem para o café da manhã, Catarina resolveu que seria melhor ir chamá-los. Talvez houvessem dormido demais e perdido a hora.

— Vou com você — falou Norberto, levantando-se para acompanhá-la.

Em seu quarto, Felícia preparava a mala, olhos inchados de tanto chorar. Quando ouviu as batidas na porta, correu a abri-la apressada, certa de que Artur havia voltado. Na certa, dormira em outro quarto e agora se arrependera. Ao dar de cara com Catarina e Norberto, não conseguiu esconder a decepção e prorrompeu num pranto sentido e angustiado.

— Felícia! — assustou-se Catarina, passando para o lado de dentro, seguida por Norberto. — O que foi que aconteceu? Onde está Artur?

— Foi embora.

— Embora? — tornou Norberto, entre atônito e incrédulo. — Para onde? Por quê?

— Para casa. Artur é um grosso, um insensível.

— Mas o que foi que houve?

Felícia não quis dizer. A presença de Norberto a inibia, e ela deu de ombros, terminando de dobrar as roupas e colocá-las na mala.

— Ele se aborreceu — falou simplesmente.

— E a deixou aqui? — Catarina mal podia crer naquilo.

— Sim. Mas não se preocupem. Não quero estragar o seu fim de semana. Peço apenas que me deixem na rodoviária, e eu tomarei um ônibus de volta para casa. Só espero que Artur tenha tido o bom senso de deixar a conta do hotel paga.

— Isso não é problema — arrematou Norberto. — Posso resolver tudo. Mas não vamos deixá-la ir embora sozinha assim, desse jeito. Não é, Catarina?

— É claro que não. Iremos embora também, e você vai conosco.

— Em absoluto. Vocês estão se divertindo, e não quero que estraguem tudo por minha causa.

— Mas que besteira, Felícia — objetou Catarina. — Quem é que vai se divertir numa situação dessas?

— Catarina tem razão — aquiesceu Norberto. — Não poderemos nos divertir, sabendo que você e Artur brigaram dessa forma. Vamos todos voltar.

— Mas...

— Nada de mas. Vamos voltar e está decidido.

— Deem-me apenas um tempo para acertar tudo — pediu Norberto.

— Enquanto isso — acrescentou Catarina —, arrumo as nossas malas.

— Sinto muito — foi só o que Felícia conseguiu dizer.

Artur já havia deixado paga a sua conta, de forma que Norberto só teve que acertar a sua. Fizeram o caminho de volta imersos em funesto silêncio, cada um imaginando o que sobreviria dali para a frente. Norberto, ciente do problema do amigo, temia pelo seu casamento. Pelo que conhecia de Artur, achava que aquela decisão era algo bastante significativo. Ele já devia estar mesmo em seu limite para tomar uma atitude drástica feito aquela. Várias vezes já cogitara dessa hipótese e chegara mesmo a aventar a possibilidade de ir morar com Greta, o que seria um verdadeiro desastre. Não que Norberto tivesse algo contra Greta. Mas sabia que Artur não a amava e achava que não valeria a pena entregar-se a um novo relacionamento sem amor.

Deixaram Felícia em casa, e ela entrou ansiosa. A casa estava vazia. Caminhou por todos os cômodos, à procura de Artur, mas ele não estava ali. Aonde poderia ter ido? De repente, um pensamento horrível a assaltou. E se ele tivesse ido buscar consolo nos braços da amante? E se ela o convencesse a sair de casa e ir viver com ela? O que seria feito dela, Felícia, se o marido a abandonasse? Não temia tanto o preconceito da sociedade. Tinha medo de ficar sozinha. Pior: tinha medo de perder seu marido, de ter que viver sem Artur.

Foi para seu quarto e tomou um banho. Em seguida, desceu para a sala e pôs-se à espera. Mais cedo ou mais tarde, Artur acabaria aparecendo. Passou-se uma hora, duas, três. A noite chegou, e nada de ele aparecer. Não era possível. Ele devia estar querendo puni-la. Na certa, estava em algum quarto de hotel, esperando o tempo passar para voltar para casa. Felícia queria acreditar nisso, mas a imagem de uma possível amante não lhe saía do pensamento. Se ele estivesse mesmo nos braços de outra, ela podia ir perdendo as esperanças. Artur nunca mais voltaria para casa.

Com esse pensamento, desatou a chorar. O que mais poderia fazer? As horas iam se passando, e ela continuou ali, sentada no escuro, à espera de que ele surgisse. A cada ruído de carro, levantava-se ansiosa e corria para a janela. Mas o portão não se abria, e ela se certificava de que não era ele. Sentou-se perto do telefone, mas ele não tocou durante o resto do dia ou da noite, a não ser pelo telefonema de Catarina, que queria saber como as coisas estavam indo. No silêncio da sala escura, Felícia ia se distraindo com o tique-taque do relógio, que martelava em sua cabeça o tempo em que Artur estava ausente.

Ainda ouviu as últimas badaladas do relógio, anunciando a meia-noite, quando então adormeceu. Artur não aparecera, as pálpebras acabaram pesando, e ela caiu no sono. Imediatamente, deparou-se com Tereza a seu lado, aguardando que ela se desprendesse parcialmente do corpo. Como era de seu costume, saudou-a com um sorriso e disse simplesmente:

— Venha.

Felícia seguiu-a sem dizer nada, até que chegou ao quarto que o filho ocupava na colônia espiritual em que vivia. Cumprimentou-o com alegria, mas sem efusão, e Tiago foi logo falando:

— Sei por que está triste, mãe. É por causa de papai, não é?

— É sim, meu filho. De nada adianta mentir para você.

— Por que fez isso com ele? Ou melhor, por que fez isso a você mesma?

— Não fiz nada a mim. A ele, pode ser, porque sei que o humilhei.

— A você também. Você estava louca para se entregar, para amá-lo novamente, para tornar a ser feliz. Por que não se permitiu?

— Não pude. Sua lembrança foi por demais forte para que eu me desse o direito de ser feliz.

— Não me use como desculpa para as suas dificuldades.

— Tiago! Não estou fazendo isso. Eu o amo de verdade e acho que jamais poderei ser feliz novamente. Ao menos enquanto não me juntar a você.

— Quer morrer agora?

Ela recuou assustada. Não estava pensando em morrer.

— É apenas maneira de falar — tornou acabrunhada.

— Pois não devia falar assim. E depois, você sabe que não é verdade. Você está usando a minha lembrança para justificar uma dificuldade que é sua, de outras vidas. Por que não se enfrenta e acaba logo com isso?

— Como assim, me enfrentar?

— Se você recordar algumas passagens de sua vida passada, tenho certeza de que ajudará.

— Não sei se quero fazer isso.

Tiago notou uma certa indecisão em sua voz, o que antes não percebia. Sinal de que ela já não estava assim tão certa se queria ou não recordar.

— Não quer ser feliz? — rebateu Tiago. — Não quer viver bem ao lado do homem que ama?

— Sim... Mas não posso suportar que ele me toque. Tudo ia bem, até ele me beijar e acariciar.

— Por quê, mãe? Por que isso? Você é uma mulher jovem e bonita, casada com um homem gentil e atraente. Por que o seu contato lhe causa tanta repugnância?

— Acho que é por causa de Lurdinha. Pelo que o sexo fez a você.

— Isso é desculpa. O sexo não me fez nada nem Lurdinha fez nada a você. Foi você que se apegou a essa desculpa para justificar a sua frieza

— Não é desculpa! Se Lurdinha não estivesse na luxúria, você não teria morrido!

— Teria desencarnado, por um motivo ou por outro. Ninguém tem esse poder, mãe. Ninguém tem o poder de determinar o momento da morte de um semelhante. Se meu desenlace não estivesse programado, Lurdinha poderia até desaparecer de casa que eu não teria me afogado. O aviãozinho sequer teria caído na piscina. Será que não compreende, mãe? A vida é uma sucessão de acontecimentos encadeados para que se cumpra nosso programa de crescimento.

— Não é justo. Eu era feliz ao seu lado.

— E pode continuar sendo feliz ao lado de meu pai. Você o ama e está pronta para receber o amor que ele lhe oferece. Basta que se desligue de certas dificuldades que emperram a sua felicidade.

— Só isso?

— Só isso.

Felícia suspirou dolorosamente e respondeu num desabafo:

— Isso é impossível.

— Só se você quiser que seja. Você quer?

— Não... não sei.

— Pois eu afirmo que não quer. É o desejo de todo espírito, encarnado ou não, encontrar a felicidade. Não vejo por que tenha que ser diferente com você.

Felícia desatou a chorar e se agarrou a ele, soluçando em desespero:

— Não posso ser feliz ao lado de seu pai! Não depois do que ele me fez. Ele não me merece! É ele que não merece ser feliz! — caiu de joelhos diante do filho e começou a falar aos borbotões: — Foi ele quem me roubou a felicidade. Por que teve que me estuprar? Por que teve que me matar? Eu era feliz, não era? Tinha tudo para ser feliz ao seu lado. Mas Artur não quis deixar. Foi ele quem me assassinou, quem me roubou a chance de ser feliz com você. E agora, quer perdão. Mas não posso perdoá-lo, não posso!

Tiago esperou até que ela se acalmasse e, ajudado por Tereza, levou-a para a cama e deitou-a gentilmente sobre os lençóis brancos e macios. Foi acariciando seus cabelos gentilmente, até que ela adormeceu. Dormindo, sonhou:

Felícia antegozava o futuro de glórias e riquezas em que estava prestes a ingressar. A fortuna do pai era imensa, e ela e o irmão eram agora os únicos herdeiros. Com a morte da irmãzinha, não havia ninguém mais para reclamar o seu quinhão. Descoberto o corpo da menina no antigo poço de sacrifícios, sua morte foi tida como acidental, pois ninguém conseguiu juntar nenhuma prova contra Artur, Felícia ou Tiago. Depois de tudo resolvido e legalizado, Felícia pretendia casar-se com Tiago, e então viveriam felizes para sempre, bem longe dali. Talvez fossem para a cidade do México, onde a diversão e os prazeres eram maiores.

Mas Artur não se conformava. Ficar com metade da herança era pouco para ele. Precisava livrar-se da irmã. Já se livrara de uma. Livrar-se da outra não deveria ser assim tão difícil. E ainda havia Tiago. Ele seria um problema a mais para resolver.

Encontrou a solução. Com um só golpe, livrar-se-ia dos dois. Calmamente, aguardou o momento oportuno de agir. Sabia que eles viviam um amor livre, o que também não era segredo para ninguém. Felícia sempre fora uma mulher vulgar e sem pudor, e não hesitava em dormir com qualquer homem que a agradasse, desde ricos comerciantes até o mais humilde serviçal.

Numa noite, quando Tiago e Felícia terminaram de se amar, resolveu agir. Esperou até que ele partisse e entrou no quarto de Felícia. Ela já estava dormindo e despertou assustada. Viu quando Artur se aproximou dela, segurando nas mãos um imenso e reluzente facão. Na mesma hora, levantou-se aterrada e tentou correr, mas Artur foi mais rápido. Alcançou-a ainda na porta e desferiu-lhe diversas facadas no corpo, e ela tombou sem proferir nenhum ruído. Não tivera tempo nem de gritar.

Com extrema frieza, Artur apanhou um frasquinho e encostou-o em uma das feridas, recolhendo um pouco do sangue derramado da vítima. Em seguida, correu para fora do quarto, selou o cavalo e partiu para a casa de Tiago, que também dormia profundamente, após intensa noite de amor. Pé ante pé, entrou em seu quarto pela janela aberta e aproximou-se da cama, com a faca na mão, ainda suja do sangue fresco de Felícia. Com cuidado, derramou algumas gotas sobre suas mãos e voltou por onde entrara, atirando a faca debaixo da janela.

Na manhã seguinte, o corpo de Felícia foi descoberto por uma das criadas, que deu o alarme. Fingindo-se compungido, Artur chorou e lamentou a sorte da irmã, acusando Tiago por aquele infortúnio. Ele era ciumento e possessivo, e deveria ter descoberto um dos casos de Felícia. Além disso, ela mesma lhe dissera que não pretendia mais se casar com ele, o que devia ter provocado a sua ira, vendo-se na iminência de perder vultosa fortuna. Por isso, resolvera matá-la.

A polícia seguiu direto para a casa de Tiago e o encontrou ainda dormindo. Os guardas entraram em seu quarto a pontapés, e Tiago despertou assustado. Vendo o sangue seco em suas mãos, iniciaram uma busca pelas redondezas. Em breve, descobriram a faca do crime, caída em meio à grama, bem debaixo de sua janela. Ninguém teve mais dúvida. O culpado só podia ser mesmo Tiago, que foi preso e condenado, ficando Artur livre para gozar de toda a fortuna que herdara.

Essas lembranças sacudiram o corpo de Felícia no presente, que despertou com um sentimento de indizível tristeza. Fitou Tiago, seu filho, parado a seu lado, e Tereza, que a fitava com bondade. Reunindo forças, desabafou:

— Vê por que não gosto de Artur? Não tinha razão?

— Esqueceu-se do que veio antes — esclareceu Tiago. — Não seria bom recordar também?

— Uma outra hora...

— Não — censurou Tereza incisiva. — A hora é essa.

— Por quê?

— Porque você está prestes a perder seu marido — esclareceu Tiago. — Meu pai está a um passo de se desquitar de você. E se isso acontecer, vocês terão perdido a chance de se entender. Ao menos nessa vida.

— Depois de tudo o que houve, acha mesmo que devo me entender com seu pai?

— Agora mais do que nunca. Então? Vai concluir o que começou ou vai deixar tudo inacabado e guardar essa sensação de que está faltando algum pedaço em sua vida?

— Pense bem, Felícia — interveio Tereza. — Tiago tem razão. Por que adiar algo que, mais cedo ou mais tarde, terá que acontecer? Por que não dar a si mesma a chance de voltar a ser livre e feliz?

— Vocês acreditam mesmo nisso, não acreditam?

— É claro que sim.

— Muito bem. Creio mesmo que já fui longe demais para recuar agora.

Deitou-se novamente, decidida, e Tereza se aproximou. Colocou a mão sobre sua testa e falou com doçura:

— Vou induzi-la a recordar. Você agora está desperta e não conseguirá sintonizar o passado com tanta facilidade.

— Como vai fazer isso?

— Vou hipnotizá-la.

Aos poucos, Felícia se viu em uma época bastante remota, na Espanha, e era o dia do seu casamento. Ia se casar com Tiago e estava radiante de felicidade. Vinha entrando na igreja, pelos braços do pai, e viu a irmã de soslaio, parada no primeiro banco, ao lado de Artur, então seu marido. Artur não gostava de Lurdinha. Achava-a feia e sem graça. Gostava mesmo era de Felícia. Mas Felícia não o amava. Estava apaixonada por Tiago e era com ele que iria se casar.

Tiago era um rico barão, dono de muitas terras, e Felícia era tratada por ele como uma rainha. Mas era irresponsável e perdulário, e logo perdeu tudo o que tinha, sendo obrigado a vender várias de suas propriedades para não passarem fome. Foi quando uma ideia o acometeu. Sabendo da antiga paixão de Artur por Felícia, sugeriu que ela o seduzisse.

Um dia, Felícia partiu sozinha em visita à irmã, no castelo em que ela vivia com o marido. Lá, as coisas se tornaram muito mais fáceis. Não foi difícil para Felícia reavivar a antiga paixão, e logo Artur cedeu à tentação. Os dois tornaram-se amantes, para desespero de Lurdinha, de quem nada procuravam ocultar.

Desesperada, Lurdinha tudo fazia para ter o marido de volta. Mas Artur, cada vez mais distante, só pensava em Felícia.

Como último recurso, procurou o marido da irmã e contou-lhe tudo, na esperança de que ele a ajudasse. Mas qual não foi a sua surpresa quando Tiago, não apenas riu de sua desgraça, como a expulsou de seu castelo.

Tentou ajuda da mãe, mas ela nada pôde fazer. Felícia mostrava-se surda a todo e qualquer conselho, inclusive os maternos. Isso só fez aumentar o seu desprezo por Artur e pela irmã, a quem acusava de tentar conspurcar-lhe o nome, comprometendo sua reputação diante da família. O pai, há muito já havia morrido, e a mãe acabou morrendo de desgosto também, vendo a situação em que suas duas filhas se encontravam. Uma, agindo feito uma cortesã, roubando o marido da irmã. A outra, entregue ao desespero, parecia enlouquecer.

Com isso, Felícia conseguiu resgatar suas propriedades. Aos poucos, foi tirando tudo o que pertencia a Artur e Lurdinha. Em alguns anos, estavam ambos na miséria, e ela conseguiu tirar-lhes tudo, até a herança da família. Desesperado, foi a vez de Artur procurar Felícia. Encontrou-a em seu castelo, cercada de luxo e pompa, e ela o recebeu com frieza e desdém. Indagada sobre o amor que ela dizia lhe devotar, Felícia escarneceu de Artur, deixando claro que ele nada mais fora do que uma porta para a riqueza.

Cego de ódio, Artur perdeu a cabeça e investiu contra Felícia. Em seu desespero, queria fazê-la sofrer. Humilhado e escarnecido, sentiu a revolta dominar o seu coração e deitou o corpo da mulher sobre as almofadas em que estava recostada, violentando-a com brutalidade e violência. Felícia tentou se debater, mas Artur não lhe permitiu se soltar. Terminado o estupro, quase a matou também, mas a súbita chegada de Tiago o impediu. Vendo aquela cena chocante, desembainhou a espada e cravou-a no coração de Artur, cujo corpo tombou estertorante. Sentindo que a vida se esvaía dele, Felícia ergueu-se altiva e cuspiu-lhe na face, e Artur deixou a carne carregando consigo o ódio e a mágoa.

Não satisfeita, Felícia não quis perder a oportunidade de tripudiar sobre o sofrimento da irmã e foi, pessoalmente, entregar o corpo de Artur na casa de Lurdinha, que agora vivia em uma pequena cabana à beira da floresta. Ao ver o corpo inerte do marido, coberto de sangue, Lurdinha quase desesperou. Começou a chorar convulsivamente, ante o olhar impassível da irmã que, coberta de joias e de sedas, sorria um sorriso mordaz.

Num ímpeto, Lurdinha agarrou o seu colar de diamantes e esmeraldas e saiu correndo porta afora. Nem sabia o que pretendia, mas o desespero a fez tentar agredir a irmã que, ambiciosa e mesquinha, só dava valor a suas riquezas. Sem pensar direito, Felícia partiu atrás da outra, que corria pelo charco atrás da casa. Entrou na floresta, e Felícia foi atrás. Pensou em gritar pelos soldados, mas não achou necessário. Podia cuidar de Lurdinha pessoalmente.

Mas o destino dispôs de forma diversa, e Felícia, desavisada dos perigos da floresta pantanosa, pisou em algo mole e começou a afundar, debatendo-se loucamente. Ouvindo os seus gritos desesperados, Lurdinha deu meia-volta e seguiu na direção de onde partiam. Logo alcançou a irmã, agora presa até a cintura na areia movediça em que caíra.

Instintivamente, Lurdinha correu e apanhou um galho seco, estendendo-o na direção de Felícia. Em seu desespero, Felícia não conseguia agarrá-lo e, quanto mais se debatia, mais afundava. Foi quando a ideia surgiu em sua mente. E se a deixasse morrer? Apesar do medo e dos gritos apavorados da irmã, Lurdinha puxou o galho e permaneceu parada, fitando a outra com ar de fascinação. Felícia se debatia cada vez mais, tentando manter o corpo na superfície, o que o atirava cada vez mais para o fundo. Felícia chorava e implorava à irmã que a salvasse, prometendo-lhe riquezas e terras em troca de sua vida. Mas nada do que Felícia lhe prometesse a faria mudar de ideia. A única coisa que realmente lhe interessava era o marido, que agora jazia morto no chão batido de sua casa. Nada mais lhe interessava, e a vida de Felícia não valia nenhum sacrifício. Nem riquezas, nem tesouros, nada. Ela merecia morrer.

Aos poucos, o corpo de Felícia foi afundando, até que submergiu completamente. O que diria aos soldados de Tiago? Na certa que a prenderiam. Não podia mais voltar para casa. Perdera tudo. Não tinha mais marido, não tinha nada. Angustiada, abaixou a cabeça e desatou a chorar, com medo do que poderia lhe acontecer dali para a frente. Foi quando viu algo brilhando a seus pés. Na pressa de apanhar o galho seco, deixara cair o colar que furtara da irmã. Mais que depressa, atirou o galho longe, apanhou o colar e desatou a correr.

O colar lhe rendeu um bom dinheiro, suficiente para iniciar um negócio. Perdida a inocência e a generosidade, Lurdinha logo descobriu que prostituir-se era e melhor forma de ganhar dinheiro. Mas não era bonita. O que poderia fazer? Com o que apurou com a venda do colar, comprou uma pequena casa e saiu à procura de alguém que pudesse trabalhar para ela. Encontrou uma jovenzinha órfã, de seus treze anos, e ofereceu-lhe abrigo em troca de favores. Apresentou a menina aos homens e começou a ganhar dinheiro. Logo, outras meninas foram aparecendo, e Lurdinha acabou fazendo fortuna e fama como dona de bordel. Ela mesma nunca fizera amor com ninguém. Mas tratava as moças com mão de ferro, exigindo-lhes sacrifícios cada vez maiores, sem se apiedar de sua sorte ou destino.

E assim viveu o resto de sua vida. Lurdinha envelheceu nessa profissão e morreu sem deixar filhos, jamais revelando a ninguém o paradeiro do corpo de Felícia.

CAPÍTULO 28

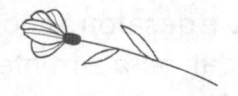

Os olhos de Felícia se abriram lentamente, e ela fixou o filho, emocionada. Agora compreendia muitas coisas. Sua aversão a Artur, seu amor por Tiago, a culpa que despejou sobre Lurdinha. Lurdinha... Por onde é que andaria?

— Lurdinha está bem próxima — esclareceu Tereza, que lhe lera os pensamentos.

— Onde? — quis saber Felícia, interessada.

— Mais próxima do que imagina — acrescentou Tiago.

— Ela vai voltar?

— Bem, sim e não.

— Como assim?

— Aguarde, mãe. No tempo próprio, irá descobrir.

— Ela foi minha irmã — falou Felícia com uma certa angústia na voz. — E, por duas vezes, eu a destruí.

— Nada de culpas, Felícia — intercedeu Tereza. — Permitimos que recordasse tudo porque seria útil ao seu crescimento. Não foi para sentir-se culpada.

— Até porque — completou Tiago —, todos nós tivemos nossa quota de responsabilidade nos acontecimentos pretéritos. Nenhum de nós agiu sozinho. Não somos nem culpados, nem vítimas. Somos apenas espíritos lutando para aprender e evoluir.

— Mas erramos muito...

— Os erros são normais e necessários ao crescimento.

— Tem razão. E seu pai... tinha tudo para me odiar. No entanto...

— Meu pai a ama profunda e sinceramente. Há muito compreendeu suas atitudes passadas e se dispôs a mudar. Basta que você lhe dê uma chance.

— E Lurdinha?

— Lurdinha também está lutando. Mas possui outros comprometimentos, como você mesma viu. Envolveu-se no lenocínio e no aliciamento de jovens incautas para a prostituição. Tratou-as com mão de ferro, foi impiedosa e insensível. Hoje está colhendo os frutos do que plantou.

— Ela é prostituta, isso eu já sei.

— Mas não pense que está recebendo tudo de volta. Ser prostituta foi sua forma de encontrar o caminho da evolução. Foi a forma que ela, por vontade própria, escolheu para entender e refazer suas atitudes. Mas Lurdinha também aprendeu muito, assim como outros espíritos que lhe são afins. Ao seu redor, no prostíbulo em que atualmente vive, encontrou-se com amigos e desafetos do passado e com eles há de se entender.

Pelos olhos de Felícia passou uma indagação muda, que há muito gostaria de fazer. Lembrou-se do dia em que a encontrara na loja de lingeries e a ouvira dizer o nome do marido, quando então passara a desconfiar de que Artur estava envolvido com alguma mulher.

Apesar de tudo, não podia se esquecer de que fora ela a causadora da morte de seu filho. Por sua omissão, Tiago havia se afogado naquela piscina, ainda em tenra idade. E fora ela também que, no passado, a levara àquela morte horrenda, submersa num poço sem fundo de areia movediça. Seu corpo devia ter apodrecido e se decomposto naquela escuridão lamacenta, perdido para sempre de seus entes queridos. Sentiu um arrepio e fitou o filho.

— Lurdinha é a amante de Artur. Tenho certeza de que é. Mas não é justo. Ela foi a causadora de tantos infortúnios...

— Como disse, ninguém causou nada sozinho. Se não houvesse outros espíritos vibrando na mesma sintonia, nada teria acontecido. Mas estávamos todos ligados por um cordão energético de sentimentos afins, o que nos tornou reciprocamente acessíveis aos atos uns dos outros.

— Mesmo assim. Artur não podia ter feito isso comigo. Amasiar-se com a mulher que me roubou a paz e a alegria de viver.

— Ninguém lhe roubou nada. Você perdeu a paz e a alegria porque quis. Porque foi fraca e cedeu à tentação de se afundar no papel de vítima.

— Não é justo. Fui a que mais sofreu com toda essa tragédia.

— Também não é verdade. Todos nós sofremos. E você jamais parou para pensar no que aconteceu a Lurdinha. Pensa que ela saiu dessa história impunemente? Pode não ter sofrido a punição dos homens, mas foi punida pela sua própria consciência. E a vida também se encarregou de ensiná-la. Ela sofreu maus momentos e sofre até hoje. Ser prostituta não é nada agradável a ninguém.

— Ela é prostituta porque quer. Você mesmo falou que foi uma opção dela.

— Foi. Mas ela poderia ter mudado essa sina se acreditasse que poderia agir diferente, se tivesse tido mais fé, se desejasse, do fundo do seu coração, enveredar por outros caminhos. No entanto, seu espírito não se sentiu merecedor, e ela, por suas culpas do passado, acabou permitindo que o destino a empurrasse para aquela vida novamente.

— Não quero ser insensível, Tiago. Mas isso ainda é um problema dela. A opção foi dela, foi ela quem escolheu assim...

— Mas teve um empurrãozinho, não é mesmo?

— Que empurrãozinho?

— Caso não saiba, foi a atitude de meu pai, expondo-a em todos os jornais, dispensando-a sem referências, que a induziu a aceitar essa vida. Durante muito tempo, Lurdinha procurou emprego, mas ninguém queria contratar a babá assassina, como passou a ser chamada. Pouco depois, caiu na mendicância, até que foi ajudada por dois cafetões, seus antigos conhecidos, que, apesar de tudo, são pessoas boas, embora um pouco perdidas.

— Agora a culpa é minha, é?

— Resista à tentação da culpa. Repito que a responsabilidade é de todos nós. Ninguém age sozinho, ninguém sofre uma consequência sem um ato anterior que lhe dê causa. Por isso, somos todos responsáveis, mas não somos culpados, porque cada um dá o melhor de si mesmo. Cada um faz aquilo que sabe, age como pode, ninguém vai além de suas possibilidades. Mas se contribuímos para a queda de um irmão, é necessário que reconheçamos a nossa participação, sem culpa, mas com o firme propósito de refazer o nosso gesto.

Felícia abaixou a cabeça e chorou de mansinho. Estava resistente porque agora tinha certeza de que Lurdinha era mesmo a amante de Artur. Logo Lurdinha, que ela, durante tantos anos, acusara pela morte do filho querido. Mas percebia agora que, apesar de tudo, não lhe queria mal e, no fundo, compadecia-se de sua sorte. Compreendia que, se Lurdinha lhe fizera algum mal, fora porque ela a prejudicara antes. E Tiago então, nem se falava. Fora terrivelmente cruel e ambicioso, muito diferente do espírito jovem e iluminado que tinha a sua frente. Se ele se modificara, por que ela também não poderia?

— O que devo fazer? — tornou ansiosa.

— Nada. Deixe os acontecimentos se sucederem. Faça as pazes com seu marido e viva feliz com ele.

— E Lurdinha?

— Vai seguir o caminho dela. Há alguém em sua vida que a ama verdadeiramente, e é com ele que ela terá que se entender. Chama-se Diniz, e é um dos donos do bordel em que trabalha. Caberá a ele a tarefa de ajudá-la a superar os reveses da vida.

— Mas Artur saiu de casa. Nem sei se vai voltar.

— Vai voltar. Ele a ama e está disposto a pôr um fim em tanto ódio e tantas atitudes sangrentas do passado. Basta de ódio, basta de crimes. Essa é a hora de partir o elo da cadeia de ódios pretéritos e começar a tecer uma outra, bem mais harmoniosa, de amor e de luz.

Felícia chorava emocionada. De repente, viu que Tereza se aproximava, fitando-a com indescritível bondade e amor. Aqueles olhos a impressionaram, e Felícia encarou o filho, perplexa, tentando lembrar onde é que já os tinha visto. De repente, foi como se um véu se descortinasse à sua frente, e ela indagou atônita:

— Mãe...?

— Sim, filha — respondeu Tereza. — Que bom que conseguiu se lembrar de mim.

Instintivamente, Felícia correu para os braços de Tereza e a abraçou, desabafando entre lágrimas:

— Como pude não a reconhecer? Por que não disse logo quem era?

— Não queria confundi-la nem lhe inspirar qualquer sentimento de culpa.

— Fui eu que causei a sua morte! Matei-a de desgosto. Nunca mais a encontrei depois disso!

— Seguimos caminhos diferentes. Mas o meu amor continua o mesmo.

— E agora é chegada a hora de vocês voltarem a se amar e se perdoar — anunciou Tiago.

— Como assim?

— Tereza deveria ter sido minha irmã nessa vida. Deveria ter nascido poucos anos depois de meu desenlace. Era o que estava programado. Mas você se recusou a engravidar novamente, e ela teve que adiar os seus planos.

— O quê? Mas como? Por que nunca me disseram nada?

— Nós bem que tentamos. Mas você se recusava a ver a verdade, e nós não podíamos simplesmente trazê-la até aqui e dizer: Felícia, essa foi sua mãe e precisa agora reencarnar como sua filha. Você não acreditaria e ainda ficaria com raiva de nós.

— Jamais sentiria raiva de você, Tiago.

— Mas ficaria arredia. Não. Precisávamos esperar até que você amadurecesse para lhe contarmos isso. Agora, só depende de você.

— Como assim?

— Deixe que eu mesma diga — adiantou-se Tereza. — Para que eu reencarne, é preciso que você me aceite. Eu, em meu coração, há muito já a aceitei como mãe, assim como antes a havia aceitado como filha. Mas preciso que você me queira, que concorde em ser minha mãe, que volte a viver bem com seu marido, para que a concepção possa acontecer.

— Garanto que não irá se arrepender, mãe — estimulou Tiago. — Tereza é um espírito de muita luz e a ama há muitas vidas.

— Posso imaginar... Esses anos todos, indo me buscar em minha casa, auxiliando-me em silêncio. Que tola eu fui! Desprezei novamente o seu amor.

— Não diga isso. Você não sabia. Como poderia saber?

— Minha alma sabia e lamenta profundamente o desgosto que lhe causei. E, sabendo disso hoje, gostaria muito de poder consertar as coisas. Só que...

— Só que... — repetiu Tiago.

— Só que pensei que poderia ser sua mãe novamente — disse para o filho. — Era o que mais queria.

— O mundo pode parecer uma esfera hermética, Felícia — disse Tereza —, mas há diversos orifícios e fendas por onde as forças da natureza podem entrar e sair.

— O que quer dizer com isso?

— Quero dizer que a vida não se fecha em si mesma. Sempre há uma saída, por mais encerrados que possamos estar em nossos problemas. Quando as coisas parecerem presas a um destino irremediável, basta procurarmos uma fresta de luz e desviarmos nosso caminho em sua direção. Tudo na vida é sujeito a mudanças, inclusive nossas escolhas. O fato de optarmos por determinado caminho não nos aprisiona nem nos engessa a ele. Sempre haverá outros rumos cortando o que escolhemos, mas que, fatalmente, nos levarão ao mesmo lugar. A água que está nos lençóis subterrâneos não está presa no fundo da Terra, mas corre por debaixo dela até encontrar uma passagem para a luz. Essa é a vida. Temos que buscar. Buscando, certamente, acharemos.

— Isso significa que a ideia de ser mãe de Tiago novamente não está descartada por completo?

— Como disse — prosseguiu Tereza —, nada na vida é hermético ou definitivo. Vamos nos modificando e moldando nossas escolhas às necessidades do momento.

Felícia sorriu animada. Voltar a ser mãe de Tiago era tudo o que mais desejava. Se pudesse, engravidaria dele no dia seguinte. Mas compreendia o que se passava. Ele tivera a sua chance e tudo transcorrera conforme ele mesmo havia planejado. E Tereza, por causa disso, havia sido deixada para trás, fora impedida de cumprir a sua tarefa na Terra pelo seu egoísmo.

— Está certo — concordou decidida. — Quero ser mãe de Tereza.

— Não está fazendo isso na esperança de que eu venha a ser seu filho novamente, está? — indagou Tiago, apreensivo.

— Não posso mentir e dizer que essa ideia não me passou pela cabeça. Ser sua mãe sempre foi o meu maior desejo, nunca escondi isso de ninguém. Mas concordo em ser mãe de Tereza porque a amo também e sei que isso será bom para nós duas. Quanto a ser sua mãe novamente, Tiago, caberá a Deus decidir. De qualquer forma, terei Tereza para alegrar os meus dias.

Abraçaram-se comovidos. As palavras de Felícia eram sinceras e tocaram profundamente o coração de Tereza.

— Bem — disse Felícia entre lágrimas —, agora só precisamos convencer Artur.

— Não será difícil. Ele está apenas ferido e magoado. Mas o amor que sente por você é forte e verdadeiro, e ele voltará para casa assim que perceber que você também o ama e passará a tratá-lo com respeito.

— Isso é muito importante, Felícia — lembrou Tereza. — Tratar seu marido com respeito e dignidade é fundamental para uma vida feliz.

Ela abaixou os olhos, envergonhada, lembrando-se das palavras ásperas e desrespeitosas que havia dirigido a ele.

— Não sei se ele poderá me perdoar — desabafou. — Fui muito dura com ele. Humilhei-o sem necessidade.

— Saiba cativá-lo — aconselhou Tiago. — É uma boa alma. Vai saber entender e perdoar.

— Mas como? O que farei para conseguir isso?

— Seja apenas amorosa — sugeriu Tereza. — Todo o resto virá normalmente.

Com lágrimas de gratidão e amor, Felícia se despediu. Sentia-se mais forte, mais renovada, confiante no futuro e na felicidade. Agora que compreendia tudo, era muito mais fácil amar Artur novamente. Na verdade, nunca deixara de amá-lo. Estava apenas magoada, ferida, frustrada em seus desejos. Mas estava disposta a mudar. Como Tereza lhe dissera, bastava ser amorosa. Que males ou dores não era o amor capaz de vencer?

⸎

No dia seguinte, bem cedo, Felícia despertou com a mão de Hermínia sobre seu ombro, chamando-a assustada:

— Dona Felícia, dona Felícia. Está tudo bem?

Felícia endireitou-se no sofá e sentiu a boca seca. Levantou-se cambaleante e foi para a cozinha. Bebeu água a grandes goles e esfregou a testa, tentando se lembrar do que havia acontecido.

— O doutor Artur já chegou? — indagou repentinamente.

— O doutor Artur? Não sei. Por quê? Ele já saiu, tão cedo?

Como é que Felícia ia lhe dizer que ele nem voltara para casa? Sentia vergonha de expor a sua vida e não respondeu. Apenas acenou com a cabeça e pediu com polidez:

— Faça-me um café, por favor. Estou com dor de cabeça.

Voltou para a sala e teve uma ideia. Abriu a porta da frente e deu a volta pela casa. Não queria que Hermínia a visse procurando o carro de Artur e evitou passar pela porta dos fundos. Mas o carro não estava na garagem. Ele não havia mesmo voltado. Ficou desapontada. Voltou para dentro e foi para a cozinha, atraída pelo cheiro do café. Sentou-se e serviu-se de uma xícara, pensando no que deveria fazer.

Enquanto isso, Artur acordava no quarto de hotel. Eram quase sete da manhã e, àquelas horas, devia estar se aprontando para ir trabalhar. O que teria sido feito de Felícia? Na certa, Norberto a levara de volta para casa. Agora, pensando em tudo friamente, começava a se arrepender de tê-la deixado em Juiz de Fora. Não fosse a certeza que tinha na lealdade do amigo, ter-se-ia arrependido dramaticamente.

Foi até a mesinha e apanhou o telefone, dando à telefonista o número da casa de Norberto. Foi ele mesmo quem atendeu.

— Alô? Norberto?

— Artur! Onde está você? Estamos todos preocupados.

— Eu estou bem. E Felícia?

— Está em casa.

— Ela está bem?

— Creio que sim. Mas o que deu em você para sair fugido do hotel daquele jeito? E onde é que está? Não vá me dizer que...

— Estou em um hotel, aqui em Copacabana.

— Ah! E não vai voltar para casa?

— Vou... — respondeu inseguro. — Isto é, não sei. Não quero falar sobre isso ao telefone. Escute, não posso ir trabalhar hoje. Será que você poderia cuidar de tudo por mim?

— É claro. Não se preocupe com nada.

Desligaram. Artur pousou o fone no gancho e sentou-se na cama pensativo. O que deveria fazer? Manter-se firma naquela decisão de sair de casa ou voltar e esquecer o ocorrido? Preferiu não tomar nenhuma atitude impensada. Procurar Greta, naquele momento, estava fora de questão. Ele não estava bem seguro do que realmente queria, e envolvê-la numa loucura não seria justo com ela. Sabia o quanto ela gostava dele e não queria fazê-la sofrer novamente.

Mas sentia que também não podia ir para casa. As palavras de Felícia ainda ecoavam em sua mente, chamando-o de porco, nojento, cafajeste... Era demais para qualquer homem. Aquilo era um sinal mais do que evidente de que Felícia não o amava mais e de que jamais voltaria a amá-lo. O que fazer? Insistir naquele casamento? Para quê? Para continuar sendo humilhado daquela maneira?

Decidiu. Não voltaria mais para casa. Possuía muitos imóveis espalhados pela cidade. Veria com seu advogado qual não estava alugado e se mudaria. Apanhou o telefone novamente e deu o número do advogado, pedindo a ele que lhe providenciasse um apartamento com urgência. O advogado deu-lhe algumas opções, e ele acabou escolhendo um no Leblon, já mobiliado. Não queria nada perto de Felícia nem de Greta.

Em seguida, tornou a ligar para Norberto. Já estava quase no final do expediente, e o amigo veio atender apressado:

— Algum problema, Artur? Já está em casa?

— Ainda não. Decidi não voltar.

— Você é quem sabe — falou o outro, mal ocultando a decepção. — Posso fazer algo por você?

— Será que poderia ir à minha casa, buscar algumas roupas?

— Você sabe que faço tudo para ajudá-lo. Mas não acha que seria conveniente que você mesmo fosse?

— Não me sinto com forças para encarar Felícia novamente. Pelo menos, por enquanto.

— Está certo — Norberto não queria discutir pelo telefone e faria como ele estava lhe pedindo. — Para onde devo levar tudo?

Artur deu-lhe o novo endereço e desligou. Tomou um banho, pagou a conta e foi esperar na recepção do hotel, até que lhe fossem levar a chave do apartamento no Leblon. Um rapazinho apareceu e lhe entregou a chave, e Artur agradeceu sem lhe dar maiores explicações. Não queria envolver o advogado por enquanto e não lhe disse por que estava se mudando.

Ao ouvir o ronco do motor do carro de Norberto, Felícia deu um salto do sofá e correu a abrir a porta, certa de que encontraria o marido. Mas qual não foi a sua decepção ao encontrar Norberto e quase entrou em desespero quando ele lhe dissera por que estava ali.

— Artur não vai voltar para casa? — perguntou perplexa. — Vai me deixar?

— Não sei, Felícia — respondeu Norberto pesaroso. — Ele apenas me pediu para vir buscar algumas coisas. Roupas de trabalho, principalmente.

— Ele não lhe disse nada?

— Não.

— E onde está?

— Não sei — mentiu. — Ele não quis dizer. Vai passar lá em casa e pegar tudo.

Ela não tinha como recusar. No fundo, sabia que Artur tinha razão. Tinha consciência de que passara dos limites e o ofendera duramente. Mas estava arrependida. Depois daquela noite, sentiu como se uma chuva de compreensão tivesse jorrado sobre ela e chegara à conclusão de que o amava. Estava sentida, mas ainda o amava. Culpara-o pela morte de Tiago, sem saber que o culpava por várias outras coisas, mas agora compreendia que ele não fora culpado de nada. Nem ele, nem ninguém. Como faria para voltar atrás e desfazer o mal que lhe fizera?

— Norberto... — balbuciou, vendo o amigo na porta, arrastando imensa mala com as coisas do marido.

— O quê?

Ela hesitou por alguns segundos, até que respondeu indecisa:

— Nada. Não há mais o que fazer, não é verdade?

Sentindo a sua angústia, Norberto soltou a mala no chão e segurou a sua mão, falando em tom de encorajamento:

— Não se desespere, Felícia. Sei que tudo vai acabar bem.

— Perdi meu marido...

— Não diga isso. Artur está apenas magoado. Não sei o que aconteceu entre vocês, mas estou certo de que ele vai voltar atrás.

— Gostaria de ter a sua certeza. Sei que me excedi dessa vez. Nenhum homem, depois do que lhe fiz, aceitaria de volta uma mulher feito eu.

— O amor supera qualquer dificuldade. E Artur a ama muito.

— Será?

— Ama. Tenho certeza. Sou o seu melhor amigo e nem devia estar lhe dizendo isso. Mas ele a ama como jamais amou outra mulher e jamais amará mais alguém. Acredite nisso, Felícia, e dê-lhe uma outra chance.

— Quem precisa de chance agora sou eu.

— Você vai ter. Confie nisso. Confie no marido que tem. Ele é um homem maravilhoso.

Apenas ela não conseguira ver isso. Custara muito a enxergar e agora temia ser tarde demais. Artur estava magoado e ferido, principalmente em sua honra, e ela não sabia o quanto ele estava disposto a correr o risco de uma nova humilhação. Mas ela nunca mais tornaria a tratá-lo daquele jeito. Não estava apenas se iludindo. Sabia, com a certeza de seu coração, que estava pronta para mudar. Reconhecia que fora injusta com ele e admitia que o amava. Daria tudo para conquistá-lo novamente.

Aflita, apanhou o telefone e discou o número da casa da mãe. Ondina atendeu e, sentindo o tremor na voz da filha, indagou alarmada:

— O que foi que aconteceu, Felícia?

— Foi Artur, mamãe. Ele saiu de casa.

— O quê?

— Oh! Mãe, estou desesperada! Sinto que o amo e temo perdê-lo.

— Não se desespere. Não quer ir ao centro conosco hoje? Vai ajudar.

— Vou.

— Então espere. Passaremos aí para buscá-la.

A ida ao centro espírita confortou-a. Felícia não ouviu de ninguém que Artur voltaria para casa nem perguntou nada sobre isso. Fora ali apenas em busca de conforto e paz, e fora exatamente o que encontrara. As palavras de sabedoria e amor que ouvira muito a ajudaram, e ela voltou para casa mais tranquila.

— Confie, filha — disse a mãe, logo que ela desceu do automóvel. — Ore e peça a Deus que faça o melhor por vocês.

Felícia suspirou e entrou em casa, sentindo no coração o palpitar da esperança. E se ele tivesse voltado? Mas a casa estava vazia, e ela seguiu para seu quarto. Ao invés de entrar, foi até o quarto de hóspedes, onde ele ultimamente dormia, e abriu o armário. Ainda havia ali muitas peças de roupa, e ela apanhou uma camisa, sentando-se com ela na cama. Encostou-a no rosto, sentindo o seu perfume, e desatou a chorar. Como pudera ser tão cega?

✦

Nesse ínterim, Norberto chegou ao apartamento de Artur, que o aguardava ansiosamente. Antes mesmo que ele pousasse a mala no chão do quarto, Artur foi logo perguntando:

— E Felícia? Estava em casa? Você a viu? Falou com ela? Como ela está? Disse alguma coisa? Perguntou por mim?

Norberto sentou-se na cama e cruzou as mãos sobre a boca, esperando que ele terminasse aquela enxurrada de perguntas. Quando ele parou de falar, tornou compreensivo:

— Já acabou? Posso falar? — Artur assentiu. — Felícia não está lá muito bem. O que você queria? Deixou-a sozinha em Juiz de Fora, saiu de casa sem falar nada... Ela está muito aflita.

— Mas por quê? Porque está preocupada que algo tenha me acontecido ou porque tem medo de que eu a deixe?

— Pelas duas coisas. Não sei realmente o que houve, mas senti o seu temor em perder você.

— Não quer ser chamada de mulher largada do marido...

— Não me pareceu ser esse o motivo. Pelo jeito como ela estava, pareceu mesmo que não queria perdê-lo porque o ama.

— Será?

— Não posso lhe assegurar nada. Sabe como são as mulheres. Mas ela estava muito transtornada, querendo até saber onde você estava.

— E você disse?

— Não. Não sabia se você queria que dissesse.

— Fez bem. Por ora, é melhor deixar as coisas como estão.

— Não vai voltar mesmo para casa?

— Não sei. Ainda não me decidi sobre isso. Preciso pensar um pouco, analisar a minha vida, pesar os prós e os contras.

— Espero que Greta não tenha participação na sua decisão, seja ela qual for.

— Greta? Não, não terá. Gosto muito de Greta, mas não penso mais em viver com ela.

— Fico feliz. Não tenho nada contra Greta, mas você sabe que não daria certo.

Artur ficou pensativo. Naquele momento, qualquer decisão que tomasse poderia considerar prematura. Precisava pensar. Não queria fazer nada de que se arrependesse depois. Embora Norberto lhe dissesse que Felícia estava angustiada, aquilo não significava que ela o amasse e estivesse disposta a ser sua esposa novamente. Podia mesmo não significar nada ou significar muitas outras coisas. Precisava dar tempo ao tempo e esperar para ver o que iria acontecer.

CAPÍTULO 29

Até terça-feira, Artur ainda não havia retornado à Esfinge, e Greta já perdia as esperanças de tornar a vê-lo. Queria muito falar com ele, mas não se atrevia a procurá-lo. Artur poderia ficar furioso e ainda brigar com ela. Tinha que esperar.

Quando ela desceu para seu encontro habitual com Diniz, ele já havia saído, como sempre, e Soraia estava no pé da escada, o corpo encostado no balaústre, fitando-a com um sorriso mordaz. Greta passou por ela sem dizer nada, apenas balançando a cabeça, mas ouviu a voz da outra, rouca e sarcástica:

— Vai ver a titia, Greta?

Greta olhou-a de cima abaixo e retrucou lacônica:

— Vou.

— Onde é que ela mora? — tornou Soraia, saindo atrás dela.

— Por que quer saber?

— É que tenho que ver um tio. Talvez morem no mesmo lugar e possamos ir juntas.

Era demais. Soraia estava debochando dela, e Greta não sabia por quê. Parou abruptamente, fitou-a com ar gélido e revidou com desdém:

— Qual o problema, Soraia? Brigou com Diniz?

— Diniz? Curioso falar nele, porque Diniz também saiu.

— E daí? Não é problema meu.

— Ah, não, você nem gosta de inglês, não é mesmo? O que lhe interessam as aulas de inglês de Diniz?

Greta sentiu que havia falado demais. Não devia ter metido o nome de Diniz naquela conversa, mas queria irritá-la. Só que estava na cara que Soraia sabia de alguma coisa. Ou ao menos desconfiava.

— Quer me dar licença? — replicou Greta de má vontade, empurrando-a para o lado.

— Ah, mas é claro! Não quero que se atrase para a visita à titia.

Greta empurrou-a com força e saiu apressada. Já na rua, fez sinal para um táxi e entrou, certificando-se de que Soraia não fora atrás. Quando chegou ao quartinho no sobrado, Diniz a aguardava ansiosamente e espantou-se com o seu ar de preocupação.

— Por que está com essa cara?

— Tive um contratempo com Soraia.

— Por quê? Ela lhe fez alguma coisa?

— Veio com uma conversa estranha, cheia de ironias. Acho que está desconfiando de algo.

— Impossível. Sou muito cauteloso e precavido.

— Ainda assim, acho que está desconfiada. Falou até no seu curso de inglês.

— Será que ela foi até lá se informar? Não, não pode ser. Eu nem lhe disse qual é o curso.

— Não sei. Mas que ela está desconfiada, isso está. É melhor tomarmos cuidado. Soraia vai ficar furiosa se descobrir que está sendo usada.

— Problema dela. Isso agora já não me interessa mais. Meu interesse é apenas em você.

— Cuidado, Diniz. As coisas não são bem assim. Há muito em jogo nessa nossa brincadeira. Mauro também não é fácil e pode criar mais problemas do que Soraia.

Era verdade. Se Mauro descobrisse aquela história, Diniz não queria nem pensar. E Valente então, ficaria para morrer. Mas ele não estava disposto a se preocupar com aquilo naquele momento. Só o que queria era o corpo de Greta, já que não podia ter o seu amor. Abraçou-a com volúpia e entregou-se ao sexo, esquecendo-se de Soraia e de Mauro. Naquele momento, não lhe interessavam mais.

❧

Naquela noite, Mauro chegou à hora de sempre, e Greta já estava no salão, pronta para iniciar o trabalho. Quando o viu chegar, Soraia piscou-lhe um olho, e ele sorriu embevecido. Será que ela estava interessada nele também? Já havia dormido com ela uma vez mas, por enquanto, não pretendia fazê-lo de novo. Depois que se cansasse Greta, talvez pudesse pensar em outra.

Como Artur não apareceu, Greta terminou com Mauro e subiu para o seu quarto assim que ele saiu. Ao passar pela porta da frente, Mauro ouviu uma voz vinda das sombras, chamando o seu nome, e parou assustado.

— Quem está aí? — perguntou em tom incisivo. — Saia! Mostre a cara. Não estou para brincadeiras.

Soraia surgiu do meio da escuridão. Ainda vestia o traje azul e dourado de egípcia, e Mauro levou um susto. Olhou para a rua, para se certificar de que ninguém a via vestida daquele jeito, mas já era tarde, e a rua era de pouco movimento.

— Olá, Mauro — falou com ar sedutor, aproximando bem o seu corpo do dele.

Ele a fitou embasbacado, o rosto colado ao seu, seus lábios quase roçando os dela.

— O que quer? — balbuciou aturdido. — Já é tarde.

— Conversar...

— Agora? Aqui?

— O que tenho a lhe dizer não pode ser ouvido por mais ninguém. E ninguém pode saber que estivemos conversando.

— Do que se trata? — tornou, visivelmente interessado.

— Por que não vamos dar uma volta?

— Vai sair assim?

Ela deu um sorriso irônico, foi para o lugar onde estivera escondida e voltou com um vestido na mão. Vestiu-o ali mesmo, por cima da fantasia de egípcia, e convidou:

— Agora podemos ir?

Sem nada entender, Mauro se deixou conduzir por ela. Apanhou o carro e deu partida no motor, indagando sem se virar:

— Valente e Diniz não vão dar pela sua falta?

Ela deu de ombros e falou:

— Acho que não. Estão todos muito ocupados. Na certa, vão pensar que subi com algum freguês.

— Aonde quer ir?

— A qualquer lugar onde possamos conversar sem sermos vistos.

— Já é tarde. Todos os bares estão fechados.

— Podemos ir à praia.

Foram para o Arpoador, praticamente deserto àquelas horas. Saltaram do automóvel e foram se sentar sobre as pedras.

— Muito bem — disse Mauro. — Cá estamos. Do que se trata?

Ela fez cara de mistério e falou com ar teatral:

— O que você faria se estivesse sendo traído?

— Como assim, traído?

— Traído, ora, enganado. O que você faria se descobrisse?

— Não sei. Depende de quem está me traindo. Por quê?

— Porque tenho sérios motivos para desconfiar de que você está mesmo sendo traído.

— Por quem?

— Não imagina?

Mauro imaginava. Mas não queria admitir. Sabia que, naquele meio, as garotas não podiam confiar em ninguém e temia que Soraia estivesse tentando envenenar Greta por algum motivo. Por isso, resolveu fingir:

— Olhe, Soraia, não entendo o que está tentando me dizer. Não sei quem poderia estar me traindo. Ainda mais alguém que você conheça.

— Ou você é muito tolo, ou um grande mentiroso...

— Não venha com ofensas. Não vou tolerar. Ou você conta logo o que tem a dizer, ou vamos embora. Amanhã tenho que trabalhar e não tenho tempo para brincadeiras.

Soraia suspirou dramaticamente e fitou o oceano, afirmando sem se voltar:

— Tenho motivos para crer que Greta o está enganando.

— Por quê? O que a leva a pensar assim?

— Quer mesmo saber? — Ele assentiu. — Pois vou lhe contar.

Minuciosamente, Soraia lhe contou sobre as saídas de Greta e Diniz todas as terças e quintas, sobre a alegada visita a uma tia vinda do Piauí e sobre o curso de inglês de Diniz, cujo material sequer havia sido tocado. Mauro ouviu tudo atentamente e, quando ela terminou, acrescentou com firmeza:

— Isso não quer dizer nada. Pode ser apenas coincidência. Diniz é dono da Esfinge. Poderia ter Greta só para ele, se quisesse. Não precisava fazer nada escondido.

— Greta é exclusividade sua. Você gostaria de dividi-la com ele? Afinal, paga muito caro só para tê-la à sua disposição quando bem entender.

— É claro que não. Mas não creio que Diniz seja desonesto. Conheço-o e a Valente há muitos anos e sempre me pareceram muito corretos. Se ele quisesse dormir com Greta, era só tirar a exclusividade que tenho sobre ela.

— Acontece, meu caro, que Diniz não é o único a dormir com ela.

— Não?

— Não. Há algo que não lhe contei. Algo que sei e que tenho certeza de que não irá agradá-lo em nada.

— O que é? Vamos, Soraia, deixe de mistérios. Diga logo, o que é?

— Sabe com quem mais Greta anda dormindo? — Ele meneou a cabeça, já impaciente. — Com Artur.

A princípio, Mauro pensou que não havia entendido direito e pediu a ela que repetisse. Foi só quando ouviu o nome de Artur pela segunda vez que teve certeza de que escutara muito bem.

— Não pode estar falando sério — tornou acabrunhado.

— Ah! Mas estou. Greta se deita com Artur todas as noites, depois que você sai.

— Mas isso é impossível! Valente e Diniz não iam deixar.

— Acontece, meu caro, que isso foi ideia do próprio Diniz.

— Como?

— Tudo não passou de um plano para atrair Greta. Foi assim que ele conseguiu levá-la para a cama.

— O que está dizendo, Soraia? Veja bem o que está falando! Não brinque com uma coisa dessas.

— Não estou brincando. Todas as noites, quando Artur vem, depois que você vai embora, eu mesma subo com ele, mas quem está em minha cama não sou eu, é Greta. É com ela que ele se deita, não comigo.

— Não pode ser...

— Depois que o deixo em meu quarto, vou para o quarto de Diniz. No começo, foi maravilhoso. Diniz se mostrou carinhoso, como nos velhos tempos. Mas depois, cansado das tardes em que passava com Greta, começou a me evitar à noite. Só que eu descobri tudo. Desconfiei e descobri. Diniz nunca foi a nenhum curso de inglês. Tudo não passou de um embuste para ter uma desculpa para sair e se encontrar com Greta, em troca de lhe facilitar os encontros com Artur. E tudo isso às minhas custas! Diniz se aproveitou do que eu sinto por ele para me usar, para poder fazer amor com Greta!

Mauro estava aturdido. Não queria acreditar naquela história, mas ela lhe parecia por demais verossímil para ser inventada. Tudo fazia sentido. Apesar de Greta nunca ter dito nada, seu comportamento mudava todas as vezes em que Artur chegava. Ficava mais nervosa do que de costume, querendo fazer tudo às pressas. Várias vezes surpreendera os seus olhares para ele. Então era isso... o canalha! Não quis pagar pela exclusividade, mas aceitava trapacear e dormir com a mulher por quem ele, Mauro, pagava muito caro. E tudo isso sem gastar nenhum tostão.

Aos poucos, o sangue foi lhe subindo à cabeça, e Mauro se levantou de supetão. Isso não iria ficar assim. Greta ia ver só. Cuidaria dela direitinho, e depois daria um jeito naquele Artur. Onde já se viu, enganá-lo daquela maneira? Ele bem que devia ter desconfiado, depois daquela briga, que ele não era flor que se cheirasse. Mas ele ia ver só. Os dois haveriam de lhe pagar.

— Venha — ordenou a Soraia.

Ela se levantou também, correndo atrás dele.

— O que pretende fazer?

— Deixe por minha conta. Vou mostrar àqueles dois com quem estão mexendo.

— E Diniz? Não vai fazer nada contra ele, vai?

— De Diniz, cuido depois. Vou exigir o meu dinheiro de volta. Com juros e correção. E ele vai ter que devolver. Senão, chamo a polícia e fecho aquele lugar.

— Só lhe peço para não dizer que fui eu que lhe contei essa história — pediu com um certo tremor. — Posso ser mandada embora.

Mauro não respondeu. Não estava nem um pouco preocupado com os temores de Soraia. Se tivesse que tomar alguma atitude, pouco lhe importava o destino que ela tomaria. E seria até bem feito, para deixar de ser fofoqueira. Mauro não se importava com ela. Não se importava com ninguém que não fosse ele mesmo.

Na noite seguinte, Mauro foi dos primeiros a chegar. Sentou-se a sua mesa habitual, pediu uma cerveja e esperou até que Greta viesse. Não tardou muito e ela apareceu, linda como sempre. Ao vê-la, Mauro sentiu uma pontinha de tristeza. Seria uma pena estragar aquele rostinho tão bonito.

Do outro lado do salão, Soraia os observava disfarçadamente, morta de medo do que ele iria fazer. Não dissera nada a ninguém, mas estava agindo estranhamente. Ninguém percebera nada. Na noite passada, ela saíra e voltara sem ser notada. Apenas Eunice percebeu que algo não estava bem.

— O que foi que houve? — indagou Eunice a Soraia.

— Nada, por quê?

— Não sei. Você está estranha. Parece ansiosa.

— É impressão.

Soraia virou-lhe as costas e foi para a pista de dança sozinha. Em breve um homem foi se juntar a ela, e os dois ficaram dançando agarradinhos, mas Soraia, de vez em quando, fitava Greta e Mauro pelo canto do olho. Eunice, seguindo-lhe o olhar, notou que ela tomava conta de todos os movimentos dos dois, o que a deixou deveras intrigada. Como, porém, nada de anormal havia acontecido, procurou não pensar mais no assunto e continuou a vistoriar o serviço das meninas.

À sua mesa, Mauro conversava com Greta como se nada tivesse acontecido. Não queria despertar-lhe a atenção. Queria surpreender aqueles dois juntos, pois só assim lhes daria uma lição em conjunto. Já que se gostavam tanto, seria bom que pagassem unidos.

Mas Artur não aparecia, e Mauro já estava ficando nervoso. No outro dia, quinta-feira, ficou de tocaia na saída da Esfinge, o carro parado na outra esquina, para se certificar do que Soraia lhe dissera. Viu quando Diniz saiu de carro, e Greta saiu pouco depois. Ela fez sinal para um táxi e entrou, e ele ligou o seu automóvel, seguindo-os a uma distância segura.

O táxi tomou o caminho do subúrbio, e ele foi atrás. Parou em frente a um sobrado, e Greta saltou, entrando apressadamente. Mauro parou o carro um pouco mais atrás e ficou à espera. Cerca de uma hora depois, ela e Diniz saíram. Ela tomou novo táxi, e ele foi em busca de seu próprio automóvel, estacionado mais adiante. Esperou até que ambos se afastassem, para só então voltar.

Estava furioso. Então, Soraia não mentira. Toda a história devia ser verdadeira. Greta se encontrava mesmo com Diniz e Artur. A cadela! Iria se arrepender de estar traindo-o daquela forma. Logo a ele! Mas não fazia mal. Vingar-se-ia dos três, de tal forma que eles jamais se esquecessem de com quem estavam se metendo.

À noite, chegou à Esfinge e procedeu como sempre. Não disse nada, à espera de que Artur aparecesse. Mas ele não vinha, o que já o estava deixando impaciente. Esperaria mais duas noites. Se ele não viesse até sábado, começaria a agir. Sexta-feira chegou, e nada de Artur aparecer, para desespero de Greta e frustração de Mauro. Sábado, e ele também não veio. Mauro decidiu agir. Já havia esperado demais. Talvez Artur nunca mais aparecesse, e ele ia perdendo a oportunidade de dar uma lição naquela ordinária. Depois cuidaria de Artur. Sabia quem era e não seria difícil descobrir o endereço de sua empresa. Agora, era cuidar de Greta.

— Vamos para cima — ordenou ele, dando um último gole na cerveja.

Ela se levantou sem qualquer animação e foi subindo as escadas. Abriu a porta do quarto e entrou, e Mauro foi logo exigindo, sem qualquer consideração:

— Dispa-se.

Ela deu de ombros e tirou toda a roupa. Deitou-se na cama com ar de enfado e esperou. Mauro não se despiu. Tirou apenas o cinto da cintura e aproximou-se da cama, esticando o couro pelas duas pontas. Viu o olhar de medo e espanto de Greta, o que o deixou excitado. Rapidamente, ergueu o cinto acima da cabeça e desferiu-lhe violento golpe, antes mesmo que Greta tivesse tempo de fugir ou gritar.

A dor foi tremenda. Greta nem sabia por que Mauro estava fazendo aquilo e tentou correr, mas ele a segurou pelos cabelos e atirou-a no chão, açoitando-a impiedosamente, no rosto e no pescoço, enquanto vociferava com toda a força de seu ódio:

— Cadela! Miserável! Então, gasto uma fortuna com você, e é assim que me paga?

Enquanto bradejava, ia descendo o cinto, que logo abriu diversas feridas nas faces de Greta, que se pôs a gritar e a chorar:

— Mauro, por favor, não...

Ele não tinha piedade. Seu corpo todo tremia, de ódio e de prazer, e a vontade que sentia era de amá-la naquele momento e apertar as suas feridas, para que a sua dor fosse causa de seu prazer.

— Ordinária! — fremia. — Vai aprender a me respeitar!

Continuou vergastando-a. Greta já estava começando a perder os sentidos quando a porta do quarto se abriu, e ela percebeu que vultos adentravam apressados. Sentiu, mais do que viu, que alguém segurava Mauro por trás, arrancando-lhe o cinto da mão, e percebeu que uma mulher se aproximava. A mulher pousou a sua cabeça sobre seu colo e chamou entre lágrimas:

— Greta... responda, Greta, por favor...

Greta não respondia. Mal conseguia enxergar, de tão inchados estavam seus olhos, e a ardência no pescoço lhe dificultava até a respiração. Estava se sentindo tão fraca e cansada, que só o que queria era dormir. As pálpebras foram pesando, e seus olhos começaram a piscar, tomados de uma dor e um peso indescritíveis. Mais um pouco e se fecharam, e sua cabeça tombou para o lado, inerte. Eunice soltou um grito estridente, e Diniz correu para elas. Mais atrás, Mauro estava bem preso pelos braços dos seguranças do bordel.

— Ela... ela... morreu...? — choramingou Eunice.

Diniz examinou-a rapidamente e suspirou aliviado.

— Não. Está desmaiada. Vamos, depressa. Ajude-me a levá-la a um hospital.

Foi um corre-corre danado. Os fregueses foram gentilmente mandados embora, e Diniz partiu com Eunice e Bete para o hospital, Greta desmaiada no colo da amiga. Na Esfinge, ficaram Valente e Mauro, ainda preso pelos seguranças. O resto das meninas foi dispensado, inclusive Soraia, que não ousava dizer nada. No escritório, Valente fez com que Mauro se sentasse, dando ordens para que os seguranças ficassem por perto.

— Muito bem, doutor Mauro — falou, mal contendo a raiva. — Creio que já lhe avisei que não iria tolerar violências em meu estabelecimento. Ainda mais contra as meninas.

— Ela me traiu! — rosnou o outro entredentes. — Ela e aquele safado do Artur. E Diniz também!

Valente ergueu as sobrancelhas. Há muito andava desconfiado de que algo assim estava acontecendo. Que Diniz e Greta andavam se encontrando, tinha lá as suas suspeitas. Mas que ela e Artur também se viam, fora uma grande surpresa.

— Quem foi que lhe disse isso?

— Soraia.

— Soraia está enganada.

— Não está não. Eu mesmo vi. Segui Greta no outro dia e vi quando ela e Diniz saíram juntos de um sobradinho, no subúrbio, em frente à linha do trem. E Artur... bem, não é difícil imaginar, não é mesmo?

— Foi Soraia quem lhe contou isso também?

— Foi. Greta esperava que eu saísse para levar aquele tal de Artur para sua cama. Foi uma traição, uma afronta, um disparate! O que queria que eu fizesse?

— Vá chamar Soraia — disse Valente a um dos seguranças.

Esperou até que Soraia aparecesse. Ela entrou a passos indecisos, cabisbaixa e amedrontada, evitando encará-lo. Sabia que Mauro a havia delatado e tinha medo do que poderia lhe acontecer.

— Mandou me chamar, Valente? — perguntou com voz humilde.

— Sente-se. Precisamos conversar — Ela se sentou, e ele prosseguiu: — Quero saber direitinho que história é essa de Greta andar se envolvendo com Artur e com Diniz.

— Não sei de nada...

— Mauro me disse que sabe.

— Não sei...

— É mentira! — gritou Mauro, avançando para Soraia, mas logo foi contido pelos seguranças.

— Acalme-se, homem! — exclamou Valente. — Ou serei obrigado a chamar a polícia.

— Seria uma ótima ideia. Assim, mando logo fechar esse lugar.

— Você não manda nada. Tenho meus contatos na polícia e são bem mais quentes do que o seu. E agora, Soraia, diga a verdade. E não adianta mentir.

— Mas Valente, eu estava desesperada...

— Foi você ou não foi você quem contou toda essa história?

Vendo-se acuada, Soraia começou a chorar e a tremer. Não tinha saída. Mentir, àquela altura dos acontecimentos, não adiantaria de nada. E depois, que diabo! Quem mentira, enganara e traíra não fora ela. Fora Greta. Era Greta quem merecia aquele interrogatório, não ela.

Com os lábios trêmulos, levantou a cabeça, encarou Valente e disparou:

— É isso mesmo, Valente. Fui eu sim. Contei tudo a Mauro. E daí? Não disse nenhuma mentira. Greta estava mesmo se encontrando com Diniz e Artur, pelas costas de Mauro. Isso sim é que foi uma mentira, uma traição. Eu não fiz nada. Apenas revelei a verdade. Não tenho culpa se Greta escolheu enganar todo mundo.

Mais uma vez, narrou a Valente a mesma história que antes havia contado a Mauro. Valente sentiu imenso desgosto. Gostava de Diniz como seu irmão, mas ele não podia ter feito aquilo. Causara-lhes sérios transtornos, arriscando-se a comprometer a reputação de que A Esfinge gozava.

Isso sem falar no estado de Greta, que fora para o hospital seriamente machucada, até correndo risco de vida.

— Por que fez isso, Soraia? — retrucou Valente, sem conter a angústia.

— O que queria? Diniz me enganou, me usou só para conseguir dormir com aquela cadela! Ele brincou com os meus sentimentos, se aproveitou do meu amor para conseguir o amor de outra!

— É isso mesmo — estimulou Mauro. — Diniz não vale nada. Vocês deviam até terminar a sociedade. Quanto a esse Artur, não é pessoa confiável. Ele ainda há de se entender comigo.

— Não estou interessado em suas atitudes com Artur — revidou Valente com decisão. — Só o que quero é proteger o meu negócio e as pessoas que aqui trabalham e frequentam. Por isso, Mauro, não o quero mais aqui. De hoje em diante, você não é mais bem-vindo em minha casa.

— O quê!? Vai me expulsar por causa de uma vagabunda e de dois sem-vergonhas? Era só o que me faltava.

— Pense como quiser. Mas não posso tolerar em minha casa gente que não sabe se controlar e que só resolve seus problemas à base de violência. Chega! Já aguentei demais de você e de seu gênio insuportável.

Indignado, Mauro deu um salto da poltrona, e logo os seguranças o agarraram, enquanto ele bufava:

— Soltem-me! Larguem-me, seus brutamontes! Sou um advogado. Exijo que me respeitem!

A um sinal de Valente, os seguranças o soltaram, mas ficaram atentos a todos os seus gestos.

— Procure se controlar, Mauro — avisou Valente. — Ou será pior para você. Mando colocá-lo daqui para fora a pontapés.

— Você não pode fazer isso! — rugiu colérico. — Paguei muito caro para ter Greta só para mim. Não vou admitir ser enganado. Exijo o meu dinheiro de volta!

Sem titubear, Valente se levantou e foi até o cofre de parede. Abriu-o e dele retirou um maço de notas, balançando-o bem diante do nariz de Mauro.

— É dinheiro o que você quer? — revidou com raiva. — Pois tome o seu dinheiro e desapareça!

Atirou o dinheiro em cima dele, e Mauro segurou-o furioso. Apertou o maço na mão e, olhos nos olhos, disparou irado:

— Vai se arrepender, Valente! Vou dar um jeito de fechar essa espelunca!

Rodou nos calcanhares e saiu porta afora.

— Quer que vamos atrás dele, patrão? — indagou um dos seguranças.

— Não é preciso. Conheço bem o tipo de Mauro. É cachorro que ladra, mas não morde. Só é valente com as mulheres.

— Tem certeza?

— Tenho. Ele não vai nos criar mais problemas. Conheço muitos policiais que poderão ajudar. Um susto à toa, e ele nunca mais dá as caras por aqui.

— O senhor é quem sabe, chefe.

— Podem deixar. E agora, podem sair. Gostaria de ficar a sós com Soraia.

Depois que eles saíram, Valente puxou uma cadeira e se sentou de frente para ela, que torcia as mãos nervosamente.

— Muito bem, Soraia. Agora somos só nos dois. O que você fez foi imperdoável. Podia ter causado a morte de alguém.

— Como é que eu ia adivinhar que Mauro ia fazer uma coisa dessas?

— Não seria difícil. Mauro já deu mostras de seu temperamento outras vezes. Já bateu em Greta antes. E depois, não se trata apenas disso.

— Não?

— Não. Trata-se de confiança. Você trabalha para mim, eu confiava em você. Deveria ter me procurado e contado tudo. Foi falar logo com a pessoa errada.

— É até engraçado ouvir você falando em confiança. Quem primeiro o traiu não fui eu. Foi Diniz, seu melhor amigo. E Greta, em quem você deveria confiar tanto quanto em mim.

— Um erro não justifica o outro. O que você fez foi muito grave. Quase nos causa a ruína.

— Também não precisa exagerar. Você se saiu muito bem com Mauro.

— Porque sou um homem ponderado e firme. Mas há certas coisas que não posso tolerar. Traição é uma delas. Não por vingança ou desejo de punição. Mas porque perdi a confiança. Não confio mais em você, Soraia, e ficará difícil para mim, daqui para a frente, mantê-la a meus serviços.

— Vai me mandar embora?

— Depende de você. Se se desculpar com Greta e Diniz...

— Não me leve a mal, Valente, mas não creio que tenha que pedir desculpas a ninguém. Diniz me usou, e Greta me roubou o homem que amo.

— Se não se desculpar, não poderá mais ficar. O clima vai ficar insuportável, e Greta vai se sentir mal com a sua presença.

— O que ela fez não conta nada, não é? Você vai perdoar a sua traição e a de Diniz, como se não tivessem feito nada.

— Diniz é meu sócio e meu amigo, e não há muito que eu possa fazer. Quanto a Greta... bem, ele é apaixonado por ela e não concordará em lhe dar nenhuma punição. E, em nome de nossa amizade, respeitarei a sua vontade e não a mandarei embora. Além disso, creio que foi ela quem levou a pior. É a única que está no hospital.

— Pois se é assim — disse com a voz carregada de soberba —, prefiro, eu, ir embora daqui. Quem não poderá conviver com Greta daqui para a frente serei eu.

— Pense bem no que vai fazer. A vida aí fora pode ser muito dura para moças feito você.

— Correrei o risco.

Nem se despediu. Voltou-lhe as costas e foi saindo para seu quarto. No fundo, estava louca para ficar. Mas não poderia mais encarar Diniz dali para a frente. Sabia que ele dificilmente a perdoaria e passaria a ignorá-la, e ela não poderia conviver com a sua indiferença. Não depois de tudo. Por isso, preferia se afastar. Seria difícil arranjar emprego, mas conseguira juntar um bom dinheiro, o suficiente para comprar sua passagem de volta para Uruguaiana, onde nascera. Quem sabe a mãe não a aceitasse de volta?

CAPÍTULO 30

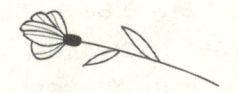

Em seu apartamento no Leblon, Artur sentia-se infinitamente só. A todo instante, pensava em Felícia, mas não tinha como falar com ela. O apartamento não tinha telefone e disseram-lhe na companhia telefônica que não seria muito fácil arranjar uma linha. Artur teve que usar de toda a sua influência para conseguir uma, mas ainda demoraria um pouco para ser instalada.

Fazia quase um mês que havia saído de casa. Desde então, não falara mais com Felícia. Tinha notícias suas por intermédio de Norberto, pois Catarina se mostrara solidária e amiga, oferecendo-se para lhe fazer companhia naqueles momentos difíceis. Por ele, ficou sabendo que Felícia voltara a frequentar o centro espírita de sua mãe, o que lhe dera um ar de maior serenidade.

Pensava em Greta também e, por várias vezes, sentiu-se tentado a procurá-la. Mas tinha medo de que a carência e o abandono acabassem por atirá-lo definitivamente em seus braços, o que não achava justo. Sabia que, se ficasse com Greta, seria apenas para suprir a falta que Felícia, agora mais do que nunca, lhe fazia. E ele não queria mais fazer Greta sofrer.

Ela o amava, e ele não podia iludi-la com promessas indizíveis, levando-a a crer que ficaria com ela.

À noite, ficava olhando pela janela, pensando na melhor solução para seus problemas. Acordava logo que o dia amanhecia, pálido, triste, e começou a perder peso. Sentia-se infeliz e desamparado. Tudo o que queria era voltar a viver com sua mulher.

— Por que não liga para ela? — sugeriu Norberto, que conversava com ele em seu escritório.

— Não sei se deveria. Se ela quisesse falar comigo, já teria me telefonado.

— Acho que não. Ela está magoada, com medo de que você não queira mais vê-la.

Ele deu um sorriso apagado e retrucou amargurado:

— Acho mesmo que Felícia não me ama...

— Pois eu acho que ama.

— Como é que você pode saber? Ela disse algo a Catarina?

— Bem, não exatamente. Mas pergunta sempre por você e dá a entender que sente a sua falta.

— Felícia é assim mesmo. Parece uma coisa, mas, na hora em que a procuro, lá vem ela com três pedras na mão. Não, meu amigo, já estou cansado de levar pedradas.

— Será? Talvez ela esteja mudada.

— Não creio. É assim que ela faz. Leva-me a crer que me quer e, quando eu me aproximo, repele-me violentamente. Não quero mais ser humilhado.

— Mas você ainda a ama... não ama?

— Você sabe que sim. Se houvesse alguma esperança, faria qualquer coisa para tentar de novo. Mas sei que não há.

— Por que não telefona e diz que vai passar em sua casa para pegar umas coisas?

— De que adiantaria? Ela me receberia com a frieza de sempre...

— Mas experimente. Você ainda não experimentou.

— Já vi esse filme várias vezes. Por que me iludir? Sei como Felícia é.

— Você está sendo teimoso. Não custa nada tentar. O máximo que pode acontecer é ela não ligar a mínima para você. Aí, você pega suas coisas e vem embora.

— E se ela me atrair, me provocar e depois me repelir? Não quero passar por isso de novo.

— Não faça nada. Deixe tudo por conta dela. Se ela quiser, deixe que ela mesma tome a iniciativa.

— Felícia? Nem que chova canivete. Ela não é desse tipo. Vai ficar esperando que eu a toque e, quando eu a tocar, vai sair correndo, me xingando e ofendendo. Sei bem como é.

— Será que dava para você deixar de ser cabeça dura? Você não é burro. Vá lá e sinta o clima. Se ela estiver arredia, volte correndo. Mas vá lá, pelo amor de Deus! Não aguento mais ver essa sua tristeza. Você está emagrecendo, vai acabar doente.

Artur considerou durante alguns minutos. Norberto tinha razão. Já passara por tanta coisa! Que lhe custava testar o humor de Felícia? Embora achasse mesmo que ela não o amava, a esperança insistia em lhe dizer que ainda havia uma chance. E se havia, por mais remota que fosse, não queria desperdiçá-la.

Decidido, apanhou o telefone e ligou para sua casa.

— Alô? Hermínia? É, sou eu... Dona Felícia está? Sim, obrigado — esperou alguns segundos, até que Felícia atendeu: — Alô, Felícia? Como vai...? Bem... Escute, estive pensando em dar uma passada aí hoje para buscar algumas coisas... Pode ser...? Está bem... Lá pelas oito então... Até logo...

Desligou.

— E aí? — quis saber Norberto, ansioso.

— Nada. Combinei de passar por lá mais tarde.

— Mas como estava a voz dela? Alegre? Indiferente?

— Pareceu-me um pouco ansiosa. Mas não fez nenhuma pergunta que demonstrasse estar sentindo a minha falta.

— Não se deixe impressionar. As mulheres são assim mesmo. Adoram se fazer de difíceis.

— Espero que tenha razão.

— Por que não lhe leva algumas flores? Ou bombons? Ou uma joia?

Lembrando-se da última vez em que lhe levara flores e bombons, Artur sacudiu a cabeça e contestou veemente:

— Nada disso. Se ela me quiser de volta, tem que ser pelo meu amor. Não vou levar nenhum presentinho para ajudá-la a criar o clima.

⚬⚬⚬

Às dez para as oito, Artur estava com o carro estacionado na esquina de sua rua, tomando coragem para entrar. Não queria demonstrar uma ansiedade excessiva e aguardou até as oito, quando só então foi tocar a campainha. A própria Felícia veio atender. Ela estava deslumbrante, em um vestido preto cintilante, que lhe acentuava a palidez. O rosto cuidadosamente maquiado e o cabelo bem penteado davam mostras de que ela gastara horas em frente ao espelho. Artur se surpreendeu. Não esperava que ela tivesse se arrumado toda só para recebê-lo. Pensou que ela talvez tivesse algum compromisso e perguntou com voz de cerimônia:

— Vai sair? Estou atrapalhando?

— Não — respondeu ela, fechando a porta com cuidado. — Não vou a lugar nenhum.

Artur passou para o hall de entrada e fitou a mulher, sentindo a velha emoção o dominar. Se pudesse, tê-la-ia tomado nos braços ali mesmo, mas se conteve. Conhecia-a bem demais para saber que o fato dela estar toda arrumada não queria dizer muita coisa. Felícia era inconstante como as nuvens e podia mudar de humor de uma hora para outra.

— Por que não vem tomar um drinque? — convidou ela, encaminhando-se para a sala de estar.

Em silêncio e sem jeito, ele a seguiu. Sentou-se no sofá e esperou até que ela lhe servisse um copo de uísque.

— Obrigado — murmurou atônito.

Ela sorriu e retrucou:

— Já jantou?

— Ainda não.

— Pois termine o seu drinque e venha jantar. Mandei preparar algo especial.

Cada vez mais aturdido, Artur não sabia o que pensar. Lembrou-se da última vez em que ela lhe preparara um jantar semelhante, quando tudo acabou em desastre. Ela o levara a crer que o queria, e foi só ele tentar envolvê-la que ela o repeliu violentamente, xingando-o e ofendendo-o. Não. Efetivamente, não lhe daria nova chance.

Ela sumiu pela porta da cozinha e voltou com uma travessa nas mãos, depositando-a sobre a mesa. Com um sorriso, ela o convidou, e Artur foi puxar a cadeira para ela. Em seguida, sentou-se em seu lugar habitual e fitou-a com indignação.

— Pode abrir o vinho, por favor? — pediu ela, indicando-lhe a garrafa.

Ele tomou a garrafa e a abriu, servindo-a e a ele, enquanto ela ia dizendo:

— Dispensei Hermínia hoje, de forma que eu mesma terei que servir o jantar.

Destampou a travessa, e Artur sentiu as narinas invadidas por um agradável aroma muito seu conhecido.

— Salmão defumado — esclareceu ela. — Seu prato preferido.

Cada vez mais atônito, Artur emudeceu. Estava espantado demais para falar. Tinha medo de dizer qualquer coisa que a desagradasse e estragar aquele momento. Ela estava superando o teatro do último jantar e, apesar do receio, aquilo o agradou. Queria acreditar que, naquela noite, tudo seria diferente. Aos poucos, sentindo a sua receptividade, foi se deixando descontrair, auxiliado pelo efeito inebriante e alegre do vinho. Terminado o jantar, ela mesma serviu a sobremesa e, a essa altura, já conversavam mais animados, falando do passado e dos momentos de alegria que haviam vivido juntos.

Em dado momento, Felícia se levantou e foi até o lugar onde ficava a vitrola, colocando um disco bem romântico. A música suave invadiu o ambiente, e ela fez-lhe um gesto com as mãos, convidando-o para dançar. Embora hesitante, Artur aceitou. Tomou-lhe as mãos com gentileza e enlaçou-lhe a cintura. Ela aproximou bem o corpo do dele e encostou a cabeça em seu ombro.

Artur sentiu-lhe a doçura do perfume e pensou que fosse perder a cabeça. Estava louco por ela, mal conseguindo conter o desejo de estreitá-la e beijá-la. Mas não fez nada. Controlou seus impulsos e tocou seus cabelos com os lábios, mal se atrevendo a entreabri-los. Ela fez um gesto mais brusco, e ele pensou que ela fosse repeli-lo ou esbofeteá-lo. Ao invés disso, Felícia virou o rosto para ele e procurou os seus lábios, neles pousando um beijo tímido e inseguro.

Tomado pelo susto, Artur correspondeu ao beijo cheio de excitação e medo. Mas, sentindo o seu corpo se apertando ao dele, pôs a mão gentilmente em sua nuca e estreitou-a ainda mais, beijando-a com paixão. Para sua surpresa, ela não se afastou. Deixou-se beijar e começou a acariciar os seus cabelos, o que o foi enchendo cada vez mais de desejo. Estimulado pela sua reação, Artur experimentou carícias mais ousadas, que ela foi recebendo com visível satisfação.

Não aguentou mais. Com um gesto rápido e delicado, ergueu-a no colo e beijou-a longamente na boca, subindo com ela para o quarto. Ela se deixou levar, a cabeça recostada em seu ombro, chorando de mansinho. Gentilmente, Artur colocou-a sobre a cama e começou a despi-la, ainda esperando que ela o repelisse e o humilhasse. Mas ela foi se soltando e demonstrando prazer com o seu contato, o que, aos poucos, o fez esquecer de todos os seus temores. Amaram-se com ardor e paixão. Era a primeira vez que Artur via Felícia daquele jeito. Nem parecia a mesma mulher com quem se casara, tímida e passiva. Tornara-se ardente e cheia de desejo, e ele a amou como nunca antes havia amado outra mulher.

Quando terminaram, ambos se sentiam satisfeitos e completos. Pareciam revitalizados pelo sexo, porque o sexo era fruto de seu amor. Naquele momento, apenas trocaram olhares mudos, e ambos puderam compreender o quanto de amor sentiam um pelo outro. Choraram juntos e se abraçaram, felizes por haverem, finalmente, reencontrado o amor que haviam julgado perdido.

❧

Quando Artur acordou, no dia seguinte, teve que se beliscar para se certificar de que era mesmo Felícia que se encontrava a seu lado, ainda adormecida, a mão pousada sobre seu peito. Durante muito tempo, ficou olhando o seu rosto, emocionado com sua beleza. Não deixou de sentir um certo tremor. E se ela, ao acordar, se arrependesse da noite anterior e o mandasse embora? Procurou não pensar em nada que não fosse a sua felicidade e ficou acariciando-a, até que ela acordou.

Felícia abriu os olhos e encarou o marido, tentando concatenar as ideias. Lembrou-se da noite anterior e sorriu, falando com voz dulcíssima:

— Bom dia, meu querido. Dormiu bem?

— Melhor, impossível.

— Eu também. Porque você está aqui...

Não conseguiu concluir a frase, porque o pranto convulso de Artur a assustou. Há tanto tempo ele ansiava por aquilo! Quantos anos de humilhações, de indiferença, de expectativas frustradas e desejos reprimidos. Como a amara aqueles anos todos! Esperara-a em silêncio, sofrendo em sua solidão, sempre à espera de um gesto de carinho, de compreensão. E

Felícia só fizera acusá-lo e espezinhá-lo. Reduzira-o a menos que nada, tratara-o feito um marginal, um saco de estrume. Mas agora, nada disso tinha importância. Amava-a e estava feliz porque sabia que ela o amava também. A única coisa que lhe importava era o presente, e o passado já havia ficado esquecido nas brumas.

Mas a emoção do momento foi por demais forte, e ele não conseguiu conter as lágrimas.

— Artur — murmurou ela em voz de súplica. — Como fui injusta com você. Será que pode me perdoar?

Ele fungou algumas vezes e respondeu, contendo os soluços:

— Não tenho nada a perdoar. A única coisa que quero é o seu amor. Se me amar, será o suficiente.

— Eu o amo, Artur, sempre o amei. Pena que custei a compreender isso.

Comovido, ele a abraçou com força, escondendo o rosto em seus cabelos e molhando o seu pescoço com suas lágrimas de felicidade.

— Prometa que nunca vai me deixar — implorou ele. — Nunca mais vai se separar de mim...

— Prometo, meu querido. Eu juro que nunca mais nos separaremos. De hoje em diante, seremos uma família novamente. E eu vou fazer tudo para compensar o tempo perdido. Vou fazer de você o homem mais feliz do mundo. Você vai ver.

— A certeza do seu amor já é para mim a maior felicidade. Nada mais posso querer.

— Pode sim — censurou ela com um sorriso, segurando-lhe o queixo entre as mãos. — Um filho...

— Filho? Está falando sério?

— Tão sério quanto o amor que sinto por você. Quero ser sua esposa novamente, Artur, quero voltar a ser mãe.

Era a felicidade suprema. Daquele dia em diante, Felícia voltou a ser como antes. Meiga, carinhosa, esposa atenciosa e amiga. Artur sentia-se satisfeito e feliz, seguro com o seu amor. Ambos evitavam falar de coisas tristes e difíceis. Artur jamais lhe cobrou os anos de desprezo que ela lhe dedicara, e Felícia nunca lhe perguntou sobre sua amante. Já não tinha mais amante alguma.

Precisava, contudo, dar a notícia a Greta. Sabia que ela sofreria muito, mas não via jeito. Era um homem decente e não queria enganá-la. Tampouco achava justo sumir de sua vida sem maiores explicações. Não. Iria pela última vez à Esfinge e lhe contaria tudo. Qual não foi a sua surpresa, porém, ao ser avisado por Valente que Greta estava hospitalizada e que não sabia quando retornaria.

Artur ficou consternado ao saber que Mauro fora a causa de tudo e não deixou de se sentir culpado. Embora Valente não lhe dirigisse nenhuma acusação formal, podia ler em seus olhos a reprovação pelo que fizera e se sentiu envergonhado. Meio acanhado, pediu que lhe fornecessem uma folha de papel. Deixar-lhe-ia um bilhete.

Valente foi, pessoalmente, buscar um bloco e entregou-o a Artur. No salão ainda vazio, Artur desvirou uma cadeira e sentou-se perto da janela. Alisou a folha de papel, experimentou de leve a caneta e começou a escrever um bilhete. Quanto mais escrevia, mais sentia o coração oprimido e continuava a escrever. No final, havia escrito duas folhas inteiras. Releu a carta várias vezes, sem lhe fazer nenhuma emenda. Em seguida, dobrou-a com cuidado e entregou-a a Valente, que o aguardava no bar, bebendo em silêncio um copo de vodca.

— Lamento muito pelo que aconteceu a Greta — falou com pesar e estendeu-lhe a carta. — Poderia, por favor, entregar isso a ela por mim?

Com um aceno de cabeça, Valente apanhou a carta e guardou-a no bolso.

— Pode deixar — respondeu com tristeza. — Greta receberá sua carta assim que voltar do hospital.

Artur agradeceu e foi embora. Sabia que podia confiar em Valente. Ele entregaria a carta tal qual a recebera, sem nem ao menos dar uma lida. Sentiu-se aliviado. Apesar de constrangido pelo que acontecera a Greta, talvez tivesse até sido melhor. Assim não precisaria encará-la novamente e dar-lhe a triste notícia. A carta já explicaria tudo, e nada mais haveria para ser dito.

CAPÍTULO 31

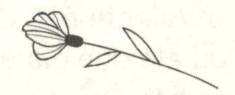

Greta, alheia a tudo o que se passava com Artur, sofria seu drama pessoal. Mauro a espancara com incomum violência, cortando seu pescoço e seu rosto em diversos lugares com a fivela do cinto, por pouco não atingindo seus olhos. Ela não sabia o que lhe doía mais: se a dor das chibatadas ou se a humilhação a que se via submetida por ter levado uma surra daquelas.

Quando dera entrada na emergência do hospital, Greta foi imediatamente levada para uma sala onde lhe foram ministrados os primeiros socorros. O doutor costurou o seu rosto e o pescoço, seriamente atingidos pelos golpes, e deixou-a em observação, para ver se as feridas não iriam inflamar. Greta levou várias injeções e ficou no soro por muitos dias, findos os quais, foi liberada para voltar para casa.

Rosto e pescoço cheios de cicatrizes, Greta chorava desconsolada, agarrada ao braço de Diniz, que lhe parecia agora um anjo salvador. Eunice também fora maravilhosa e ficara ao seu lado durante todo o período em que estivera internada e só não dormira no hospital porque não eram admitidos acompanhantes na enfermaria.

Logo que ela voltou, foi conduzida a seu quarto para descansar. Não se sentia com ânimo de falar com ninguém, sabia que estava com o rosto deformado. O médico lhe dissera que ela poderia tentar a cirurgia plástica, mas onde arranjaria o dinheiro? Aquelas operações eram caras, e ela não tinha tanto dinheiro assim.

A primeira coisa que perguntou quando entrou foi se Artur a havia procurado, mas Valente não disse nada. Depois de acomodada, ele esperou até que ela adormecesse e só então chamou Diniz. Ainda não haviam conversado depois do ocorrido, e ele não podia mais esperar. Diniz seguiu o amigo em silêncio até o escritório. Entrou atrás dele, fechou a porta com cuidado e, assim que Valente se voltou para ele, começou a falar aos borbotões, colocando em suas palavras toda a angústia que, há muito, dominava seu coração:

— Ouça, Valente, já sei o que vai me dizer. Que não fui sincero nem leal, que não confiei em você e que quase arruinei o nosso negócio. Não vou me desculpar pelos meus atos, porque não há o que dizer. Que desculpas poderei arranjar para justificar tudo o que fiz? Nenhuma. Mas apenas peço que me compreenda. Só fiz o que fiz por amor a Greta. Por mais que queira, não posso deixar de amá-la e, por ela, sou e serei capaz de tudo. Eu a amo imensamente, jamais pensei amar uma mulher assim. Sei que meu comportamento com Soraia também foi horrível. Eu a enganei e a fiz pensar que gostava dela. Nada justifica essa minha atitude vil, mas o amor tem dessas coisas. A gente vai se envolvendo, se envolvendo e, quando se dá conta, já fez as maiores loucuras em seu nome. E foi isso o que fiz. Fui um louco, bem sei, mas não posso fingir que não sinto nada por Greta. Ela mexe comigo, me consome, abala meu coração, faz-me sentir um garotinho tolo e inexperiente diante de seu primeiro amor. Não me culpe, Valente, é só o que lhe peço. Sua amizade é por demais valiosa para mim, mas o amor por Greta me deixou cego e imprudente. Contudo, se você não quiser mais ser meu sócio e meu amigo, vou compreender. Eu coloquei nosso negócio em risco, agi feito um idiota, arriscando perder tudo por que batalhamos durante todos esses anos. Sei que não podia ter feito isso com você. Não foi justo. Afinal, você não tinha nada com a minha paixão nem com o desprezo de Greta. Por isso, se você quiser, estou disposto a passar minhas quotas na sociedade para você. Apenas lhe peço que me deixe um mínimo para recomeçar em algum lugar. O resto, deixo tudo para você...

Valente escutava-o sem dizer nada, por vezes se esforçando para não deixar as lágrimas caírem. Ao final, vendo-o afundar o rosto entre as mãos e soluçar feito uma criança, não conseguiu mais se conter. Aproximou-se do outro vagarosamente e pousou a mão em seu ombro, falando com profunda emoção:

— Meu amigo, mais do que uma sociedade, construímos uma sólida amizade. E creio que, em nosso negócio, não temos nada do que nos orgulhar. O que foi que fizemos de útil para as pessoas? Nada...

— Os advogados dizem que a prostituição é um mal necessário — arriscou.

Sem prestar atenção a sua interrupção, Valente continuou com suas colocações:

— Não fizemos nada de que pudéssemos nos orgulhar, nada que pudéssemos exibir aos nossos filhos e dizer: vejam o quanto contribuímos para o bem-estar e o desenvolvimento da sociedade. A prostituição é um mal necessário? Pode até ser. Mas por que tivemos que ser nós os instrumentos desse mal?

— Por que está falando assim, Valente? — interveio Diniz, boquiaberto. — Por que esse drama de consciência, justo agora?

— Andei pensando... O que aconteceu a Greta foi muito grave, e ela poderia ter ficado cega ou até perdido a vida. Mauro se tornaria um criminoso, e nós acabaríamos nos tornando cúmplices desse e de outros assassinatos.

— Nós!? O que deu em você, Valente? Ficou maluco, é?

— Não, meu amigo, não fiquei. Apenas refleti muito em nossas atitudes. Não acho que tenhamos sido nenhum exemplo de virtude. Vivemos da exploração de mulheres carentes e abandonadas, recebemos o dinheiro que os homens pagam para se divertir com seus corpos. Onde está a dignidade em tudo isso?

— Não sei... Talvez no fato de que somos homens bons, justos, honestos, companheiros. Nunca maltratamos ninguém e, se por um lado, fizemos dinheiro com o corpo das meninas que bateram à nossa porta, por outro, salvamos muitas delas da miséria e até do suicídio. Quantas não chegaram aqui desesperadas, pensando em tirar a própria vida, abandonadas pelas famílias, sem ter para onde ir? Greta mesma, foi uma delas. E Eunice? O que teria sido dela se você não tivesse aparecido naquela noite e impedido que o marido a matasse?

Valente fitou-o em dúvida e considerou:

— Isso não exclui o fato de que nós as usamos.

— E elas a nós. Acho que devemos encarar as coisas pelos dois lados. O nosso trabalho não é dos mais dignos e honestos? Muito bem. Mas o que fazemos por essas moças não conta? Será que não tem nenhum valor o fato de termos lhes dado abrigo, dinheiro e, muito mais do que isso, uma verdadeira família? Não estou entendendo você, Valente. Sempre foi o primeiro a valorizar o nosso trabalho. Pensei que estivesse aborrecido comigo e que tivesse me chamado aqui para dizer que não me queria mais como sócio. Mas, ao invés disso, você me vem com essa conversa moralista e filosófica. Por quê?

— Andei pensando, já disse. Quanto a desfazer nossa sociedade, foi o que mais tomou meus pensamentos. É claro que, a princípio, fiquei chateado com o que você fez. Mas depois, caí em mim. Você se apaixonou por Greta, não é nada de mais. Acontece todos os dias. Até comigo aconteceu...

— Com você? Mas como? Nunca me disse nada.

— Porque estava vidrado no sucesso do nosso estabelecimento. Quando A Esfinge começou a jorrar dinheiro, fiquei fascinado e só pensei que poderíamos enriquecer. Esqueci-me de pensar em mim mesmo, na minha vida pessoal, no meu coração. E ele acabou ficando esquecido na cama de uma prostituta, porque eu não queria que A Esfinge a perdesse para mim. Ela, na época, era ainda muito jovem e bonita, e foi quem nos ajudou a nos firmarmos nesse ramo.

— Está falando de Eunice?

— E de quem mais poderia ser? Sufoquei o amor que sentia por ela para não perder nossa mina de ouro. Por ganância, perdi a chance de ser feliz ao lado da mulher que amava, porque não queria abrir mão do dinheiro que ela nos faria ganhar... Não quero fazer o mesmo com você. Não quero ser responsável pela sua infelicidade também. Já basta a minha e a de Eunice.

— Por que está dizendo tudo isso agora, Valente? Por que não deixamos as coisas como estão?

— Porque não posso. Agora que me conscientizei de tudo isso, não posso e não quero mais continuar.

— O que quer dizer?

— Quero dizer que eu é que pretendo vender minhas cotas a você. Com o dinheiro, pretendo abrir um outro negócio, em outro lugar.

— Mas que negócio?

— Um restaurante. Ou até uma boate. Música e dança, sem mulheres sem sexo.

— Só isso?

— E uma esposa...

— Esposa? Não vá me dizer que...

— Sim. Vou pedir a Eunice que se case comigo. Quero mostrar a ela que sempre a amei e o quanto estou arrependido por não ter-me casado antes.

— Valente!

— E por favor, não me chame mais de Valente. Meu nome é Ricardo, se não se lembra.

— Estou confuso, Valente... Ricardo. Tudo isso só por causa do que aconteceu a Greta?

— Só por causa do que aconteceu a Greta? Ela podia ter morrido. Podia estar cega agora!

— Cruz credo, Valente!

— Ricardo. Meu nome é Ricardo.

— Desculpe. É que não estou mais acostumado.

— Como eu ia dizendo, Greta poderia estar cega ou morta, e nós jamais nos perdoaríamos por isso. Podemos ser cafetões, Diniz, mas tanto eu quanto você somos homens de coração. Nenhum de nós encontraria paz de consciência se algo de ruim acontecesse a Greta. Muito menos você, que foi quem planejou tudo e a ama desesperadamente.

— Tem razão. O fato de vê-la com o rosto deformado já me dói bastante.

— Pois é, meu amigo. É algo em que se pensar. Por isso, volto a lhe dizer. Pretendo vender-lhe minhas quotas e comprar um outro negócio para mim, mas um negócio honesto, onde não precisemos ficar de rabo preso com a polícia, nem subornar ninguém para que não fechem nosso estabelecimento, nem ficar devendo favores a figurão nenhum. Quero trabalhar livremente, sem assumir nenhuma responsabilidade pela má conduta de ninguém. E quero me casar com Eunice. Nesse momento, acho até que é o que mais quero.

— Não sei, Valente...

— Ricardo.

— Não sei, Ricardo. A Esfinge nunca mais será a mesma sem você.

— Você é um homem muito capaz, Diniz. Tenho certeza de que conseguirá tocar isto aqui sem a minha presença. É só deixar o coração de lado e agir com a cabeça. Ao menos, nos negócios. Então? O que me diz? Quer comprar a minha parte?

— Não sei se terei condições.

— Não me venha com essa. Você pode não ser nenhum ricaço feito Artur, mas sei que juntou um bom dinheiro.

— Não é a isso que me refiro. Estou falando de amizade. Você é meu amigo, não sei se gostaria de continuar sem você. Para mim, vai perder o sentido.

— O que isso significa?

— Talvez seja melhor vendermos tudo a um terceiro.

— E as meninas?

— Você também não pode querer proteger todo mundo. As meninas vão cuidar de suas vidas. Quem comprar A Esfinge, vai precisar de garotas. E elas podem aceitar ou não.

— E o que vão fazer se não aceitarem? Se os novos donos forem pessoas ruins? E se mudarem o ramo do negócio ou demolirem a casa?

— Não podemos ser responsáveis pelas garotas a vida toda. Elas já são bem grandinhas.

— A maioria delas depende de nós para tudo. Não sabem fazer outra coisa...

— Pagaremos uma boa indenização, o suficiente para recomeçarem suas vidas. Sei que temos caixa para isso. Quem sabe já não está na hora de muitas delas mudarem de vida também?

Dessa vez foi Valente, agora Ricardo, que resolveu considerar e ponderou com o amigo:

— Você não vai querer mesmo continuar?

— Sozinho, não. Se não se importar, prefiro continuar sendo seu sócio no seu novo negócio.

— Quer me acompanhar?

— Se você não tiver nenhuma objeção... Nós dois juntos teremos mais dinheiro e, com mais dinheiro, podemos comprar uma coisa melhor. Acho que uma boate seria excelente para nós. Não entendemos nada de comida.

— Tem razão — retrucou Ricardo, mais animado, quase eufórico. — Somos amigos há tanto tempo! Por que devemos nos separar? Se nós dois concordamos em que vender A Esfinge e montar uma boate é um bom negócio, por que não o realizarmos juntos?

— É isso mesmo. Poderemos continuar juntos. Nada entre nós vai mudar.

Emocionado, Ricardo aproximou-se de Diniz e abraçou-o com efusão, selando para sempre sua amizade. Fariam como Diniz sugeria. Venderiam A Esfinge, comprariam a boate e ele, finalmente, se casaria com Eunice. Enquanto isso, as atividades prosseguiriam normalmente, porque tinham que continuar a viver e a pagar as contas. Ao menos até que Greta se recuperasse e resolvesse o que fazer de sua vida, não podiam vender o bordel. Deviam isso a ela. Se já haviam esperado tanto tempo, poderiam esperar um pouco mais. Só então colocariam o estabelecimento à venda. Só então Ricardo lhe entregaria a carta que Artur lhe endereçara.

❧

Foi difícil para Greta. Todos os dias, acordava ansiosa, na esperança de que Artur aparecesse. Vivia perguntando a todo mundo se ele não a procurara, mas ninguém sabia de nada, e Valente achava que ainda não era chegada a hora de falar. No fundo, sentia pena de Greta, pois podia imaginar que aquela carta não lhe traria nenhuma alegria.

As feridas já haviam se fechado por completo, e as cicatrizes haviam clareado bastante, tornando-se riscos avermelhados e volumosos sobre sua pele. O médico lhe assegurara que a cirurgia plástica seria a solução, mas apenas uma não resolveria o problema. Seriam necessárias várias operações até que seu rosto e seu pescoço readquirissem os traços de antes.

Ninguém tinha dinheiro para tanto. Mesmo Diniz, que se oferecera para pagar, reconhecia que não poderia custear todas as cirurgias. Ricardo ainda pensou em mover uma ação contra Mauro, exigindo-lhe uma indenização, mas Greta não concordou. Sabia que teria que se expor ainda mais do que se expusera, e não era isso o que pretendia.

— Vou procurar Artur — disse ela certa feita, durante o longo tratamento estético que Eunice lhe fazia todos os dias. — Ele tem dinheiro, pode ajudar.

— Artur desapareceu. Vai procurá-lo, ainda assim?

— Será que ele soube o que me aconteceu?

Eunice sabia que Artur havia ido procurá-la e que lhe deixara uma carta, mas, a pedido de Ricardo, não disse nada. Ele queria se certificar de que ela já estava mais forte, para só então entregá-la. Mas agora, Eunice achava que o momento havia chegado. Ela pretendia procurá-lo, e a carta talvez a demovesse daquela ideia. Ou não. Até então, ninguém sabia o que estava escrito ali, porque nunca a haviam desdobrado. Não podiam ser boas notícias, ou Artur já teria aparecido novamente depois daquilo, mas nunca mais se ouvira falar dele.

Eunice acabou de lhe passar vários cremes e fazer-lhe uma massagem facial. Guardou e limpou tudo e, em seguida, aconselhou:

— Descanse. Tudo se resolverá.

A noite chegou, e as atividades na Esfinge haviam recomeçado. Desde que voltara, Greta ainda não descera, e nem Ricardo, nem Diniz a haviam pressionado. Com o rosto naquele estado, quem é que iria querer dormir com ela?

Para distraí-la, Diniz colocou um aparelho de televisão em seu quarto, e Greta passava as noites assistindo a novelas e programas de auditório. Aos poucos, ia reconhecendo a dedicação de Diniz e, não fora o sentimento que ainda nutria por Artur, teria aceitado o seu amor.

Estava assistindo a uma novela romântica quando alguém bateu à porta:

— Pode entrar — disse, sem desviar os olhos da tela.

Era Ricardo. Sorriu para ela, entrou e foi sentar-se a seu lado, na cama.

— Está se sentindo bem, Greta? — perguntou interessado.

— Muito bem, obrigada.

— Precisa de alguma coisa?

— Não, está tudo ótimo. Por quê?

Ele pôs a mão no bolso da calça e retirou umas folhas de papel amassadas. Tentou esticá-las com as mãos e estendeu-as para ela. Greta olhou dos papéis para ele, tentando adivinhar o que seria aquilo, até que ele esclareceu:

— É uma carta. Vamos, pegue. Foi Artur quem deixou para você — Ela pegou a carta com mãos trêmulas, e Ricardo prosseguiu: — Não se preocupe, ninguém a leu. Não a entreguei antes porque queria ter certeza de que você já estava em condições de ler, seja lá o que estiver escrito aí.

Greta não conseguia falar. Olhou para Ricardo com os olhos cheios de lágrimas, e ele se retirou em silêncio. Não queria violar-lhe a intimidade. Aquele deveria ser um momento só dela, e ele não tinha o direito de perturbá-lo.

Depois que ele saiu, Greta virou a carta nas mãos. Desdobrou-a freneticamente e começou a ler:

Rio de Janeiro, 28 de outubro de 1968.

Cara Greta,

Perdoe-me por não ir visitá-la novamente, mas sinto-me constrangido com tudo o que lhe aconteceu. Quero que saiba que lamento muitíssimo o ocorrido e não posso deixar de me sentir culpado por tudo. Não fosse o meu egoísmo, nada disso teria acontecido. Embora seja tarde para evitar a tragédia, penso que nunca é tarde para o arrependimento e o perdão. Estou muito arrependido pelo que fiz e espero, sinceramente, que você possa me perdoar.

Estive hoje aí com um único propósito: despedir-me. Ontem, como que por encanto, o sol voltou a brilhar em minha vida. Felícia aceitou-me de volta. Não como das outras vezes, para me espezinhar ou me humilhar. Mas aceitou-me novamente em seu coração, dedicando-me um afeto sincero e desprendido. Fizemos amor como nunca antes havíamos feito, e confesso que foi maravilhoso.

Não sei se deveria estar lhe contando essas coisas, porque bem conheço os seus sentimentos para comigo. Não faço isso para maltratá-la nem para ofendê-la. Apenas gostaria que você me compreendesse, compreendesse a minha felicidade e a razão de estar me despedindo. Felícia sempre foi a razão da minha vida, e nunca lhe escondi isso.

Desse momento em diante, não vou mais procurar você. Quero agradecer-lhe, do fundo do meu coração, por todo o bem que me fez durante esses longos anos. Você foi amiga, companheira, amante... Jamais poderia desejar outra mulher e, não fosse eu tão apaixonado por Felícia, teria mesmo tomado-a por esposa. Mas nós não mandamos no nosso coração; é ele quem manda na gente. E o meu, por sorte ou por azar, reencontrou aquela que é e que para sempre será a sua eleita, a única realmente capaz de me trazer felicidade: Felícia.

Mais uma vez, peço que me perdoe e volto a lhe agradecer por tudo, e só espero que você possa, um dia, ser tão feliz como eu agora também sou.

Artur.

⁂

Greta soltou a carta em cima da cama e desatou a chorar. Acontecera o que ela mais temia. Artur voltara para a esposa e a esquecera. Ela nada representara para ele além de um corpo bonito e sensual para lhe dar prazer. Nunca a amara. Só agora se dava conta do que significava ser apenas objeto de desejo de um homem, fazer sexo com um homem que não a amava. Ela, que dera a Artur o melhor de si, agora percebia que ele nunca quisera o seu amor.

Quando Diniz chegou ao seu quarto para ver como estava passando, encontrou-a aos prantos sobre o travesseiro. Angustiado, aproximou-se e chamou carinhosamente:

— Greta. O que foi, Greta? Por que está chorando?

Sem conseguir falar, corpo sacudido pelos soluços, Greta mostrou-lhe a carta de Artur, que Diniz leu avidamente. Só agora sabia de sua existência e não sabia se ria ou se chorava. Embora aquela carta fosse a portadora da infelicidade de Greta, era, para ele, a libertação do jugo de um fantasma. Tudo o que Diniz mais queria era ver Artur fora de seu caminho, e aquela carta era a chave de entrada para o coração de Greta. Desiludida com a perda do amante, ela acabaria se voltando para ele e reconhecendo o quanto a amava. Quem mais, além dele, ainda queria ficar com ela depois de tudo por que passara? Que outro homem aceitaria desposá-la com aquela fisionomia deformada? Ninguém. Ninguém, a não ser ele, que a amava loucamente, estava disposto a tudo para ficar com ela.

— Greta... — murmurou consternado. — Não fique assim. Não é o fim do mundo.

— Ele me abandonou, Diniz! Voltou para a esposa.

— Você já sabia que isso poderia acontecer. Fazia tempos que estava sumido. Só podia ter voltado para ela.

— Por que Valente não me contou antes, por quê? Por que me deixou alimentar ilusões?

— Não sei. Nem sabia que foi ele quem lhe entregou essa carta. Mas ele deve ter tido seus motivos.

— Não vejo motivo para me enganar.

— Acho que ele só quis protegê-la. Você chegou do hospital muito abalada, não podia ter mais essa decepção. Não fique com raiva de Valente. Tenho certeza de que só fez isso pensando no seu bem.

— Oh! Diniz! O que será de mim agora? Perdi todas as esperanças de um dia voltar a ser feliz.

— Não diga isso. Então não estou aqui com você? Não a estou ajudando?

— Está...

— Então? Minha amizade não conta? Por que ficar sofrendo por alguém que não a ama e que já se foi quando tem quem realmente goste de você, bem aqui, ao seu lado?

Greta não conseguia parar de chorar. Queria dar-lhe razão, queria sentir as coisas da forma como ele dizia. Agora, muito mais do que antes, Greta gostava de Diniz. Como ele mesmo dissera, como poderia não gostar de alguém que se desvelava para atendê-la, quando todos os demais haviam se afastado dela, horrorizados com suas cicatrizes? Apenas Diniz não se importava. Não sentia repulsa nem piedade. Em seus olhos, a única coisa que Greta conseguia ver era amor.

CAPÍTULO 32

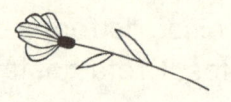

Felícia entrou correndo no escritório de Artur e nem esperou que a secretária a anunciasse. Como não era costume que ela aparecesse por lá, quase ninguém a conhecia, e a secretária saiu correndo atrás dela logo que, ao lhe indicar a sala de Artur, ela saiu correndo, porta adentro.

Vendo-a, Artur se levantou assustado, mas tratou de tranquilizar a secretária, que vinha logo atrás, tentando segurá-la e desculpando-se por não ter conseguido evitar que ela entrasse ali daquele jeito.

— Pode deixar, dona Rose, é minha esposa.

A secretária soltou um suspiro de alívio e curiosidade e foi saindo de fininho, enquanto Felícia se atirava nos braços do marido.

— Posso saber por que tanta euforia? — indagou ele, feliz com a efusão da mulher.

Ela se afastou dele com os olhos brilhando e estendeu-lhe um envelope, falando cheia de excitação:

— Veja!

Sem saber do que se tratava, Artur tomou-lhe o envelope das mãos e o abriu. Dentro, um papel de laboratório com o resultado de um teste de gravidez: positivo. Artur mal cabia em si de contentamento. Soltou o papel sobre a mesa e ergueu Felícia no ar, exclamando com transbordante felicidade:

— Você está grávida! Eu vou ser pai! Ah! Meu Deus, não podia desejar felicidade maior. Eu vou ser pai novamente, vou ser pai!

Depositou-a no chão com cuidado e apertou o interfone. A voz da secretária se fez ouvir, e ele falou eufórico:

— Dona Rose, mande o doutor Norberto vir a minha sala agora! Diga que é urgente! — desligou e fitou a esposa. — Quero contar a todo mundo que vou ser pai.

Ao mesmo tempo em que ela sorria, Norberto irrompeu pela porta, ar preocupado, certo de que uma desgraça financeira havia sucedido. Ao ver Felícia ali junto de Artur, ambos rindo meio abobalhados, estacou curioso.

— O que foi que houve? — indagou desconfiado. — O que é que Felícia está fazendo aqui? E por que é que vocês dois estão com esse sorriso bobo no rosto?

— Norberto, meu amigo — anunciou Artur, todo cheio de si —, dê-me os parabéns. Vou ser papai.

— O quê? Não me diga!

— Digo. Felícia acabou de me trazer a notícia. Ela está grávida.

— Tem certeza?

— Absoluta — respondeu convicta. — Acabo de chegar do médico.

Mais que depressa, Norberto correu a abraçar o amigo, felicitando o casal com sincera alegria:

— Meus parabéns! Vocês merecem.

— Precisamos comemorar — falou Artur, apertando novamente o interfone. — Dona Rose, traga champanhe. Vou ser pai!

— Mas doutor Artur — protestou ela aturdida —, onde é que eu vou arranjar champanhe?

— Não sei. Dê um jeito. Mande um office boy na rua comprar.

Desligou e voltou para junto da esposa. Estava tão feliz que parecia que ia explodir. Pegou-a pela cintura e pôs-se a dançar com ela pela sala, cantarolando uma canção da moda.

— Vá com calma, Artur — repreendeu ela com serenidade. — O médico disse que não devo abusar. Ainda tenho os cistos, lembra-se?

Era verdade. O melhor remédio, para o caso de Felícia, era a gravidez, mas era bom não facilitar. Artur não queria fazer nada que a prejudicasse, ou ao bebê, e murmurou preocupado:

— Tem razão, querida, desculpe-me. Ora, mas que cabeça, a minha! Vamos, venha, sente-se aqui. Vou mandar arranjar um travesseiro para você e vou pedir uma maca ao departamento médico...

— Não precisa exagerar, não estou doente. Preciso me cuidar, mas não estou inválida.

A secretária chegou com o champanhe, e todos brindaram. A felicidade de Artur era tanta, que todos na empresa se sentiram felizes também. Seu sonho de tornar a ser pai não era segredo para ninguém, e todos o felicitavam pela gestação da esposa.

Embora complicada, a gravidez de Felícia chegou ao final sem maiores problemas. Numa noite fria de agosto, começou a passar mal, e Artur correu com ela para a maternidade. Poucas horas depois, Felícia dava à luz uma linda menina, e Artur jamais poderia descrever a felicidade e a emoção que sentira naquele momento. Felícia, que nunca pensou poder amar outra criança além de seu querido Tiago, sentia-se confortada e realizada com a filha nos braços. Chorou muito, pensando que sua felicidade teria sido maior se ela ainda o tivesse ali, a seu lado, um rapazinho agora, recebendo a irmãzinha recém-nascida. Mas Tiago se fora, e ela não queria que a sua lembrança a fizesse sentir tristeza num momento de tanta alegria.

Deram-lhe o nome de Betina. Ela era uma menina robusta e saudável, as bochechas coradas e os olhinhos brilhantes e expressivos. Na noite em que Felícia e Artur chegaram de volta do hospital, ao adormecerem, um nos braços do outro, logo foram retirados do corpo, mas dessa vez, pelo próprio Tiago. Tereza, o espírito que sempre os buscava, encontrava-se reencarnada, dormindo placidamente no bercinho ao lado.

— Que alegria vê-los! — exultou Tiago. — Não sabem o quanto nos felicitamos pela sua vitória.

— É verdade, meu filho — concordou Felícia emocionada. — Minha felicidade só não é maior porque você não está aqui ao nosso lado, em carne, osso e espírito.

— O espírito basta, mãe. Estou mais vivo do que nunca e muito me alegra ver a sua alegria e a sua dedicação com a pequena Betina, que um dia foi Tereza, sua mãe.

Felícia não conseguiu esconder uma lágrima de tristeza e tornou com amargura:

— Sinto tanto a sua falta! Como gostaria que você ainda estivesse entre nós.

— Não está feliz, mãe?

— Estou... Mas nada nem ninguém poderá se igualar ao amor que sinto por você.

— Não compare amor, mãe. Viva o que você acaba de conquistar sem se preocupar com o que já tem. Viva o novo agora, mãe. Vai lhe fazer bem.

— Ele tem razão — acrescentou Artur. — Não devemos traçar comparações entre Betina e Tiago. Podemos amá-los, a ambos, sem que tenhamos que abrir mão de um para gostar do outro. E não é justo fazer comparações. São pessoas diferentes, que nasceram em épocas distintas e que programaram desenlaces diversos. Cada um deles veio nos trazer novos ensinamentos, e não devemos comparar o que cada um representa em nossas vidas. Ambos são especiais e, sendo especiais, são também únicos.

Tiago sorriu satisfeito. Apanhou a mão da mãe e do pai e finalizou:

— Vim aqui para felicitá-los e desejar-lhes toda a felicidade do mundo. Quero que abram os seus corações para o amor divino e confiem sempre na bondade do Criador. Nada falta no mundo para aqueles que acreditam. Quem tem fé em si mesmo tem fé em Deus, porque em cada um de nós existe um sopro de centelha divina.

Beijou as mãos dos pais e aproximou-se do berço, onde Betina dormia. A vibração do ambiente era suave, e um leve perfume de rosas se espalhava no ar. Tiago passou as mãos acima do corpinho de Betina, e gotas de luz foram se espargindo ao redor do berço, derramando-se sobre suas cobertas, aureolando sua cabecinha de anjo. As gotas foram se elevando no ar, e de cada uma, várias outras iam se formando e se espalhando no ambiente, até que todo o quarto foi tomado por aquela luz branca e brilhante. Artur e Felícia se ajoelharam ao lado do berço, emocionados demais para falar, apenas sentindo seus corações aquecidos e tomados por indizível felicidade e emoção. Em seguida, Tiago voltou-se para eles e soprou-lhes um beijo com as mãos, dizendo com voz suave, ao mesmo tempo em que se esvanecia bem diante de seus olhos:

— Lembrem-se de ajudar Lurdinha...

Os dois acordaram na mesma hora e olharam juntos para o berço de Betina, que começou a se remexer e, em breve, abriu um berreiro típico de fome. Com um sorriso, Felícia se levantou e falou, quase em êxtase, ainda sentindo as vibrações de amor que Tiago havia espargido pelo ambiente:

— Hora de dar de mamar.

Apanhou a filha no colo e estreitou-a de encontro ao peito, feliz e realizada ao ver a sua boquinha rosada sugar vorazmente o bico de seu seio. Derramou lágrimas de felicidade e voltou a pensar em Tiago. Mas não se sentia infeliz ou angustiada. Sentia como se ele, de algum lugar, os estivesse observando e protegendo, e sorriu emocionada. Aquela que ali estava não era Tiago, mas era sua filha, e ela a amava como teria continuado amando Tiago pelo resto de sua vida. Ou depois dela.

Só então se lembrou de Lurdinha.

◦◦◦◦◦◦

Após a recuperação de Greta, Ricardo e Diniz colocaram à venda A Esfinge de Ouro sem qualquer arrependimento. Lamentavam apenas pelas moças. Muitas disseram que voltariam para suas cidades natais, outras procurariam emprego de faxineira ou merendeira, outras ainda, tentariam a sorte em outros prostíbulos da cidade. Diniz e Ricardo ouviam a tudo penalizados, mas não havia mais nada que pudessem fazer. Estavam decididos a vender e nada os faria mudar de ideia.

Colocaram anúncio nos classificados dos maiores jornais locais, na esperança de atrair possíveis compradores. Aos poucos, A Esfinge foi se esvaziando. As moças estavam cuidando de suas vidas e muitas já haviam tomado novo rumo. Soraia, desde o dia em que tivera aquela conversa definitiva com Ricardo, arrumara as trouxas e partira de volta para o Rio Grande do Sul, sem nem se despedir de Diniz. Bete, assim como muitas outras, acabou se amasiando com um dos clientes, que montou casa para ela e passou a mantê-la como amante. Outras, porém, ainda permaneciam, à espera de uma oportunidade, e A Esfinge continuava a funcionar, embora precariamente.

A cada uma que saía, Ricardo pagava uma indenização. Não que elas tivessem direito a qualquer coisa, mas não achava justo despachá-las com uma mão na frente e outra atrás. Aos poucos, um a um, os empregados foram se despedindo: os garçons, o barman, o cozinheiro e tantos outros. No final, apenas umas poucas garotas tentavam animar o local vazio e nem usavam mais as roupas de egípcia que, durante tantos anos, foram a marca característica da Esfinge.

Eunice também ia ficando. Agora que Ricardo se declarara e a pedira em casamento, não pensava em outra coisa. Finalmente, iria realizar o seu sonho. Apenas Greta não se decidia. Apesar de sensibilizada com o desvelo de Diniz, sabia que não era a ele que amava. Mas Artur fora bem claro em sua carta, e ela já não tinha mais esperanças. Sequer tivera a chance de lhe dizer adeus, o que lhe doía profundamente. Eunice não podia deixar de reparar em sua tristeza e vivia a aconselhá-la:

— Não seja tola, menina. Não desperdice essa chance. Diniz a ama de verdade e está disposto a casar-se com você.

— Mas eu não o amo...

— E o que espera da vida, hein? Ter Artur de volta? Você sabe que isso é impossível. E depois, você está com a cara assim desse jeito — apontou para o rosto de Greta, que começou a chorar. — Desculpe-me, Greta, não queria deixá-la triste. Não chore. Olhe, não falei por mal. Mas é que você fica por aí, chorando pelos cantos, à espera de algo que nunca vai acontecer...

— Por que isso tinha que acontecer comigo, Eunice, por quê? Eu nunca fiz mal a ninguém.

— Fez mal a si mesma. Quem mandou enganar o Mauro?

— Não é justo. Ele não podia ter feito o que fez.

— Não podia, mas fez. E agora, não adianta nada reclamar. Você tem é que colocar os pés no chão e pensar no seu futuro, na sua vida. E o seu futuro é ao lado de Diniz. Ele é o único homem que ainda a quer.

Greta chorava amargurada. Sabia que o que Eunice dizia era verdade. Que homem iria querer uma mulher feia, de rosto deformado feito o dela? Ninguém. Muito menos Artur. Se ele já não a amava antes, que dirá agora! E depois, fizera as pazes com Felícia, e ela sempre fora uma mulher bonita. Com o dinheiro que tinha, podia ficar muito mais bonita ainda, o que não era o seu caso.

— Ele tem que me ajudar, Eunice.

— Quem? Diniz? Mais do que a ajuda?

— Não. Artur. Preciso procurá-lo. Ele é o único que tem dinheiro suficiente para me pagar todas as cirurgias.

— Ficou maluca? Ele agora está vivendo bem com a esposa. Na certa, nem a receberia. Mas Diniz talvez possa fazer alguma coisa. Com a sua parte no dinheiro da venda da Esfinge...

— Nem pensar, Eunice! Diniz precisa do dinheiro para iniciar uma nova vida. Não pode gastar comigo mais do que já vem gastando.

Eunice silenciou. Apanhou o jornal sobre a cama de Greta e pôs-se a folheá-lo, em busca do anúncio de venda da Esfinge. Encontrou-o facilmente e duas grossas lágrimas escorreram de seus olhos. Fora ali que passara a maior parte de sua vida e pensava que iria morrer ali. Agora, porém, estava saindo para uma vida nova, ao lado do homem que amava.

❦

O mesmo jornal estava nas mãos de Norberto. Ele caminhava apressado pelo corredor acarpetado, até que chegou à sala de Artur. Bateu de leve e entrou. Artur estava examinando uns documentos e ergueu os olhos para ele, cumprimentando-o com um sorriso:

— Olá, Norberto. Novidades?

— Sim. Ótimas, por sinal.

Artur desviou a atenção dos papéis sobre a mesa e fitou-o curioso.

— Alguma coisa especial?

— Você nem queira saber. Fui procurado ontem pelo doutor Cortez, você se lembra?

— Aquele empreendedor?

— Ele mesmo. E sabe o que ele me disse? — Artur negou com a cabeça. — Que está interessado em construir uma grande loja de departamentos, adivinhe onde?

— Onde?

— No exato lugar onde funciona A Esfinge de Ouro.

— Como é que é? Você só pode estar brincando.

— Não estou não. Disse que o lugar está à venda e queria saber se nós poderíamos cuidar da construção. É claro que aceitei.

— Tem certeza?

— Absoluta. Hoje de manhã mandei comprar o jornal. E veja!

Exibiu-lhe o exemplar do periódico, que Artur tomou nas mãos e leu ansioso. Não havia dúvidas. O endereço era o mesmo. O nome não constava no anúncio, apenas o endereço.

— Meu Deus! — exclamou Artur. — O que será que houve?

— Está à venda...

— Isso eu sei. Mas por quê?

— Não faço a menor ideia. Talvez tenha ido à falência.

— Acho difícil. Você conhecia A Esfinge tão bem quanto eu e sabia o quanto era procurada.

— É verdade. Mas isso não nos importa muito. O fato é que está à venda e a firma do doutor Cortez vai comprar. E eu aceitei construir a sua loja de departamentos. Vai ser uma grande loja, como nunca se viu nessa cidade.

— Ele já fechou conosco?

— Ainda não. Pediu-nos para apresentar um projeto, e eu fiquei até tarde ontem, trabalhando. Quer ver?

— É claro.

Norberto abriu seu projeto em cima da mesa, mostrando a Artur cada detalhe do empreendimento. Realmente, era muito bom. Norberto trabalhara bem e rápido, e tinha ideias avançadas e de vanguarda. Tinha certeza de que o cliente aprovaria.

— Quando é que poderemos assinar o contrato? — indagou Artur.

— Não sei. Ele está ultimando a compra da Esfinge. Creio que, assim que estiver com a escritura nas mãos, poderemos fechar negócio.

— Ótimo. Então marque uma reunião para amanhã, às dez horas, para apresentarmos o projeto.

— Providenciarei isso agora mesmo.

No dia seguinte, à hora aprazada, a reunião aconteceu na sala de Artur, e o doutor Cortez se mostrou muito satisfeito com o que viu. O projeto era mesmo ousado, e ele o deu por aprovado. Faltava apenas concluir o negócio com os donos da Esfinge e poderiam começar a demolição.

O negócio foi concluído dali a uma semana, e Ricardo e Diniz pediram ao novo dono um prazo para desocuparem o imóvel. Com suas economias, compraram um apartamento para cada um, e Eunice se mudou para o apartamento de Ricardo, enquanto Greta ia para o de Diniz. Com o dinheiro que apuraram com a venda da Esfinge, compraram uma velha boate abandonada em Copacabana e puseram mãos à obra na reforma.

Nesse ínterim, Ricardo e Eunice se casaram, mas Greta não se decidia a casar-se com Diniz. Viviam juntos, mas ela ainda pensava em Artur. E depois, não estava satisfeita consigo mesma. Mal conseguia se olhar no espelho, julgando-se a mulher mais feia e temerosa do mundo. Quase não saía. Tinha vergonha de se expor e preferia permanecer quieta em seu canto.

Certo dia, contudo, estava agoniada, sentindo o peito sufocar. Eunice e Ricardo, recém-casados, haviam partido em lua de mel, e Diniz ficara para cuidar da obra na boate por aquela semana. Sentindo-se sufocar entre as paredes do apartamento, resolveu sair. Colocou uns óculos escuros, amarrou um lenço no pescoço e ganhou a rua. Foi caminhando, até que, sem saber aonde ir, tomou um ônibus. Só o que queria era respirar um pouco, ver gente, sentir o sol aquecendo seu rosto. De repente, percebeu que várias pessoas a fitavam, discretamente algumas, insistentemente, outras. Começou a sentir-se aflita e incomodada com o olhar de nojo e pena que as pessoas lhe endereçavam ao ver o seu rosto e resolveu sentar-se no banco de trás do ônibus. Aquilo estava ficando insuportável. Parecia um bicho em exposição e, quando dois garotos apontaram para ela, não conseguiu mais suportar. Deu o sinal no ônibus e saltou no primeiro ponto.

Começou a chorar e saiu correndo pela rua, nem se dando conta do lugar em que estava. Depois de muito correr foi que parou em frente a uma obra. Olhou-a assustada. Estava diante do que um dia fora A Esfinge de Ouro! Sentiu um aperto no coração e olhou ao redor. Vários homens e máquinas iam de um lado a outro, escavando, tirando escombros, e um barulho ensurdecedor invadia seus ouvidos. Tapou-os angustiada e olhou para o alto. Foi quando viu a tabuleta presa numa estaca de madeira: Fontes & Associados, Construtores.

Sentiu o coração disparar. Aquela era a construtora de Artur! Mas como podia ser? Por que Artur não lhe dissera nada? Teria sido ele o comprador? Se fora, Ricardo e Diniz haviam lhe ocultado a verdade, talvez com medo de chocá-la ou desgostá-la ainda mais.

Saiu dali aturdida, pensando no que faria. Então ele a abandonava, sem nem se importar com o que lhe acontecera, e ainda comprava o único lugar em que ela fora feliz, nem se preocupando em lhe dar qualquer satisfação? Pensando nele, sentiu intensa palpitação. Precisava vê-lo. Há muito não se encontravam, e Eunice até lhe mostrara uma foto dele, da mulher e da filhinha, que saíra no jornal.

Ele estava muito bem, cada vez mais rico, feliz com a família e os negócios. Não tinha mais preocupações. Era um homem atraente, casado com uma mulher lindíssima, e ela, uma pobre coitada, lutava contra a desgraça de ter o rosto e o pescoço deformados. Não era justo! Artur precisava saber o que havia lhe acontecido. Um dia, dissera que gostara dela. Nunca a amara, mas dissera que a respeitava e até lhe agradecera por tudo o que fizera nos tempos em que andava infeliz, rejeitado pela mulher. Será que não chegara a hora de retribuir?

Voltou correndo para a frente da obra e olhou novamente a tabuleta, anotando mentalmente o endereço da empresa de

Artur. Não era longe. Ficava no centro da cidade, e ela tomou um ônibus para lá, tentando não se importar com os olhares curiosos dos mais indiscretos. Ao chegar, ficou assombrada com o tamanho e o luxo do prédio. Nunca antes estivera ali, e a empresa lhe parecia bem diferente do pequeno mundinho de prazeres fáceis em que vivera todo aquele tempo.

Chegou à recepção, e uma mocinha simpática a atendeu:

— Pois não? Em que posso ajudá-la?

— Gostaria de falar com o doutor Artur Fontes — respondeu timidamente, tentando não a encarar muito.

— A senhora tem hora marcada?

— Hora marcada? Não, não tenho não.

O sorriso murchou no rosto da moça, que revidou de má vontade:

— Se não tem, vai ser difícil ele atendê-la. Está com a agenda toda tomada.

— Não pode tentar? Por favor, diga-lhe que é Greta quem está aqui.

— Não sei se será possível.

— Por favor, faça isso por mim. É urgente...

— O doutor Artur é um homem muito ocupado. Agora mesmo, deve estar numa reunião — consultou a agenda sobre a mesa e balançou a cabeça. — Foi o que eu disse. Ele está numa reunião de negócios.

— A que horas termina?

— Não sei.

— Vou esperar.

Sentou-se no sofá da recepção e pôs-se a esperar. As horas foram passando, e nada da tal reunião terminar. De vez em quando, se levantava e ia indagar, mas a mocinha sempre lhe dizia que ainda não havia acabado. Greta não se importou. Estava acostumada a esperar por Artur. Esperara por ele dias, meses inteiros. Por que não esperaria mais algumas horas?

Passadas quase duas horas desde que Greta chegara, a recepcionista começou a se sentir incomodada com sua insistência, ao mesmo tempo em que uma pontinha de piedade tocou seu coração. Bem se via que aquela moça não era nenhuma pobretona, mas aquelas cicatrizes... Onde será que as arranjara? E por que estaria ela ali, à procura do doutor Artur, um homem fino e ocupado? Talvez ele tivesse lhe prometido algum tipo de ajuda. Sim, deveria ser isso.

Penalizada, a mocinha apanhou o telefone e discou o ramal da secretária de Artur. Esperou alguns instantes, até que a outra atendesse, e ela falou baixinho:

— Rose, é a Marta, da recepção. O doutor Artur ainda está aí?

Do outro lado, Rose respondeu:

— Está reunido com o doutor Norberto. Por quê?

— É que está aqui uma moça querendo falar-lhe. Uma tal de Greta.

— Greta? Não me lembro de ninguém com esse nome agendado para hoje.

— Ela disse que não tem hora marcada. Mas está esperando há mais de duas horas.

— Se não tem hora marcada, não posso fazer nada. O doutor Artur anda ocupadíssimo. Não vai poder atendê-la.

— Será que não dá para falar com ele? A moça me parece bastante aflita.

— Ah! Marta, acho que não. Ele pode não gostar.

— Pergunte a ele, Rose. A moça é doente...

Diante dessa informação, Rose prometeu sondar. Bateu de leve e entrou, falando indecisa:

— Doutor Artur, tem uma moça na recepção...

— Agora não, dona Rose — cortou ele, sem desviar os olhos dos papéis que Norberto lhe exibia. — Estou ocupado.

Rosto coberto de rubor, Rose saiu e fechou a porta do escritório. Ainda levara uma bronca! Marta que a desculpasse, mas se a moça quisesse, que esperasse. Ela não queria levar outro fora. Concentrou a atenção no trabalho e não pensou mais em Greta, esperando sozinha na recepção.

A tarde continuava avançando, e Rose se esquecera por completo do pedido de Marta, enquanto esta não se sentia mais à vontade para ligar novamente. Se Rose não lhe retornara a ligação, na certa era porque o doutor Artur não quisera atender a moça. Cada vez mais sensibilizada com a insistência e a resignação de Greta, sugeriu:

— Por que a senhora não vai embora e marca uma hora para amanhã? Pelo visto, o doutor Artur não vai mais atendê-la hoje.

— Vou esperar — retrucou Greta, a voz embargada.

Marta deu de ombros e desviou os olhos dela. No finalzinho da tarde, terminado o expediente, pôs-se a aprontar suas coisas, olhando para Greta pelo canto do olho. Ela cochilara várias vezes e se levantara apenas uma vez, para ir ao banheiro, retornando logo em seguida.

Por volta das seis horas, quando a mocinha da recepção já estava com a bolsa na mão, pronta para ir embora, a porta de um dos elevadores se abriu, e Greta viu, assombrada, a figura de Artur saindo apressada, seguido de seu amigo Norberto. Levantou-se de um salto, e ele não pôde deixar de notá-la. Marta começou a dizer alguma coisa, que Artur não escutou, tamanha a surpresa que sentiu ao encontrar Greta ali, parada diante dele, olhar sofrido, tendo no rosto as marcas da violência de que fora vítima.

Imediatamente, Artur sentiu os olhos se encherem d'água e quase que sussurrou:

— Greta...

Parado mais atrás, Norberto os fitava preocupado. No entanto, o semblante deformado de Greta o fez ver que não havia com o que se preocupar. Ele não entendia como é que seu rosto ficara daquele jeito, mas, pelo visto, Greta já não era capaz de atrair homem nenhum. Ele pousou a mão no ombro do amigo e disse compreensivo:

— Até amanhã, Artur. Não se atrase.

Artur não respondeu. Apanhou Greta pelo braço e saiu com ela para a rua, caminhando em direção ao local em que costumava deixar seu carro estacionado. Sem dizer palavra, abriu a porta para que ela entrasse, e Greta se sentou com um suspiro. Ele deu a volta e sentou-se ao volante. Deu partida no automóvel e seguiu com ela para São Conrado. Não podia ir a nenhum lugar conhecido e correr o risco de ser visto em sua companhia. Não agora, que tudo ia tão bem.

Artur procurou um bar afastado e foi sentar-se com Greta a uma mesa reservada. Pediu bebidas para ambos e só depois que o garçom os serviu foi que ele, finalmente, conseguiu coragem para perguntar:

— Mas o que foi que fizeram a você?

Ela ocultou o rosto entre as mãos e desatou a chorar. Estava tão transtornada que deixou que os soluços a dominassem e não conseguiu falar. Artur sentiu vontade de abraçá-la, de protegê-la, mas teve medo de que seu gesto, para ele desinteressado, lhe causasse algum tipo de esperança ou comoção. Por isso, ficou ali a olhá-la, até que ela bebeu um gole do martíni e, ainda entre lágrimas, começou a falar:

— Ah! Artur! Você nem pode imaginar o que me aconteceu...

Aos tropeções, foi lhe contando tudo, desde o dia em que Mauro lhe dera aquela surra de cinto, até quando se mudara para o apartamento de Diniz. Artur escutou tudo em silêncio, entre penalizado e arrependido, pensando na melhor forma de ajudá-la sem se envolver. Quando ela terminou sua narrativa, ele retrucou consternado:

— O que posso fazer por você, Greta? Diga-me. Qualquer coisa que estiver ao meu alcance, não hesitarei em fazer.

— Ainda o amo...

— Reatar o nosso caso é impossível.

— Não é o que pretendo. Sei que não sou mais uma mulher atraente, e nenhum homem ia mais me querer.

— Não se trata disso. Creio que fui bem explícito em minha carta.

— Mais do que isso. Foi frio, cruel...

— Não, não fui. Só quis esclarecer as coisas e dar-lhe uma satisfação.

— Tem razão... — revidou ela, voz pungente de dor. — Não leve a mal o que eu digo, Artur. Estou muito arrasada.

— Dá para imaginar. Aquele Mauro é um covarde! Deveria estar preso.

— Diniz ainda pensou em acusá-lo. Mas de que adiantaria? Com toda influência dele e de Valente, nada aconteceria a Mauro. Quem é que acusaria um advogado, baseado nas palavras de uma prostituta e dois cafetões? — Ele não respondeu. — Mas não foi para falar de Mauro que o procurei.

— Imagino que não e confesso que estou curioso. Depois de tanto tempo, o que pode querer de mim?

— Ajuda.

— Como disse, farei tudo o que estiver ao meu alcance.

— Não quero que pense que sou interesseira ou que estou querendo me aproveitar de você. Também não vou lhe fazer nenhuma chantagem. Não é nada disso. Mas é que estou desesperada. Não me conformo de viver assim. As pessoas me olham na rua, me apontam como se eu fosse uma aberração. É horrível!

— Posso imaginar...

— Não pode não. Ninguém pode. Eu, acostumada a ser cortejada por todos os homens, de repente me vejo nessa situação, me escondendo de tudo e de todos. Apenas Diniz não me abandona.

— Ele parece gostar muito de você.

— Ele me ama, sei disso. Pena que não o ame também.

— Será que já não está na hora de você considerar o amor desse homem? Ele sempre me pareceu muito dedicado a você.

— E é... Mas também não foi para falar de Diniz que o procurei. Quero a sua ajuda, Artur, e vim implorá-la a você. Você é o único que pode fazer alguma coisa por mim.

— Pois então, Greta, diga logo. O que é que posso fazer?

Ela engoliu em seco e olhou fundo em seus olhos. Disparou:

— Pagar as cirurgias plásticas que poderão corrigir o meu rosto e o meu pescoço.

— É só isso?

— Só isso? Para mim, é muito. As cirurgias são muito caras. Nem Diniz tem tanto dinheiro assim. Só você, Artur, só você pode me ajudar.

— Entendo... — Artur considerou durante alguns minutos e, quando voltou a falar, já tinha tomado sua decisão: — Pode deixar, Greta. Gastarei o que for necessário para que você recupere o seu rosto e o seu pescoço. Vai voltar a ser uma mulher bonita, você vai ver.

— Oh! Artur! Nem sei como lhe agradecer — emocionada e agradecida, beijou-lhe as mãos e continuou: — Pode deixar que não o colocarei em nenhuma situação embaraçosa. Sei que agora você vive bem com sua esposa e não vou permitir que ela descubra nada.

— Sei disso — fez sinal para o garçom e concluiu: — Vamos?

Ele pagou a conta e se levantou, puxando a cadeira para ela. De volta ao carro, ela abriu a bolsa e dela tirou um envelope, estendendo-o para ele.

— O que é isso? — indagou curioso, tirando-lhe o envelope das mãos.

— A carta que você me escreveu. Não tive coragem de jogá-la fora e nunca mais a li. Estou devolvendo-a para que você faça dela o que achar melhor.

Artur teve vontade de atirá-la longe ali mesmo, mas não achou prudente. Greta ficaria muito magoada, e ela já havia sofrido bastante. Em silêncio, guardou a carta no bolso do paletó e ligou o carro. Deixou a moça no apartamento de Diniz e foi para casa.

CAPÍTULO 33

Assim que Artur abriu a porta, viu Felícia na sala, andando de um lado para outro, visivelmente transtornada:

— Graças a Deus! — exclamou ela, atirando-se em seus braços e chorando assustada.

— Felícia, o que aconteceu? — tornou espantado, alisando seus cabelos e tentando fazer com que ela se acalmasse.

— Por que demorou tanto, Artur? Quase me mata de preocupação!

— Eu me atrasei, só isso. Não é a primeira vez. Por que tanto alarde?

— É que deu no jornal... um acidente horrível... um carro igualzinho ao seu... pensei que fosse você...

Ele a abraçou e beijou seus cabelos, estreitando-a com amor.

— Mas não fui eu. Estou bem. Foi apenas coincidência.

Ouviram um choro insistente e correram ao mesmo tempo. Betina gritava a plenos pulmões, e Felícia aproximou-se do berço. Era hora de amamentar novamente.

— Acho que devíamos contratar uma babá — sugeriu Artur.

— Nem pensar! Já se esqueceu do que a última nos aprontou? Não quero correr o risco de perder Betina também. Eu não suportaria!

Apanhou a menina no colo e ajeitou-a ao seio, dando-lhe de mamar. Por mais que Artur insistisse, Felícia não aceitava a ideia de ter uma babá novamente. Não confiava em mais ninguém, e a única pessoa com quem contava era com a mãe. Quando precisava sair, passava na casa de Ondina e deixava a criança, indo buscá-la assim que terminava o que tinha que fazer. Fora isso, não permitia que ninguém mais cuidasse da filha. Nem Catarina, que considerava sua melhor amiga.

Embevecido com aquela cena, Artur sentou-se na poltrona e pôs-se a admirar mãe e filha unidas em momento tão sublime e especial. Seus olhos marejaram, e ele pensou no quanto as amava. Elas eram tudo em sua vida, e ele agora se considerava um homem feliz. Vendo o seu ar extasiado, Felícia sorriu e aconselhou:

— Por que não aproveita para ir tomar um banho? O jantar está quase pronto.

Ainda enleado por aquela cena tocante, Artur assentiu. Tirou a gravata, o paletó, a camisa e atirou tudo sobre a poltrona em que estivera sentado. Foi para o banheiro e ligou o chuveiro, sentindo imenso prazer com a água que caía sobre sua cabeça. Nem se lembrava mais de Greta. A carta, por completo esquecida, permanecia inerte no bolso do paletó. Esquecera-se dela também.

Depois do jantar, Felícia fez Betina dormir e foi para a cama. Apesar de cansada, envolveu Artur num abraço e pousou-lhe um beijo prolongado e apaixonado, e ambos se entregaram ao amor. Quando terminaram, exaustos, adormeceram, um nos braços do outro, Artur nem de longe se lembrando do encontro que tivera com Greta.

Na manhã seguinte, levantou-se, tomou café, fez o desjejum, beijou a mulher e a filha e saiu. Foi só quando chegou ao escritório e Rose lhe disse que alguém chamado Greta havia ligado, que ele se lembrou. A carta! Esquecera-a por completo no bolso do paletó. Não conseguiu trabalhar. Apanhou a mala em cima da mesa, deu meia-volta e foi correndo para casa. Ligou o carro rapidamente e saiu cantando os pneus, rezando para que Felícia não encontrasse a maldita carta.

Em casa, Felícia recolhia as roupas espalhadas de Artur, separando as limpas das sujas. Colocou a camisa para lavar e foi guardar o terno no armário. Como sempre fazia, vistoriou os bolsos, à procura de moedas e papéis de bala que ele colocava ali, até que seus dedos tocaram em algo que parecia um envelope. Sem de nada desconfiar, Felícia o puxou. Era um envelope branco comum, sem nome ou remetente, e ela deduziu que não era uma carta postada. Curiosa, abriu-a devagar. Não estava acostumada a ler a correspondência nem a fuçar as coisas do marido, mas aquele envelope, em especial, chamou-lhe a atenção. Talvez porque fosse frio e impessoal demais, o que não era comum numa carta.

Sentou-se na cama, com a carta nas mãos, pensando no que deveria fazer. Abria ou não abria? Abri-la seria um desrespeito. Não a abrir aguçaria mais e mais a sua curiosidade. Resolveu abrir. De qualquer sorte, perguntaria mesmo a Artur do que se tratava e, como não tinham segredos, ele mesmo acabaria permitindo que ela a lesse.

Assim que leu as primeiras linhas, parou estarrecida. Reconheceu de imediato a caligrafia do marido e sentiu uma tontura. Aquilo era uma carta de despedida, bem se via, mas que despedida! Ali, Artur admitia, com todas as letras, que possuía, ou ao menos possuíra, uma amante. Uma tal de Greta. Nunca ouvira falar. Lembrou-se de Lurdinha, de quem chegara a desconfiar um dia, mas sabia agora que não se tratava dela. A amante de Artur era uma mulher chamada Greta, de quem ele se despedira havia mais de um ano, com a desculpa de que se reconciliara com a esposa.

Um ódio surdo foi tomando conta dela, e lágrimas começaram a escorrer de seus olhos. Teve vontade de atirar a carta longe, mas a curiosidade falou mais alto, e ela continuou lendo, um mundo de indagações assaltando a sua mente. A carta fora escrita um ano atrás. Mas o que fazia em seu bolso ainda hoje? E depois, ele não fora o destinatário. Fora o remetente. Será que não entregara a carta à tal mulher? Ou será que se encontrara com ela depois, e ela mesma a devolvera? E por que a devolveria? Se era assim, só podia haver uma explicação. Artur tornara a encontrá-la e reatara seu antigo caso com ela. Só isso poderia justificar a devolução de uma carta de despedida. Agora compreendia por que ele se atrasara na noite anterior. Fora porque, enquanto ela quase morria de preocupação, julgando-o morto naquele acidente funesto, ele se divertia na cama da amante!

Continuou a ler. Já estava quase no final quando a porta do quarto se abriu bruscamente, e ela viu Artur entrar esbaforido, branco feito cera. Ao vê-la sentada ali, com a carta na mão, rubra de raiva, tentou se justificar:

— Felícia, não é nada disso que você está pensando.

— Seu cínico! Cafajeste! Então me desvelo de amor por você e é assim que me paga?

— Felícia, deixe-me explicar, por favor.

— Explicar o quê? Já está tudo mais do que explicado! Eu bem que desconfiei que você tinha uma amante. Nunca lhe perguntei nada, porque pensei que estivesse tudo terminado. Mas jamais poderia imaginar que você voltaria a se encontrar com ela.

— Mas eu não a encontrei...

— Não? E o que essa carta estava fazendo no bolso do seu paletó? — agitou a carta freneticamente, bem diante de seu nariz, e continuou: — O que foi que houve, Artur? O amor acabou? É porque agora sou mãe? Por acaso estou tão feia e gorda que você sinta necessidade de voltar a ter amantes? E a mesma amante!

— Felícia, você não está entendendo nada...

— Ah! Sim, estou entendendo tudo! Entendo que essa mulherzinha, essa tal de Greta, deve ser uma vagabunda com quem você amou fazer sexo, não é? Amou tanto que foi procurá-la de novo. E ela, feliz da vida, devolveu-lhe a carta como um sinal de que tudo voltou a ser como antes! É isso, Artur, não é? Vamos, confesse! Negue que ela é sua amante, se tiver coragem!

Assustada com aqueles gritos, Betina, que dormia no berço ao lado da cama, pôs-se a chorar e a berrar, atraindo a atenção da mãe. Felícia correu para o bercinho e pegou-a no colo, balançando-a de encontro ao peito.

— Chi! Não chore, minha querida. Mamãe está aqui. Não se assuste.

Enquanto Felícia a ninava, Artur saiu do quarto às pressas e voltou logo em seguida, trazendo Hermínia pela mão. Gentilmente, retirou Betina dos braços de Felícia e passou-a à empregada, sob os protestos da esposa.

— Não se preocupe — repreendeu ele. — Hermínia está na família há anos. Vai cuidar muito bem de Betina.

Embora quisesse protestar, Felícia acabou permitindo que Hermínia a levasse. Era melhor mesmo que ela não participasse daquela conversa imunda. Depois que ouviram os passos de Hermínia descendo as escadas, Felícia se virou para o marido e disparou:

— Vamos, estou esperando. Negue que essa tal de Greta é sua amante.

— Nego. Não tenho amante alguma.

— Ah! Não tem? E quem é essa Greta? De onde surgiu? Por que você lhe escreveu essa carta? Ou vai negar que a letra é sua?

— Não. Fui eu mesmo que escrevi. No ano passado, logo após a nossa reconciliação.

— Ah! Já está começando a confessar. Cachorro!

— Será que dá para parar de me ofender? Por que não se senta e me escuta?

Meio a contragosto, Felícia sentou-se e fitou-o com desdém.

— Estou esperando.

Artur soltou profundo suspiro e passou as mãos pelos cabelos, já sentindo um início de desespero. Acontecera o que ele mais temia. Felícia estava a um passo de descobrir toda a verdade, e ele não tinha mais como negar. Rapidamente, tentou pensar em uma desculpa para dar, mas achou que não valia a pena. Até quando poderia viver sustentando aquela mentira? Enquanto ela não desconfiava de nada, até que era fácil. Mas agora que ela sabia, como faria para enganá-la? E será que valeria a pena enganá-la novamente?

Não, pensou. Já fora longe demais. Chegara a hora de lhe contar toda a verdade. Ele a amava de verdade e, se ela o amasse também, haveria de compreender. E depois, havia Greta. Prometera-lhe ajuda e não queria voltar atrás na palavra empenhada. Precisava contar a verdade a Felícia. Só assim se libertaria daquele peso e tentaria convencê-la de que Greta era uma infeliz, uma pobre coitada que precisava de ajuda.

Respirou fundo, encheu-se de coragem e começou a contar:

— Conheci Greta cerca de dois anos após a morte de Tiago. Eu estava desesperado, você me rejeitava e me humilhava de todas as formas. Tentei resistir e, durante dois anos, confesso que consegui. Mas você me deixava louco, e eu acabei indo procurar, nos braços de outra, o amor que você me negava — parou de falar e olhou para ela, tentando imaginar o efeito que suas palavras estavam lhe causando. — Como dizia, eu estava desesperado e acabei conhecendo Greta...

— Onde? Onde a conheceu?

— Num bordel — respondeu, quase num sussurro, mas Felícia não disse nada. — Greta era uma prostituta. Conheci-a e... bem... nós fizemos sexo...

Felícia virou o rosto, enojada, e recriminou veemente:

— Pensei que eu significasse mais do que uma simples prostituta.

— Não se trata disso. Não planejei nada. Mas eu estava desiludido, sentindo-me desvalorizado, repelido. O que queria que eu fizesse?

— Poderíamos ter conversado...

Ele soltou uma risada nervosa e contestou:

— Conversado? Deus sabe o quanto tentei conversar com você. Mas só o que você fazia era me humilhar, me espezinhar. Dizia que tinha nojo de mim, que eu era repulsivo, asqueroso. Lembra-se?

Ela se lembrava, embora tentasse esquecer.

— Eu estava fora de mim...

— Não precisa se defender. Não a estou acusando de nada. Se a aceitei depois de tudo, foi porque a amo.

— Se me amasse, não se atiraria na cama da primeira prostituta que aparecesse.

— Não seja injusta, Felícia. Pense direitinho: eu sempre fui um homem viril. Como esperava que eu ficasse, privado, de uma hora para outra, do corpo de minha esposa? Da esposa que eu amava e desejava loucamente?

— Será que o sexo era mais importante do que tudo?

— Se fosse, eu a teria deixado. E se não o fiz, foi porque a amava. Mesmo sem ter sexo com você, não a deixei. E não foi por consideração, ou medo, ou vergonha. Foi por amor. Eu sempre a amei e vivia à espera de que você me aceitasse de volta. Era o que eu mais queria. Quantas vezes não tentei uma reconciliação? Quantas vezes não tentei fazer com que você voltasse a me amar? Quantas vezes não tentei fazer amor com você? Algumas vezes, quase perdi a cabeça e a forcei. Mas você me repelia duramente, e eu acabava caindo em mim e me arrependia. Foi difícil, Felícia, viver com a mulher que amava sem poder tocá-la.

— Eu estava doente...

— E eu, desesperado. O que mais queria era poder tocar em você, amá-la como sempre a amei. Mas você não me queria...

— E você arranjou uma prostituta.

— Não tive jeito. Greta se mostrou compreensiva e carinhosa. Não me cobrava nada, e eu fui me acostumando a ela.

— Por isso saía quase todas as noites e só voltava de madrugada?

— Sim. Ia ao encontro de Greta...

— No bordel.

— No bordel. Era onde ela vivia, e eu me tornei freguês assíduo. Embora gostasse dela, nunca a amei e nunca a enganei. Sempre fui sincero e deixei bem claro que só o que queria era um pouco de calor e compreensão. Fui em busca de sexo, mas confesso que encontrei também uma amiga. Só o que não pude lhe dar foi o meu amor.

— Se ela era assim tão boa, por que não ficou com ela?

— Porque era você que eu amava e amo.

— E por que terminou tudo com ela?

— Porque você me aceitou de volta, e eu não precisava mais buscar sexo na rua. Podia ter com minha esposa o que sempre sonhei. E foi maravilhoso.

— Não tente me amolecer. Ainda não estou convencida.

— Convencida de quê? Do meu amor?

— De que você e essa tal de Greta não se encontram mais.

— Nós nos encontramos sim. Ontem. Ela veio me procurar.

— Eu sabia!

— Não tire conclusões precipitadas. Ela está com problemas...

— Que tipo de problema? Uma gravidez indesejada de algum malandro? Veio chantageá-lo para que você lhe dê dinheiro para o aborto? Ou, quem sabe, sensibilizá-lo com sua miséria, para que você volte para ela?

— Não é nada disso. Greta veio me pedir ajuda para uma cirurgia.

— Cirurgia? — repetiu desconfiada. — Que tipo de cirurgia?

— Uma cirurgia plástica.

— Só podia ser. Aposto como está ficando velha e quer melhorar a cara enrugada.

— Não. Greta foi violentamente ferida por um vagabundo que lhe marcou o rosto...

— Bem feito.

— Não diga isso. Seu rosto e seu pescoço estão cheios de cicatrizes. Serão necessárias várias cirurgias para que ela volte ao normal.

— Ah! Sim. E ela veio lhe pedir dinheiro, não é?

— Veio.

— E você concordou.

— Concordei. O que mais poderia fazer? Senti-me responsável.

— Por quê? O que é que você tem com isso?

— Foi por minha causa que tudo aconteceu.

Rapidamente, Artur contou-lhe o episódio com Mauro, e Felícia revidou abismada:

— Pelo visto, você se envolveu com o pior tipo de gente.

— É o tipo de gente que frequenta esses lugares e ao qual tive que me acostumar.

— Não me venha com essa! Não vá agora querer me fazer sentir culpada também! Você arranjou uma amante prostituta porque quis!

— O que você queria que eu fizesse, Felícia? Que virasse padre? Que fingisse não arder de desejo todas as noites em que a via? Lamento, mas sou um homem normal, com desejos normais. Precisava de sexo sim. E onde estava você que não cumpria o seu papel de esposa? Enfiada no quarto, chorando a morte de nosso filho, usando-o como desculpa para encobrir a sua frieza!

— Eu não o usei como desculpa. Estava sofrendo com a morte de Tiago.

— Eu também! Só que eu continuei vivendo, e você escolheu se enterrar em sua própria dor. E não foi só isso. De repente, você passou a me repudiar, a me odiar mesmo. Por quê, Felícia, por quê? Por que me rejeitou e acabou me atirando nos braços de outra mulher?

Felícia engoliu em seco. No fundo, sabia que ele estava com a razão. Sim, fora ela, com sua frieza e sua falta de respeito, que acabara empurrando-o para outra mulher. Lembrava-se que chegara a gostar que ele tivesse uma amante. Só assim não a aborreceria com aquelas coisas de sexo. Se era assim, por que agora reclamava? Por que lhe cobrava algo por que ela mesma fora a única responsável?

— Por que mentiu para mim esse tempo todo? — indagou sentida. — Quantas vezes lhe perguntei se você possuía uma amante?

— O que você queria? Que eu dissesse a verdade e corresse o risco de você me deixar? Eu a amava, não queria perdê-la. Queria fazer amor com você, mas você não me aceitava, e fui procurar sexo na rua. Mas não queria e não podia viver sem você. Depois que nos reconciliamos, você nunca mais perguntou nada, e eu pensei que não precisaria mais recordar esses anos negros em nossas vidas. Eu a amo, Felícia, hoje muito mais do que naquela época. Será que não percebe isso? Por que não acredita em mim?

— Não sei... você mentiu tanto...

— Não menti porque quis. Você sabe o quanto sempre fui sincero e leal. Se menti naquela época, foi por medo de perdê-la. E só eu sei o quanto sofri por ter que enganá-la.

— Quem me garante que não está mentindo agora?

— O meu amor. Duvido que não tenha certeza de que a amo. Você pode duvidar de tudo, Felícia, menos do meu amor por você. E por nossa filha. Hoje, somos uma família feliz. Acha que eu arriscaria a nossa felicidade por causa de uma mulher que não representa nada para mim?

— Não sei. Estou confusa.

— Raciocine, Felícia. Se não a amasse, por que estaria ainda com você? Tive todas as chances de me separar. Já havia até saído de casa. Por que pensa que voltei?

— Por que tornou a ver essa mulher?

— Já disse. Porque ela precisa da minha ajuda.

— Só por isso?

— Eu juro.

— Nada mais?

— Nada mais.

— E a carta?

— Ela me devolveu ontem. Disse que não a queria mais.

— Por quê?

— Não sei. Talvez porque seja dolorosa.

— Dolorosa?

— Por favor, Felícia, acredite em mim.

— Não sei, Artur, preciso pensar. Preciso ainda digerir a ideia de que você está se encontrando com sua ex-amante.

— Do jeito como fala, parece que me encontro com ela todos os dias, em algum motel.

— Gostaria de ter certeza de que não é assim.

— Ela está vivendo com outro.

— Está? E por que então ele não paga as cirurgias?

— Porque não tem dinheiro, por isso.

— Hum... isso está me parecendo muito estranho. E se forem dois espertinhos tentando tirar-lhe dinheiro?

— Não são. Conheço-a bem. E sei também que ele não é nenhum aproveitador.

No meio da confusão, Felícia não sabia mais em que pensar. Precisava refletir sobre tudo, para só então tomar uma decisão. Reconhecia que fora ela que causara o seu envolvimento com aquela tal de Greta e acreditava em Artur quando ele lhe dizia que não tinha mais nada com ela. Ainda assim, precisava pensar.

— Vou pensar, Artur. Preciso de tempo para refletir sobre tudo o que você me contou.

— Por favor, raciocine com carinho e verá que a amo.

— Há mais alguma coisa que gostaria de me contar?

Artur sentiu a garganta seca. Era agora ou nunca. Não podia perder a oportunidade de lhe revelar toda a verdade, inclusive e principalmente, a verdadeira identidade de Greta.

— Apenas mais uma coisa — hesitou.

— E o que é?

— Greta... seu nome não é Greta...

— Não? Como assim? Ela usa um nome falso?

— Usa.

— E daí? Seu verdadeiro nome não me importa em nada. Eu sequer a conheço... — parou, acometida de forte apreensão. — Ou conheço?

— Conhece...

Sentindo a sua hesitação, Felícia indagou ansiosa:

— Bem, e qual é o seu nome então?

— Lurdinha...

Felícia não ouviu mais nada. Tomada pela surpresa e por forte comoção, sentiu as pernas amolecerem, o corpo foi enfraquecendo, e ela desabou pesadamente no chão.

⁌᠎᠍᠎᠍᠎᠍᠎᠍ᠷ

Assim que abriu os olhos, Felícia sentiu imensa dor de cabeça e os fechou novamente, gemendo baixinho e levando a mão à testa. Sentiu que alguém acariciava seus cabelos e tentou abrir os olhos de novo. A visão nublada, a princípio, não distinguiu nada nem ninguém. Apenas um vulto, ajoelhado diante dela, mexia os braços com vagar, e ela tentou se concentrar para identificar de quem se tratava.

Artur. Reconheceu-o. Era Artur quem estava ali, aflito e amedrontado, chamando seu nome com insistência:

— Felícia! Acorde, Felícia — ela arregalou os olhos e o encarou. — Você está bem?

— O que aconteceu?

— Você desmaiou.

— Desmaiei? Por quê...? — lembrou-se de tudo e empertigou-se rapidamente, falando com rispidez: — Saia daqui!

— Felícia, não...

— Como se atreve, Artur? Como se atreve a tomar por amante a mulher que matou seu filho?

— Não é bem assim...

— Não. É bem pior. Você ficou caidinho por uma assassina! Uma prostituta, assassina de crianças!

— Não planejamos nada. Simplesmente aconteceu...

— Aconteceu? Como você é cínico!

— Aconteceu sim. Cheguei ao bordel sem nenhuma noção do que iria encontrar. Foi uma surpresa ver Lurdinha ali.

— Imagino. E que surpresa! Mas como fui estúpida! Por que não segui meu coração? Eu devia ter acreditado em minhas suspeitas quando ouvi Lurdinha proferindo seu nome naquela loja de lingeries. Já era uma prostituta! Eu a segui até o bordel em que trabalhava, sem saber que o meu marido era seu freguês preferido! — apesar de surpreso com aquelas revelações, ele não ousava encará-la. — Será que vocês já eram amantes desde a época em que ela trabalhava aqui? Será por isso que foi procurá-la depois?

— Não diga absurdos! Despedi Lurdinha e coloquei a sua foto em todos os jornais, contando ao mundo o que ela fez. Esqueceu? E foi justamente isso que a levou à prostituição!

— Que lástima — zombou. — E foi culpa nossa se ela matou nosso filho? Você, por acaso, contou alguma mentira aos jornais? E o que ela queria? Que você fosse correndo oferecer os seus serviços de babá aos nossos amigos? E depois de tudo, por acaso fui eu que lhe ensinei o ofício de vagabunda? Não. Foi você!

— Será que não pode perdoá-la? O que ela fez foi tão horrível assim que não mereça o seu perdão?

— Pelo visto, você já a perdoou. E como!

— Você não sabe o que lhe aconteceu. Não tem ideia do que ela passou.

— E o que eu passei? Não importa?

— Você sempre teve a mim. Lurdinha nunca teve ninguém. Ficou abandonada, tentando procurar emprego, mas ninguém queria empregá-la. A notícia saiu em todos os jornais, e era como todos a conheciam: a babá assassina. Pensa que foi fácil para ela? Pensa que ela não se corroeu de remorso também?

— Não é o que parece.

— Como pode dizer uma coisa dessas? Você não estava dentro dela, não sabe o que ela sentiu.

— Não sei e não me interessa.

— Talvez não. Mas sei que você é uma mulher generosa e de bom coração. O ódio que sentiu por ela não vai ao ponto de querer destruí-la. Ou vai?

Felícia titubeou. É claro que nunca pensara em nada daquilo. Com a morte de Tiago, a única coisa em que podia se concentrar era no seu próprio sofrimento. Jamais parou para pensar na dor de mais ninguém. Nem na do marido, que dirá de uma babá. Mas não era uma mulher insensível e retrucou insegura:

— Não... Mas também não morro de amores por ela e não me interessa o que fez de sua vida.

— Nem o fato dela ter virado mendiga?

— Mendiga? — sentiu uma pontada de piedade, mas ainda insistia. — Foi o que ela procurou.

— Foi o que nós lhe oferecemos. Com a nossa incompreensão, o nosso ódio, a nossa falta de generosidade.

— O que você queria, Artur? Que continuássemos com ela a nosso serviço depois de tudo? Depois do desgosto que ela me causou?

— Não. Mas hoje me questiono se fiz bem em divulgar todo o drama e despedi-la sem qualquer gratificação, negando-me a lhe fornecer qualquer referência.

— Por certo que sim! Imagine se ela fizesse o mesmo a outra família.

— Ser despedida, levar na consciência a culpa pelo seu desatino, isso já seria para ela castigo suficiente. Não precisava ter colocado seu nome e sua foto no jornal. Isso a marcou para sempre.

— Não sei por que se culpa. Você não teve nada a ver com isso. Foi a imprensa que se encarregou de execrá-la.

— Porque nós fizemos alarde. Se tivéssemos nos mantido reservados, nada disso teria acontecido. Mas fomos nós que fornecemos a foto de Lurdinha para os jornais, lembra-se? Aquela em que ela segurava Tiago... — calou-se emocionado.

— Pare! Pare! — explodiu Felícia, tapando os ouvidos. — Você não tem o direito de defender aquela cortesã assassina!

— Não a estou defendendo! Estou tentando ser justo.

— Você está apaixonado por ela. Sempre esteve! Por isso a defende com tanto ardor.

— Se estivesse mesmo apaixonado por ela, não teria esperado por você durante tantos anos. Teria pedido o desquite e teria ido viver com ela.

— Você não faria isso. E a sociedade? E os nossos bens?

— Não sou um homem que vive de aparências nem me importo com os fuxicos sociais. Quanto aos bens, não sou ganancioso e já havia herdado um patrimônio considerável quando nos casamos. E você também sempre foi uma mulher rica.

— Mas teria que dividir tudo comigo.

— Não sou ambicioso, Felícia, e nem você. Tenho certeza de que faríamos uma partilha amigável.

— Pois eu não! Só não me desquitei para não virar motivo de fofoca.

— Isso é desculpa. A quem quer enganar? Você nunca se importou com nada disso. Foi a desculpa que arranjou para justificar o fato de que também me amava e não queria me perder.

— Está sendo muito pretensioso.

— Estou sendo realista e honesto. Por que não pode ser honesta comigo também? Por que não confessa que sempre me amou e que estava enfrentando problemas por causa da morte de nosso filho, problemas que, até hoje, não pude compreender? Mas não minta, dizendo que não me amava.

Não é verdade. Vi em seus olhos na noite em que nos reconciliamos. Nenhuma mulher faz o que você fez se não for por amor...

Ela desatou a chorar, e Artur a abraçou, com medo de que ela voltasse a rejeitá-lo, como das outras vezes. Mas Felícia não fez nada disso. Agarrou-se a ele e desatou num pranto convulso, entrecortado por soluços sentidos e amargurados. Aos prantos, desabafou:

— Sempre o amei, Artur! Não sei o que aconteceu comigo naquele tempo. Eu estava cega, estava louca, desatinada. Perder um filho não é nada fácil, e creio que quis culpar alguém pelo meu infortúnio. Não podia aceitar o fato de que fora o destino que o tomara de mim. Ou que ele havia escolhido aquela morte, naquela idade, como minha mãe diz. Para mim, era mais fácil culpar alguém, mais fácil do que aceitar, inclusive, a minha própria culpa.

— Sua!? Mas por quê? Você foi a única que não fez nada.

— Fiz sim. Eu me omiti. Desde a manhã, quando acordei, senti um forte pressentimento. Havia tido um pesadelo naquela noite, nem me lembro direito o que era. Mas a impressão ficou, uma sensação de que Tiago corria perigo. E a piscina... o medo me assaltava, e eu fiz milhões de recomendações a Lurdinha porque sabia, em meu íntimo, que aquilo iria acontecer. Não devia tê-lo deixado com ela. Mas eu estava animada com a festa e queria que tudo desse certo. Negligenciei meu filho por causa de uma festa idiota!

Ouvindo o seu desabafo, Artur estreitou-a ainda mais e sussurrou ao seu ouvido:

— Chi! Felícia, não chore. Não se culpe. Ninguém teve culpa de nada. Nem eu, nem Lurdinha, muito menos você. Talvez sua mãe tenha razão. Talvez Tiago houvesse mesmo escolhido morrer naquele dia, daquela forma...

— Acredita mesmo nisso? — tornou surpresa.

— Não sei. Nunca pensei sobre essas coisas. Mas o que sua mãe diz faz sentido, e eu vou procurar me inteirar um pouco mais do assunto.

— Você está tentando me consolar.

— Estou tentando fazê-la ver a realidade. As coisas aconteceram como tinham que acontecer. É lógico que cada um de nós teve sua participação no ocorrido, assim como participamos das vidas daqueles que nos cercam. Mas é que também vivemos, Felícia. Também estamos tentando aprender.

— Aprender o quê?

— A viver. A ser melhores e mais felizes. E tudo isso dói. Hoje percebo o quanto dói. Mas precisamos acreditar no amor e naqueles que nos amam. Se fizermos isso, seremos capazes de superar qualquer coisa juntos. Todas as nossas dificuldades serão mais facilmente compreendidas se nós nos compreendermos em primeiro lugar. Por que temos que nos desesperar e nos deixar consumir pelo ódio? Isso não faz bem a ninguém. A que foi que o ódio a levou durante todos esses anos? A um vazio, a uma vida de tristezas e privações. Por que não nos damos as mãos e caminhamos juntos, como nos propusemos a fazer? Quando nos casamos, assumimos o compromisso de nos amarmos, nos respeitarmos e nos ajudarmos mutuamente. Por que olvidarmos agora esse compromisso, se ainda estamos unidos por amor? Se não nos amássemos mais, não diria nada e seria o primeiro a sugerir que nos separássemos. A vida sem amor é muito triste. Mas eu a amo, e tenho certeza de que, apesar de todas as feridas e de todas as mágoas, você me ama também. E se nós nos amamos, devemos confiar um no outro e na perfeição da vida. Por que quer nos roubar a felicidade que arduamente conquistamos? Por que não nos dar mais uma chance de vivenciar o nosso amor? Confie em mim, Felícia, confie no meu amor. Você é única em meu coração, não o divido com nenhuma outra mulher, à exceção de Betina. Quer tirar dela também a oportunidade de ter uma família sólida e feliz? Um lar construído sobre os pilares do amor e da compreensão?

Felícia estava surpresa. Jamais ouvira Artur falar daquela maneira. Não sabia que, a seu lado, o espírito de Tiago lhe sugeria aqueles pensamentos, aplicando em ambos fortes doses de energia revitalizante. As palavras de Artur eram tão sinceras, tão lúcidas, tão carregadas de amor, que ela não conseguiu contestá-las. Redobrou o pranto, agarrada a ele, e disse comovida:

— Não sei de onde tirou essas ideias. Mas reconheço que são verdadeiras. Você é um homem maravilhoso, Artur, e cega fui eu de não reconhecer isso durante todos aqueles anos.

— Não pensemos mais nisso. Vamos deixar o passado viver no passado. Nossa vida é no presente e para o futuro. É neles que devemos nos concentrar. Principalmente, no futuro de nossa filha.

— Tem razão. Eu fiquei com raiva, é verdade, mas foi por causa da surpresa. Você e Lurdinha juntos foi um golpe duro demais.

— Acredita no que lhe disse?

— Acredito. O seu amor é tão visível que salta aos olhos. Jamais poderia duvidar de que você me ama. Isso é cristalino, e eu seria uma tola se dissesse que não acredito. Ou então, estaria tão envolvida pelo meu orgulho de mulher ferida que me deixaria levar por ele e, novamente, colocaria uma barreira entre nós. Mas você tem razão. Não é o que merecemos. Não é o que nossa filha merece. Temos tudo para ser felizes, nós três, e o fantasma de Lurdinha não pode ser suficiente para turvar a nossa felicidade.

Artur a beijou longamente, abraçando-a com ternura.

— Vamos esquecer esse episódio, então? Ou melhor, vamos esquecer o que cada um de nós teve que enfrentar para reencontrar o amor e a felicidade?

— Esquecer, é difícil.

— Tem razão. Se esquecermos, acabaremos apagando valiosas experiência de vida. Mas não vamos mais permitir que essas lembranças nos infelicitem mais. Vamos viver do nosso amor, da nossa alegria, de tudo o que temos para dar e receber um do outro. O que vivemos com outras pessoas e por causa de outras pessoas é passado e no passado está.

— Sim. Não quero mais pensar nisso. Você diz que não tem mais nenhum envolvimento com Lurdinha, e eu acredito.

— Pode perdoá-la então? Pode perdoar-me também?

— Sim...

Beijaram-se novamente, e Artur prosseguiu:

— E quanto a ela? Quanto a Lurdinha? O que será feito dela?

— Não quero mais pensar nela.

— Mas você disse que a perdoou...

— Perdoei. Mas não quero mais vê-la ou saber dela.

— Então, não perdoou nada. Se tivesse mesmo perdoado, não guardaria essa mágoa.

— Não acha que está exigindo muito de mim? Já não é o suficiente não sentir mais ódio dela e aceitá-lo, mesmo depois de você ter tido um caso com ela?

— Olhe, Felícia, não sou um homem religioso nem entendo muito dessas coisas de Deus. Mas sou um homem justo e ponderado. Para mim, perdoar significa esquecer a ofensa. Se você não consegue esquecer e se ainda mostra sinais de mágoa, então é porque não perdoou. Ou está fingindo para enganar a si mesma, ou usou o perdão para camuflar o orgulho.

Mais uma vez guiado por Tiago, Artur ia lhe repetindo as palavras, sem nem se dar conta de que aqueles pensamentos não eram seus. Até ele se espantava com suas ideias lúcidas, e Felícia muito mais.

— Como pode dizer uma coisa dessas? — tornou abismada. — Não é o bastante deixar de sentir ódio?

— Já é alguma coisa, mas não é o ideal.

— Não me cobre mais do que isso, Artur. Estou fazendo o que posso.

— Entendo. E não quero forçá-la a tomar atitudes que não vêm de seu coração. Não é preciso você se violentar só para me agradar ou fazer o que você acha que deve se impor. O que tiver de fazer, faça de coração. Se esse é o máximo que consegue dar, então dê. Não precisa se culpar por isso. Só lhe peço que reflita mais um pouco sobre tudo o que lhe disse. Pense no quanto Lurdinha deve ter sofrido e ainda está sofrendo. Ajudá-la, nesse momento, seria um gesto muito bonito e desprendido. Se ela nos fez sofrer, nós também colaboramos com o seu sofrimento. Será que não devemos isso a ela?

Felícia não respondeu. Limitou-se a olhar para o rosto do marido, só agora notando a enorme semelhança entre ele e Tiago. Não sabia de onde vinha aquela ideia, pois Tiago morrera ainda muito criança. Mas tinha certeza de que, se ele tivesse crescido, suas fisionomias adquiririam todos os traços do pai. E, a exemplo de Artur, teria sido um rapaz muito bonito.

Parado ao lado de ambos, Tiago lia-lhes todos os pensamentos e sorriu com a comparação da mãe. Efetivamente, ao crescer em espírito, seu rosto se assemelhara muito ao de Artur, pois ele plasmara em seu corpo fluídico os genes do pai, tal qual teria sido se encarnado estivesse. Daí a forte semelhança entre ambos.

Abençoou-os satisfeito e partiu. Cumprira mais uma etapa de sua tarefa, e o pai fora excelente receptor de suas ideias. Era um médium muito bom. Pena que não havia ainda despertado para a espiritualidade, embora tivesse todo o potencial para isso. Artur era de uma lucidez e de uma dignidade sem iguais, o que era muito importante num médium consciente e disposto a colaborar. Tinha certeza de que, logo, logo, o mundo espiritual poderia contar com a sua valiosa colaboração.

As palavras de Artur, intuídas por Tiago, calaram fundo no coração de Felícia. Não tinha lembranças conscientes de suas vidas passadas nem do mal que haviam reciprocamente se infligido. Mas sentia quase que uma necessidade de perdoar Lurdinha e de ajudá-la. Era como se uma força invisível a impelisse ao perdão e à reconciliação. Mas como faria isso? A oportunidade havia surgido, mas ela não se sentia à vontade. Como fazer para concordar com aquela ajuda que, em termos financeiros, nada representaria para eles?

CAPÍTULO 34

Felícia não estava decidida sobre o que fazer, e Artur não queria tomar nenhuma atitude à sua revelia. Prometera-lhe que nada faria sem o seu consentimento e, quando Greta ligou no outro dia, ele mesmo tratou de atender:

— Alô, Lurdinha? — ela estranhou o fato de ele usar o seu nome verdadeiro, mas não disse nada. — Será que podemos nos encontrar? Precisamos conversar.

Marcaram num restaurante mais afastado, na hora do almoço. Greta chegou primeiro, e Artur apareceu pouco depois. Pediram seus pratos e, enquanto comiam, iam conversando:

— Quando é que poderei procurar o médico? — indagou ansiosa.

Ele a fitou meio sem jeito, mas, enchendo-se de coragem, objetou:

— Não sei se poderá fazer isso agora. Talvez tenha que esperar.

— Por quê? — ela mal conseguia esconder a decepção.

— Porque Felícia descobriu tudo.

— O quê?

Em breves palavras, Artur colocou-a a par de tudo o que havia acontecido, e ela se maldissera por lhe haver entregue aquela carta.

— Como fui estúpida! — recriminou-se.

— Agora não adianta reclamar. Fez, está feito.

— Não quero que você ache que fiz de propósito.

— Não acho, Lurdinha. Isso nem me passou pela cabeça. Foi mesmo distração minha. Devia ter jogado a carta fora.

Ela fez silêncio por alguns segundos e deu uma garfada na comida, sem saboreá-la.

— E agora?

— Teremos que esperar. Não quero fazer nada sem o consentimento de Felícia.

— Entendo... e acho que você tem razão. Ela já foi maravilhosa em me perdoar por tudo o que fiz.

— Felícia é uma mulher muito generosa. Tenho certeza de que vai cair em si e concordar em lhe dar o dinheiro.

Foram para casa, Greta com o coração oprimido. Na primeira entrevista que tivera com Artur, enchera-se de esperanças. Mas não podia imaginar que Felícia fosse acabar descobrindo e se opondo à ajuda. E ela tinha razão. Já não lhe causara mal suficiente? Seria querer muito que ela realmente a perdoasse e ainda lhe desse dinheiro. Na certa, só dissera aquilo para não desagradar o marido. Agora que se reconciliaram, ela faria de tudo para mantê-lo a seu lado e, na certa, não queria que ele a julgasse insensível ou rancorosa.

Durante toda a sua conversa, Artur a chamara de Lurdinha, sem que ela lhe perguntasse o porquê. Ele estava certo. Ela não era Greta. Fora Greta um dia. Seu nome era Lurdinha. Agora compreendia por que Valente insistira em que o chamassem de Ricardo, seu verdadeiro nome. Valente era parte do passado, um passado ao qual ele não queria mais pertencer. Sua essência verdadeira era Ricardo, assim como a dela não era Greta. Era Lurdinha e, dali para a frente, voltaria a usar seu nome de batismo.

Quando chegou a casa, Diniz ainda não havia voltado. Ricardo e Eunice já haviam retornado da lua de mel, e ela andava ocupada com suas novas tarefas domésticas. Estava até planejando adotar uma criança, o que causou uma certa tristeza em Lurdinha. Ela também gostaria de ser mãe, de levar uma vida normal, como toda mulher.

Esperou até que Diniz voltasse da boate, onde se ultimavam os preparativos. Mais umas duas semanas, e poderiam marcar a inauguração. Assim que ele entrou, notou o seu ar de abatimento. Ela ainda não havia lhe dito que fora procurar Artur, mas precisava contar. Ele sempre fora seu amigo, e ela lhe tinha agora uma grande consideração.

— Greta — alarmou-se. — O que houve? Está doente?

— Venha até aqui, Diniz — chamou ela, batendo com a mão na poltrona ao lado da sua. — Preciso falar-lhe.

Ele se aproximou e sentou-se preocupado.

— O que foi que houve? Você está tão pálida...

— Fui procurar Artur.

— Você o quê? Ficou maluca? Por que fez isso?

— Porque não aguento mais o meu rosto! Não posso nem me olhar no espelho.

Desatou a chorar, e ele a abraçou:

— Alguma vez reclamei de alguma coisa?

— Não é por você. É por mim. Não me sinto bem comigo mesma. As pessoas me olham e me apontam na rua...

— São todas umas idiotas. Amo-a assim mesmo.

— Mas eu não me amo! Não posso mais continuar assim. Estou ficando velha. Quero ter uma vida normal, casar, ter filhos, como Eunice fez.

— Você sabe que Artur já é casado e, pelo que me consta, está muito bem com a esposa.

— Quem falou em Artur?

Ele a afastou surpreso. Será que Greta conhecera outro homem?

— Está saindo com alguém, Greta?

— Não. E não me chame mais de Greta. Meu nome é Lurdinha.

Cada vez mais desconfiado, Diniz soltou-a e coçou a cabeça, indagando, com medo até de sua resposta:

— Vai me deixar?

— Não, seu tonto! Estou tentando lhe dizer que pretendo me casar com você!

— O que foi que disse?

— Isso mesmo que você ouviu. Pretendo me casar com você, ter filhos seus, ser feliz ao seu lado.

Diniz mal cabia em si de contentamento. Aquilo só podia ser um sonho. Abraçou-a e beliscou-se, com medo de acordar e encontrar de novo a dura realidade.

— Está falando sério?

— Muito sério. A não ser que você não me queira.

— Você sabe que a amo, Greta.

— Lurdinha. Não quero mais que me chamem de Greta.

— Desculpe. Lurdinha... futura mãe de meus filhos.

— Você me quer?

— Ainda tem dúvidas?

— Mas não posso mentir para você, Diniz. Você sempre foi meu amigo e não é justo enganá-lo. Quero me casar com você porque gosto de você e o respeito. Você é um bom homem e tem tudo para ser um bom marido e um bom pai. Mas amor, igual ao que senti por Artur, não sentirei por mais ninguém.

Ele abaixou a cabeça e conteve duas lágrimas nos olhos, mas retrucou com emoção:

— Não me importo. Desde que seja sempre verdadeira, não me importo com nada que você faça.

— Serei sempre leal a você. Respeito-o muito, pelo que você é, por tudo o que fez por mim. Jamais farei nada que possa envergonhá-lo ou desgostá-lo. Mas, para que isso aconteça, preciso antes estar bem comigo mesma. Tenho que fazer as cirurgias.

— E Artur vai lhe dar o dinheiro?

— Depende da mulher dele.

— Por quê?

— Porque ela, finalmente, descobriu sobre nós dois. Descobriu o nosso antigo caso, descobriu quem eu sou.

Ele abriu a boca, abismado, e retrucou embasbacado:

— Artur pode até tê-la perdoado pela morte do filho. Mas a mulher dele é outra história.

— Ele disse que Felícia me perdoou...

— E você acreditou?

— Não sei. Artur diz que sim. E acha que Felícia vai acabar concordando em me ajudar. De qualquer sorte, tenho que esperar. A decisão final é dela.

— Vai ser uma espera difícil.

— Passei a minha vida inteira esperando. Posso esperar um pouco mais.

— Muito bem. Se é o que você quer...

— É o que quero.

— Então, só me resta aceitar. E torcer para que essa tal de Felícia tome logo sua decisão. A única coisa que lamento é não ter dinheiro para ajudá-la.

— Não se lamente. Você já fez muito por mim. Muito mais do que qualquer outro teria feito. Por isso, ser-lhe-ei eternamente grata.

Pela primeira vez, Lurdinha tomou a iniciativa de beijá-lo. Sempre que faziam amor, era Diniz quem a procurava, e ela, embora o aceitasse sem resistir, deixava-se levar por uma passividade explícita, o que o deixava deveras desiludido. Ao contrário de Felícia, Lurdinha nunca fora uma mulher fria. Gostava de sexo e gostava de fazê-lo com Diniz. Mas o que lhe faltava era sentimento. Lurdinha se entregava para satisfazer a libido de ambos, com ardor, mas sem calor. Mas agora, nesse momento, Diniz podia sentir que ela o procurava pelo coração, e não apenas por desejo.

Deu-se início à espera. A boate foi inaugurada, e Lurdinha passava os dias à espera de uma notícia de Artur. Mas nada dele a procurar. Pensou em lhe telefonar várias vezes, mas não achou boa ideia. Pressioná-lo seria pior. Ele, para não contrariar a esposa, acabaria por lhe dar um fora e encerrar de vez a questão. Por várias vezes, indagou de si mesma se ainda o amava. É claro que vê-lo lhe causava imensa emoção. Mas ela sabia que ele estava perdido para ela e procurava não se imaginar em seus braços.

Também jamais se perdoara pelo que acontecera a Tiago. Como poderia? Julgava-se culpada pela sua morte e, durante aqueles anos todos, amargurava-se com sua lembrança. Até então, nunca alimentara o desejo de ter filhos. Ser mãe era uma tarefa de muita responsabilidade, que ela não se julgava capaz de desempenhar. Era um fracasso nessa área, e o que seria de seus filhos? Tinha medo de negligenciar em seus cuidados e causar-lhes algum mal.

Mas não teria, ela também, direito à felicidade? Por que precisava se condenar eternamente por um erro do passado, cujas consequências jamais desejara? Se pudesse, teria trocado de lugar com Tiago na mesma hora. Só que não podia e fora obrigada a suportar as consequências de sua omissão. No entanto, já se considerava quitada com a vida. Agora queria ser feliz. Queria ter filhos sim. Tinha esse direito. Só lhe faltava coragem para dar o pontapé inicial.

❧

Desde o dia em que descobrira tudo, Felícia não voltara a tocar no assunto de Lurdinha com Artur. Ele, por sua vez, também não lhe perguntava nada, mas ela sentia a expectativa em seu olhar.

Dois meses já se haviam passado, e nada. Ela não se resolvia nem pelo sim, nem pelo não. Pensava e refletia em tudo o que acontecera. Queria ajudar, mas o orgulho não permitia. Como poderia agora permitir que Artur se aproximasse de Lurdinha e lhe dissesse que ela concordara em ajudá-la, depois de tudo o que fizera? Será que ela não a julgaria uma tola sentimental? Não se riria dela, vangloriando-se de sua esperteza? Não a tomaria por idiota por ainda ajudar a mulher que contribuíra para destruir sua vida?

A seu lado, Tiago lhe dizia que não. Que não pensasse daquela forma. Que pensasse o contrário. Ao invés de Lurdinha julgá-la uma tola sentimental, teria dela a ideia de uma mulher generosa e iluminada, capaz de perdoar e ajudar. Em lugar de rir-se dela, ser-lhe-ia eternamente grata, enviando-lhe energias de reconhecimento e amizade.

Precisava pensar. Ora pendia para um lado, ora para o outro. Levou muito tempo para se decidir. Um dia, estava sentada diante do espelho, pensando no que fazer, quando encontrou a solução. Sorriu para sua imagem refletida, pousou a escova na penteadeira e tomou uma decisão.

⚜

Lurdinha estava em casa, preparando o jantar, quando ouviu a campainha soar. Largou a colher de pau em cima da mesa e enxugou as mãos no pano de prato, correndo a atender a porta. Quem seria? Não esperava ninguém.

Ao abrir a porta, parou abismada. Parada no corredor, a figura de uma mulher muito bonita, bem-vestida, que a olhava com um certo constrangimento. A princípio, não se reconheceram. Ficaram ambas se estudando, Lurdinha tentando se lembrar de onde é que a conhecia. Será? Mas fazia tanto tempo... E depois, era impossível que justamente aquela mulher estivesse ali.

— Não me convida para entrar, Lurdinha? — perguntou Felícia, olhando-a com ar grave.

— Do... dona Felícia... — gaguejou a outra, quase que paralisada pela surpresa e a indignação. — Cla... claro... entre...

Pouco à vontade, Felícia entrou, e Lurdinha fechou a porta com cuidado. Indicou-lhe uma poltrona e ficou em pé, diante dela, pensando no que deveria fazer. Felícia estudou o apartamento com discreta atenção. Era muito bem localizado e fora decorado com gosto, dando mostras de que ela não estava assim tão mal. Pelo visto, Lurdinha vivia com um certo conforto, embora o apartamento não fosse propriamente luxuoso.

— Vim aqui procurá-la — começou Felícia, tentando não demonstrar o nervosismo que sentia —, porque você foi procurar meu marido para lhe fazer um pedido.

— Não pense que estou tentando me aproveitar, dona Felícia — interrompeu-a em tom de desculpa. — Minha situação é realmente séria, como pode ver — exibiu o rosto e o pescoço e prosseguiu: — Se tivesse condições, jamais iria pedir ajuda ao doutor Artur...

Felícia sentiu vontade de dizer-lhe que não precisava fingir e chamá-lo de doutor. Duvidava que o chamasse assim depois de tê-lo conhecido intimamente. Mas aquele não era o momento nem aquela, sua intenção. A seu lado, Tiago inspirava-lhe sábios conselhos, para que ela resistisse à tentação do orgulho e evitasse, a todo custo, a oportunidade de humilhar a antiga rival.

Ela não fez nada disso. Realmente, por uma fração de segundos, sentiu vontade de mostrar à outra a sua superioridade, mas conseguiu se conter a tempo. Não era uma mulher fútil nem rancorosa. Muito menos má. Não lhe era direito apontar o dedo para Lurdinha, em sua própria casa, e acusá-la de erros para os quais ela mesma havia contribuído.

— Não estou aqui por causa de meu marido — observou Felícia, tentando demonstrar-lhe que queria evitar o desagradável assunto de seu caso amoroso. — Estou aqui por mim mesma. Ele me contou tudo o que aconteceu, e confesso que fiquei impressionada. Apesar de tudo, não lhe quero mal.

Calou-se, engolindo um soluço, e abaixou a cabeça. Não queria que Lurdinha a visse chorar. O estado de seu rosto era mesmo uma lástima, e ela não pôde deixar de se condoer. Mas Lurdinha, há tantos anos guardando seus remorsos, atirou-se aos pés de Felícia e desatou a falar aos borbotões:

— Perdoe-me, dona Felícia, perdoe-me! Por tudo o que lhe fiz! Pela morte de Tiago, pelo caso com seu marido! Eu não queria que nada acontecesse como aconteceu. Mas não pude evitar. Nem uma coisa, nem outra. Sofri muito, mas tenho certeza de que nada foi sem um motivo. Fui eu, com a minha imprudência, que me coloquei nessa situação. Mas, por favor, não me julgue nem me condene. Sou apenas humana, e o que é que um simples ser humano pode contra as forças da vida?

Emocionada com as palavras e o tom de Lurdinha, Felícia fez com que ela se levantasse e se sentasse a seu lado. Esperou alguns instantes, até que ambas se recompusessem da forte comoção, até que retrucou:

— Não estou aqui para julgá-la, Lurdinha. Muito menos para condená-la. Vim aqui porque, assim como você, também sofri muito. Todos nós sofremos. Cada um, à sua maneira, teve o seu quinhão de sofrimento. Mas agora, tudo passou. Descobri que amo meu marido, reconciliei-me com ele e temos uma filha. Posso dizer que sou uma mulher realizada.

— Fico feliz por isso... — soluçou Lurdinha com sinceridade. — Não tenho motivos para lhe querer mal. Ao contrário, no tempo em que estive em sua casa, a senhora sempre me tratou muito bem.

— A vida é engraçada, não é, Lurdinha? Afastou-nos em meio ao ódio e à revolta, e agora nos reaproxima pela compreensão.

— Não sei exatamente o que está querendo dizer, mas fico feliz com essa reaproximação.

— Que bom. Porque eu também estou feliz. Feliz e agradecida a Deus pela oportunidade de nos reencontrarmos. Feliz por poder ajudá-la, por ser eu a pessoa que pode, nesse momento, livrá-la de seu tormento — Lurdinha ia dizer qualquer coisa, mas ela fez sinal para que se calasse. — E não quero que pense que vou ajudá-la por mesquinhez ou por orgulho, para demonstrar a minha superioridade ou o quanto sou magnânima. Nada disso. Quero ajudá-la porque tenho condições de fazê-lo e porque você precisa de ajuda. E estou feliz por ser eu, porque essa foi uma ótima oportunidade de mostrar a você que não lhe guardo mais ódio. O ódio que, durante tantos anos, alimentei por você, hoje não existe mais. Meu coração está limpo com relação a você, e espero que o seu também esteja para comigo.

— A senhora... já me perdoou?

— A você e a mim mesma, por ter sido cega e ignorante.

— Oh! Dona Felícia! Não sabe o quanto é importante ouvir isso da senhora. Logo da senhora, que pensei que jamais fosse me perdoar.

— Estamos todos perdoados, Lurdinha, porque a própria vida nos perdoou. Não fosse assim, não nos teria dado essa maravilhosa oportunidade de nos reaproximarmos e acertarmos nossas diferenças.

Lurdinha beijou-lhe a mão. Sentia-se grata e feliz, não sabia se pela ajuda que Felícia estava lhe oferecendo ou se pela oportunidade de poder lhe pedir e obter perdão.

Tudo ficou acertado. Felícia contou a Artur o que havia feito, e ele ficou emocionado e satisfeito com a esposa. Era uma grande mulher, ele sempre soubera. A própria Felícia pediu ao pai que lhe indicasse um cirurgião, e ela e Artur pagaram todas as despesas das operações. Foram sete, ao todo. Mas valeu a pena. Ao final de alguns anos, Lurdinha tinha o seu rosto de volta, e ela e Diniz puderam, finalmente, se casar.

Os dois casais ficaram felizes. Para Lurdinha e Diniz, o final daquelas cirurgias representou o início de uma nova vida, uma vida respeitável e digna. A boate estava indo de vento em popa e, embora não os tornasse ricos, rendia o suficiente para lhes proporcionar uma vida bastante confortável, embora sem ostentação. E nem ele, nem Ricardo tinham a ambição de ser milionários. O que queriam era poder viver em paz com suas novas famílias.

Para Artur e Felícia, foi uma vitória. Principalmente para Felícia. Vencera novamente. Vencera a repulsa do marido, o medo de ser mãe, o ódio por Lurdinha. Sentia-se realizada. A única coisa que ainda a entristecia era a falta de Tiago, mas as idas ao centro espírita a foram esclarecendo e tornando-a mais compreensiva. Ela, Artur e Betina tornaram-se frequentadores assíduos, e Artur colaborava mais diretamente com os trabalhos mediúnicos. Era excelente médium, além de muito responsável e dedicado. O que mais poderiam querer?

EPÍLOGO

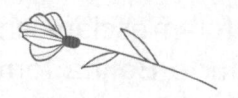

Vinte e quatro anos se passaram desde o casamento de Lurdinha e Diniz. Betina contava agora vinte e sete anos e, havia quatro, estava casada com o filho de um rico industrial. Na sala da maternidade, contorcia-se com as dores do parto.

Do lado de fora, o marido e os pais esperavam ansiosos pela chegada do bebê. O parto foi relativamente tranquilo, e Betina deu à luz um menino rosado e robusto. Na janela do berçário, Felícia o olhava admirada. Como se parecia com Tiago! Seu querido Tiago. Vendo ali o neto, deitado na incubadora, pensou no filhinho que há tantos anos se fora. Por onde é que andaria? Algumas vezes, recebera mensagens suas na mesa de psicografias, mas, de uns tempos para cá, elas haviam silenciado.

Fitou novamente o neto, sentindo a emoção dominá-la. Seria possível? Seria Tiago quem estava ali, naquele berçário, pronto para reingressar no mesmo seio familiar que, há cerca de quarenta anos, havia abandonado? Será que ele teria tido permissão para reencarnar após tão curto período na vida espiritual?

Não sabia. Mas sentia, em seu íntimo, que aquilo era possível. Entretanto, olhando para o netinho, pensou que nada daquilo tinha mais importância. Fosse ou não fosse Tiago quem ali estava, o fato era que ela já o amava.

Viu quando a enfermeira foi apanhá-lo na incubadora, para levá-lo à mãe, e acenou para ela. Foi andando atrás dos dois, toda embevecida, até que alcançaram o quarto de Betina. Ela o tomou nos braços e, pela primeira vez, deu-lhe de mamar. Mãe e filho, a princípio desajeitados, tiveram que ser auxiliados pela prestimosa enfermeira. Em seguida, Betina colocou-o para arrotar, e ele tornou a adormecer.

Felícia a tudo observava, coberta de admiração e entusiasmo. Vendo que o neto adormecera, indagou de Betina:

— Posso segurá-lo?

A filha sorriu meigamente e fez sinal que sim com a cabeça. Na mesma hora, Felícia tirou-o de seu colo e ajeitou-o, cuidadosamente, no seu. Olhou o seu rostinho miúdo e rosado. Ele era lindo, tão carequinha, a boquinha como um botão em flor. Parecia um anjo iluminado.

Chorou emocionada. Naquele momento, teve certeza de que era Tiago quem segurava em seus braços. A mãe e o pai haviam desencarnado havia alguns anos, de forma que ela agora somente podia contar com o marido e a filha. E agora, tinha seu neto. Tinha seu Tiago de volta.

Parado perto de Betina, Artur a fitava. Sabia em que ela estava pensando, sentira a mesma coisa. Intuitivamente, aproximou-se dela, deu-lhe um beijo nos cabelos encanecidos e, olhos rasos d'água, indagou emocionado:

— Não terá valido a pena viver?

Ela, tomada pela magia daquele momento, encarou-o de volta e respondeu, a voz trêmula de emoção:

— O que mais valeu a pena foi ter amado você...

Levamos o livro espírita cada vez mais longe!

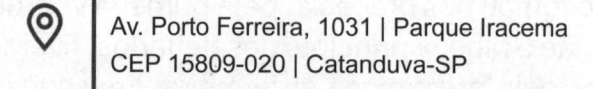
Av. Porto Ferreira, 1031 | Parque Iracema
CEP 15809-020 | Catanduva-SP

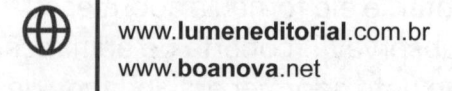
www.**lumeneditorial**.com.br
www.**boanova**.net

atendimento@lumeneditorial.com.br
boanova@boanova.net

17 3531.4444

17 99777.7413

Siga-nos em nossas redes sociais.

@boanovaed   boanovaeditora

CURTA, COMENTE, COMPARTILHE E SALVE.
utilize #boanovaeditora

Acesse nossa loja   Fale pelo whatsapp